PHILIPP VANDENBERG

EL INFORME GÓLGOTA

Planeta Internacional

PHILIPP
VANDENBERG

EL INFORME GÓLGOTA

Traducción de Laura Manero

Planeta

Título original: Die Akte Golgatha

Diagonal, 662-664, 08034 Barcelona (España)
Primera edición: marzo de 2006
Depósito Legal: M. 6.329-2006
ISBN 84-08-06562-9
ISBN 3-7857-2128-5 editor Gustav Lübbe Verlag, una división de Verlagsgruppe Lübbe,
Bergisch Gladbach, edición original
Composición: Fotoletra, S. A.
Impresión y encuadernación: Mateu Cromo Artes Gráficas, S. A.
Printed in Spain - Impreso en España

MIEDO A VOLAR

Aquél fue uno de esos vuelos terroríficos que te hacen desear no haber nacido, y eso que todo había empezado de una forma muy apacible. El vuelo LH 963 había despegado puntualmente a las 15.10 horas de un soleado día de otoño, y la travesía hasta Roma sobrevolando los Alpes prometía ser de lo más placentera. Había reservado una habitación en un hotel de Tívoli, en lo alto de los montes Albanos, para reflexionar en la soledad de aquel pintoresco lugar sobre mi nueva novela, un tema que me rondaba por la cabeza desde hacía ya dos años. Sin embargo, nada resultó como esperaba.

Nada más dejar atrás los Alpes, el aparato de Lufthansa, un aerobús de reciente fabricación, empezó a vibrar y a dar sacudidas. Sobre las filas de asientos se encendió la señal de «Abróchense los cinturones», y el capitán habló por megafonía: «Damas y caballeros, les ruego que ocupen en seguida sus asientos y que se abrochen el cinturón de seguridad. En el norte de Italia se ha formado una zona de bajas presiones; esperamos fuertes turbulencias.»

En cuestión de vuelos no me cuento precisamente entre los más valientes —he sufrido malas experiencias en África y Asia—, y por eso tengo la costumbre de volar siempre con el cinturón abrochado. Miré por la ventanilla con cierto nerviosismo y me encontré con un extraño paisaje de columnas de nubes grises, aunque unos húmedos velos de niebla me obstaculizaron de inmediato la visión. El cielo se oscureció, las sacudidas del avión se hicieron cada vez más fuertes, y mentiría si dijera que la situación me era del todo indiferente. En ocasiones como ésa, suelo recurrir a un truco que me descubrió hace muchos años un psiquiatra estadounidense durante un vuelo a California: busco cualquier objeto y lo aprieto en la mano hasta que me produce dolor. La concentración en ese dolor hace que me olvide de que me da miedo volar. El aparato volvió a zarandearse. Finalmente, conseguí sacar la tarjeta de crédito del bolsillo interior de mi americana, me la puse en la palma de la mano y apreté. Por un instante me pareció estar sosteniendo en la mano derecha un cuchillo de doble filo, pero el dolor bastó para distraer mi atención de esa situación tan sumamente desagradable.

Desde lejos percibí cómo los vasos, las bandejas y los cubiertos, de pronto liberados de la fuerza de la gravedad, empezaban a moverse, se estrellaban contra el techo y se quedaban allí pegados, como si fuera lo más natural del mundo. Se oyeron gritos de terror procedentes de las filas de atrás. Una bolsa de aire; el avión caía en picado.

No soy capaz de decir cuánto duró ese estado de ingravidez. Me quedé sentado, inmóvil, con la tarjeta de crédito en la mano. Sin embargo, en ese momento desperté del letargo que yo mismo me había impuesto: de repente, el hombre que iba sentado a mi derecha y al que hasta entonces no había prestado la menor atención me agarró del antebrazo y lo apretó con todas sus fuerzas, como si buscara un punto de apoyo en aquella aterradora ausencia de gravedad. Me volví hacia él, pero el extraño miraba fijamente hacia adelante. Tenía el rostro ceniciento, la boca entreabierta; vi temblar su bigote cano.

La caída libre debió de durar diez, tal vez quince segundos, aunque a mí me pareció una eternidad, y entonces el avión dio una violenta sacudida. Se oyó un estallido, y los objetos que seguían pegados al techo se precipitaron al suelo con gran estrépito. Algunos pasajeros gritaron, aterrados. Y, al instante siguiente, como si nada hubiese sucedido, el avión continuó su trayectoria con normalidad.

—Por favor, disculpe mi conducta —empezó a decir mi vecino de asiento después de soltarme el brazo—. Estaba convencido de que nos estrellábamos.

—No se preocupe —repuse con magnanimidad mientras intentaba esconder la mano, aún dolorida, en la que seguía guardando la afilada tarjeta de crédito.

—¿A usted no le da miedo volar? —prosiguió el hombre tras una breve pausa durante la cual, igual que yo, escuchó con atención los ruidos del avión por si cabía esperar más turbulencias.

«No se hace usted una idea», habría sido mi respuesta espontánea, pero por miedo a que el resto del vuelo se consumiera en un intercambio de espantosas experiencias aéreas, contesté sucintamente:

—No.

Al dirigirle un gesto de ánimo con la cabeza, reparé en que con la otra mano aferraba un montón de papeles o un manuscrito contra el pecho, como un niño que teme que le quiten su juguete. Entonces le hizo una señal a la azafata, una morena de extraordinaria belleza; alzó el índice y el corazón y pidió dos whiskys.

—Usted también tomará uno, ¿verdad? —preguntó.

—No bebo whisky —respondí para desalentarlo.

—No se preocupe. Después de lo sucedido, no me vendrán mal dos.

Mientras el hombre de mi derecha vaciaba los dos vasos de whisky con prudencia, y en modo alguno de un solo trago, como había esperado, tuve ocasión de observarlo más detenidamente.

El rostro inteligente y los caros zapatos contrastaban con su aspecto algo descuidado, y se me antojaron no menos enigmáticos que su peculiar conducta: un hombre de mediana edad, con rasgos sensibles, movimientos inquietos y un comportamiento inseguro, un tipo por el que el tiempo no había pasado en balde. Por lo visto, se dio cuenta de mi mirada escrutadora, porque al cabo de un rato de silencio se volvió otra vez hacia mí, se enderezó en su asiento e insinuó una pequeña reverencia, un gesto que no carecía de cierta comicidad. Entonces, con intencionada cortesía, dijo:

—Me llamo Gropius, profesor Gregor Gropius, aunque eso ya se acabó, perdone.

Se inclinó hacia adelante y guardó el manuscrito en una cartera de piel marrón que había dejado bajo el asiento.

Para cumplir con los convencionalismos, también yo le dije mi nombre y, por pura curiosidad, pregunté:

—Profesor, ¿cómo debo interpretar eso de que ya se acabó?

Gropius hizo un gesto con la mano, como si no quisiera hablar del tema. No obstante, y puesto que yo seguía mirándolo con expectación, al final respondió:

—Soy cirujano... Mejor dicho, lo fui. ¿Y usted? Un momento, deje que lo adivine...

No sé por qué, aquello me resultó incómodo. Sin embargo, puesto que la conversación había empezado a coger ritmo y yo seguía sujeto por el cinturón a mi asiento de ventanilla, me volví hacia mi vecino con mi mejor sonrisa, resignado a mantener aquella charla con él.

—¿Es escritor? —preguntó de pronto Gropius.

Me dejó perplejo.

—Sí. ¿Cómo lo ha sabido? ¿Ha leído alguno de mis libros?

—Sinceramente, no. Pero había oído su nombre alguna vez. —Sonrió—. ¿Qué lo lleva a Roma? ¿Una nueva novela?

El hombre que unos instantes atrás estaba a mi lado, medio muerto y con el rostro pálido, recuperó de golpe la vitalidad. Por experiencia, sabía lo que diría entonces, lo mismo que dicen nueve de cada diez personas al conocer a un escritor: «Si yo le contara mi vida... ¡De eso sí que se podría escribir una novela!» Sin embargo, no lo dijo. Al contrario, lo que aún pendía en el aire era su pregunta.

—No voy a Roma —respondí—. En el aeropuerto me espera un coche de alquiler con el que llegaré hasta Tívoli.

—Ah, Tívoli —repitió Gropius con aprobación.

—¿Conoce Tívoli?

—Sólo por fotografías. Debe de ser muy bonito, Tívoli.

—En esta época, sobre todo, es tranquilo. Conozco un pequeño hotel, el San Pietro, cerca de la Piazza Trento. La dueña es una típica *mamma* italiana que hace unos exquisitos *spaghetti alla pescatore*, y la vista desde la terraza del hotel es sencillamente impresionante. Allí intentaré dedicarme a mi nueva novela.

Gropius asintió con aire reflexivo.

—¡Qué hermosa profesión!

—Sí —contesté—; no se me ocurre ninguna que lo sea más.

En realidad, a esas alturas ya debería haber sospechado algo, porque el profesor no parecía interesarse en modo alguno por el contenido de mi nuevo libro; aunque tal vez estuviera ofendido, puesto que yo tampoco me había interesado lo más mínimo por el motivo de su viaje y las circunstancias más inmediatas de su vida. En cualquier caso, interrumpió de forma abrupta nuestra conversación y cualquier posibilidad de trabar mayor conocimiento diciendo de nuevo:

—¡Espero que no se haya tomado a mal que me haya agarrado a usted de esa manera!

—No pasa nada, de verdad —insistí, para tranquilizarlo—. Si le he sido de ayuda...

Por megafonía ronroneó el anuncio de que al cabo de breves minutos aterrizaríamos en el aeropuerto Leonardo da Vinci, y poco después el avión se detuvo frente a la terminal acristalada.

Una vez en el aeropuerto, cada cual siguió su camino. Tuve

la sensación de que el pequeño incidente había resultado bastante embarazoso para Gropius, aunque, en mi caso, a la mañana siguiente ya prácticamente lo había olvidado; bueno, sólo prácticamente, puesto que en mi cabeza aún seguía dándole vueltas a aquel comentario del profesor, aquello que había dicho de que todo se había acabado, aunque no sabía muy bien por qué.

Nada más desayunar, me senté ante un montón de hojas en blanco, la pesadilla de cualquier escritor, frente a una mesa de madera pintada de verde que la señora Moretti, la dueña del hotel, me había preparado junto a la balaustrada de la terraza. Desde allí, la vista se extendía sobre los tejados de Tívoli hacia el oeste, donde Roma se escondía en la bruma otoñal.

Progresaba a buen ritmo con mi trabajo, que sólo se veía interrumpido por largos paseos. El quinto día —sentado al sol del mediodía mientras escribía la última página del esbozo— oí detrás de mí, en la terraza, unos repentinos pasos que se acercaban con titubeos y finalmente se detenían. Casi pude sentir una mirada sobre mi espalda y, para terminar con aquella desagradable situación, me volví.

—Profesor... ¿usted aquí?

Sorprendido, dejé el lápiz en la mesa. Abstraído en mis pensamientos, inmerso en la trama de mi novela, debí de causarle al inesperado visitante la impresión de estar bastante confuso. Fuera como fuese, Gropius intentó calmarme con un par de gestos torpes de la mano y, tras pronunciar algunas fórmulas de cortesía propias tan sólo de un hombre de exquisitos modales, por fin entró en materia:

—Seguramente se preguntará por qué he venido a verlo, así, sin avisar —empezó a decir, después de aceptar la silla que le ofrecí y tomar asiento en una postura rígida.

Me encogí de hombros, como si la cuestión me fuera más bien indiferente, una reacción de la que poco después me arrepentí; con todo, en aquel momento no era de extrañar, pues aún no sabía lo que me deparaba aquel encuentro.

Por primera vez desde que nos conocimos en el avión, algunos días antes, el profesor me miró a los ojos.

—Busco un confidente —dijo, sin alzar mucho la voz, aunque no por ello sin insistencia. Su tono confería algo misterioso a sus palabras.

—¿Un confidente? —pregunté, asombrado—. ¿Y qué le ha hecho pensar precisamente en mí?

Gropius miró en derredor, como buscando testigos indeseados de nuestra conversación. Tenía miedo, eso lo vi en seguida, y parecía que no le resultaba fácil encontrar una respuesta.

—Ya sé que apenas nos conocemos. En realidad, no nos conocemos lo más mínimo, pero eso también puede representar una ventaja, teniendo en cuenta la situación en la que me encuentro.

—Vamos...

Admito que, vista en retrospectiva, mi reacción debió de resultar bastante jactanciosa, y me alegro de no haber reaccionado con tanta espontaneidad como en realidad era mi intención. El secretismo de los comentarios del profesor me exasperaba, y a punto estuve de soltarle: «Querido profesor, me está usted haciendo perder el tiempo. He venido aquí a trabajar. Buenos días.» Pero no lo hice.

—He pensado mucho acerca de si debo cargarlo con el peso de mi historia —prosiguió Gropius—. Sin embargo, es usted escritor, un hombre con imaginación, y para poder entender lo que tengo que contarle se requiere verdaderamente mucha imaginación. Aunque cada palabra es cierta, por increíble que pueda parecer. Tal vez ni siquiera usted me crea, tal vez me tome por loco o por un alcohólico. Si he de serle sincero, hace un año yo mismo no habría reaccionado de otra forma.

Sus apremiantes palabras me dejaron sin argumentos. Noté que, de pronto, la curiosidad se despertaba en mi interior y que mi desconfianza inicial dejaba paso a cierto interés por lo que aquel extraño hombre tenía que relatar.

—¿Sabe? —me oí decir de repente—, las mejores historias son siempre las que escribe la vida. Sé lo que me digo. No hay escritor capaz de crear tramas tan descabelladas como las que ofrece la vida misma. Además, entre mis escasas buenas cualidades se cuenta la de saber escuchar. Al fin y al cabo, vivo de las historias. Incluso soy adicto a ellas. En suma, ¿qué es lo que quiere contarme?

El profesor empezó a desabrocharse la americana con ceremonia, un acto en principio irrelevante que no me interesó especialmente hasta que de pronto vi aparecer un fajo de papeles bajo la prenda.

De todas mis experiencias en el trato con la gente, seguramente ése era el encuentro más insólito que había vivido jamás. Ni siquiera haciendo uso de una gran dosis de imaginación encontraba una explicación lógica para el comportamiento del profesor. Debo admitir que me habría sorprendido menos que Gropius hubiera sacado una pistola y me hubiera encañonado con alguna exigencia manida. Sin embargo, golpeó los documentos con el puño cerrado y, no sin orgullo, dijo:

—Esto es una especie de diario de los peores doscientos días de mi vida. Al leerlo, apenas me reconozco ya a mí mismo.

Boquiabierto, más bien desconcertado, miré alternativamente los papeles y el rostro del profesor, que a todas luces disfrutaba de mi perplejidad, como un duelista que acaba de derrotar a su adversario. Así permanecimos durante unos instantes, hasta que le planteé a mi contrario la pregunta obligada:

—¿Qué contiene el manuscrito?

Entretanto, ya se nos había hecho mediodía, y sobre aquella terraza orientada al oeste aparecieron los primeros rayos de sol. La mujer nos llamó la atención desde el interior del hotel, que sólo tenía tres habitaciones ocupadas. Con una palabrería que parecía no tener fin, se ofreció a servirnos a mi invitado y a mí un plato de pasta: *spaghetti alla pescatore*, naturalmente.

Cuando la señora Moretti se hubo retirado, repetí mi pregunta, pero Gropius eludió la respuesta y planteó a su vez otra cuestión que, al principio, no comprendí:

—¿No será usted un hombre devoto?

—No, por Dios —repuse—, si con ello se refiere a si soy adepto a la Iglesia...

El profesor asintió.

—A eso me refería. —Y, tras dudar un instante, añadió—: Es que a lo mejor mi narración lo ofende en su fuero interno. Es más, puede que sus creencias se vean seriamente cuestionadas y que después contemple el mundo con otros ojos.

Perplejo ante aquel hombre singular, intenté sacar alguna conclusión de su forma de expresarse, de sus gestos moderados... aunque, si he de ser sincero, con un éxito escaso. Cuanta más atención le prestaba a Gropius, más enigmática me resultaba su conducta, pero tanto más fascinado lo escuchaba. No tenía la menor idea de adónde quería llegar, pero, si aquel hombre no estaba loco —y no era ésa la impresión que daba—, debía de tener en su poder algo sumamente explosivo.

—Me ofrecieron diez millones de euros por guardar silencio —dijo en un tono que apenas dejaba entrever emoción alguna.

—Espero que aceptara el dinero —repliqué con un tinte de ironía.

—No me cree —señaló; parecía decepcionado.

—¡Sí, claro que sí! —me apresuré a asegurar—. Es sólo que me gustaría muchísimo saber de qué se trata.

La pregunta respecto a mi grado de devoción había apuntado ya en una dirección determinada; sin embargo, a lo largo de mi vida, me habían informado ya de varios escándalos relacionados con la Iglesia, y alguno que otro había quedado plasmado en mis libros, ya fueran escándalos financieros del Banco Vaticano, conventos para monjas embarazadas o una empresa de venta por catálogo de indumentaria especial para monjes masoquistas. Pocas cosas quedaban ya que pudieran escandalizarme.

Sin levantarse de la silla, Gropius alargó el cuello y se asomó sobre la balaustrada en dirección a la Piazza Trento. Después se volvió hacia mí y dijo:

—Disculpe mi extraña conducta. Todavía sufro un poco de manía persecutoria. Sin embargo, cuando haya escuchado mi historia, no me lo tomará a mal. ¿Ve a aquellos dos hombres de allí abajo?

Gropius hizo un leve gesto con la cabeza en dirección a la calle, donde dos hombres vestidos de oscuro conversaban delante de un modesto Lancia. Al inclinarme sobre la balaustrada para echarle un vistazo a la calle, ambos se volvieron de espaldas, como por casualidad.

Nuestra conversación quedó interrumpida momentáneamente cuando la mujer, con una amplia sonrisa y las cortesías habituales de una cocinera italiana, nos sirvió los espaguetis. Los acompañamos de un Frascati diluido con agua, según la costumbre del lugar y, después, como ha de ser, un *espresso* bien amargo.

Todo había quedado en silencio, en las casas colindantes habían cerrado las altas contraventanas, casi todas pintadas de verde: era la hora de la siesta. Los hombres que había frente al hotel se habían separado y aguardaban, fumando, a unos cien metros el uno del otro. Una pequeña furgoneta de reparto de tres ruedas llegó repiqueteando por el adoquinado. En algún lugar, un gallo emitió un canto ronco, como si temiese por su vida. Desde la cocina, en el piso de abajo, llegaba el rumor del lavavajillas.

El hombre que estaba a mi lado seguía ofreciéndome más enigmas, y yo no sabía muy bien cómo tratarlo. Durante la comida habíamos hablado de cosas intrascendentes; en realidad, Gropius seguía sin desvelarme un ápice de su vida. Por eso, aprovechando un largo silencio —después de todo, era él quien se había presentado allí para confiarme algo de gran importancia—, pregunté con brusquedad:

—¿Quién es usted, profesor Gropius? Ni siquiera estoy seguro de que ése sea su verdadero nombre. Pero, ante todo, ¿qué tiene que contarme? ¡Dígalo de una vez!

El hombre hizo entonces un esfuerzo. Casi podía ver cómo iba deshaciéndose de los reparos que lo habían atormentado hasta el momento. Con cuidado, dejó el manuscrito sobre la mesa, entre nosotros dos, y puso ambas manos sobre él.

—Gropius es mi verdadero nombre, Gregor Gropius —empezó a decir a media voz, de modo que hube de acercarme un poco para entenderlo—. Obtuve el doctorado en medicina a los veinticuatro años; con treinta y ocho ya me había convertido en catedrático de una gran clínica universitaria del sur de Alemania. Antes de eso, y durante dos años, hice diversas estancias en prestigiosas clínicas de Ciudad del Cabo y Boston. En pocas palabras, una carrera de libro. Ah, sí, y también estaba Veronique; la conocí en Salzburgo, en un congreso donde ella trabajaba de azafata. En realidad, se llamaba Veronika, y sus padres, que llevaban un pequeño negocio de coches de alquiler a las afueras de la ciudad, la llamaban Vroni, pero a ella no le gustaba que se lo recordasen. Nos casamos cuatro semanas después de doctorarme, en el castillo Mirabell, y con un carruaje tirado por cuatro caballos blancos. Al principio, todo nos iba bien. Veronique era extraordinariamente atractiva. Yo la veneraba, y ella me consideraba una especie de portento; eso me halagaba, claro está. Al volver la vista atrás, no obstante, debo decir que esas dos cosas no bastan para sustentar un matrimonio. Yo sólo pensaba en mi carrera, y Veronique me toleraba, menos como compañero que como trampolín hacia círculos más elevados de la sociedad. Sólo fingía amarme de vez en cuando, cuando necesitaba más dinero. Sin embargo, cada una de esas ocasiones tenía que valerme para seis semanas. Dicho sea de paso, jamás se nos pasó por la cabeza tener hijos. Ella solía decir que los niños debían estar agradecidos de que nadie los trajera a este horrible mundo. Aunque, en realidad, estoy convencido de que Veronique temía por su figura. En resumidas cuentas, al cabo de diez años, nuestro matrimonio estaba acabado, aunque ninguno de los dos quisiera admitirlo. De hecho, aún vivíamos juntos en nuestro domicilio común del barrio residencial más distinguido de la ciudad, pero cada cual seguía su propio camino y ninguno de los dos hizo nada por salvar el matrimonio. Para realizarse al fin como persona, tal como solía expresarlo ella misma, Veronique abrió una agencia de relaciones públicas en la que diseñaba campañas publicitarias para empresas, editoriales y actores. Aun así, me pareció una mezquindad que me engañara con el primer cliente importante que se le presentó. Tuvo que ser precisamente con el propietario de una conservera de *choucroute*. Bueno, el hombre estaba podrido de dinero y la colmaba de regalos caros; aunque conmigo nunca le había faltado de nada. Yo me vengué a mi manera y seduje a una auxiliar de rayos X muy mona. Era casi veinte años más joven que yo y, cuando Veronique nos sorprendió al regresar inesperadamente de un viaje de negocios, los largos años de indiferencia se transformaron en odio de la noche a la mañana. Jamás olvidaré el ardor de su mirada cuando me dijo: «¡Me pagarás este acto de mal gusto! Acabaré contigo.» Debo confesar que entonces no me tomé muy en serio su amenaza. Sin embargo, ni tres semanas después, el 14 de setiembre (nunca olvidaré ese día porque cambió mi vida), recordé de pronto la amenaza de Veronique e intenté...

En ese punto interrumpí al profesor, que cada vez hablaba con mayor vehemencia, llevado por su extraño desasosiego. Ya hacía rato que me había convencido de que aquel hombre no me estaba contando ningún cuento. En cualquier caso, su relato me tenía sobremanera fascinado, y mi experiencia en el trato con personas (¿o era tal vez un sexto sentido?) me decía que tras esa historia se ocultaba muchísimo más que el consabido drama conyugal. Gropius no era de los que cogían a un desconocido y le soltaban su malograda vida privada sin ningún motivo. Tampoco vi en él la conmiseración del egoísta en busca de atención, que llora su fortuna como si fuera la más aciaga de todas. Por eso le pedí permiso para tomar notas.

—No será necesario —dijo—. He venido a buscarlo para entregarle mis apuntes. Creo que con usted estarán en buenas manos.

—Si lo he entendido bien, profesor, ¿quiere usted dinero a cambio de su historia?

—¿Dinero? —Gropius soltó una amarga carcajada—. Ya tengo bastante dinero. Tal como le he dicho, compraron mi silencio con diez millones... Aunque eso fue en un momento en que nadie podía sospechar cómo acabaría este asunto. No, sólo quiero que la verdad salga a la luz, y sin duda usted sabrá ponerla por escrito mejor que yo.

—¿La verdad?

Sin más rodeos, Gropius empezó a relatar, al principio de forma entrecortada, después con mayor rapidez y haciendo cada vez más alusiones a un laberinto de aventuras e intrigas.

Cuando hubo terminado, faltaba poco para la medianoche. Nos miramos largamente. Gropius vació su vaso y dijo:

—Creo que no volveremos a vernos en esta vida.

Sonreí.

—Tal vez en la próxima.

Gropius me estrechó la mano y desapareció en la oscuridad. Sentí un escalofrío. «Qué curioso —me dije—. Viajo a Italia para escribir una nueva novela y resulta que me regalan una historia verdadera que eclipsa todo lo que un hombre sería capaz de inventar.»

CAPÍTULO 1

Un kilo y seiscientos gramos de tejido humano marrón y palpitante en una solución cristaloide fría: un hígado en un contenedor de aluminio de formato vertical con la inscripción «Eurotransplant», procedente de Frankfurt y camino de Munich. Por la noche, a las 2.30 horas, el conductor había recogido el órgano destinado al trasplante en el hospital clínico de la Universidad Johann Wolfgang Goethe, en Theodor-Stern-Kai. El vehículo avanzaba ya a toda velocidad por la autopista en dirección a Munich.

Los órganos donados suelen transportarse en avión, pero esta vez, a causa de la prohibición de vuelos nocturnos en la zona, se había optado por la autopista. El ordenador de ELAS, el sistema de asignación de hígados de Eurotransplant, había designado a Arno Schlesinger, estudioso de la antigüedad, como posible receptor. Una comisión de tres médicos del hospital clínico de Munich dio su conformidad a la elección. Schlesinger, de cuarenta y seis años de edad, llevaba cuatro meses en la lista de espera y hacía seis semanas que había pasado al grado de urgencia T2. Un accidente le había dejado el hígado gravemente dañado.

El nombre del donante, como siempre, se desconocía. Tan sólo se sabía que había muerto en un accidente. Muerte cerebral alrededor de las 23.00 horas. Grupo sanguíneo del donante: AB, factor Rh negativo, antígeno compatible con A. Schlesinger, hospital clínico de Munich... Eso había computado la base de datos de ELAS en cuestión de segundos.

El doctor Linhart, médico auxiliar de guardia, había sacado de la cama al profesor Gregor Gropius, una eminencia en trasplantes a pesar de su juventud, alrededor de las cinco y media de la madrugada. Gropius se había duchado, se había tomado una taza de café instantáneo, se había puesto un traje cruzado gris, se había enderezado la corbata a juego ante el espejo, y ya conducía su Jaguar azul oscuro por el barrio residencial muniqués de Grünwald en dirección al norte.

Las calles estaban mojadas, aunque no había llovido. El cielo encapotado anunciaba un día brumoso. Era el decimosexto o el decimoséptimo trasplante de hígado de su corta y deslumbrante carrera; como de costumbre, Gropius estaba tenso. Apenas tenía ojos para el tráfico de hora punta. Se saltó un semáforo en rojo sin darse cuenta y apagó la radio del coche mientras el locutor informaba de nuevos atentados en Israel.

El médico de guardia ya había convocado al equipo quirúrgico. Para casos como ése existía un plan de emergencia que, una vez puesto en marcha, se desarrollaba con un automatismo preciso. La enfermera de noche había despertado a Schlesinger hacia las seis, y el médico del servicio clínico informó una vez más al paciente sobre la operación programada. La anestesista le administró una inyección sedante.

Con pocos minutos de diferencia, tanto el conductor de Eurotransplant como el profesor Gropius torcieron por Lindenallee. Gropius enfiló el camino hacia el aparcamiento privado de la parte de atrás. El conductor de Frankfurt entregó el contenedor de aluminio con el órgano del donante en admisión de urgencias. Ya lo estaban esperando.

Entre la llegada del órgano del donante al hospital clínico y el comienzo de la operación transcurren por regla general no más de cuarenta y cinco minutos. Tampoco tardaron más esa mañana los últimos análisis y la preparación del hígado del donante. A las 7.10 horas, el órgano estaba dispuesto para ser trasplantado en el quirófano 3.

Gropius todavía tuvo tiempo de tragar a toda prisa un frugal desayuno en la pequeña cocina de la unidad 3: dos panecillos con queso, un yogur y varias tazas de café. Después se dirigió a la antesala del quirófano para cambiarse y lavarse. Tenía mal despertar, pero todos los que iban a trabajar con él lo sabían, por lo que se limitaron a dirigirle un sucinto «buenos días».

Cuando el profesor entró en el quirófano, a las 7.15 horas, allí se encontraba ya un equipo formado por cinco médicos, dos anestesistas y cuatro enfermeras. El paciente estaba cubierto por una sábana verde. Con un gesto de la mano, Gropius le indicó a la anestesista que empezara. Minutos después, ésta le hizo una señal, y el profesor realizó la primera incisión.

Faltaba poco para el mediodía, y el profesor Gregor Gropius fue el primero en salir del quirófano a la antesala. Se había bajado la mascarilla y sostenía los brazos en alto, como un gángster detenido por la policía. Llevaba la bata verde manchada de sangre. Una enfermera se le acercó y le quitó los guantes de látex y la ropa de quirófano. Los demás miembros del equipo quirúrgico fueron saliendo a la antesala uno tras otro. Entre el personal reinaba un ambiente distendido.

—¡Mi paciente y yo agradecemos a todo el equipo su enérgica cooperación! —Gropius se llevó la mano a la frente, en un saludo militar; después se retiró a su despacho, agotado y ojeroso.

En los últimos días había dormido poco y, cuando lo había conseguido, mal. La culpa no era tanto de sus responsabilidades profesionales como de Veronique, que le hacía la vida imposible. Aquellos días, por primera vez, se había sorprendido pensando en alguna forma de eliminar a Veronique; los médicos conocen los métodos más diversos para ello. Sin embargo, entrando en razón, se había arrepentido de pensarlo siquiera, y desde entonces se sentía bastante turbado, lo asediaban las pesadillas y lo torturaba la certeza de que sólo uno de los dos saldría ileso de aquella lucha, o su esposa o él.

Dieciocho años de casados era mucho tiempo. La mayoría de los matrimonios ya no duraban tanto, y el suyo acababa de terminar. Aun así, ¿tenían que luchar a ultranza? ¿Debían intentar por todos los medios destruirle la vida al otro? Labrarse su carrera le había costado mucho esfuerzo... por no hablar de dinero, y ¿de pronto Veronique estaba dispuesta a hacer lo impensable por destruir esa carrera?

Gropius se tomó un Captagon y se dispuso a descolgar el teléfono para pedir que le trajeran un café, pero justo entonces el aparato gris emitió un agudo pitido. El profesor cogió el auricular.

—No quiero que me molesten durante la próxima media hora... —Se interrumpió, y tras unos largos segundos de reacción, añadió en voz baja y con cierta confusión—: No puede ser. Ahora mismo voy.

En ese mismo instante, Veronique Gropius entraba en una cafetería que estaba cerca del Jardín Inglés de Munich. Era la clase de mujer que atrae todas las miradas cuando entra en un local, y no sólo las de los hombres. Pese a que ese día, en contra de su costumbre, se había vestido con bastante decencia, el atractivo que le confería el traje negro causó sensación.

Era mediodía y sólo había un par de mesas ocupadas en el establecimiento, un típico punto de encuentro de estudiantes e intelectuales. Por eso Veronique llamó en seguida la atención del hombre calvo y delgado que estaba sentado a una mesa de en medio. Él era tal como se había descrito por teléfono; en cualquier caso, no se parecía en nada a la imagen que la gente suele tener de un detective privado.

—¿Madame Gropius? —preguntó el hombre mientras se levantaba de la mesa.

El tratamiento sonó algo extraño, pero iba de algún modo en consonancia con aquel hombre distinguido y elegante en el vestir.

—¿Señor Lewezow? —preguntó Veronique a su vez.

Él asintió y tuvo la atención de ofrecerle una silla.

Ambos se contemplaron durante unos incómodos instantes. Después, Veronique comentó con una sonrisa de satisfacción:

—¿Conque así es un detective privado? No se enfade conmigo si le digo que no se parece en nada a los de la televisión...

Lewezow asintió.

—¡A lo mejor esperaba a un tipo desaliñado, que fumara en pipa, con vaqueros y chupa de cuero! —Al decirlo, enarcó una ceja—. Hace relativamente poco que me dedico a esto... Aunque la calidad de mis investigaciones no se resiente en absoluto por ello, al contrario. Puedo... —Lewezow sacó una fina carpeta de debajo de la mesa—... puedo mostrarle algunas referencias.

Mientras Veronique Gropius ojeaba encargos, cartas de agradecimiento y la lista de precios de la carpeta (vio, de hecho, algunos encargos muy respetables), para ganar tiempo, preguntó:

—¿Cuánto hace que se dedica a esto? Quiero decir que, al fin y al cabo, nadie nace siendo detective privado.

—Cuatro años —contestó el hombre—. Antes era terapeuta de danza, y antes, bailarín de la Ópera. Tras la muerte de mi novio, literalmente, perdí pie. No conseguía hacer ni una pirueta, ni un salto... pero no quiero aburrirla con la historia de mi vida.

—¡De ninguna manera! —Veronique sonrió y le devolvió la carpeta a Lewezow.

—Por teléfono insinuó usted algo —prosiguió el detective, para ir al grano.

Veronique cogió aliento y, mientras revolvía en su bolso negro y plano, empezó a explicar. La expresión de su rostro se transformó en cuestión de segundos. Los rasgos que un instante atrás habían sido serenos adoptaron de pronto una severidad visible, casi cruel. Entonces sacó del bolso una fotografía y se la tendió al detective.

—Éste es el profesor Gregor Gropius, mi marido... ex marido, debería decir. Hace tiempo que nuestra relación existe sólo sobre el papel, nuestro matrimonio ya sólo se desarrolla por teléfono.

—Permítame una pregunta, madame, ¿por qué no se divorcian?

Veronique entrelazó las manos, y sus nudillos adquirieron el blanco de la nieve.

—Hay un problema. En nuestra boda, hace dieciocho años, acordamos una separación de bienes. ¿Sabe lo que significa eso, señor Lewezow?

—Puedo imaginarlo, madame.

—Mi marido sale del divorcio como un hombre rico y sin obligaciones, y a mí más me vale empezar otra vez desde cero.

—¿No trabaja usted?

—Sí. Hace dos años que dirijo una agencia de relaciones públicas. El negocio no va mal, pero en comparación con la fortuna que ha llegado a acumular Gregor...

Lewezow entornó los ojos.

—Me temo que, en caso de divorcio, apenas hay posibilidades de conseguir legalmente el dinero de su marido, ni siquiera una parte.

—Soy consciente de ello —lo interrumpió Veronique—, eso mismo me ha dicho mi abogado. Como bien dice, apenas hay posibilidades, legalmente. Habría que presionar a Gregor lo suficiente como para que él, por voluntad propia, se declarase dispuesto a compartir su dinero conmigo... Quiero decir voluntariamente, claro está.

—Ahora lo entiendo. En la vida de un profesor, como en la de todo hombre, también hay aspectos oscuros que sería preferible que no salieran a la luz. ¿Estoy en lo cierto?

Las facciones de Veronique se iluminaron por un instante, y una sonrisa insidiosa asomó en su rostro.

—Exacto. En este caso en concreto, a Gregor incluso podría costarle la vida. El único problema es que no tengo pruebas.

—¿Pruebas de qué?

Veronique miró a un lado para asegurarse de que nadie escuchaba su conversación y, sin levantar mucho la voz, empezó a decir:

—Gregor tiene una cátedra en el hospital clínico de la universidad. A lo largo del año realiza decenas de trasplantes de órganos. Trasplanta riñones, hígados y pulmones de una persona a otra, de donantes que casi siempre están muertos.

Lewezow tragó saliva.

—En cualquier caso, la demanda es muchísimo mayor que la cantidad de órganos de donantes, así que en el mercado negro se trafica con ellos como si fueran coches de segunda mano o antigüedades, con unos precios de cientos de miles de euros.

Lewezow empezó a tomar notas, de pronto alzó la mirada y dijo:

—Si la he entendido bien, ¿supone que su ex marido hace negocios con traficantes de órganos?

Veronique miró a Lewezow sin demostrar ninguna emoción.

—Y, si sigo entendiéndola bien —prosiguió el hombre—, en caso de que su suposición se corrobore, con esa información quiere...

—¡... extorsionar a Gregor! Dígalo con toda tranquilidad. No quiero que mi marido, después de dieciocho años, me despache como a una criada con tres meses de sueldo, ¿comprende?

Lewezow se pasó la mano por la cabeza esmeradamente rasurada mientras su mirada recaía sobre las notas que tenía sobre la mesa.

—No es un encargo fácil —gruñó para sí, meditabundo—. Quiero advertirle que esto requerirá un esfuerzo nada insignificante.

—Por dinero, que no quede —replicó Veronique—. A fin de cuentas, hay una buena cantidad en juego.

Lewezow asintió en silencio.

—Puede quedarse con la fotografía. Y tenga —sacó un papel doblado del bolso—, le he anotado todos los nombres y las direcciones del entorno personal de mi marido, incluida la guarra con la que se acuesta dos veces por semana.

Asombrado, Lewezow echó un vistazo a los datos y comentó con admiración:

—Muy profesional, madame, de verdad. ¡Muy profesional!

Veronique gesticuló con enojo, como diciendo que se ahorrara los cumplidos. En lugar de contestar, le pasó sobre la mesa un cheque cumplimentado a su interlocutor y dijo:

—Cinco mil. Tendría que bastarle para empezar. Después ya haremos cuentas.

Casi nada lograba animar el carácter depresivo de Lewezow

como el dinero. Tenía la vieja costumbre de besar los cheques, y también esa vez lo hizo, antes de desaparecer tras declarar:

—Madame, estoy seguro de que le seré de ayuda.

Cuando el profesor Gropius entró en cuidados intensivos, Arno Schlesinger ya había muerto. El electrocardiógrafo emitía un pitido agudo y constante. Gropius apartó al cura, un espigado personaje negro con alzacuello blanco que ceceaba una oración incomprensible.

—¿Cómo ha podido suceder? —increpó el profesor al médico jefe, el doctor Fichte.

Éste, un hombre de aspecto juvenil, con cabello rizado y oscuro, de la misma edad que Gropius, sacudió la cabeza. Miraba desconcertado a Schlesinger, que yacía allí tendido con los ojos medio cerrados, la boca abierta y el cuerpo inclinado hacia un lado en medio de una maraña de cables y tubos. Con un hilo de voz, dijo:

—Taquicardia repentina, pulso dicroto durante unos instantes, parada cardíaca poco después. No me lo explico.

—¿Por qué no me han avisado antes? —preguntó Gropius, dirigiéndose a la enfermera de guardia.

La mujer, una rubia corpulenta que ya había visto morir a muchos pacientes, respondió con indiferencia:

—Lo siento, profesor, ha sido todo muy rápido. —Y, con esa misma indiferencia, señalando con el dedo los cables a los que todavía seguía enchufado el paciente, añadió—: ¿Puedo desmontar ya todo esto?

Mientras la enfermera apagaba el electrocardiógrafo y recogía los cables, Gropius y el médico jefe se acercaron a la ventana y contemplaron el exterior. Sin mirar a su colega, el profesor preguntó:

—¿Usted qué opina, Fichte?

El médico jefe dudaba.

—¡No sea benévolo conmigo! —lo alentó Gropius.

—Quizá una hemorragia en las paredes del esófago.

Gropius asintió.

—Eso es lo más obvio, pero no lo creo. De ser así, yo tendría algo que recriminarme.

—Mi intención no era ni mucho menos culparlo de... —se apresuró a añadir el médico jefe, pero Gropius lo interrumpió.

—No pasa nada. Tiene usted toda la razón. Una hemorragia es lo más obvio. Por eso dispondré que se le haga la autopsia.

—¿Quiere...?

—Se lo debo a mi reputación. No quiero que de pronto un día circule el rumor de que Gropius, en cierta ocasión, hizo una chapuza. Insisto en que se le realice la autopsia.

Cuando la enfermera rubia reparó en que la conversación derivaba hacia temas morales, prefirió salir de cuidados intensivos. Los largos años de experiencia en su profesión le habían enseñado que esa clase de conversaciones entre médicos suelen tener un final poco honroso, por mucho que nadie dejara caer las palabras de las que se trataba en realidad: negligencia médica.

Con su decisión de pedir la autopsia, Gropius quería acallar de raíz esos rumores. De momento tenía muy claro que no había cometido ningún error. Sin embargo, ¿cuál había sido la causa del repentino fallecimiento de Schlesinger?

Esa pregunta no dejaba de inquietarlo, pero quedaría respondida a lo largo del día siguiente. «El que sufre por la muerte de un paciente —solía decir— no debería ser médico.» No tenía nada que ver con ser impasible, ni mucho menos cruel; un hospital clínico era una gran empresa de servicios en la que no todo salía bien.

A pesar de ese aplomo frente al destino de cada individuo, el caso Schlesinger le estaba suscitando al profesor una inquietud inexplicable. La operación había sido rutinaria y se había desarrollado sin una sola complicación. Aun así, el paciente había muerto. Gropius tenía la sensación de que algo no encajaba.

El profesor llegó a su casa de muy mal humor sobre las ocho de la tarde. Desde que Veronique lo había dejado, le parecía que la casa se había quedado vacía, aunque ella sólo se había llevado los muebles de su habitación. Gropius no había vuelto a entrar allí desde entonces... ni él mismo sabía decir por qué. Encendió el televisor sin mirarlo y fue a buscar una copa de tinto a la cocina. Después, exhausto, se dejó caer en un sillón orejero y se quedó mirando al vacío. Cuando estaba con amigos y de ánimo jocoso, denominaba «D. T.» a su estado de soledad: la D de *delirium* y la T de *tremens*. Aunque en realidad eso lo decía en broma refiriéndose al estado en que cree caer todo hombre al que ha abandonado su mujer.

Gropius dio un trago y dejó la copa cuando sonó el teléfono. Miró la hora y decidió no contestar, porque no le apetecía hablar con nadie y, en caso de que fuese Rita, la auxiliar de rayos X, de sexo menos aún.

Tras unos tonos casi interminables, el aparato calló al fin, pero sólo para volver a poner a prueba sus nervios tras una breve pausa. Gropius contestó con irritación:

—¿Sí? —bramó al auricular.

Nadie respondió. El profesor estaba a punto de colgar cuando percibió una voz.

—¿Quién es? —vociferó, esta vez bastante enojado.

—Una información para el profesor Gropius —oyó que decía una voz fría, ligeramente distorsionada—. Es sobre la muerte de Schlesinger.

Gropius se puso en guardia al instante.

—¿Quién es? ¿Qué sabe sobre el paciente? ¡Hable de una vez!

—Schlesinger murió de coma hepático... No fue culpa de usted... Por eso debe suspender toda investigación... Es por su propio bien.

—¿Que quién es, joder? —gritó Gropius, muy alterado.

Pero ya habían colgado.

Desconcertado, Gregor Gropius apretó el auricular contra el aparato como si quisiera impedir que volvieran a llamar. ¿Quién había sido el autor de aquella extraña llamada? Sin salir de su asombro, fue haciendo inventario de todas las voces que tenía almacenadas en la memoria. Estuvo unos minutos intentando procesar la información, pero finalmente se rindió. Cogió su copa, la vació de un trago y apagó el televisor. Pese a ser, por naturaleza, todo lo contrario a un pusilánime, de pronto lo invadió el miedo, se sintió observado y pulsó el botón con el que se bajaban las persianas de la casa.

¿Quién narices estaba al tanto de la muerte de Schlesinger? ¿Quién podría apuntar una causa tan precisa y completamente plausible de su fallecimiento? Sólo cabía una posibilidad: tenía que ser alguien del círculo de sus compañeros de trabajo. Sólo la rivalidad de las estrellas de Hollywood supera a la rivalidad entre médicos.

—Fichte, el médico jefe Fichte —murmuró Gropius.

Sin embargo, desechó el pensamiento un instante después. Si Fichte quisiera ponerle la zancadilla, sería el primer interesado en el esclarecimiento de la muerte de Schlesinger, y en ese caso, sería absurdo que le exigiera suspender las investigaciones de la causa de su fallecimiento.

Gropius recorría el salón intranquilo, como una fiera enjaulada. Llevaba las manos cruzadas a la espalda y sacudía la cabeza con desconcierto. ¡Veronique! Su ex mujer le había dicho a la cara que lo odiaba en más de una ocasión. La primera vez le había dolido; a fin de cuentas, una vez se habían amado. Sin embargo, tras utilizarlo varias veces, ese tiro certero había dejado de surtir efecto. No cabía duda de que Veronique era más que capaz de montar una intriga a lo grande. Incluso se lo había advertido. Aun así, ¿estaba en situación de tramar la muerte de un paciente? Veronique apenas tenía contactos en la clínica. No le agradaba el trato con los médicos. «Son una panda de burgueses —había comentado una vez—. Sólo saben pensar en vísceras y en su carrera. ¡Es repugnante!» No, también Veronique quedaba excluida como autora del atentado contra la vida del paciente. En ese supuesto, además, la llamada misteriosa tenía aún menos sentido.

Con esas conclusiones tan poco satisfactorias, Gropius se fue a la cama. Sin embargo, permaneció largo rato despierto. Los sucesos que rodeaban la muerte del paciente lo habían afectado más de lo que creía. Permaneció en un estado de duermevela hasta que comenzó a amanecer.

A la mañana siguiente, en el hospital, su secretaria, una cincuentona maternal —Veronique jamás habría aceptado a ninguna otra—, lo recibió con su acostumbrado buen humor y con el anuncio de que los resultados de la autopsia del caso Schlesinger ya estaban listos y que el profesor Lagermann le había pedido que lo llamase, por favor.

¡Lagermann! Aunque nunca había hablado con él, Gropius recordó su voz al instante. ¡Lagermann podría haber sido el autor de la misteriosa llamada! Con fingida serenidad, entró en su despacho y cerró la puerta. Vio que le temblaba la mano mientras marcaba el número del patólogo.

—No se sorprenderá, querido colega, cuando le diga cuál ha sido la causa del fallecimiento en el caso Schlesinger —empezó a decir éste sin rodeos—. El diagnóstico anatómico habla de coma hepático.

Gropius no pronunció palabra, y Lagermann preguntó:

—¿Sigue usted ahí?

—Sí, sí —balbuceó Gropius, y se esforzó, aunque sin conseguirlo, por encontrar una explicación para lo que acababa de oír.

—Lo que, por el contrario, sí le sorprenderá son los resultados de histología: el órgano del donante no estaba limpio. He encontrado presencia de una alta dosis de Clorfenvinfos, posiblemente inyectado en el órgano ya preparado. El paciente no tenía posibilidad alguna de sobrevivir. En esas circunstancias, me he visto en la obligación de informar a la fiscalía. Redactaré un informe.

—¡Lagermann! —masculló Gropius después de colgar. Notaba un sudor frío en la nuca—. ¿Lagermann?

Durante los días siguientes, los acontecimientos se sucedieron tan atropelladamente que a Gropius, más adelante, le costaría recordarlo todo en orden cronológico. Todo empezó con una situación embarazosa que surgió de la coincidencia de varias circunstancias desafortunadas, tan malhadadas como cabría imaginar.

Ese día, Gropius se sentía en el trabajo como si estuviera dentro de un sueño. Se sorprendió a sí mismo varias veces mirando con desconfianza a todo aquel con el que se encontraba y preguntándose si ya estaría al tanto de lo sucedido. También tuvo la impresión de que la mayoría de sus colegas lo rehuían.

Por la tarde, el profesor estaba sentado en su despacho, una sala sobria con mobiliario de acero tubular y sillones negros de piel. Ante sí, sobre el escritorio, tenía el informe del trasplante de Schlesinger y seguía devanándose los sesos con las mismas preguntas: ¿cómo había podido suceder?, ¿quién estaría interesado en contaminar el órgano del donante? Casi pasó por alto los tímidos golpes que sonaron en la puerta; pero luego, desorientado, alzó la voz:

—Adelante.

De pronto apareció Rita, la auxiliar de rayos X a la que doblaba la edad, de una belleza arrebatadora y con una gran fe en el horóscopo; una curiosa combinación, ya que casi siempre son las carencias las que allanan el camino a la astrología. En cualquier caso, desde que se conocían más íntimamente —desde que mantenían una relación—, Gropius sabía que era virgo, ascendente leo, con el sol en la primera casa. Aunque tampoco eso le servía de nada en esos momentos.

Sin dejar de mirar a la muchacha pelirroja de bata blanca, se levantó de un brinco y se acercó a ella.

—¿No te tengo dicho que en la clínica no nos conocemos? —dijo.

—Ya lo sé —replicó Rita—, pero en las unidades se cuchichea que ha ocurrido algo horrible, ¡un asesinato!

Le echó los brazos alrededor del cuello.

Él la apartó agarrándola de las dos muñecas.

—Bueno, pues que cuchicheen —replicó de mala gana.

—¿Qué hay de cierto en esos rumores? —preguntó la muchacha a media voz.

—¡Nada! Quiero decir que sí, que algo ha pasado. El órgano de un donante estaba contaminado. El paciente murió poco después de la intervención. ¡Ahora ya lo sabes! —Las palabras de Gropius rezumaban disgusto e irritación.

Exaltados como estaban, ninguno de los dos se dio cuenta de que otros dos personajes habían entrado en la sala. Ante ellos aparecieron, como salidos de la nada, la secretaria de Gropius y un hombre al que el profesor no conocía. Gropius seguía apresando los brazos de la muchacha contra su pecho.

—He llamado —dijo la secretaria, a modo de excusa, mientras apercibía la situación comprometida de su jefe con una mirada reprobadora.

—Está bien —repuso Gropius. Soltó a Rita y, dirigiéndose a ella, dijo—: ¡Hablaremos de su problema más adelante!

Rita desapareció.

—Éste es el fiscal Renner —dijo la secretaria, haciendo un ademán hacia el desconocido.

Gropius miró al fiscal, un joven vigoroso con gafas de montura al aire y un riguroso corte de pelo militar, y, mientras lo hacía, fue consciente de lo manido de su comentario a Rita.

—Lo estaba esperando —le dijo al joven—. Siéntese, por favor.

Markus Renner estaba aún al comienzo de su carrera, pero su conducta era cualquier cosa menos reservada.

—Ya sabe de qué se trata —empezó a decir, sin rodeos—. ¿Qué explicación tiene para lo sucedido? No tiene por qué imputarse a sí mismo y puede negarse a declarar siempre que quiera, pero, dadas las circunstancias, voy a proceder por homicidio involuntario. Seguramente será usted acusado. ¿Quiere prestar declaración?

Las frases del fiscal cruzaron la sala silbando en línea recta, como una flecha certera, y se le clavaron a Gropius en el alma.

—No tengo ningún tipo de explicación para lo sucedido —repuso, dubitativo—. Y créame cuando le digo que soy el primer interesado en aclarar este misterio. Después de todo, estamos hablando de mi reputación como médico.

Renner esbozó una sonrisa satisfecha.

—En tal caso, ¿puedo pedirle que me entregue el informe del trasplante? Necesito el nombre del cirujano que extrajo el órgano del donante, así como los de todos los que participaron en el transporte del órgano de Frankfurt a Munich y los de quienes estuvieron en contacto con el órgano aquí, en la clínica, o podrían haberlo estado.

Con una sonrisa avinagrada en el rostro, Gropius le acercó el informe al fiscal deslizándolo por encima de la mesa.

—Aquí encontrará toda la documentación.

Renner lo alcanzó casi con indiferencia y con una impertinencia que nadie habría esperado en un hombre de su edad. Como si se tratara de un folleto publicitario o de algo sin importancia, fue pasando páginas y luego declaró:

—Profesor, quisiera pedirle que estuviera localizable para la fiscalía en todo momento. ¿Parto de la base de que no piensa abandonar la ciudad en los próximos días?

Gropius asintió, indignado, y gruñó, no con menor indignación:

—Si así ha de ser...

El fiscal Renner se despidió con una fórmula de cortesía y sin ofrecerle la mano. Apenas había cerrado la puerta al salir cuando Gropius exclamó a media voz:

—¡Insolente!

Estaba hecho una furia. Se pasó el dorso de la mano por la frente con rabia, como si quisiera ahuyentar sus lóbregas ideas. Después comenzó a dibujar rectángulos y líneas en un papel, y flechas que se movían como extraviadas en un laberinto: la ruta seguida por el contenedor del órgano del donante desde la llegada a la clínica hasta el quirófano. Gropius marcó algunos lugares con una X, y en otros escribió un signo de interrogación. Rodeó con un círculo el laboratorio del tercer piso donde se habían realizado los últimos análisis histológicos. Después señaló con un signo de exclamación todas las puertas que había en el recorrido desde allí hasta el quirófano. Puesto que el informe del laboratorio había corroborado todos los valores y no había revelado ninguna anormalidad, la irregularidad debía de haberse perpetrado en ese último tramo.

Gropius esperó hasta el cambio de turno de las ocho de la tarde, cuando todas las unidades quedaban en calma. Sin hacer ruido, se puso en marcha con su cuaderno. Jamás habría pensado que un día recorrería su unidad a hurtadillas, como un ladrón, tomando apuntes. Por miedo a que lo sorprendieran en su extraña actividad, comenzó a deambular por los pasillos, de acá para allá, sin rumbo aparente, intentando dar la impresión de que estudiaba un importante informe. En realidad, estaba anotando cada puerta y la relevancia de la sala que había al otro lado, sin excluir ni los lavabos ni los cuartos de la limpieza.

Aliviado al ver que no se había encontrado con nadie que pudiera sospechar algo, se dirigía ya a toda prisa hacia el ascensor cuando un hombre dobló la esquina; el hombre que menos esperaba encontrar allí a esas horas.

—Fiscal, ¿usted aquí?

Markus Renner esbozó una sonrisa insidiosa y se acomodó las gafas. Con los ojos entornados, contempló la hoja garabateada que Gropius sostenía en las manos y comentó, como por encima del hombro:

—¡Parece que ambos hemos tenido la misma idea!

Gropius prefirió guardar silencio. Al margen de lo que hubiese querido insinuar el fiscal con su comentario, no le apetecía nada dar explicaciones. Aquélla seguía siendo su clínica. Aquel insolente ambicioso le había resultado antipático desde el principio... y no sólo porque una muerte los hubiese convertido en rivales; le disgustaba la conducta fanfarrona de aquel joven. Y así fue que el desagradable encuentro acabó en silencio y cada cual siguió su camino.

Cuando Gropius llegó a casa, poco antes de las diez, Rita estaba esperándolo en la puerta. No le sorprendió lo más mínimo. Había empezado a llover, y la muchacha estaba calada hasta los huesos.

—He pensado que en un día como hoy no te vendría mal un poco de distracción. Aunque también puedo marcharme, si quieres.

A Gropius le pareció conmovedor.

—No, no. ¡Entra!

En instantes como ése, Gropius se preguntaba si su relación no sería algo más que puro sexo, pese a que eso era lo que le había dicho siempre a Rita con toda franqueza. No quería saber nada de relaciones serias. Cierto, había sido tajante con ella, pero es que no quería ni oír hablar de amor. Ella había correspondido a su honestidad asegurándole que podía esperar.

—Tienes que entenderlo —empezó a decir Gregor Gropius cuando estuvieron dentro—. No tiene nada que ver contigo, pero en este momento no estoy precisamente de humor para echar un polvo.

—Hum. —Rita sacó el labio inferior como una niña pequeña. También sabía lucirse en situaciones como ésa.

—Deberías darte un baño caliente y colgar un rato la ropa para que se seque —la aconsejó él, y la abrazó.

Rita se desvistió ante su mirada —lo cual, no obstante, esa noche no le hizo perder el sentido—, y colgó sus prendas empapadas en el radiador del pasillo.

«Es preciosa», pensó Gropius. No tuvo tiempo de más. El teléfono lo arrastró de vuelta a la realidad. Aun antes de poder decir nada, reconoció en el auricular una voz que ya había oído en otra ocasión:

—Una información para el profesor Gropius. Es sobre la muerte de Schlesinger. Schlesinger murió de coma hepático. No fue culpa de usted. Por eso debe suspender toda investigación. Es por su propio bien. —Y se interrumpió la comunicación.

Gropius, petrificado, miró a la chica desnuda. Aún recordaba la primera llamada. Aquéllas eran exactamente las mismas palabras. ¡Una grabación!

—¿Malas noticias? —preguntó Rita.

—Sí —respondió Gregor, distraído.

—¿Quieres que me vaya?

Gropius miró a un lado y asintió.

Más o menos a esa misma hora, el profesor Lagermann y el médico jefe Fichte estaban en la barra de un bar del centro. El local se llamaba Extrablatt y era un punto de encuentro, tan predilecto como ahumado, de periodistas, ya que las redacciones de las publicaciones más importantes quedaban a sólo unos minutos de allí. Fichte y Lagermann jamás se habrían hecho amigos, sencillamente eran demasiado diferentes para eso, pero el destino los había unido porque el padre de Fichte y la madre de Lagermann eran hermanos, lo cual les confería el parentesco de primos, parentesco que costaba de creer. En la clínica, ambos ocultaban ese hecho, aunque tenían diferentes motivos para ello.

Mientras que Fichte, cuyo apodo era *Arbolillo*, era un hombre notablemente mujeriego, Lagermann se había olvidado del sexo contrario hacía ya tiempo; nadie era capaz de decir si por convicción o porque no le quedaba otro remedio, ni siquiera Fichte. Guiñando un ojo, Lagermann se describía a sí mismo como protestante apto para la procreación. Por lo demás, una vez le había confesado a su primo que qué mujer querría tener algo que ver con un destripacadáveres. Tampoco él, había dicho, podía imaginar que, al llegar a casa del trabajo por la tarde, una mujer le preguntase cómo le había ido el día, y que él, mientras cenaba, le respondiera que esa jornada había tenido de nuevo sobre la mesa un corazón y unos riñones, o un estómago.

Lagermann veía su profesión como una forma de sustento, en modo alguno como una vocación. Había acabado llegando a ella, al igual que la mayoría de los patólogos, porque alguien tenía que hacer ese trabajo. Que su ambición se mantenía a raya, por tanto, era tan poco digno de mención como el hecho de que se entregaba al alcohol más de lo recomendable para el organismo de un hombre adulto.

Fichte era todo lo contrario: no muy corpulento, pero abierto y optimista, tenía una mujer atractiva y dos hijas a las que adoraba, y su carrera ocupaba el primer lugar en cuanto a objetivos vitales. Pese a que Gropius, en realidad, se interponía en esa carrera, a Fichte parecía caerle bien o, en todo caso, eso proclamaba en cuanto tenía ocasión.

Walter Lagermann, por el contrario, no mantenía en secreto su antipatía por Gropius, aunque no exponía los motivos de su desagrado. Por tanto, cuando Daniel Breddin, un reportero del periódico *Bild* con quien ya había tenido trato en ocasiones anteriores, lo llamó y le pidió que se entrevistaran, él se mostró más que dispuesto. La presencia de Fichte, por lo menos a ojos de Lagermann, no era ninguna molestia. Ellos dos solían quedar cada dos o tres semanas para tomar una cerveza, y Lagermann no vio motivo para suspender aquella inofensiva y placentera costumbre.

Daniel Breddin, al que todo el mundo llamaba Danny, tenía un aspecto apático y grueso que contrastaba muchísimo con su intelecto despierto y perspicaz. Danny fue directo al grano:

—Hoy nos ha llegado por la Agencia Alemana de Prensa la noticia de una misteriosa defunción en el hospital clínico universitario. ¿De qué se trata, profesor?

—Ha sido un asesinato —respondió Lagermann, ecuánime.

Fichte lo interrumpió al instante:

—¡Pero Walter! Eso no puede decirse así como así.

Lagermann alzó las manos con ánimo apaciguador.

—Está bien, entonces me expresaré de otro modo: a un paciente le han trasplantado un hígado y sólo ha sobrevivido una hora a la operación. En la autopsia subsiguiente he constatado una alta dosis de insecticida en el órgano trasplantado. En otras palabras, ¡el hígado estaba contaminado!

Breddin abrió mucho los ojos; presentía una historia sensacionalista.

—O sea, que la muerte no puede atribuirse a un fallo médico... —apuntó.

Lagermann se encogió de hombros con teatralidad, tanto que su amplio cráneo casi desapareció entre las clavículas.

—¡Gregor Gropius tiene una reputación sobresaliente! —replicó en un tono que más bien ponía en entredicho su afirmación.

Fue entonces cuando Fichte intervino en la conversación y explicó, dirigiéndose al reportero:

—Tiene que saber que mi primo Walter Lagermann y Gregor Gropius no se soportan; mejor dicho, a Walter no le cae bien Gropius, como puede ver. Lo que ha sucedido es que el órgano del donante había sido preparado, presumiblemente mediante una inyección. Sobre el autor del suceso y sus motivos sólo podemos especular. En cualquier caso, este suceso no es nada bueno para la reputación de nuestra clínica. No obstante, permítame que le pida que no me mencione en su reportaje. Sería muy desagradable para mí que surgiera la sospecha de que quiero atacar a Gropius por la espalda. En mi opinión, él no es culpable de nada.

Lagermann esbozó una amplia sonrisa, se bebió su licor de un trago y, mientras su mirada iracunda iba de Breddin a Fichte, comenzó a vociferar:

—Gropius era el responsable de la operación, de modo que también debe dar cuentas si pasa algo. ¿O acaso me equivoco? Además, no comprendo por qué quieres protegerlo. Estoy convencido de que, si encontrara la forma de hacerlo, él mismo te cargaría a ti con toda la responsabilidad.

—¡Estás mal de la cabeza! —Fichte dejó su cerveza sobre el mostrador con rabia, se inclinó hacia Lagermann y, para que Breddin no pudiera oírlo, murmuró—: Deja de beber, Walter. ¡Ya estás otra vez hablando más de la cuenta!

Lagermann torció el gesto y le dio un empujón a Fichte.

—Chorradas. ¡Digo lo que quiero y se lo digo a quien me apetece!

Fichte rebuscó entonces en su cartera, dejó un billete sobre la barra y se volvió hacia Breddin.

—No debe creerse todo lo que le cuente mi primo a lo largo de la noche —aconsejó—. A veces bebe demasiado y a la mañana siguiente ya no sabe lo que ha dicho. Ahora, si me disculpan...

No era poco habitual que Fichte dejara plantado sin más a su primo Lagermann. Enardecida por la cantidad de alcohol suficiente, su verborrea era prácticamente incontenible y, en esos casos, en seguida se ponía agresivo.

En cuanto Fichte hubo desaparecido, Breddin vio llegado su momento de sonsacarle a Lagermann más de lo que después le habría gustado explicar. Por eso planteó sin ambages la siguiente pregunta:

—¿Tiene enemigos el profesor Gropius?

—¿Enemigos? —Lagermann tragó saliva. Ya había llegado a ese punto en que le costaba dar respuestas inteligentes. Al cabo de un rato durante el cual se lo vio esforzarse por pensar, espetó—: Sí, yo... claro está. Yo jamás lo consideraría un amigo.

Soltó una risa interminable y afectada que llamó la atención de los demás clientes del local.

—Y ¿aparte de usted?

Lagermann hizo un gesto negativo con la mano.

—Debe usted saber que, entre los médicos de una clínica, todas las mañanas estalla la tercera guerra mundial. Los motivos del conflicto resultan ridículos para los profanos: una plaza de aparcamiento mejor, un coche más caro, un despacho mejor situado, una secretaria más guapa, pacientes más ilustres... La envidia provocada por la competitividad y la sed de fama adquieren proporciones alarmantes. Un pobre patólogo como yo se ahorra en gran parte todo eso. No tengo competencia, y nadie puede disputarme la fama, ya que es inexistente. ¿O conoce a algún patólogo famoso? No necesito tratar a mis pacientes con especial consideración... puesto que están todos muertos. Da igual que sean vagabundos o famosos, sólo se diferencian por la pequeña etiqueta con su nombre que les cuelga del dedo gordo del pie.

Lagermann dirigió la vista al frente por encima de la barra. Con párpados pesados y sin mirar al reportero, prosiguió:

—¿Sabe lo repugnante que es el ser humano por dentro? El hombre lleva siglos trabajando su exterior, cada vez se ha vuelto más hermoso, cada vez más deseable. ¡Sólo hay que pensar en el *Discóbolo* de Mirón o el *David* de Miguel Ángel! Pero bajo la piel seguimos siendo igual de horrendos e imperfectos que hace un millón de años. ¿Ha visto aunque sea una sola vez el corazón de una persona, un rebujo de músculo amorfo y envuelto por una grasa amarillenta; o un hígado, como un hongo enmohecido en el bosque; o arterias con calcificaciones, que parecen algas en una charca? ¡Y esto todos los días entre el desayuno y el almuerzo! —Lagermann metió el índice en su vaso de licor y prosiguió, lloroso—: Le digo, Breddin, que todo eso sólo se puede soportar con una cantidad suficiente de alcohol. ¿Breddin?

Lagermann levantó la vista y, desconcertado, buscó a su interlocutor, pero Breddin hacía ya rato que había desaparecido.

A la mañana siguiente, el *Bild* salía con el siguiente titular: «Misterioso fallecimiento en una clínica universitaria.» En el artículo se citaban las palabras del profesor Lagermann: «¡Este hecho es una mancha para nuestra clínica! Sería deseable que despidieran pronto al culpable.»

Esa mañana, mientras conducía hacia la clínica, Gropius se tropezó con el titular en todas las esquinas. Tenía la sensación de que los peatones de los semáforos lo observaban, y le parecía que algunos lo señalaban con el dedo y reían con malicia. Apretó la frente contra el volante para escapar del escarnio público, pero el semáforo se puso verde y los impacientes bocinazos lo devolvieron a la realidad. Mientras conducía a lo largo del Isar, consideró con total seriedad la opción de pasar con el Jaguar por encima del muro de la orilla y lanzarse al río; aunque una caída al caudal no le garantizaba la muerte. Además, ¿no sería eso como reconocer su culpabilidad?

Asediado por ese tipo de pensamientos, siguió el camino de la clínica por pura costumbre, avanzando como un asno que encontraría el establo aun estando ciego. Más tarde no recordaría cómo había recorrido el trayecto. Tampoco sabría cómo había sucedido lo que ocurrió después.

En contra de su costumbre, después de aparcar el coche, Gregor Gropius no cogió el ascensor para subir, sino que apretó el botón para bajar al piso en que se encontraba Patología. Lagermann apareció al final del pasillo que llevaba a su sala de disección como un espectro de larga bata blanca. Al subir al ascensor, Gropius se había propuesto pedirle cuentas a Lagermann, nada más. Sin embargo, allí, en aquel pasillo iluminado por cegadores fluorescentes, donde los ojos desaparecían en las cuencas oscurecidas, de pronto se vieron el uno frente al otro, como dos duelistas, como enemigos mortales que aguardan el momento de saber quién será el primero en desenfundar el arma. Al reconocer a Lagermann, Gropius forzó el paso. No podía demostrarle miedo. Lagermann, sin embargo, tuvo la misma idea. Y así fue que Gropius y Lagermann decidieron abalanzarse el uno sobre el otro como dos ciervos en celo, sin saber cómo terminaría el encontronazo.

Gropius preparó un golpe y le estampó a su contrincante el puño derecho en plena cara. La bata de Lagermann, larga hasta el suelo, le impidió mantener el equilibrio, se golpeó el cráneo contra la pared y se desplomó como un saco de harina.

Por suerte para Gropius, no hubo ningún testigo, y Lagermann no sufrió ninguna herida grave. No obstante, ese mismo día la dirección de la clínica le dio a Gropius unas vacaciones forzosas hasta que el escándalo del trasplante quedara definitivamente aclarado.

El reportaje del *Bild* levantó mucho revuelo, y Breddin, al que no se le podía negar su buen olfato para los escándalos, sospechaba que tras el crimen se escondía una historia muy diferente. Gropius, al que llamó para pedirle una entrevista, había rehusado hablar con él, de modo que empezó a buscar un nuevo punto de partida.

No obstante, eso resultó ser muchísimo más complicado de lo que había presumido en un primer momento. La gente de Eurotransplant callaba como una tumba en lo referente a quién había sido el donante del órgano, y el hospital clínico de Munich había decretado silencio informativo después de los provocadores titulares de su periódico. Incluso Lagermann, con quien consiguió hablar por teléfono ese mismo día, se mostró malhumorado y comentó que la noche anterior había bebido demasiado y había hablado más aún, y que sobre todo no había esperado que Breddin citara textualmente sus palabras. También señaló que eso podía perjudicarlo mucho.

Entretanto, en la diaria conferencia telefónica del periódico —en la que todas las redacciones exteriores se ponen en contacto con la publicación de Hamburgo— se había decidido subir la temperatura de la noticia, es decir, nutrir a los lectores con un nuevo artículo sobre el escándalo del trasplante cada día.

Repantigado en su silla giratoria y con los pies sobre el escritorio, Breddin miraba sin pestañear la pantalla de su portátil, en la que centelleaba el titular del día. Iba paseando un lápiz sobre la superficie blanca de una hoja de papel, como si tuviera la esperanza de que el instrumento de escritura cobrara de repente vida propia y anotara las causas del misterioso suceso.

Tal como iban las investigaciones, Breddin tenía dos teorías: la más evidente era, claro está, que el paciente había sido asesinado. No obstante, ése sería sin lugar a dudas uno de los asesinatos más insólitos de la historia del crimen, ya que, al fin y al cabo, hay miles de formas más sencillas de mandar a un adversario al otro barrio. Además, eso habría requerido de la colaboración de al menos un empleado de la clínica: un riesgo incalculable. La segunda posibilidad parecía mucho más obvia aún. Según lo que le había explicado Lagermann, entre los semidioses de bata blanca imperaba una rivalidad enconada. Así pues, ¿qué sería más natural que la posibilidad de que un médico le tendiera a otro una trampa de la forma descrita? Un plan pérfido que no exigía demasiado esfuerzo ni tenía mucho riesgo.

Breddin era un viejo zorro en su profesión. Sabía que investigar en un hospital era complicadísimo, comparable incluso a realizar pesquisas en el Vaticano, donde el silencio está considerado como uno de los diez mandamientos. Mientras le daba vueltas a cómo podría conseguir que Lagermann volviera a hablar con él, y mientras repasaba mentalmente el fichero de amigos y conocidos de los que vive un reportero y tanteaba cada uno de los nombres para ver si podía representarle un posible contacto en la clínica, el azar acudió en su ayuda en la forma de una joven arrebatadora.

La muchacha tenía una melena cobriza y ondulada, y su exuberante busto destacaba incluso bajo la gabardina deportiva. Cuando entró en el despacho de Breddin, parecía realmente exaltada.

—¿Ha escrito usted el reportaje sobre el escándalo del trasplante? —preguntó, furiosa.

—Sí —contestó el reportero—. Me llamo Danny Breddin. ¿Quién es usted?

—Eso no viene al caso —replicó la muchacha—. Me llamo Rita, con eso basta.

—Está bien, Rita. ¿Qué puedo hacer por usted?

—Se trata del profesor Gropius.

—¿Lo conoce?

—Sí —respondió Rita—. Inculpar a Gropius es una desfachatez. Es una completa difamación. ¡Gropius ha sido víctima de una conspiración! —Su voz era estridente.

Hasta ese momento, Breddin sólo había quedado impresionado por el aspecto de la desconocida, pero entonces empezó a interesarse también por lo que decía.

—¿Una conspiración? ¡Eso tendrá que contármelo con más detalle!

—No hay mucho que contar. El profesor se separó de su mujer hace unos meses. Eso no tendría nada de particular, de no ser porque su ex lo amenazó con acabar con él. Por lo que sé de Veronique Gropius, esa mujer no tiene escrúpulos.

Breddin aguzó los oídos. ¿Quién era aquella pelirroja y qué se proponía al contarle todo aquello? Al periódico le vendría de perlas un drama matrimonial como telón de fondo del escándalo. No todos los días llegaban historias como ésa.

—Rita —dijo, haciendo gala de su poder de persuasión—, me alegra mucho que haya venido. Parece que sabe usted más cosas sobre el caso. ¿No quiere contármelo todo para que la verdad salga a la luz?

Rita negó con la cabeza, indignada, y al hacerlo se le escapó sin querer una sonrisa de satisfacción que, no obstante, un segundo después se desvaneció y se convirtió en una expresión de dolor.

—Sólo quiero —dijo, casi llorosa— que se tome en serio mis palabras y que no condene al profesor de forma precipitada.

—¡No lo he hecho!

—Ha citado a Lagermann, y todo el mundo sabe que ese hombre está deseando saltarle al cuello a Gropius. Incluso está extendiendo el rumor de que Gropius ha colaborado con la mafia del tráfico de órganos. En todo eso no hay ni una palabra de cierto. Y si quiere saber mi opinión...

—Quiero saberla.

—... la ex mujer del profesor es perfectamente capaz de haber engatusado a algún compañero de trabajo, tal vez incluso a dos, o a tres, para quienes la reputación que se ha ganado Gropius es una espina que llevan clavada desde hace tiempo. Pero creo que ya he hablado demasiado. Que tenga usted un buen día, señor Breddin.

Y, como la sombra de una extraña aparición, Rita se esfumó de su despacho.

Ensimismado, Breddin miró el titular de la pantalla y sonrió, satisfecho. Algo le decía que aquel caso iba a dar un nuevo y sorprendente giro. Danny no tenía ninguna duda: la pelirroja era la amante del profesor, tal vez incluso la causa de la separación. En tres de cada cinco casos, la causa de la separación de un hombre es pelirroja. Sin embargo, lo que le había hecho prestar aún más atención era ese rumor de que tras el incidente se escondía la mafia del tráfico de órganos.

El tema del tráfico de órganos había llenado con frecuencia las columnas de su periódico. Las listas de espera de las grandes clínicas contenían miles de pacientes desesperados, y uno de cada cuatro moría antes de que llegara la operación salvadora. Había usureros, sobre todo procedentes de Rusia, que ofrecían órganos a unos precios de escándalo, cien mil euros, operación incluida. Cuando una persona ve la muerte tan cerca, está dispuesta a pagar cualquier precio. ¿Estaría Gropius implicado en el tráfico de órganos? ¿Se habría negado a hacer negocios con la mafia?

A todo esto, ya era mediodía, la hora en la que Breddin empezaba a pensar con claridad.

CAPÍTULO 2

Felicia Schlesinger había recibido la noticia de la muerte de su marido con serenidad, casi como en trance. La conmoción no se presentó hasta el día siguiente, cuando se enteró por la prensa de que alguien había atentado contra la vida de su marido. Peor aún: por el momento no podía disponer de su cadáver. Fue entonces cuando comprendió que Arno nunca volvería a casa.

Durante las horas y los días siguientes, le pasaron por la cabeza todo tipo de detalles insignificantes: que ni siquiera se había despedido de él cuando se marchó a la clínica en su viejo Citroën, que su marido se había puesto una camisa de cuadros con una corbata de rayas, que ella había olvidado darle las llaves de casa... La muerte no era un tema que tocaran muy a menudo desde aquel accidente en Jerusalén, aunque Arno había pasado meses esperando la donación de un órgano. Posiblemente habían sido más felices gracias a eso. Cuando ella preguntaba por lo ocurrido en el accidente, Schlesinger siempre le quitaba importancia. Decía que un accidente puede sobrevenirle a uno en cualquier lugar.

En esos momentos, Felicia estaba en su casa del lago Tegern, rodeada de montones de viejas fotografías, cartas e informes, y revolvía en su pasado como si entre todo ello pudiera encontrar la respuesta a la incógnita de la muerte de Arno. Sólo hacía cuatro años que se habían casado, en Las Vegas. Recordaba la dirección tan bien como su fecha de nacimiento: Las Vegas Boulevard 1717, Chapel of the Flowers.

Se habían conocido tres meses antes, en París, en casa de un coleccionista de arte para el que ella trabajaba. No había sido amor a primera vista, sino más bien curiosidad y fascinación, puesto que ambos eran, a su manera, individualistas y muy exigentes. Felicia tenía cuarenta años y ya se había quedado viuda: una imagen espantosa, porque a las viudas suele imaginárselas viejas y apesadumbradas.

Felicia Schlesinger no tenía que preocuparse por su futuro. Se mantenía a sí misma desde que era joven y se había forjado un nombre como marchante de arte. El hecho de que a veces ganara más que Arno se debía a la profesión de él. Los eruditos no suelen ser ricos.

Sin embargo, esa mañana de viernes, su concepción del mundo empezó a tambalearse. No sabía qué estaba buscando —de todas formas, nunca habían tenido secretos el uno para el otro—, pero de repente, mientras clasificaba el correo que había quedado sin abrir, se encontró con un sobre marrón sin más datos que la inscripción «UBS». Lo abrió con cierta indiferencia y sacó un extracto de cuenta de la Unión de Bancos Suizos. Felicia tuvo que hacer dos intentos para asimilar la cifra de diez dígitos que leyó: 10.327.416,46 euros, diez millones trescientos veintisiete mil cuatrocientos dieciséis euros, el saldo de una cuenta a nombre de Arno Schlesinger.

Sacudió la cabeza; no salía de su asombro. ¿Qué era todo aquello? ¡Diez millones trescientos veintisiete mil cuatrocientos dieciséis euros! Una fortuna. ¿De dónde narices había sacado Arno tanto dinero? Él no era precisamente un gran empresario, un frío hombre de negocios que acumula algún que otro millón como si nada.

Con inseguridad, más bien con desconcierto, dejó a un lado el extracto bancario y se ocupó otra vez de las viejas fotografías: Arno y Felicia en Nueva York, los dos en Isla Mauricio, o frente a un hotel en Ravello. De súbito, tuvo la impresión de que el hombre de las fotos era otro, de súbito su tristeza se transformó en rabia, rabia hacia sí misma por no haber sido ni la mitad de lista de lo que había creído o, en todo caso, demasiado ingenua como para darse cuenta de que Arno tenía negocios lucrativos. Pero ¿por qué? ¿Por qué no le había hablado de ese dinero?

Felicia, con una fotografía de Arno en la playa de Hurgada en las manos, se preguntó de repente quién era en realidad aquel hombre en bañador con el que había estado casada durante cuatro años. ¿Un estafador? ¿Un timador? Tuvo que reconocer, con resignación, que no conocía realmente a su marido. «Da igual, nos queríamos —pensó—. No nos iba mal en la cama, y casi nunca discutíamos, pero ¿podría decirse por eso que nos conocíamos?»

Si lo pensaba con objetividad, habían tenido muy poco tiempo para dedicarse el uno al otro. Arno viajaba por todo Oriente, dirigía excavaciones en Siria e Israel y, cuando volvía a casa, redactaba innumerables informes o se sumergía en sus libros. La vida de ella no transcurría de una forma muy diferente. Siempre de viaje, negociando compras y ventas de valiosas pinturas, esculturas y mobiliario entre coleccionistas de toda Europa. Su discreción era altamente apreciada y aún mejor pagada. Con la ayuda de Felicia, los coleccionistas podían mantener el anonimato y evitarse los impuestos y las caras casas de subastas, que exigían hasta un cuarenta por ciento por sus servicios. Ella trabajaba por un siete por ciento del precio estimado, por lo que en algunos círculos también la conocían como «Miss Siete por Ciento».

Esa mañana de viernes, de todas formas, comprendió que ella y Arno habían sido dos solitarios unidos por el matrimonio. Tenían amigos, pero cada uno los suyos.

Ella no soportaba a los de él, y a él tampoco le caían bien los de ella. A ella los de él le parecían unos aburridos que sólo vivían para sus conocimientos... para sus conocimientos, justamente, porque de sus conocimientos, más que vivir, se mantenían a flote. Él calificaba a los amigos de ella de personajes extravagantes que no sabían qué hacer con su dinero. El hecho de que no hubieran discutido nunca por ese tema, que ha provocado la ruptura de más de un matrimonio, rayaba en milagro, pero así había sido. Eso le dio que pensar.

La muerte de Schlesinger se le apareció de repente bajo una luz muy distinta.

El mundo de Gropius había descarrilado. A solas en su casa, mientras cavilaba, confuso, cada vez era más consciente de su desamparo y de su impotencia.

Entonces sonó el teléfono.

—Soy el fiscal Renner.

«Vaya... Usted... Justo lo que me faltaba», querría haberle dicho Gropius, pero reflexionó un poco y, en lugar de eso, preguntó con cortesía:

—¿Qué puedo hacer por usted? ¿Hay alguna novedad?

—¿Novedad? ¿Es que todavía no ha leído los periódicos de la mañana, profesor?

—No —replicó Gropius—, y tampoco me apetece leer esa basura.

—Pues debería, incluso por su bien. ¿Qué tiene que decir al titular de «Paciente víctima de la mafia del tráfico de órganos»?

La conversación quedó atascada.

—¿No me ha oído? —preguntó Renner tras una interminable pausa.

—Sí —respondió Gropius con cierta inseguridad.

Sabía que debía sopesar con cuidado cada una de sus palabras.

—Bueno, ¿qué tiene que decir al respecto, profesor?

—Me parece sencillamente imposible. ¡No en nuestra clínica! Además, no veo qué sentido tendría preparar un órgano para trasplantarlo y matar a un paciente.

—Yo lo veo de otro modo. Puedo imaginar toda clase de motivos para esos distinguidos caballeros de la mafia.

—¡Despierta usted mi curiosidad, señor fiscal!

—Por ejemplo, la muerte de un paciente provocada con alevosía podría ser una advertencia dirigida a usted para que colabore con ellos.

—Eso no puede decirlo en serio, fiscal. ¿No estará acusándome de colaborar con la mafia?

—¡No lo estoy acusando de nada en absoluto, profesor Gropius!... ¿Conoce a un tal doctor Prasskov?

Gropius se sobresaltó. El avispero que había tomado posesión de su cerebro en los últimos días lo sumió en un estado de pánico.

—¿Prasskov? —preguntó, vacilante—. ¿Qué tiene que ver Prasskov con todo esto?

—¡Le he preguntado si conoce al doctor Prasskov!

—Sí. Ligeramente. Hemos jugado juntos al golf varias veces, y en alguna ocasión hemos ido a tomar una copa después.

—Vaya, vaya. Está visto que en el campo de golf es donde se cierran los mejores negocios.

—¿Qué quiere decir con eso de negocios? Prasskov es cirujano plástico. Se gana la vida eliminando líneas de expresión de los rostros de ricas damas e inyectándoles silicona en según qué lugares. Él hace su trabajo y yo el mío. No comprendo su pregunta. ¿Qué tiene que ver Prasskov con mi caso?

—Eso sí se lo voy a decir, profesor. La mafia del tráfico de órganos está controlada por los rusos. Según la documentación de la Oficina Federal de Investigación Criminal, en la Europa del Este existen tres bandas rivales que proporcionan cualquier órgano que se desee por una gran cantidad de dinero; un corazón o un hígado de encargo, disponible en un plazo de dos semanas. Para ellos, asesinar no representa un problema. Pasan, literalmente, por encima del cadáver de quien haga falta.

—Es posible. ¡Pero no todos los médicos rusos de Alemania tienen que ser mafiosos!

—Seguro que no —repuso Renner y, con cierto triunfalismo en la voz, añadió—: Aunque, entonces, tal vez pueda usted explicarme por qué el doctor Prasskov ha desaparecido tan repentinamente del mapa.

—¿Qué quiere decir con que Prasskov ha desaparecido?

—Que se ha esfumado. Hoy, a primera hora, hemos registrado su consultorio de Grünwald. Impresionante, tanto el mobiliario como los aparatos, todo de lo mejorcito, pero ningún documento, ningún informe, nada que pudiera darnos la menor pista sobre su actividad profesional. ¿Qué me dice a eso, profesor?

Gropius inspiró con dificultad.

—Sí que es extraño...

De pronto le vinieron a la mente las misteriosas llamadas, la voz de la grabación, la reiterada amenaza, todo aquello llevaba la firma de una distinguida organización, sin duda. Sin embargo, ¿era Alexej Prasskov un mafioso? Para él, Prasskov era un tipo simpático con mucho aguante para la bebida, divertido, y a veces incluso chistoso e ingenioso. A lo mejor ésa era precisamente la máscara tras la que se ocultaba un mafioso. Los asesinos rara vez tienen el aspecto que uno esperaría de ellos. Las tragedias personales, eso lo sabía Gropius desde siempre, escapan a toda lógica y a toda ley de la probabilidad. Irrumpen de pronto en la vida de uno, como un temporal en pleno verano, imprevisibles e inevitables.

—No salgo de mi asombro —dijo Gropius, sólo para poner fin a su largo silencio.

—También a mí me sucedería, en su lugar —replicó el fiscal con insolencia—. En cualquier caso, las cosas no pintan bien para usted, profesor. No obstante, su situación podría mejorar si confesara...

—¿Confesar? —A Gropius le salió la voz destemplada—. ¿Qué clase de confesión quiere? Me endosaron un órgano contaminado y ahora me exige que redacte una confesión... ¿Qué narices es lo que quiere oír?

—No lo sé. A lo mejor que alguien ha intentado presionarlo, que le han propuesto colaborar con esa gente, qué sé yo.

—¡Pero si no ha habido ningún intento de presión! No tenía

ni idea de que pudiera serle útil a la mafia del tráfico de órganos. El sistema de Eurotransplant está abierto a todo el que quiera participar en él. En todo momento se puede acceder por internet a cada dato, a cada donante, a cada receptor. Además, para realizar un trasplante se requiere un equipo de especialistas que extraiga un órgano y otro equipo de especialistas que lo trasplante en el paciente.

Renner soltó una carcajada maliciosa.

—No crea que no soy consciente de ello, profesor. Pero olvida que estamos hablando de mucho dinero, de auténticas fortunas, y cuando están en juego semejantes cantidades, también los especialistas flaquean. Sobre todo cuando proceden de Polonia o Rusia. La frontera polaca queda tan sólo a ciento veinte kilómetros de Berlín; apenas trescientos kilómetros más, y ya está usted en Rusia. Allí, con un solo trasplante ilegal, un cardiocirujano puede ganar más que con medio año de trabajo ordinario en una clínica. Allí, las consideraciones morales se esfuman más de prisa que un perfume barato.

—Todo eso está muy bien, pero ¿podría decirme qué papel se supone que juego yo en todo eso?

Por primera vez, a Renner parecía costarle encontrar una respuesta.

—Permita que le responda con otra pregunta, profesor —dijo finalmente—: ¿Podría jurar que todos los pacientes que han pasado a mejor vida en su clínica también han salido de ella con todos sus órganos?

Gropius comprendió en seguida lo que Renner insinuaba, y su ira creció desmesuradamente. Aquel joven insolente, aquel arribista, necesitaba resultados porque buscaba un caso que lo hiciera resplandecer. Seguro que odiaba a todos los médicos a causa de alguna experiencia traumática o porque le habría gustado ejercer él mismo esa profesión. (Ya se sabe que, a los médicos, o se los venera, o se los desprecia; entre los médicos y el resto de la humanidad no hay nada que pueda catalogarse de «normal» entre esos dos extremos.) Estaba claro que Renner lo irritaba, lo irritaba sobremanera, pero ¿quién podría recriminárselo, en aquella situación y con semejante interlocutor? En cualquier caso, le lanzó al enérgico fiscal un par de palabras que no mejoraron su situación en modo alguno, pero que le reportaron satisfacción y mejoraron notablemente su bienestar general; Gropius vociferó al auricular:

—¡Renner, es usted un idiota, y no tengo por qué oír unas acusaciones tan impertinentes viniendo de usted!

Y, dicho esto, colgó de golpe. Creyó que el aparato se partiría en mil pedazos.

—Prasskov —mascullló, y negó con la cabeza.

Felicia Schlesinger contemplaba perpleja el último titular del *Bild*. La noticia de que su marido podía haber sido víctima de la mafia del tráfico de órganos la había sacudido como un bofetón. Se pasó todo el día y la noche siguientes intentando reunir todos los elementos de la vida de Schlesinger que pudieran estar relacionados con su muerte. Sin embargo, igual que con un puzzle en el que falta una pieza de la imagen, no llegó a ninguna parte, ya que la pieza que faltaba era precisamente el eslabón fundamental que debía darle sentido al todo.

El dinero, esos diez millones, era lo que más la había exasperado; tanto, que hasta el momento sus reflexiones escapaban a toda lógica. Desde luego, era concebible que Arno hubiese sido víctima de alguna maquinación criminal y, sin duda, su asesinato destilaba algo de mafioso. Sí, eso es lo que habría creído de no haber encontrado por casualidad aquella cuenta secreta. Los mafiosos rara vez pagan diez millones por un servicio para después liquidar al beneficiario de esa fortuna, y menos aún de una forma tan minuciosa, que conllevaba tanto peligro de ser descubierto. Además, Schlesinger no era de los que se mezclaban con la mafia. Un insignificante detalle deshonesto en los impuestos, de apenas mil euros, le había impedido dormir durante días. No, Arno no tenía una relación sana con el dinero, y de no ganar ella una buena cantidad, su nivel de vida se habría visto muy perjudicado.

Una vez más, Felicia sacó el extracto de cuenta del sobre marrón y leyó la cantidad a media voz, como si quisiera interiorizarla: diez millones trescientos veintisiete mil cuatrocientos dieciséis. Era una suma tan absurda e irreal para un estudioso de la antigüedad que su muerte tenía que estar relacionada de algún modo con ese dinero.

Felicia pensó que quizá sería mejor dejarlo todo como estaba. Tal vez debería organizarle un funeral respetable a Arno y comenzar una nueva vida con esos millones. Sin embargo, la curiosidad la atormentaba y la impelía a indagar sobre la letal procedencia del dinero, por mucho que —de eso Felicia fue consciente desde un primer momento— ella misma se pusiera en peligro al hacerlo.

En el estudio de Arno, cuyas paredes, salvo por la amplia

ventana con vistas al lago, estaban repletas de estanterías, había un viejo archivador, flanqueado por grandes libros, del que surgía el trabajo de media vida contenido en pilas de hojas escritas con letra apretada. Felicia jamás se habría atrevido a sacar ni tan siquiera una hoja de allí, como tampoco a preguntar por el contenido de cualquiera de aquellos apuntes. Sentía demasiado respeto por el trabajo de Arno para hacer algo por el estilo. No es que hubiese acogido las investigaciones de él con indiferencia; al contrario, Felicia habría deseado participar más en su fascinante trabajo en alguna que otra ocasión.

Rara vez la había informado él de sus excavaciones y de las teorías que resultaban de un hallazgo en concreto. Cuando se daba el caso, Schlesinger hablaba en un tono que le hacía parecer otra persona, como si viniera de otro mundo, y ella lo escuchaba con los ojos encendidos, igual que una niña escucha a un contador de cuentos.

Felicia no pudo evitar sonreír al recordar la frase que le había dicho Arno al principio de estar casados: «Los arqueólogos pueden vivir en el ayer o en el mañana —la había informado con gesto serio— , pero nunca en el hoy.» En aquel entonces había tardado un poco en comprender esas palabras, pero poco a poco había ido entendiendo qué había querido decirle con eso y había llegado a conformarse con la conducta a menudo insólita de su marido.

El desorden que se intuía bajo las montañas de papel era sólo aparente, igual que el caos de un hormiguero no es más que aparente. En realidad, Schlesinger vivía con las peculiaridades a veces casi grotescas de un pedante: por ejemplo, cada objeto de su escritorio de finales del XIX tenía una colocación exacta. Arno podría haber llegado ante el archivador con los ojos vendados y haber sacado con mano segura el documento deseado; una habilidad por la que Felicia admiraba a su esposo.

Le pareció innecesario ocuparse en leer con detalle los informes, sobre todo porque cada uno de los compartimentos estaba rotulado con cuidado, y las pilas de papeles tenían explicativas notas adhesivas. Esas etiquetas sólo les decían algo a los iniciados: «Gebel Musa», «Sinaí», «Qumran» o «Bogazköy». Felicia no era capaz de imaginar que los diez millones hubiesen dejado alguna señal precisamente allí, en medio de aquellos documentos. Además, no sabía qué aspecto debía de tener una señal de esas características.

A lo mejor, la Unión de Bancos Suizos de Zurich, que administraba la cuenta millonaria, podría arrojar luz sobre tanta oscuridad, así que Felicia decidió coger un avión en dirección a esa ciudad y al lago del mismo nombre, que ella conocía bien porque muchos de sus clientes vivían allí. El deslumbrante mundo de la Bahnhofstrasse, donde Cartier, Ferragamo y Louis Vuitton se apretaban entre los palacios de los bancos y las compañías de seguros, siempre la había fascinado muchísimo menos que el hecho de que bajo el pavimento descansaran oro y divisas suficientes para comprar medio mundo.

El vestíbulo de la señorial UBS se asemejaba más a una sala de baile con luz natural que a la sala de ventanillas de un banco, y la solicitud con que los cajeros trataban a sus clientes dependía del provecho que se sacara de sus negocios. Ante un caballero de edad avanzada y con gafas de montura al aire —cuyos traje oscuro y corbata plateada habrían hecho dudar de que no trabajara como director de orquesta de cámara de no haber sido por la plaquita plateada que llevaba en la solapa con la inscripción «Sr. Nebel»—, ante el señor Nebel y su elegancia casi insuperable, pues, Felicia se presentó como heredera y entregó el documento que certificaba la defunción de su marido. El director de orquesta se deshizo en fórmulas de cortesía y le rogó unos instantes de paciencia. A continuación desapareció con la documentación que le había presentado, antes aun de que Felicia pudiera preguntarle nada ni explicarle el motivo de su visita.

Cinco minutos después, el cajero regresó y le devolvió los documentos. Con un retraimiento que no se correspondía lo más mínimo con su aspecto, y con un marcado acento de Zurich, le dijo:

—Ha sucedido algo de lo más curioso, si me permite el comentario.

—El dinero ha desaparecido... —se adelantó Felicia.

El señor Nebel entrelazó las manos y, sonriendo, replicó:

—¡Pero qué se cree usted! En un banco suizo no se pierde ni un céntimo. No, no es eso. Tenemos un sobre del titular de la cuenta que, en caso de defunción, debíamos entregar a su esposa, Felicia Schlesinger, que es usted. Es curioso, ¿no?

—¿Curioso? —Felicia no sabía cómo reaccionar.

—Sí, curioso. Aunque no es de mi incumbencia. Casi se diría que el titular había presentido su muerte, ¿verdad? Así pues, le hago entrega del sobre y, si lo desea, la dejaré un par de minutos a solas.

A Felicia le temblaron las manos al recibir la carta. El sobre, con letra de Arno, decía: «Entregar a la señora Felicia Schlesinger en caso de mi fallecimiento.»

¿Qué quería decir todo aquello? Felicia notó cómo le afluía la sangre a la cabeza. Abrió la carta con ceremonia, casi con afecto, ayudándose de sus afiladas uñas y, mientras lo hacía, miró con temor en todas direcciones para asegurarse de que nadie la observaba.

Se encontró con unas cuantas líneas garabateadas a toda prisa en un papel de carta del banco:

¡Felicia, mi niña!

Si llegas a leer estas líneas, seguramente habrás pasado unos días o unas semanas exasperantes (incluso meses, quizá). Por desgracia, mi niña, no podía evitártelo. Hasta tengo mala conciencia. Tarde o temprano, todos tenemos que morir. Tú eres joven y puedes comenzar una nueva vida, y para eso el dinero te será de ayuda. Sabía que acabarías por descubrir la existencia de esta cuenta. No preguntes de dónde ha salido el dinero. Está ahí y ahora es tuyo. Que seas feliz.

Te quiero,

A.

Las líneas se desvanecieron ante sus ojos como gotas de agua en un bidón para la lluvia.

Felicia se enjugó un par de lágrimas disimuladamente. Nadie debía verla llorar en aquel vestíbulo.

Cuando Nebel regresó a su puesto, preguntó con profesionalidad:

—¿Cuánto quiere que le entregue, señora? ¿Cien mil, medio millón?

Felicia no hizo caso de la pregunta. Lo que le interesaba no era el dinero en sí, sino saber de dónde habían salido aquellos diez millones y de qué modo habían llegado a aquella cuenta, así que preguntó:

—¿Puede decirme de dónde procede el dinero? Me refiero a si se puede rastrear quién transfirió esa cantidad a esta cuenta.

Nebel manejaba el ordenador como si sus dedos resbalasen sobre las teclas de un clavicémbalo.

—Tendría que poder hacerse —comentó con interés, y al cabo de un instante añadió—: Los diez millones de euros fueron ingresados en metálico el 19 de julio del año pasado por Arno Schlesinger. Se comprobó la autenticidad de los billetes, así que no tiene de qué preocuparse.

Cuando Felicia salió a la acera de la Bahnhofstrasse, lucía el sol, pero un viento gélido soplaba con fuerza sobre el pavimento. Le sentó bien; tenía la sensación de que la cabeza iba a estallarle de un momento a otro. La actividad diligente que reinaba a su alrededor quedaba muy lejos de ella, que tan sólo oía sonidos tenues y lo veía todo como a través de un velo ocre.

—¿Por qué? —murmuró Felicia mientras caminaba—. ¿Por qué me haces esto, Arno?

¿Por qué no le había dicho la verdad?... Y, pese a que un instante antes aún lo amaba, en ese momento volcó su cólera sobre él. La invadió la rabia porque Arno, aun muerto, seguía jugando con ella.

A su regreso, Felicia se encontró con una carta del profesor Gropius en la que éste le pedía que se entrevistaran. Las circunstancias los habían puesto a ambos en una situación que requería una aclaración urgente. Puesto que Gropius había expresado su deseo con comprensivas palabras de pésame, Felicia no vio motivo para negarse.

Quedaron por teléfono en verse en el invernadero de palmeras del parque del palacio de Nymphenburg. Gropius había propuesto ese punto de encuentro, en la otra punta de la ciudad, porque creía que era mejor que nadie los viera juntos, y ella había accedido en seguida.

Cuando el otoño tiñe las hojas de amarillo y rojo, en el parque del palacio de Nymphenburg da comienzo la más hermosa estación del año. Japoneses, estadounidenses e italianos ceden de nuevo a los lugareños el silencio de los jardines. Sólo los cisnes del canal añoran a los extranjeros, porque otra vez tienen que preocuparse de buscar algo que comer.

Después de aparcar su Jaguar frente al ala lateral izquierda del palacio y entrar en el parque por el portón de artística fragua, Gropius se sorprendió pensando que ya se había formado una imagen mental de la viuda Schlesinger. Tras su breve conversación telefónica, esperaba encontrar a una mujer marcada por el destino, encerrada en sí misma, con ojos llorosos y vestida de luto.

Por eso se sorprendió cuando, apenas se hubo sentado a una de las mesas del café del invernadero de palmeras, se acercó a él una mujer discretamente maquillada, con la melena oscura suelta, una falda gris y una americana granate, y con una sonrisa afable, le dijo:

—Usted debe de ser el profesor Gropius. Soy Felicia Schlesinger.

—¿Usted? —Aquella estúpida reacción abochornó al profesor, que se apresuró a añadir una disculpa—: Perdone, señora, pero mi pensamiento me había llevado muy lejos de aquí y, si he de serle sincero, también me la había imaginado de otra forma. ¡Tome asiento, por favor!

Felicia aceptó la invitación con una sonrisa de satisfacción y repuso, con simpatía:

—¿Lo dice porque no me he presentado ante usted como una viuda desolada? Bueno, es que soy de la opinión de que el duelo se lleva en el corazón, no en la ropa.

A través de las paredes de cristal del invernáculo de naranjos caían deslumbrantes rayos de sol, y las hojas de las palmeras, con sus numerosas puntas, dibujaban extravagantes patrones sobre las mesas de manteles blancos. Allí estaban sentadas aquellas dos personas cuyos destinos se habían cruzado de una forma tan inesperada como funesta. Guardaron silencio durante largo rato. Al final fue Gropius quien tomó la palabra:

—Le aseguro que siento infinitamente todo esto. Le doy mi más sentido pésame, quisiera poder hacer que nada hubiese sucedido. Le he pedido que nos viéramos con la esperanza de que ambos pudiéramos contribuir a la aclaración del caso. De todos modos, le doy ya las gracias por haber venido.

Felicia se encogió de hombros sin decir nada. Después de pedir dos capuchinos, Gropius prosiguió:

—Sólo le ruego que no crea todo lo que se publica en los periódicos. Por el momento, sólo hay pruebas de que el órgano que le trasplanté a su marido estaba contaminado, de nada más. Las circunstancias exactas de cómo pudo suceder y los motivos del autor son en estos momentos objeto de investigación por parte de la fiscalía. Eso de que la mafia del tráfico de órganos pueda estar involucrada no son más que especulaciones, y carecen de todo fundamento.

Felicia frunció los labios, miró a un lado y guardó silencio. Fue esa clase de silencio que puede resultar más doloroso que una mala palabra. Sin lugar a dudas, Felicia fue consciente del efecto de su hermetismo, y lo saboreó. No había planeado en modo alguno comportarse así ni castigar a Gropius con su silencio. Su actitud reservada nacía más bien de la incomodidad que sentía ante el hombre que cargaba con la muerte de Schlesinger sobre su conciencia. Aunque, ¿realmente era así?

El instante de silencio pareció eterno. Antes aun de que Felicia pudiera dar forma a un pensamiento que hubiera puesto fin a esa violenta situación, Gropius se le adelantó diciendo:

—No quisiera que sonara a disculpa, pero seguro que usted sabe que su marido no habría vivido mucho más de dos meses sin ese trasplante.

Felicia miró a Gropius fijamente.

—No lo sabía. Arno siempre le quitaba importancia a su accidente y a sus heridas. No quería que me preocupara.

—¿Accidente? ¿Qué accidente? Señora, si quiere saber mi opinión, su marido sufrió un atentado.

—¿Qué quiere decir con eso? Arno me dijo que lo había atropellado un todoterreno, y ¿ahora usted afirma que atentaron contra su vida? Ya no sé qué debo creer.

—Sí, es una historia asombrosa. En la clínica, Schlesinger intentó hacer creer que sus heridas internas se debían a un accidente. Yo tuve mis dudas desde el principio. La clase de ruptura del tejido hacía pensar más bien en una explosión. Al final encontré una prueba de mis suposiciones en el hígado desgarrado: un fragmento de granada, tal vez incluso de una bomba. Qué extraño que tampoco a usted quisiera decirle nada.

Claramente afectada, Felicia repuso:

—No me malinterprete, profesor, yo quería a mi marido. Pero es que era... cómo decirlo... un solitario. A veces me hacía dudar de si estaba casado conmigo o con su profesión.

Gropius sonrió con cortesía y le dio vueltas al café. Después, mientras le clavaba la mirada a Felicia, dijo:

—Desde luego, no quiero afirmar que haya relación entre las graves heridas de su marido y el órgano contaminado. Sin embargo, debe reconocer que todo esto tiene cierta pátina de misterio.

Felicia apoyó la barbilla en las manos entrelazadas y miró al cielo por el techo de cristal, como si desde allí pudieran enviarle una respuesta aclaratoria. Sin embargo, le fue negada. En lugar de eso, la invadió un asombroso sentimiento de solidaridad. Si su conducta inicial había estado marcada por la desconfianza, su suspicacia fue desvaneciéndose entonces en favor de la aceptación de que el profesor podía ayudarla a arrojar luz sobre el oscuro pasado de Schlesinger. Sin duda, ambos hacían equilibrios sobre la misma cuerda floja.

Gropius prosiguió su discurso con impaciencia:

—Permítame una pregunta, señora Schlesinger. Al echar la vista atrás, ¿encuentra tal vez otras extrañas casualidades o peculiaridades en la vida de su marido?

La respuesta espontánea de Felicia habría sido: «¡Y que lo diga!» No obstante, no era de las que hablan sin pensar. Aunque lo que acababa de oír le revolvía las entrañas, fue dueña de sí misma y contestó:

—Con lo que acaba de contarme, se me presenta un panorama totalmente nuevo. Antes de responder a su pregunta debo reflexionar con calma.

Gropius asintió. El encuentro había ido mejor de lo esperado. Felicia Schlesinger podría haberse negado o haberlo recibido con terribles recriminaciones. Sin embargo, se despidió de ella con un insinuado beso en la mano y la promesa recíproca de verse una segunda vez.

Ni Gregor Gropius ni Felicia Schlesinger repararon en que alguien los observaba a cierta distancia y les hacía fotografías con un teleobjetivo.

—Se quedará usted de piedra —dijo Lewezow con orgullosos ademanes—. En cualquier caso, no he gastado su dinero en vano.

Veronique Gropius y el detective habían quedado en aquella misma cafetería del Jardín Inglés en la que había tenido lugar su primera reunión.

—Hable de una vez —lo instó ella con impaciencia—. Eso ya me lo había insinuado por teléfono.

Lewezow agarraba con fuerza un gran sobre y no se atrevía a mirar a Veronique Gropius. Quería decirle algo importante, algo importante para él. Finalmente, con bastante dificultad, logró espetar:

—Es habitual que el trabajo del detective, en casos de un extraordinario éxito, se honre con algo más que la cantidad establecida. ¿Puedo suponer que...?

—¡Conque era eso! —Los movimientos inquietos de Veronique delataban una gran agitación y, mientras rebuscaba el talonario en el bolso, comentó con malicia—: Lewezow, ya le he dicho que en caso de que esto salga bien no seré tacaña. Así pues, ¿qué quiere?

El detective no supo si sólo había pronunciado esa frase retóricamente o si esperaba oír una cantidad determinada. Sin embargo, puesto que a él lo único que le importaba en ese caso era el dinero y, además, estaba convencido de la importancia de sus descubrimientos, respondió:

—Otros cinco mil.

Veronique enarcó sus oscuras cejas, que dibujaron dos medias lunas, y miró al detective desde abajo.

—Está bien, si sus averiguaciones me consiguen el éxito, estoy dispuesta a pagarle esa cantidad adicional. Pero antes quiero saber qué ha descubierto.

Lewezow sacó entonces del sobre seis fotografías de formato 18 × 24 y las fue dejando una a una sobre la mesa, delante de Veronique. En ellas se veía a Gropius con una mujer en el parque del palacio de Nymphenburg.

Veronique le dirigió a Lewezow una mirada de desconfianza y luego dijo:

—Gropius tiene mucho éxito con las mujeres, tiene muchas amigas. De ésta, sin embargo, aún no estaba enterada. Bueno, en este caso no se le puede negar cierto buen gusto.

Decepcionada, le pasó las fotos a Lewezow sobre la mesa.

El hombre vio entonces el momento idóneo para su gran puesta en escena y, con una sonrisa de superioridad, declaró:

—No ha resultado sencillo descubrir quién es la mujer de las fotografías. Con bastante esfuerzo, al final lo he logrado. —Se sacó de la americana un recorte de periódico sobre el escándalo del trasplante y señaló la fotografía—. Tenga. Como verá, esta mujer es idéntica a la del parque.

Veronique leyó el pie de foto: «Felicia Schlesinger, viuda del paciente fallecido de manera misteriosa.»

—¡No puede ser! —murmuró Veronique varias veces para sí, mientras su mirada iba y venía de la imagen del periódico a las fotografías de Lewezow.

—Ambos somos conscientes de la sospecha que surge ahora —comentó el detective con expresión de gravedad.

—No me lo puedo creer.

Veronique sacudió la cabeza. Habría creído a Gropius capaz de muchas cosas, pero ¿que fuera capaz de cometer un asesinato? Sin embargo, no cabía duda de que todo encajaba a la perfección: Gropius tenía un lío con la mujer de Schlesinger y había buscado una forma refinada de deshacerse de su marido. Ese plan era prueba de la inteligencia de su ex. No era un hombre del que pudiera esperarse un asesinato torpe. Gropius era un analista frío que rara vez iba directo a su objetivo. Se contaba entre esas personas inteligentes que saben que una línea recta sólo es el camino más corto entre dos puntos en geometría y que, en la realidad, la vida desbarata esta ley. Veronique pensó que sólo un hombre como Gropius podía maquinar un plan tan diabólico.

Lewezow la hizo regresar a la realidad:

—Quiero decir que las fotos, naturalmente, no prueban que el profesor cargue con la muerte de Schlesinger sobre su consciencia, pero tampoco es probable que sea casualidad que los dos parezcan conocerse tan bien. A eso hay que añadirle lo insólito del lugar de encuentro y el hecho de que Gropius diera un rodeo para llegar a Nymphenburg, como si quisiera deshacerse de cualquier posible perseguidor.

—¿No reparó en usted?

—Imposible. Durante el seguimiento rara vez me encuentro a una distancia en que pueda ser visto. —Lewezow sacó un botón plateado del bolsillo del pantalón y lo sostuvo ante Veronique con sus dedos delicados—. Esto es un emisor de señales. Conseguí adherir uno igual bajo el parachoques del Jaguar mientras estaba aparcado delante de su casa. Mediante un receptor que llevo en mi coche, en todo momento estoy al tanto de su paradero.

Veronique asintió con reconocimiento, cumplimentó un cheque y se lo tendió a Lewezow con estas palabras:

—Buen trabajo, de verdad, pero doy por sentado que nadie, y repito, nadie, se enterará de esto...

—Por descontado. —Lewezow guardó las fotografías en el sobre y se lo entregó a Veronique—. Lo que haga usted con ellas es cosa suya. Sin embargo, en caso de que vuelva a necesitar mi ayuda... sigo estando disponible.

Dicho esto, se levantó y salió a toda prisa de la cafetería.

Veronique no esperaba que aquel detective afeminado fuese a proporcionarle en tan poco tiempo material para arrancarle a Gropius una indemnización suficiente. Hacía mucho que esperaba una oportunidad de someterlo, y esa oportunidad había llegado. Si Gropius no quería pasar el resto de su vida en la cárcel, tendría que acceder a todas sus exigencias... que no serían pocas.

Cuando lo llamó a casa y le pidió que se vieran, la voz de Gregor sonó exhausta e insegura. La última conversación telefónica entre ellos había tenido lugar hacía seis o siete semanas y, naturalmente, otra vez se había tratado sólo de dinero. Para Gropius era evidente que esa vez tampoco se trataría de otra cosa, por eso se negó a ver a Veronique, haciendo hincapié en que en esos momentos estaba muy ocupado y tenía pocas ganas de hablar de dinero. Que le dijera ya lo que tuviera que decirle.

Ya iba a dar por terminada la conversación y a colgar cuando oyó que Veronique, al otro lado de la línea, gritaba:

—Será mejor que no me cuelgues y me des lo que te pido si no quieres pasar el resto de tu vida entre rejas. —Gregor se quedó callado, y Veronique insistió—: Te las has ingeniado con mucho refinamiento en este asunto de Schlesinger, ¡pero no lo suficiente! ¡Te tengo en mis manos!

En otras circunstancias, Gropius habría terminado la conversación, simplemente habría colgado y se habría descargado soltando una maldición en voz baja. No obstante, en aquel momento se sentía como un boxeador abatido, y los golpes que antes habría asimilado en silencio ahora lo hacían tambalearse de nuevo. En todo caso, entró en el juego de Veronique y, con una fingida calma, contestó:

—No tengo la menor idea de qué estás hablando.

Veronique se desternilló de risa, pero era muy mala actriz, y sus carcajadas forzadas sonaron bobas y penosas.

—Tengo aquí delante unas fotos que no sólo representan el fin de tu carrera, ¡sino también el fin de tu libertad!

—¿Fotos?

—De dieciocho por veinticuatro y de muy buena definición.

Gropius se paró a pensar. Por mucho que lo intentara, no lograba imaginar qué fotografías podía haber relacionadas con la muerte de Schlesinger. Sin embargo, precisamente esa incertidumbre avivó su inquietud. Vio cómo le temblaba la mano que sostenía el auricular.

—Está bien —repuso y, ya mientras lo decía, lo lamentó—, dentro de una hora en el hotel Vier Jahreszeiten.

El vestíbulo del Vier Jahreszeiten, situado en el centro de la ciudad, en la señorial Maximilianstrasse, era un selecto punto de encuentro para las sobremesas de la alta sociedad; agentes y actores de los teatros cercanos cerraban allí sus contratos, y entre ellos también se daban cita representantes de los más bajos fondos en busca de víctimas. Cuando Veronique apareció por la puerta giratoria, con quince minutos de retraso, Gropius alzó el brazo de forma provocadora para mirarse el reloj. La falta de puntualidad no era la única mala costumbre de su mujer.

Gregor había pedido un café y, para Veronique, un Pernod. Llevaba casado con ella el tiempo suficiente para saber qué le apetecería a esa hora. El saludo fue frío. Mientras que Gropius sólo hizo ademán de levantarse del sillón pero luego permaneció sentado, Veronique torció el gesto con una sonrisa artificial que sólo denotaba desprecio antes de sentarse frente a él.

Con la intención de acabar con aquel asunto lo antes posible, Gregor preguntó sin rodeos:

—Bueno, ¿qué quieres?

Veronique lo miró como si no lo viera. Aunque estaba convencida de que tenía todos los ases necesarios en la manga, se enfrentó a su marido, como siempre, con cierta inseguridad. Durante muchos años lo había admirado como una niña que adora a su padre, había venerado su inteligencia y su ambición, y la excelencia de su trato con la gente siempre había sido un modelo para ella. Ahora sentía que esos sentimientos no podían erradicarse con facilidad, ni siquiera pese a que había llegado a odiarlo. Al contrario que Gregor, ella se había preparado para el encuentro, había seleccionado las palabras adecuadas, y se había imaginado cómo reaccionaría él, pero de todo ello sólo recordaba una única frase, y esa frase la pronunció en un tono igual que el que utilizaría un atracador de bancos o un secuestrador:

—¡Quiero un millón!

Gregor asintió con comprensión, sin transmitir emoción alguna. Veronique prácticamente no había esperado otra cosa. Sabía que no le tomaría en serio aquella petición. Por eso la llevó aún más al extremo y añadió, con suficiencia:

—Además, claro está, de la indemnización negociada ya por nuestros abogados.

Mientras decía eso, Veronique sacó del bolso las fotografías de Lewezow y las dejó sobre la mesa, frente a Gregor.

Gropius las miró con perplejidad. A pesar de que sabía ocultarle su agitación al mundo, miles de pensamientos cruzaron en ese instante por su mente. ¿Cómo narices había conseguido Veronique aquellas fotografías? ¿Desde cuándo lo vigilaban? ¿Acaso se habían aliado Felicia Schlesinger y Veronique?

Mientras consideraba aún esta última posibilidad, oyó que ella decía:

—Tienes un lío con la mujer de Schlesinger y juntos tramasteis el plan para matar a su marido. No era mala idea provocar la muerte del rival en una operación. ¡Menuda carnaza para la fiscalía!

Sonrió, triunfante, sin saber que sus palabras casi eran un alivio para su marido.

Gropius guardó silencio, tardó un buen rato en reordenar sus pensamientos. Veronique ya estaba celebrando la ausencia de respuesta como una victoria.

—Si te he entendido bien, ¿quieres venderme esas fotos y tu

silencio por un millón? —preguntó Gropius al cabo, y su voz sonó extrañamente indiferente.

—Si quieres expresarlo así, sí. Sabía que nos entenderíamos.

Hasta entonces habían hablado en un tono comedido. En ese momento, la voz de Gropius sonó de repente fuerte y apremiante:

—Pero ¿es que no te interesa nada más que el dinero, el dinero, el dinero?

—Lo admito —repuso Veronique, y frunció los labios con coquetería—, el dinero es mi principal interés en la actualidad. Como mujer soltera, una tiene que saber en qué situación se encuentra.

«Y con esta mujer has estado casado dieciocho años...», pensó Gropius. Después, con la única intención de molestarla, repuso:

—Tu histerismo está empezando a aburrirme. Si hubiese tenido un lío con todas las mujeres con las que he quedado en los últimos años, seguramente ya no estaría entre los vivos, habría muerto de agotamiento. —Y, mientras le devolvía las fotos, añadió—: Sólo alguien de mente sucia o una persona que no está bien de la cabeza vería en estas fotografías la prueba de una relación íntima. Y, por lo que se refiere a tu teoría del asesinato, la idea es tan absurda que casi no quiero ni comentar nada al respecto.

Gropius le hizo una seña al camarero, un hombre distinguido y de pelo cano que daba la sensación de haber venido al mundo ya con su traje negro, y pidió la cuenta. Las facciones de Veronique parecían tensas, a punto de quebrarse. De sus ojos manaba un odio infinito.

—Me encargaré de que estas fotografías se publiquen en los periódicos —le contestó—. ¡Te arruinaré de por vida! —Y, casi llorosa, añadió—: ¡Un millón y podrías ser feliz con esa guarra!

Sin embargo, Gropius no llegó a oírla. Se había levantado sin despedirse y ya estaba a medio camino de la puerta giratoria del vestíbulo.

CAPÍTULO 3

Heilmannstrasse, 30. Esa dirección pequeñoburguesa del barrio muniqués de Pullach aloja a una institución de lo más influyente, el Servicio Federal de Información de Alemania, el BND. Desde el exterior, el recinto del segundo servicio secreto más importante de Occidente, después de la Agencia Central de Inteligencia estadounidense, la CIA, se da un aire más bien provinciano. Tras los altos muros de hormigón gris, con una águila federal y un pesado portón de hierro que se abre hacia un lado a intervalos irregulares para dejar paso a limusinas oscuras, se esconden unos deteriorados edificios de los años sesenta, y casi nadie sospecharía que por allí pasan espías y agentes de todo el mundo, ni que se pinchan líneas telefónicas de Alaska, se interceptan telefaxes y correos electrónicos de Sudamérica, se trazan planes y se realizan evaluaciones con respecto a la actualidad política, económica o militar.

Por lo general, uno imagina a los espías como tipos atractivos con una pistola en una mano y estrechando a una rubia despampanante con el otro brazo, y, visto así, el hombre que poco antes de las ocho salía de su casa adosada de aquel barrio residencial y subía a su BMW azul oscuro resultaba cualquier cosa menos sospechoso. Además, tampoco tenía un nombre espectacular. No, se llamaba sencillamente Meyer, con «y»... o eso ponía al menos en la placa de la entrada. Meyer torció por la Heilmannstrasse desde la Margarethenstrasse y, siete minutos después, llegó al sólido portón, que se abrió ante él con solicitud y como accionado por una mano fantasma.

Meyer —Heinrich de nombre de pila, cincuenta y cinco años de edad— era el director del Departamento 2 del BND y, como tal, responsable de más de mil especialistas, informáticos, técnicos electrónicos y de telecomunicaciones, para quienes nada de lo que zumbaba por el aire entre el Polo Norte y el Polo Sur era sagrado. Meyer abastecía de información al Departamento 5: Reconocimiento Operativo, una sección del Servicio Federal de Información formada por un total de seis subdepartamentos que se ocupaban del crimen organizado, el tráfico de drogas internacional, la migración ilegal, el blanqueo de dinero y el terrorismo internacional, una sección que tenía especial relevancia desde el 11 de setiembre de 2001.

El SIGINT —acrónimo formado a partir de *Signal Intelligence* que constituía el nombre en clave del departamento de Meyer— trabajaba con los medios tecnológicos más caros y, por eso, era blanco de no pocas envidias por parte de los compañeros de otros departamentos, que trabajaban con «fuentes humanas» o con el análisis de los medios de comunicación públicos.

A sus cincuenta y cinco años, el jefe Meyer, del que nadie podía decir que lo hubiese visto vestido con algo que no fuera su traje de los cincuenta y una corbata a juego, se contaba entre los más antiguos en su profesión. Era un viejo zorro, por así decirlo, al que casi no había quien pudiera superarlo. Su despacho, en el piso más alto de un edificio de bloques prefabricados de hormigón, había visto tiempos mejores. No había ni rastro de alta tecnología; una simple pantalla a un lado del escritorio gris era la única concesión a la tecnología moderna. Cuando Meyer entró en el despacho, en el marco inferior de la pantalla parpadeaba un LED, y él introdujo una palabra clave en el teclado del ordenador. Entonces aparecieron en pantalla la palabra «URGENTE», y un segundo después, las siguientes líneas:

E-mail, 4.37 horas, telefonía móvil, Mediterráneo, hospital clínico de Munich.

Has hecho un trabajo verdaderamente bueno, aunque sin duda no es más que el primer paso. Sigue así y elimina las últimas pistas. En caso necesario, haz uso del C4. IND.

Meyer le echó una segunda ojeada al texto. Después cogió el teléfono, marcó un número y pronunció su nombre cuando contestaron. Al otro lado de la línea se encontraba el agente Hoveller, que estaba de guardia.

—Es referente al e-mail del hospital clínico. ¿Por qué no he recibido información más detallada sobre el remitente y el destinatario? —preguntó Meyer con aspereza.

El reprendido contestó con minuciosidad:

—Ahí tenemos un problema, jefe. El remitente envió el correo electrónico mediante un teléfono móvil y el destinatario está adherido a una cuenta interna del hospital clínico universitario. Yo diría que ha sido obra de profesionales curtidos en estas lides.

—Eso parece —gruñó Meyer, pensativo—. Por lo visto, los caballeros tampoco han creído necesario cifrar el mensaje. Hace mucho que el explosivo plástico estadounidense no aparecía con el nombre en clave de C4. Esos sutiles caballeros saben muy bien que no se nos escapa nada de su comunicación. Pero ¿qué narices es IND?

—Negativo, jefe. No tenemos nada registrado bajo la clave «IND». Nuestros programas de reconocimiento de texto sólo han reaccionado ante la clave «C4».

—Eso no nos ayuda mucho.

—Ya lo sé. Me parece que hemos topado con clientela nueva. O se trata de unos chapuzas de mucho cuidado o son unos caballeros que proceden con especial sofisticación.

El rostro de Meyer se transformó en una mueca, como si ya previera que aquel caso iba a darle quebraderos de cabeza.

—Bueno, también roeremos ese hueso —comentó al cabo—. De todas formas, creo que es aconsejable darse prisa.

Con una copia del correo electrónico interceptado, Meyer se dirigió entonces a la reunión de análisis de la situación. Todas las mañanas, a las nueve en punto, los directores de los diferentes departamentos se encontraban en la sala de conferencias del edificio principal para celebrar una sesión informativa, dar parte de sus actividades y coordinarse entre sí.

El hallazgo de Meyer suscitó preocupación. Ulf Peters, de treinta y tres años, con una camisa abierta y una cazadora de cuero negro —tal como se imagina uno a un agente—, era, pese a su juventud, el director del Departamento 5, Reconocimiento Operativo, y, por tanto, responsable de aquel caso. Tras una breve deliberación, Peters decidió clasificar el objetivo en el grado de seguridad 1, con lo que se inició un complicado procedimiento.

Puesto que el Servicio Federal de Información depende directamente de la Cancillería, Peters se puso en contacto con el ministro para informarle del grado de seguridad 1 y también de que, por el momento, carecían de conocimientos más detallados. Sensibilizada por el hecho de que el objetivo fuera el hospital clínico, la Cancillería retransmitió la notificación al Ministerio del Interior de Baviera, que por su parte recurrió a la Oficina Bávara de Investigación Criminal.

En la Oficina Bávara de Investigación Criminal, entretanto, ya tenían constancia del escándalo del trasplante del hospital clínico, de modo que no sospecharon que pudiera existir una conexión entre la misteriosa muerte de Schlesinger y el no menos misterioso correo electrónico, aunque tampoco podía descartarse. Tras una breve deliberación entre el ministro del Interior de Baviera y el director de la Oficina Bávara de Investigación Criminal, se acordó la formación de una comisión especial de ocho integrantes, dirigida por Wolf Ingram, un hombre como un armario ropero, con un amplio cráneo y el pelo oscuro y cortado al rape. Por su estatura y su aplomo, a Ingram se lo solía considerar un hombre hecho para el trabajo sucio, pero bajo aquella coraza de dureza se escondía en realidad una esencia muy sensible. En cualquier caso, Ingram, director en funciones del Negociado 13, Crimen Organizado, había dirigido ya más comisiones especiales, y su buen olfato para situaciones complicadas estaba más que probado.

Ingram tuvo muy poco tiempo para meterse en materia, y los ocho integrantes de su equipo, todos ellos jóvenes competentes, no resultaron ser precisamente de mucha ayuda. Sin embargo, parecía oportuno actuar con rapidez y prevención, por lo que Ingram solicitó una cuadrilla de seis perros adiestrados para localizar explosivo plástico. Repartió a su gente por las ocho unidades del hospital clínico para que confeccionaran listas con los nombres del personal que había estado allí durante las últimas veinticuatro horas, así como de todos los pacientes hospitalizados.

A pesar de que el correo electrónico dirigido a una cuenta interna del hospital clínico exculpaba a Gropius más que lo inculpaba, puesto que hacía más de una semana que no entraba en la clínica, Ingram consideraba que el profesor involucrado en el escándalo del trasplante era una figura clave. Su instinto y su experiencia lo hacían estar cada vez más convencido de que, en un crimen, lo que parecen casualidades rara vez lo son.

Mientras Ingram se disponía a preparar un perfil psicológico del doctor Gregor Gropius con todos los medios de los que disponía, la situación se agravó. En Crypto City, en Maryland, Estados Unidos, la Agencia de Seguridad Nacional, la NSA, el más secreto de los servicios secretos del mundo, para el que espían treinta y ocho mil agentes, ciento veinte satélites y cientos de puestos de escuchas repartidos por los cinco continentes en forma de gigantescas antenas parabólicas, había interceptado ese mismo correo electrónico con la mención del explosivo plástico C4 y había hecho saltar la señal de alarma. Un cuarto de hora después se enviaba desde la unidad correspondiente un comunicado al Centro Antiterrorista (CTC) de la central de la CIA, en Langley, Virginia, el cual, tras no ser capaz de descifrar la clave «IND», lo remitió de inmediato al Servicio Federal de Información de Pullach con la siguiente advertencia: «Tramitar con urgencia.»

Cuando el comunicado de Virginia llegó al BND, los expertos del Departamento 3, Análisis, ya estaban intentando dar forma a un contexto integrado, es decir, intentaban reunir toda la información de la que disponían en un mismo contexto, aun con lagunas, o al menos al principio, a partir del cual se obtendría una base operativa para impedir un posible atentado terrorista.

La incógnita más importante y, de ahí, también la más complicada que se plantearon los expertos del BND y la Oficina Bávara de Investigación Criminal fue la del motivo. ¿Por qué precisamente el hospital clínico, con su excelente reputación, una institución sin más carácter simbólico que el de la salvación y la curación de personas de todas las razas? ¿Por qué tenía que ser precisamente esa clínica el objetivo de un atentado terrorista?

Durante la noche, los expertos en explosivos habían inspeccionado el hospital clínico con sus perros sin llamar mucho la atención; y, en cualquier caso, también con resultados poco satisfactorios, ya que constataron que una clínica está plagada de olores que dejan fuera de combate el olfato de los sabuesos. Los agentes justificaron su presencia con el escándalo del trasplante y, así, puesto que ya había aparecido en todos los periódicos, no habían corrido peligro de que sus maniobras —que se extendieron por todas las unidades del hospital— desataran el pánico. Desde los altos puestos se les había dado instrucciones a los agentes de que no mencionaran ni una sola vez, ni de pasada, las palabras «atentado terrorista».

A todo esto, el profesor Gropius estaba vigilado las veinticuatro horas del día. Gropius se había dado cuenta de ello a los dos días. En un barrio residencial como Grünwald es casi imposible que un hombre con una capacidad media de observación pase por alto una unidad de vigilancia. Por lo demás, el Audi gris y el BMW beige que se sustituían cada seis horas importunaban menos al profesor que a los demás vecinos de la calle, a quienes esos vehículos desconocidos les quitaban una plaza de aparcamiento. Por consiguiente, Gropius no podía por menos de suponer que su encuentro con Veronique había sido observado, e incluso quizá también el que había mantenido con Felicia Schlesinger. En su situación, la reunión con Veronique le parecía inofensiva a Gropius; su encuentro con la viuda de Schlesinger, por el contrario, podía levantar ampollas. Lo que sucedió en el transcurso de los días siguientes tampoco ayudó a mejorar su situación.

Todo empezó con una llamada de Felicia Schlesinger, cuatro días después de su primer encuentro. A Gropius no le gustó nada oír su voz al otro lado de la línea, ya que daba por supuesto que le habían intervenido el teléfono.

Su voz sonaba diferente de la primera reunión, unos días antes. En aquella ocasión, Gropius se había quedado maravillado de lo extraordinariamente bien que estaba superando su destino aquella mujer, sin resultar fría, ni mucho menos indiferente. Esta vez, no obstante, el profesor creyó captar inquietud, incluso desesperación, cuando Felicia le pidió que volvieran a verse. Le dijo que la última vez se había llevado la impresión de que podía confiar en él y que, cuando le había preguntado si se habían dado ciertas peculiaridades en la vida de su marido, en un primer momento había callado, pero que, al mirar atrás, la vida de Schlesinger le presentaba casi tantos enigmas como su misteriosa muerte.

De haber sospechado Gropius que, entretanto, el BND y la Oficina Bávara de Investigación Criminal habían empezado a investigarlo, habría colgado en seguida. Sin embargo, en las alusiones de Felicia Schlesinger vio un nuevo rayo de esperanza para poder alejar de sí toda sospecha. Tal vez bastara con un pequeño indicio para arrojar luz sobre la impenetrable oscuridad de aquel asunto. Por eso, cuando Felicia le pidió que fuese a visitarla a su casa del lago Tegern, no lo pensó dos veces.

La casa estaba erigida muy por encima del nivel del lago y sólo se podía acceder a ella por una estrecha pista muy empinada y llena de curvas que salía desde la carretera de la orilla. A Gropius le costó mucho conducir su pesado vehículo por aquellas cerradísimas curvas. Una vez arriba, la vista sobre el lago y las montañas de alrededor era sobrecogedora. El que ostentaba allí una casa en propiedad no se contaba entre los más pobres del país.

Para su sorpresa, Gropius no había divisado ningún vehículo sospechoso que lo hubiese seguido durante el trayecto hasta el lago Tegern, y mientras llamaba al timbre de la casa que tenía la discreta placa de «Schlesinger», miró en todas direcciones sin ver nada que lo hiciera sospechar.

Felicia hizo pasar a su visita a una gran sala con revestimientos de madera al sesgo y una gran cristalera alta que ocupaba toda una pared y daba al valle.

—Tiene que comprenderlo —dijo Felicia, mientras servía café en una mesita redonda—, para mí no es fácil acostumbrarme a esta nueva situación y, claro está, sentí desconfianza cuando me pidió que nos viéramos. Ahora, sin embargo, tengo la impresión de que siente usted la muerte de Schlesinger casi tanto como yo. En cualquier caso, no soy capaz de imaginar que precisamente usted esté involucrado en la mafia del tráfico de órganos.

Asombrado y casi exultante, Gropius preguntó:

—¿Qué es lo que la hace estar tan segura, señora Schlesinger?

Felicia miró algo avergonzada por la ventana, donde empezaba a lloviznar con timidez.

—¿Segura? —repitió—. No estoy segura. Es más bien una intuición, influida por determinadas circunstancias.

El profesor contempló a Felicia en actitud interrogante.

—Bueno, verá, es que hace un par de días empecé a ordenar papeles, documentos... en resumen, todo el legado de mi marido. Al principio me puse a la labor a desgana, me sentía como una intrusa en la vida de otra persona, pero después me dije: «Arno era tu marido, tarde o temprano tendrás que ocuparte de su legado.» Así que empecé a revolver en su vida durante noches enteras y, cuantos más papeles y más documentos clasificaba, más extraño me resultaba ese hombre con el que había estado casada durante cuatro años. Sí, viví un matrimonio con un desconocido. No se trata sólo de que cada uno de nosotros se dedicara a su profesión y tuviera sus propios ingresos, ni de que a veces pasáramos semanas sin vernos. Eso iba en consonancia con la concepción que nosotros teníamos de una relación en la que cada uno tenía libertad de movimientos. Fue más bien que de pronto tuve que reconocer que Arno Schlesinger había llevado una vida completamente diferente de la que fingía llevar.

—¿Otra mujer? —Gropius se sobresaltó al oír su propia pregunta, y se apresuró a añadir—: ¡Disculpe mi indiscreción!

Felicia removía el café de su taza con concentración y, sin alzar la vista, repuso:

—¿Otra mujer?... Quién sabe... En todo caso, ya no me sorprendería descubrir algo así.

—¿Quiere decir que su marido llevaba una doble vida? ¿En varios lugares, con entornos diferentes? ¿Distintos intereses?

—Creo que podría expresarse así.

—Y ¿su muerte podría estar relacionada con ello?

—Por lo menos, ésa es la interpretación que yo le doy.

Gropius puso cara de circunstancias, como queriendo decir: «Me encantaría poder creerla...»

Felicia Schlesinger se levantó y desapareció un instante en la habitación contigua. Cuando regresó, llevaba en la mano una carpeta con unas cuantas hojas dentro. Iba a decir algo, pero el timbre de la puerta anunció una visita. Felicia dejó la carpeta sobre la mesita redonda y se dirigió a la entrada.

—Un mensajero —dijo a modo de excusa cuando volvió, y dejó a un lado un pequeño paquete amarillo. Entonces cogió la carpeta y añadió—: Tenga, encontré esto casi por casualidad. Una cuenta suiza a nombre de Arno Schlesinger con un depósito de diez millones trescientos mil euros.

Gropius silbó levemente entre dientes, lo cual no era en absoluto típico de él, pero había situaciones que pedían reacciones desacostumbradas. Ésa era una de ellas, y el profesor planteó la siguiente pregunta:

—¿Usted no sabía nada de esa cuenta? Quiero decir que diez millones son dinero más que suficiente para jubilarse antes de tiempo. ¿Está segura de que esa cuenta existe de verdad?

Felicia alzó ambas manos y asintió con la cabeza.

—Ya me he informado. La cuenta está en regla. Además, también me he enterado de cómo llegó ahí ese dinero. Arno lo ingresó en efectivo, tal cual, ¡en una maleta!

—¿Su marido nunca insinuó que, en realidad, estaban ustedes forrados?... Disculpe la expresión.

—Nunca. En comparación conmigo, Arno vivía más bien humildemente. Yo gasto muchísimo en vestidos y zapatos, pero me gano bien la vida. ¿Acaso tendría que meterlo todo en un banco y acariciar todos los días los extractos de mi cuenta?

—¡Por lo visto es lo que hacía su marido!

—Eso parece —confirmó Felicia—, pero la cosa no acaba ahí.

Cogió los extractos de la cuenta y desapareció en la habitación de donde había sacado los documentos.

La mirada de Gropius recayó sin querer en el paquete amarillo. Los acontecimientos de los últimos días lo habían sensibilizado, cualquier cosa y cualquier persona le suscitaban sospechas. La información que acababa de recibir, además, tampoco contribuía precisamente a disipar su recelo. Por eso fijó la mirada en el paquete, leyó la dirección, que iba a nombre de Felicia Schlesinger, y el remite, una empresa de venta por catálogo.

—¡En esta casa todavía quedan enigmas! —exclamó Felicia al regresar de la sala de al lado. En sus manos llevaba un montón de billetes de avión—. Todos a nombre de Arno Schlesinger, la mayoría del año pasado: Roma, París, Turín, Londres, Tel-Aviv, uno a Miami y varios a Cayo Hueso, incluso algunos sin utilizar. Aunque... en esas fechas se suponía que Arno estaba de excavación en Israel.

—¿Está segura? —Gropius la miró con aire interrogativo.

—Segura, ¿qué es seguro? —murmuró Felicia a disgusto, y Gropius reparó por primera vez en una vena oscura que se le hinchaba en la frente—. Hablábamos por teléfono con regularidad, de vez en cuando llegaba una carta desde Israel. ¿Por qué iba a montar Arno ese teatro conmigo? Nuestro matrimonio no iba mal, o al menos eso creía yo hasta su muerte. Aunque quizá fui demasiado inocente y demasiado confiada, o tal vez sólo demasiado boba.

La voz de Felicia sonaba iracunda y llorosa a la vez, y es que nada ofende más a una mujer que ver abusada su confianza.

Gropius parecía no estar escuchándola.

—¿Esperaba ese paquete? —preguntó de súbito.

La mujer, ensimismada, miró al profesor como desde lejos; después cogió el paquete con ambas manos, leyó el remite, lo agitó un poco y contestó:

—No, no sé. Es de una empresa de venta por catálogo.

A Felicia no se le pasó por alto el nerviosismo del profesor. Hasta el momento, Gropius le había parecido un hombre seguro que siempre encontraba las palabras adecuadas para cada situación. Entonces vio perlas de sudor en su frente, y cómo le temblaban las manos.

—¿Qué le sucede, profesor? —preguntó, y se dispuso a abrir el paquete, pero Gropius se abalanzó sobre ella, le arrebató el objeto amarillo y lo dejó en el suelo, delante del gran ventanal.

Agarró a Felicia por las dos muñecas y la miró con apremio.

—¡Felicia! ¡Es una bomba! No debe abrir ese paquete.

Ella lo miró con espanto.

—¿Qué vamos a hacer?

—¡Hay que deshacerse de esa cosa, sacarla de aquí!

—Pero ¿adónde? —preguntó ella, esta vez presa también de una profunda agitación.

—Fuera de aquí. ¡Lo principal es deshacernos de ella! —Gropius salió corriendo de la casa, abrió el maletero de su coche, regresó y se llevó el paquete para meterlo en el vehículo.

—¿No deberíamos avisar a la policía? —exclamó Felicia mientras Gropius se montaba en el coche y lo ponía en marcha.

—¡Más tarde! —fue la respuesta inmediata del profesor.

Después, el coche desapareció tras la primera curva.

Gropius condujo su Jaguar como en trance por la estrecha carretera de montaña en dirección al valle. Su objetivo era encontrar un guijarral apartado, y en ese momento, de pronto, ya no estuvo seguro de estar haciendo lo correcto. «Tal vez —pensó— con esta tontería te estás ganando el premio a la ridiculez. Tal vez lo que se te ha venido encima estos últimos días ha sido simplemente demasiado, demasiado que asimilar sin perjuicios psicológicos.» Conducir a toda velocidad con una bomba en el maletero, sin ninguna posibilidad de sobrevivir si esa cosa explotaba a su espalda, era, tal vez, lo más insensato que podía hacer. El miedo le provocó náuseas. Sintió ganas de devolver, pero tenía la garganta oprimida. Ante sus ojos, entre la llovizna, la delgada línea de la carretera se desdibujaba. Gropius se echó a reír, rió a carcajadas y con desfachatez, como lo hace uno en momentos de gran terror. Rió porque se le pasó por la cabeza que, presa del pánico, a lo mejor se había llevado de paseo un paquete altamente explosivo y que podía exhalar su último suspiro en el siguiente árbol, sin ningún motivo y sin haber solucionado nada.

Así llegó a la carretera de la orilla y torció hacia la derecha. Sabía que un par de kilómetros al norte, en Gmünd, había una carretera que se dirigía hacia el lago Schlier. Poco después del cruce había un guijarral, y allí pensaba dejar el Jaguar con su peligroso cargamento para dar parte a la policía.

En cuanto Gropius llegó al cruce, Felicia Schlesinger lo llamó al teléfono del coche. Tenía la voz crispada:

—Gropius, un desconocido acaba de llamar para ver si había recibido el paquete. Le he dicho que sí y me ha dicho que, si quería conservar la vida, tenía que salir cuanto antes de aquí. Que a las cuatro en punto el paquete y toda la casa volarían por los aires.

Gropius había oído cada una de las palabras, pero no era capaz de reaccionar. Seguía conduciendo a toda velocidad, obstinadamente.

—¡Gropius! —oyó que gritaba la imperiosa voz de Felicia—. Gropius, ¿me ha entendido?

—Sí —contestó, vacilante—. ¿Qué hora es?

—Las cuatro en punto.

Pisó el freno. A la derecha divisó el camino sin asfaltar que llevaba al guijarral. Con un automatismo inexplicable, torció en esa dirección con el coche, lo detuvo a medio camino, apagó el motor, bajó y aun pensó si debería cerrar con llave, pero después echó a correr. Gropius corrió, se apresuró en la dirección por la que había llegado, cruzó la carretera y siguió corriendo por la maleza mojada de lluvia. Ya hacía un rato que había perdido de vista el coche cuando una explosión desgarró el crepúsculo. Siguió un estallido ronco y la onda expansiva que lo tiró al suelo. Instintivamente, se echó ambos brazos sobre la cabeza y hundió la cara en el moho húmedo. Pensó que había perdido el conocimiento, pero ese mismo pensamiento lo sacó de su error.

Al cabo de un rato que fue incapaz de determinar, Gropius se atrevió a levantar la cabeza. Ante sí vio un inmenso resplandor, y se echó a llorar como un chiquillo. Aquel profesor seguro de sí mismo, del que nadie de su entorno podía decir que lo hubiera visto perder los nervios o fuera de sí, sollozaba y lloraba sin parar.

Gropius se sentó en el suelo con las piernas dobladas y se apoyó en las manos. Incapaz de reaccionar, dirigió la mirada al resplandor de las llamas, tras los árboles. El poderoso crepitar del fuego, interrumpido por explosiones menores, resultaba inquietante.

—¡Profesor Gropius!

Gregor se sobresaltó al oír una voz junto a él. Confuso y sin cambiar de postura, miró a un lado. Como salidos de la nada, vio a dos hombres con abrigos negros en la brumosa luz crepuscular.

—¿Está usted bien? —preguntó uno.

El otro rebuscó algo en el bolsillo de su abrigo, se lo tendió a Gropius y dijo:

—Brigada de Investigación Criminal. Ha tenido muchísima suerte.

El hombre se acercó a él, que seguía sentado en el suelo, y lo ayudó a levantarse.

—¿Suerte? ¿Suerte por qué? —preguntó Gropius con claras muestras de turbación.

Los agentes de investigación criminal estaban bastante familiarizados con aquel tipo de situaciones y no prestaron atención a las palabras de Gregor.

—¡El fuego! —masculló Gropius, y señaló con el brazo extendido en dirección a las llamas, como si los hombres no se hubiesen dado cuenta de nada.

Uno lo agarró del brazo para llevárselo de allí.

—No pasa nada —dijo, para calmarlo—, los bomberos ya están avisados. Debe estar contento de haber sobrevivido usted al atentado. ¡Acompáñenos!

Como si fuera importante saber qué hora era, Gropius lanzó una mirada a su reloj. Las manecillas marcaban las 16.19 horas. Siguió a los hombres en silencio hasta la carretera. Allí esperaba un BMW beige, uno de esos vehículos discretos que lo seguían desde hacía días; pero en ese momento no cayó en la cuenta.

La puerta del lado del acompañante estaba abierta, como si hubiesen bajado del coche a toda prisa.

Le pidieron a Gropius que pasara al asiento de atrás. Después, el vehículo arrancó y avanzó en dirección a la autopista. Durante el trayecto, el copiloto llamó por teléfono a diferentes departamentos. Vehículos con luces azules y coches de bomberos se cruzaron con ellos por el camino con los aullidos de sus sirenas. Cuando el BMW se incorporó a la autopista en dirección a Munich, Gropius volvió en sí; hasta entonces no había estado en situación de formar ni un solo pensamiento con claridad.

Había olvidado por completo lo sucedido desde que se había marchado precipitadamente de casa de Felicia. Entonces intentó recordar con todas sus fuerzas, pero no lo lograba. Lo único que seguía viendo ante él era aquel paquete amarillo con la dirección de Felicia y el remite de la empresa de venta por catálogo.

—Un paquete amarillo —pronunció en voz baja—, un paquete amarillo.

—¿Qué ha dicho? —El copiloto se volvió hacia él.

—Ah, nada. Sólo intento recordar. La bomba estaba oculta en un paquete amarillo, sí, era un paquete amarillo, dirigido a Felicia Schlesinger.

Los dos agentes de investigación criminal intercambiaron una mirada significativa, después el copiloto cogió el teléfono y transmitió la información. Gropius escuchó con indiferencia, como si el asunto no fuera con él.

Sin embargo, de pronto preguntó:

—¿Cómo es que se han presentado tan de prisa?

Sin apartar la mirada de la carretera —el coche iba a gran velocidad—, el conductor respondió:

—Desde hace unos días, su coche lleva un emisor de señales. En todo momento hemos sabido dónde se encontraba. ¿Se le ocurre quién puede haber colocado ese microespía?

—¿Cómo? —preguntó Gropius, asombrado—. ¿Quiere decirme que ese emisor lo ha instalado otra persona?

El conductor, un joven de pelo largo y engominado, soltó una risa forzada.

—Justamente. Un trasto barato con un alcance nada fuera de lo común, que se puede localizar con un rastreador sencillo.

—¿Adónde me llevan ahora? —preguntó Gropius tras reflexionar un rato sin llegar, no obstante, a ninguna conclusión nueva.

—A nuestra unidad —contestó uno de los agentes—. ¡Me parece que ahora nos debe más de una explicación!

—¿Una explicación? —Gropius sacudió la cabeza y se entregó a sus reflexiones.

El edificio de los alrededores de la estación central resultaba exiguo, frío y hermético. Sin embargo, Wolf Ingram, el director de la comisión especial Schlesinger, se mostró educado y solícito con Gropius, al menos de una forma muy diferente a la del fiscal Renner, al que aún recordaba con total desagrado.

Según la costumbre de un experimentado agente de investigación criminal, Ingram le comunicó al profesor Gropius cuáles eran sus derechos, pidió permiso para grabar la conversación y empezó a hacerle preguntas:

—¿Qué relación tiene con la señora Schlesinger?

La pregunta era de esperar, y Gropius la había esperado. Por eso permaneció calmado y respondió:

—Ninguna, si es que se refiere a ese tipo de relación. Ya saben en qué aciagas circunstancias nos hemos conocido. Vi a la señora Schlesinger por primera vez hará unos cuantos días. Pensaba que la viuda podría arrojar algo de luz sobre las circunstancias de la muerte de su marido. Igual que antes, soy de la opinión de que la clave del crimen hay que buscarla en el propio Schlesinger. Hoy habíamos quedado en vernos por segunda vez.

—¿Quién lo sabía?

—Nadie, aparte de la señora Schlesinger y yo mismo.

—¿Cómo ha acabado la bomba en su coche?

—Yo he metido el paquete en el maletero.

Ingram, que estaba sentado a su escritorio frente al profesor, le clavó la mirada.

—¡Eso va a tener que explicármelo mejor!

—Bueno, estábamos hablando, y la señora Schlesinger insinuó algo acerca de que su marido había llevado una doble vida, si se me permite decirlo, una vida algo peculiar que suscita algunas preguntas. Aunque eso no es asunto mío. De pronto ha sonado el timbre. Un mensajero ha traído un paquetito amarillo, de unos veinte por treinta centímetros, dirigido a Felicia Schlesinger y con remite de una empresa de venta por catálogo llamada Fontana.

—Tanto más sorprendente que haya guardado usted el paquete en su coche.

—¡No lo he hecho de buenas a primeras! Le he preguntado a la señora Schlesinger si estaba esperando un envío de ese catálogo, y me ha respondido que no. Eso me ha hecho desconfiar. He tenido un mal presentimiento y, no me creerán, pero un sexto sentido me ha dicho que en el paquete había una bomba.

Ingram no apartaba la mirada de Gropius.

—Ya sé lo que piensa —siguió diciendo el profesor—. ¡Cree que estoy loco o que me he inventado una historia novelesca, tan dudosa como que la Biblia tiene sentido del humor!

—¡De ningún modo! —lo interrumpió Ingram—. Las investigaciones en un caso como éste suelen consistir en una sucesión de hechos dudosos que, sin embargo, al sumarse dan un resultado lógico. Por eso lo creo, profesor. Si lo he entendido bien, usted quería alejar de la casa lo antes posible ese paquete en el que intuía que había una bomba. ¿Cómo ha reaccionado entonces la señora Schlesinger?

Gropius lo pensó.

—No sé qué decirle. Ahí me falla la memoria. Mis acciones sólo respondían a un único pensamiento: «¡Deshazte de eso!»

—¿Por qué ha salido de su vehículo poco antes de que volara por los aires?

Gropius se encogió de hombros.

Felicia Schlesinger llevaba horas intentando ponerse en contacto con Gropius por el teléfono del coche, todo en vano. Lo único que oía era esa misma voz artificial: «El abonado no se encuentra disponible en estos momentos.» Movida por la inquietud, caminaba de un lado para otro por la gran sala de estar con los brazos cruzados. De vez en cuando se quedaba parada y miraba por los altos cristales hacia el lago de abajo, donde las luces del paseo centelleaban en la orilla contraria. Sus pensamientos giraban en torno al paquete amarillo con el que Gropius había desaparecido de una forma tan precipitada y a la amenaza telefónica de aquel desconocido. Los sucesos de esa tarde aún le parecían del todo irreales, pero las dos tazas que había sobre la mesita dejaban irrefutablemente claro que aquella pesadilla era real y, cuanto más tiempo pasaba sin poder dar con Gropius, más segura estaba de que algo debía de haberle sucedido.

Alrededor de las siete de la tarde, encendió el televisor. En las noticias informaron sobre el desastre ecológico de un petrolero frente a las costas de África occidental, un atentado suicida en Israel, y finalmente: «Esta tarde, un vehículo ha hecho explosión en una carretera secundaria del lago Tegern. Según fuentes policiales, se trataba de un coche bomba. La detonación ha sido tan intensa que parte del vehículo ha salido despedido a más de cien metros. De los ocupantes no se tiene ninguna pista por el momento.»

Felicia escrutó la oscuridad del exterior. Durante unos segundos, no fue capaz de asimilar nada. Después, poco a poco, mientras contemplaba su reflejo en el cristal, fue cobrando conciencia de la espantosa realidad. Para no caerse, presionó ambas manos contra el cristal de la ventana. Gropius había muerto. «Aunque, en realidad —pensó—, ¡el atentado iba dirigido a mí!» Se le revolvió el estómago, como si se hubiera tragado una docena de saltamontes. Con la mirada perdida, Felicia se arrastró hasta el sillón orejero y se dejó caer como un peso muerto. Extraños jirones de pensamientos cruzaban su mente sin ninguna coherencia: el dinero no da la felicidad y el dinero de procedencia desconocida menos aún; el que comete un asesinato puede cometerlo también una segunda vez. ¿Qué le había ocultado Schlesinger?

De repente, Felicia se sintió extraña y abandonada en la gran casa. Sintió frío. Y fue invadiéndola el miedo; una visión imprecisa de hombres que la perseguían. Felicia sintió una angustia espantosa, como en uno de esos sueños en que una fuerza inexplicable le paraliza a uno las piernas y le impide echar a correr.

En algún momento, cuando la tensión al fin remitió, respiró hondo, temblorosa, y se levantó. Se dirigió al dormitorio, cogió algo de ropa interior y un par de prendas y las metió en una bolsa de viaje; se puso un abrigo ligero y bajó al garaje. Después de dejar la bolsa en el asiento del acompañante de su Golf rojo, presionó un botón y la puerta del garaje empezó a levantarse. Ya se disponía a subir al coche cuando dos hombres entraron desde la calle.

—¿Señora Schlesinger?

—¿Sí? —repuso Felicia, con inseguridad.

—Me llamo Ingram, dirijo la comisión especial que debe esclarecer la muerte de su marido. Éste es mi compañero Murau. Estamos ante una nueva situación...

—¿Está muerto? —interrumpió Felicia.

—¿Quién?

—¡Gropius!

—No. El profesor Gropius salió de su vehículo poco antes de que la bomba hiciera explosión. Como suele decirse, no ha sido más que el susto.

Felicia se sintió caer y se apoyó contra el capó de su Volkswagen. Apretó las manos entrelazadas entre las rodillas y miró fijamente al suelo, frente a sí.

Ingram se mostró comprensivo con el comportamiento de la mujer y le dejó su tiempo antes de preguntarle:

—¿Se va de viaje?

—¿De viaje? —Felicia lo miró, molesta—. ¡Tengo que salir de aquí! Oiga, tengo miedo, miedo, ¡miedo!

—La comprendo —repuso Ingram con voz calmada—. Sin embargo, debo pedirle que nos responda a un par de preguntas. Es importante. ¡Quizá también para usted!

Felicia volvió a entrar en la casa con los dos hombres y les ofreció asiento.

—Hemos hablado largo y tendido con el profesor Gropius —empezó a decir Ingram—, nos ha expuesto los sucesos desde su perspectiva. Ahora me gustaría oír su versión.

—¿De verdad no le ha pasado nada a Gropius? —quiso saber Felicia una vez más.

—Nada —contestó Murau—. Lo encontramos sentado en el suelo del bosque, a unos buenos cien metros del coche siniestrado.

—Ya sabrá usted —prosiguió Ingram— que el profesor le ha salvado la vida.

Felicia se puso tensa. Intentó alisarse el pelo recogido con manos rígidas, aunque no había motivo para ello.

—Entonces ya lo saben todo —dijo, furiosa.

Ingram inclinó la cabeza a uno y otro lado.

—Crea lo que le dice un viejo zorro de la profesión: cuando hay dos testigos de un hecho, se tienen tres versiones de lo sucedido. ¿Tiene alguna sospecha de quién puede estar tras el atentado? Debo preguntárselo: ¿tiene enemigos a quienes crea capaces de algo así?

A ninguno de los hombres les pasó por alto que Felicia, mientras reflexionaba, apretaba los puños como si en ellos guardara un secreto.

—No —respondió ella, al cabo—. Yo me relaciono con coleccionistas de arte para los que trabajo como marchante. Con ellos, como en casi todas partes, las rivalidades se arreglan a golpe de talonario y no con explosivos. El que más paga se lleva la victoria.

—¿Y su marido? ¿Tenía enemigos?

—¿Arno? Era estudioso de la antigüedad y trabajaba con inscripciones en viejos muros. Alguna que otra vez surgían rencillas en su círculo de colegas, cuando él sostenía una teoría que otro rechazaba. Pero ¿son eso enemigos? ¿Enemigos que pueden atentar contra la vida de uno?

Ingram sacó un bloc de notas de la cartera.

—¿Podría describir al mensajero que le ha entregado el paquete? ¿Qué tipo de vehículo conducía?

Felicia dejó escapar el aire por entre los labios.

—Esa pregunta ya me la he hecho yo misma. Lo único que recuerdo es que era alto y delgado, y que llevaba un mono gris o azul. Su vehículo, una furgoneta, estaba aparcado a cierta distancia de la casa. Sencillamente, no me he fijado. —Y, tras pensarlo un instante, añadió—: ¡Lo que no entiendo es lo de esa llamada!

—¿Llamada? ¿Qué llamada?

—Gropius acababa de salir de la casa con el paquete, entonces ha sonado el teléfono y una voz me ha dicho que la bomba haría explosión a las cuatro y que debía salir de la casa lo antes posible.

—¿Cuándo ha sido eso?

—¡Uno o dos minutos antes de las cuatro! ¿Qué motivo tenía el desconocido para advertirme? ¡Un loco me envía una bomba a casa y luego me avisa! No me entra en la cabeza.

Ingram no quiso hacer hincapié en el comentario de Felicia. Como experto en el ámbito del terrorismo, contemplaba los sucesos desde otra perspectiva.

—Por tanto —empezó a decir al cabo de unos instantes—,

entonces supo que el paquete contenía una bomba. Sin embargo, también sabía que el profesor Gropius se había marchado con ella en el coche. ¡Para usted debe de haber sido una sensación horrible!

—¿Sensación? —exclamó Felicia Schlesinger, furiosa—. No había tiempo para ningún tipo de sensaciones. Lo único en lo que podía pensar era: tienes que avisar a Gropius. Tenía su tarjeta de visita por algún lado, y me ha parecido que tardaba una eternidad en dar con ella en el bolso. Seguramente no habré tardado más de un minuto, a lo sumo. Por fin localicé a Gropius en el teléfono del coche.

—¿Pudo avisar al profesor? —Ingram estaba asombrado—. Él no ha dicho nada de eso.

Felicia pareció turbada un instante. ¡Claro que había llamado a Gropius! ¿O tal vez no? Los acontecimientos eran tan absurdos que la hacían dudar incluso de sí misma y de sus propias acciones. No obstante, entonces recordó:

—Gropius ha preguntado incluso qué hora era. Las cuatro en punto, le he dicho yo. Luego se ha cortado la comunicación.

Ingram y Murau intercambiaron una mirada que Felicia no supo interpretar. Durante unos segundos reinó un silencio opresivo, y Felicia se preguntó, con inquietud, qué conclusiones habrían extraído de sus declaraciones los agentes de investigación criminal.

—Todavía estoy bastante confundida —prosiguió entonces—. Estoy segura de que lo entenderán. Por eso preferiría no pasar aquí la noche, sino en un hotel, en la ciudad. Durante los próximos días me encontrarán en el Park-Hilton, en Munich.

Aún no había terminado de hablar cuando sonó el teléfono. Felicia se estremeció. También Ingram puso cara de preocupación.

—¿Tiene algún reparo en que también yo oiga la conversación? —preguntó casi en un susurro.

Felicia estuvo conforme y luego se llevó el auricular al oído. Ingram se acercó a ella y escuchó.

Al otro extremo de la línea estaba Gropius.

—¡Dios mío! —exclamó Felicia, con gran alivio—. Me ha dado usted un buen susto.

Cuando Ingram reconoció la voz de Gropius, se apartó discretamente.

—Ya me había temido lo peor, porque no había manera de localizarlo por teléfono —dijo Felicia. Sus palabras sonaban rebuscadas y poco naturales—. Dos agentes de investigación criminal acaban de tomarme declaración. Ahora quiero salir de aquí. Pasaré la noche en el Park-Hilton, aunque estoy segura de que no podré pegar ojo. Usted ¿cómo está, profesor?

Los hombres, con fingida indiferencia, se comportaban como si la conversación no les interesara lo más mínimo, pero en realidad intentaban formarse una idea de la relación que unía a Gropius y a Felicia a través de las reacciones de ella. Por eso tampoco se les pasó por alto que estaban quedando en verse esa misma noche.

Poco antes de las diez, el profesor Gropius entró en el vestíbulo de tenue iluminación del hotel Hilton, junto al Jardín Inglés. Pese a que era una hora avanzada, allí aún reinaba una intensa actividad. Un grupo de turistas japoneses con su cargamento de maletas le impedía el paso, de manera que Gropius tuvo que ayudarse con las manos para llegar a su destino: un grupo de butacas bajo dos enormes plantas. Ya iba a tomar asiento cuando Felicia apareció desde detrás de aquella selva.

La vio pequeña, pálida y vulnerable, muy distinta de la mujer segura que recordaba. Se notaba que ese día la había trastornado muchísimo. «Siento mucho —decía su mirada insegura— haberlo metido en todo esto.» Aunque tal vez la de él dijera: «Me ha salvado la vida, ¿cómo puedo agradecérselo?»

En momentos como ése no hay palabras adecuadas; por eso guardaron silencio. Sólo se miraron. Gropius, instintivamente, dio un paso hacia Felicia y, de repente, con un movimiento impetuoso, se abrazaron. Gropius cubrió de besos el rostro de Felicia, con intensidad y pasión, y ella correspondió a su arrebato emocional estrechándolo contra sí. Ambos se olvidaron por completo de que innumerables miradas recaían sobre ellos en el ajetreado vestíbulo del hotel.

El primero en recuperar la compostura fue Gropius. Confuso y torpe, como si hubiese osado hacer algo inapropiado, se apartó de Felicia. Entonces ella volvió en sí. Avergonzada, se recompuso la ropa y torció el gesto como lo hacen las mujeres ante el espejo cuando se maquillan. Entonces oyó que Gropius decía:

—Disculpe mi conducta. No sé qué me ha pasado.

En un primer momento, Felicia se tomó el comentario casi como una afrenta. Ningún hombre se había disculpado jamás por haberla besado, y menos aún cuando ella lo había correspondido con pasión. Sin embargo, después reflexionó mejor sobre las circunstancias en que se había producido el apasionado abrazo y contestó:

—También yo debo disculparme.

Cuando se sentaron el uno frente al otro en los cuadrados sillones negros de piel, con los codos apoyados en los reposabrazos y las manos entrelazadas, ambos estaban tensos y contenidos. Ninguno parecía encontrar las palabras apropiadas para empezar.

—Tenía que irme —comenzó a decir Felicia al fin—, no soportaba estar en casa.

Gropius asintió en silencio.

—Siento que se haya visto arrastrado a algo que está claro que no le concierne. He estado pensando y, después de nuestra conversación, y de la bomba, ahora tengo claro que en realidad no ha tenido usted nada que ver con la muerte de mi marido.

Gropius, que miraba inmóvil y fijamente sus zapatos sin limpiar, alzó la vista. Nada le habría gustado más que dar crédito a las palabras de Felicia, pero, a esas alturas, hasta él se había convencido ya de lo contrario. No le veía sentido a que alguien quisiera liquidar a Arno Schlesinger de una forma tan arriesgada e insólita para después asesinar a su mujer de una manera no menos inusual. De hecho, después del interrogatorio de la policía de investigación criminal, tenía la impresión de que incluso Ingram había dejado de considerarlo una figura clave de los misteriosos sucesos, pero él mismo ya no era capaz de creer que todo aquello se lo hubiese deparado el azar. Además, también estaba el emisor de señales de su coche, la voz del teléfono que lo había instado a suspender las investigaciones y el intento de extorsión de Veronique.

Sus pensamientos se vieron interrumpidos por un locuaz camarero; un feliz acontecimiento, ya que le ahorró a Gropius tener que contestar algo a la frase de Felicia.

—¿Champán? —preguntó él a modo de invitación—. Los dos tenemos motivos para celebrar que hemos vuelto a nacer.

Felicia asintió.

Gropius pidió una botella de Veuve Clicquot y, para distender la situación, explicó que en la bodega de la viuda Clicquot, en Reims, se comía extraordinariamente y que con cada plato servían diferentes clases de champán.

Felicia no se interesó lo más mínimo por las recomendaciones culinarias de Gropius.

—¿Cómo se explica usted que la persona que llamó por teléfono pudiera atreverse a advertirme de la bomba? —preguntó, interrumpiendo los circunloquios de él—. En sí es una contradicción enviarme a casa un artefacto infernal y al mismo tiempo decirme que tenga cuidado, que es una bomba.

Gropius, pensativo, contemplaba al camarero mientras descorchaba la botella y llenaba las copas.

—Quieren infundirle miedo para que acceda a alguna clase de petición. ¿La están extorsionando?

—No.

—A lo mejor esos gángsters sólo querían volar su casa por los aires porque sospechan que allí hay alguna prueba que los incrimina.

—Y ¿a mí por qué querrían salvarme?

Gropius esbozó una sonrisa:

—Tal vez por caridad cristiana. Quién sabe. O...

—¿O?

—No estoy seguro de que la bomba no fuera dirigida a mí. En mi coche había un emisor de señales. Por lo visto no lo había instalado la policía. Así que en todo momento sabían dónde me encontraba.

—¿Usted tiene enemigos, profesor?

Gropius hizo un gesto con la mano.

—Es evidente que más de los que me temía. Pero ahora brindemos... ¡por nuestra nueva vida!

Las copas emitieron un tintineo quejumbroso.

CAPÍTULO 4

La bomba del coche de Gropius, que en realidad iba dirigida a Felicia Schlesinger, puso en alerta máxima a todos los departamentos involucrados en la resolución del caso. Los expertos en explosivos de la Oficina Bávara de Investigación Criminal analizaron los restos del explosivo plástico C4 del desguace del Jaguar de Gropius, y con ello, el caso adquirió una nueva dimensión.

La última vez que se había utilizado ese peligroso explosivo en Alemania había sido al menos diez años atrás. Su resurgimiento inesperado en manos del crimen organizado, por tanto, hizo saltar todas las alarmas. En el Servicio Federal de Información de Pullach, un equipo de cuatro personas se ocupaba de descifrar el código «IND», tras el que presumían que se ocultaba el remitente del correo electrónico interceptado. Los descifradores se servían de programas informáticos de factura propia, gracias a los cuales los sistemas alfabéticos se traducían a sistemas numéricos en cuestión de segundos, y mediante desplazamientos de las progresiones numéricas y los correspondientes cambios alfabéticos, se podían elaborar nuevas combinaciones de letras.

IND con el factor +2, por ejemplo, se transformaba en la abreviatura KPF, o en FKA con el factor –3. A pesar de que los expertos ajustaron su sistema tanto al alfabeto ruso como al estadounidense, sus ordenadores no dieron con ninguna nueva combinación de letras que tuviera sentido ni que les proporcionara un nombre para el remitente.

Suponiendo que tras los ataques contra Arno Schlesinger y el profesor Gropius se escondiera el mismo autor, en la Oficina Bávara de Investigación Criminal de la Maillingerstrasse se elaboró lo que recibía el nombre de *profiler*, un análisis operativo del caso, un AOC.

Mewes, analista de casos, era un consejero superior de investigación criminal con al menos tres vidas de experiencia. Sus compañeros decían de él que tenía dotes de clarividente desde que, dos años antes, había descrito con tanta precisión el desarrollo de los hechos de un brutal asesinato infantil del que aún no se tenía ni una sola pista transcurridos tres meses que a los pocos días habían podido detener al culpable. Para ello, Mewes podría haber recurrido a la base de datos VICLAS, donde se guardaba un registro de criminales peligrosos y asesinos en serie. En ese caso en cuestión, no obstante, la base de datos no había proporcionado ningún resultado. Hasta entonces no se había producido ningún caso comparable.

También la comisión especial de Wolf Ingram, en la Bayerstrasse, seguía dando palos de ciego. La proverbial búsqueda de la aguja en el pajar era una comparación facilona en las pesquisas sobre la ominosa entrega del paquete y su mensajero, del que sólo se conocía su gran estatura y su delgadez, así como que vestía un mono gris o azul: pistas prácticamente inservibles para cualquier agente de investigación criminal. Por tanto, la única posibilidad que veía Ingram de avanzar era investigar el entorno personal de Felicia Schlesinger y del profesor Gropius.

Tras el primer interrogatorio, el director de la comisión especial se había llevado la impresión de que Gropius estaba más que interesado en la aclaración del caso, mientras que la conducta de Felicia Schlesinger denotaba ciertas reservas, como si no quisiera saber de ninguna de las maneras quién había asesinado a su marido. Visto así, las sospechas no se concentraban tanto en el profesor cooperativo como en la viuda hermética. Ingram dio orden de vigilar las veinticuatro horas la casa del lago Tegern.

En cuanto a Gropius, el atentado contra su vida no se fijó en su memoria hasta mucho después. La mayor impresión que le dejó ese día lleno de acontecimientos fue la inesperada pasión de Felicia, de la que él ni siquiera sabría decir si respondía a un deseo real o simplemente al desahogo de haber escapado por poco a la muerte. Tenía la cabeza llena de funestos pensamientos, tanto que ya no le quedaba sitio para sentimientos verdaderos. Desde su primer encuentro, siempre se había dirigido a Felicia con el comedimiento de un párroco y había visto en ella una compañera de destino; pese a que su belleza no le había pasado desapercibida, había evitado encontrarla atractiva o incluso deseable.

A pesar de todo, puesto que entre ellos podía acabar produciéndose un arrebato emocional, durante los días siguientes Gropius estuvo pensando más en eso que en la razón que los había unido y las circunstancias que habían desencadenado esa breve e intensa intimidad. Se tambaleaba entre el arrepentimiento por haberse dejado llevar de esa manera y la tímida admisión de que sentía deseos de tocarla y acariciarla.

Naturalmente, era un contratiempo imprevisible —si puede llamárselo así— y nada favorable en su situación, pues Gropius sabía desde su interrogatorio que estaba bajo vigilancia. Sin duda, los espías de Ingram los habían visto tomando champán en el vestíbulo del hotel y sólo pensaban en qué conclusiones podían sacar de todo aquello. En momentos como aquél, Gropius era capaz de sacar también algo positivo de la situación desesperada en la que se encontraba. De vez en cuando imaginaba incluso que jugaban al ratón y al gato con sus vigilantes, y tramaba planes para lograr quitarse de encima a aquellos discretos caballeros. Sin embargo, la realidad lo hacía tener de nuevo los pies en el suelo y, con ello, volvía también la inquietud de que la aclaración del escándalo del trasplante pudiera alargarse interminablemente y que su regreso a la clínica se viera entorpecido o que, incluso, tras cierto tiempo, fuera del todo imposible.

Gropius no era de los que esperan a ver cómo se presentan las cosas, y mucho menos cuando se trataba de su propia vida. ¡Justo eso era lo que estaba en juego! No sabía que, entretanto, cuatro organismos diferentes lo estaban investigando. Tampoco veía ninguna relación entre el trasplante y la bomba, a pesar de que tenía muy claro que esa coincidencia no podía ser del todo azarosa.

Gropius ya se había enterado de que Felicia no les había contado a los agentes de investigación criminal todo lo que podía resultar importante para la resolución del caso, ni mucho menos. Que ocultara los diez millones de la cuenta suiza le parecía comprensible, en vista de los impuestos y los recargos que eso podría suponerle. Sin embargo, lo que ya no entendía tanto era que escondiera la evidente doble vida de su esposo; al contrario, en ello veía una posible clave para la resolución del caso.

El profesor intentó sin mucho éxito encontrar una relación entre la información personal que le había confiado Felicia y los sucesos criminales. No obstante, no encontró ningún hilo conductor que llevara a posibles conclusiones. Después de todo un día de reflexiones profundas, tuvo que reconocer que se movía en círculos y que no había avanzado un solo paso.

Había caído la noche cuando, agotado, dejó a un lado las hojas en las que había anotado y esbozado todas las posibilidades y llamó a Rita. Rita siempre acudía cuando la necesitaba, y aquélla era una de esas noches.

Llegó con un conjunto oscuro de falda desvergonzadamente corta y medias negras, y comentó que Mercurio y Venus se encontraban en una conjunción tal que eso influiría para bien en las relaciones sexuales. Para celebrarlo, bebieron un Barolo de buena cosecha.

Como era inevitable, la conversación giró en torno a la atmósfera que se respiraba en la clínica, y Rita estuvo parloteando con tranquilidad sobre todo ello. El médico jefe Fichte, según decían los rumores, codiciaba el puesto de Gropius, a pesar de que en aquellos momentos no estaba ni mucho menos vacante.

¿Fichte? ¿Fichte justamente? Gropius consideraba a Fichte un colaborador leal. El médico jefe conocía las circunstancias que habían provocado su excedencia mejor que ningún otro. Sabía mejor que nadie que la muerte de Schlesinger tenía causas criminales y que, por tanto, quedaba fuera de su responsabilidad.

—Oh, vamos, Gregor, no son más que rumores. A lo mejor no hay nada de eso —comentó Rita al ver cómo se oscurecía el semblante de Gropius.

Rita lamentó haberle contado a Gregor lo que se murmuraba en la clínica. Debería haber sabido que así no iba a alegrarlo. En adelante, haría mucho mejor mordiéndose la lengua. De todas formas, la velada que había comenzado de una forma tan agradable había llegado ya a su fin.

Gropius asentía, distraído, se mordía los labios y reflexionaba. Tenía que conseguir hablar con Fichte. Pensaba llamarlo más tarde, pero luego cambió de idea, puesto que su teléfono estaría pinchado, y decidió ir a buscar al médico jefe esa misma noche.

Tras despedirse de Rita a toda prisa, Gropius dio un par de pasos hasta la parada de taxis de la calle principal. Fichte vivía en una casa adosada al otro lado del Isar, no muy lejos de la clínica. Una o dos veces se habían encontrado allí, aunque la maliciosa rivalidad de sus respectivas esposas había impedido un trato más frecuente, o quizá incluso su amistad.

Desde la calle, todas las casas se parecían entre sí y, seguramente —eso pensó Gropius con un asomo de sentido del humor—, todas tendrían los interruptores en el mismo lugar. Como no sabía exactamente en cuál de ellas vivía Fichte, le dijo al taxista que se detuviera, y fue entonces cuando vio que, a menos de veinte metros, dos hombres salían de una casa. A Fichte lo reconoció en seguida por su baja estatura, ¡pero el otro hombre tampoco le resultaba desconocido!

Gropius le pidió al taxista que apagara las luces y observó cómo los dos hombres cruzaban la calle hasta un coche que estaba estacionado bajo una farola. Allí se despidieron con un apretón de manos y, en ese momento, la luz cayó sobre el rostro del otro, que le sacaba una cabeza a Fichte. «¡Prasskov!», murmuró Gropius, y dio muestras de querer bajar del taxi, aunque su buen juicio se lo impidió.

¿Prasskov y Fichte? ¿Qué tenían en común esos dos? Gropius habría jurado que ni siquiera se conocían. Enfrentado a esa nueva situación, miles de pensamientos cruzaron su mente, pensamientos que apenas unos segundos antes habría rechazado por absurdos, irreales y fantasiosos. ¡Prasskov, que estaba buscado por la policía, visitaba a su antojo la casa de Fichte!

Sin saber muy bien cómo debía comportarse, Gropius vio a Fichte regresar a la casa mientras Prasskov ponía en marcha su coche, un Mercedes viejo y pesado. Abstraído en sus pensamientos, Gropius no era capaz de tomar una decisión. Y, paralizado, vio cómo el coche se alejaba en dirección a la ciudad.

El taxista lo devolvió entonces a la realidad:

—¿Quiere bajar ya de una vez, o lo ha pensado mejor? —preguntó con el encanto natural de los chóferes muniqueses.

—Sí —respondió Gropius, distraído.

—Sí, ¿qué? —porfió el hombre al volante.

Gropius vio que las luces traseras del viejo Mercedes se hacían cada vez más pequeñas allí delante.

—¡Siga a ese coche! —exclamó de repente.

El taxista contestó con cinismo:

—Como usted desee. —No había terminado de decirlo cuando el vehículo de delante torció a la derecha en el siguiente cruce.

Cuando el taxista llegó hasta allí y buscó el Mercedes con la mirada, el coche parecía haber desaparecido de la faz de la tierra.

Gropius se despertó en plena noche. Había dormido con nerviosismo, acosado por sueños en los que se veía perseguido y con un contenedor de aluminio en las manos lleno de órganos humanos: corazones nudosos, hígados flácidos y riñones pringosos. No lograba reconocer los rostros de sus perseguidores, pero sólo sus sombras le resultaban ya amenazadoras. Tampoco sabía adónde tenía que llegar con el inquietante contenedor, de manera que se alegró de haberse deshecho por fin de aquellos oscuros personajes, bañado en sudor.

No hacía más que pensar en Prasskov. ¿Se habría equivocado con el simpático cirujano plástico? A lo mejor Prasskov sólo había pretendido su amistad para conseguir sus propios fines en un determinado momento. Sin embargo, ¿qué clase de fines podían ser ésos? En cualquier caso, el hecho de que Prasskov hiciera a todas luces causa común con Fichte lo estremeció hasta la médula. Ya no sabía qué pensar, pero la idea de que tanto Schlesinger como él mismo podrían haber acabado enredados en los engranajes de la mafia del tráfico de órganos ya no le parecía tan descabellada.

Cegado y poseído únicamente por ese pensamiento, Gropius se arrastró hasta la cocina de la planta baja, sacó una botella de cerveza de la nevera y la vació, menos por sed que por desesperación. Después volvió a tumbarse en la cama y, con las manos entrelazadas en la nuca, se quedó mirando el reflejo de la luz que entraba desde la calle y que dibujaba motivos geométricos en el techo. Contrariamente a lo esperado, se quedó dormido.

La deslumbrante luz del amanecer despertó a Gropius, que se asombró al ver que finalmente sí había dormido. Tras una pequeña parada en el baño, se preparó el desayuno (si es que puede llamarse así a una taza de café instantáneo y dos tostadas chamuscadas). Mientras tanto, iba debatiéndose con la idea de si debía informar a la policía sobre lo que había atestiguado la noche anterior. Al fin y al cabo, estaban buscando a Prasskov. Sin embargo, el encuentro secreto del que había sido testigo involuntario entre Prasskov y su leal compañero de trabajo lo había trastornado tanto que no se veía con valor para denunciar a Fichte. Además, tampoco tenía ninguna prueba de lo que había visto. Cuanto más reflexionaba sobre su inesperado descubrimiento, más claro veía que éste planteaba más preguntas de las que resolvía.

Debían de ser alrededor de las diez cuando el timbre de la puerta interrumpió sus reflexiones. Gropius se sobresaltó. Hacía un par de días que todo lo inesperado lo asustaba. Ante la puerta había un hombre delgado y con la cabeza rasurada, bien vestido y de un aspecto agradable, así que Gropius no tuvo reparo en abrirle.

—Me llamo Lewezow. Le ruego disculpe que me haya presentado sin avisar —dijo el desconocido con una reverencia cortés y, antes de que el profesor pudiera preguntarle qué quería, éste prosiguió—: Quisiera hablar con usted. Es sobre su ex mujer y sobre la bomba. Lo he leído en el periódico.

—¿Lo envía Veronique? —quiso saber Gropius, con recelo.

—¡Oh, no, todo lo contrario! —desmintió el extraño—. Su mujer me maldecirá cuando se entere. No, he venido por voluntad propia y porque lo creo necesario.

Gropius contempló al hombre de arriba abajo y, al cabo, habló:

—Está bien, pase. Sólo espero que no quiera hacerme perder el tiempo.

Cuando hubieron tomado asiento en el salón, Lewezow empezó a explicarse, mejor dicho, fue directo al grano:

—Las fotografías en las que aparece usted con la señora Schlesinger las hice yo, pero, antes de que se abalance sobre mí, le pido, por favor, que me preste un poco más de atención. Soy detective privado, vivo de espiar a otras personas, me pagan para conseguir información sobre gente, información que a veces vale mucho dinero. Hay profesiones más respetables, ya lo sé, pero ¿qué le dijo el emperador Vespasiano a su hijo Tito, que criticaba el impuesto sobre las letrinas de su padre? Ah, sí, que el dinero nunca huele mal. En todo caso, su ex mujer me llamó hace poco y me encargó que lo siguiera. Tenía que conseguirle material para que ella pudiera extorsionarlo. Está convencida de que usted provocó la muerte de Schlesinger porque tenía una aventura con su mujer.

—Y ¿qué lo ha convencido de lo contrario, señor...?

—Lewezow. Nada. Pero, cuando me he enterado de lo de la bomba, he empezado a sospechar que su mujer podría estar detrás de ello.

—¿Cree que Veronique sería capaz de hacer algo así?

Lewezow se frotó las manos, abochornado.

—Es una mujer muy fría y calculadora... Al menos así es como la he conocido yo. Si me permite el comentario, su odio por usted no tiene límites.

Gropius se recorría el puente de la nariz con el pulgar y el índice, de arriba abajo, un signo de gran tensión. «Un trago demasiado malo para una mañana soleada —pensó, aún sin contestar nada—. Pero ¿por qué me cuenta esto?»

Como si pudiera leer el pensamiento, Lewezow continuó:

—Es evidente que se preguntará por qué me descubro ante usted. Verá, todavía no estoy lo bastante endurecido por mi profesión de fisgón. La idea de verme involucrado en un delito capital me provoca malestar, es más, tengo miedo. El que calla un delito se convierte en cómplice. Ya no trabajo para su esposa.

Gropius desconfiaba. Las palabras de Lewezow sonaban demasiado magnánimas a sus oídos. ¿Por qué tenía que creerlo? Los detectives viven de la maldad de las personas, y la maldad es contagiosa como la peste. Guardó silencio.

Lewezow parecía atormentado.

—Quisiera informarle de algo relacionado con todo esto. Debe usted saber que coloqué un emisor de señales bajo el parachoques de su Jaguar.

Gropius miró atónito a Lewezow .

—¿Usted?

—Hacía días que sabía dónde se encontraba usted en todo momento. Así que también lo sabía el día en que fue a visitar a la señora Schlesinger al lago Tegern. Me encontraba esperando cerca de la casa y vi al mensajero que entregó el paquete. Para ser exactos, fueron dos: uno se quedó dentro de la furgoneta mientras el otro hacía la entrega. Eso me dio que pensar. Nunca había visto un servicio de mensajería con dos empleados. Sin embargo, lo que no podía sospechar es que se tratara de una bomba.

Gropius se quedó de piedra.

—¿Podría describir al hombre o el coche de los delincuentes?

—Sí, desde luego, me dedico a observar esa clase de cosas. El hombre era alto, llevaba un mono negro y una gorra de visera. En cuanto al vehículo, se trataba de una Ford Transit con el logotipo de «GT-German Transport». Al leer en el periódico lo del paquete bomba, intenté descubrir algo sobre esa empresa.

—¿Y bien? ¡Dígalo ya!

Lewezow asintió con la cabeza y sonrió con fanfarronería.

—No existe ninguna empresa con ese nombre, ni ha existido jamás. Si quiere saber mi opinión, eran profesionales.

Gropius se quedó pensativo durante unos instantes.

—¿Ha comunicado sus observaciones a la policía? —preguntó finalmente.

—No, ¿por qué iba a hacerlo?

El profesor se puso en pie y se acercó a la ventana.

—¿Hago bien en interpretar que quiere usted unos honorarios a cambio de sus descubrimientos? —dijo sin mirar a Lewezow.

—Digámoslo así: quizá yo pueda echarle una mano en esta desagradable situación en la que se encuentra.

La propuesta de Lewezow llegaba inesperadamente, y Gropius reflexionó por un momento si era conveniente confiar en ese hombre tan hermético. Por otro lado, Lewezow estaba más familiarizado con su situación que cualquier otro, y su ayuda le resultaba muy oportuna.

Gregor Gropius y Felicia Schlesinger habían quedado para comer en un restaurante situado frente a la Ópera. Desde su intenso arrebato emocional en el vestíbulo del hotel, entre ellos había una extraña tensión, en modo alguno desagradable, pero la naturalidad —en la medida en que pudiera hablarse de naturalidad en su caso— había dejado paso a cierta inseguridad ante el otro.

Tal vez habría sido mejor que no se hubiesen visto durante un par de días, pero su situación era demasiado particular para eso. Felicia ya había pasado por otro interrogatorio, en el que la policía no había logrado que les desvelara nada nuevo y tampoco había visto cumplidas sus esperanzas de que se contradijera respecto a la primera declaración. Lo que Felicia sí le ofreció a Gropius fue la sorprendente afirmación de que, cuanto más le preguntaban sobre Schlesinger y su misteriosa vida, más aumentaba su ira hacia Arno. Eso la asustaba, pero Gropius, a quien le estaba confesando emociones que la desbordaban, la tranquilizó asegurándole que la conmoción por la muerte de una persona muy cercana podía provocar la reversión total de los sentimientos que se tenían hacia el difunto. Le dijo que no era nada insólito que el cónyuge empezara a sentir de pronto odio por su pareja fallecida.

Cuando el camarero hubo retirado los platos, Felicia sacó una agenda del bolso y la dejó sobre la mesa.

—La agenda de Arno —comentó de pasada—. Me la ha devuelto la clínica, junto con su cartera, el reloj y algo de ropa.

Gropius miró a Felicia con actitud interrogante.

—No me malinterprete —prosiguió ella—, es sólo que no quiero saber lo que hay ahí dentro. A lo mejor usted encuentra alguna pista sobre algo que pueda ayudarnos a avanzar.

El profesor sintió cierto reparo al aceptar la libreta negra y comenzar a hojear la vida de Schlesinger. Sin embargo, después se convenció pensando que la muerte de Schlesinger y su propia supervivencia estaban íntimamente relacionadas, y empezó a reseguir con el dedo cada uno de los días y las semanas. Mientras Felicia se empeñaba en mirar hacia la ventana, donde la fachada de la Ópera relucía al sol, Gropius intentó descifrar alguna que otra anotación. No era sencillo, puesto que las notas de Schlesinger eran casi ilegibles y algunas estaban escritas incluso con caracteres griegos o hebreos.

—Su marido era muy culto. ¿Hablaba muchos idiomas? —se interesó en saber Gropius.

Felicia asintió.

—Más de media docena, siete u ocho. De vez en cuando se divertía dejándome notas con alguna escritura extraña o escribía los números en grafía arábiga. A mí me sacaba de mis casillas y él se lo pasaba en grande.

El día que Schlesinger había acudido a la clínica estaba indicado con exactitud y se leía perfectamente, incluso había una X que marcaba la hora del trasplante. Ahí acababan todas las anotaciones. Gropius se detuvo.

—Aquí hay otra nota: 23 de noviembre, 16.00 horas, hotel Adlon, prof. De Luca. ¿Le dice algo ese nombre?

Felicia lo pensó un breve instante y luego negó con la cabeza.

—No lo había oído nunca. Como ya le he dicho, me preocupaba muy poco por las citas de Arno. Para serle sincera, tampoco me interesaban.

Gropius pasó páginas hacia atrás.

—El nombre del profesor De Luca, en realidad, aparece repetidas veces.

Permanecieron en silencio durante un rato, cada cual absorto en sus propios pensamientos. ¿Quién era ese tal profesor De Luca? ¿Sabría él más acerca de la doble vida de Arno Schlesinger?

—Habría que ir y preguntarle —sugirió Gropius de pronto, sin un razonamiento aparente.

Felicia lo miró.

—Quiero decir —explicó Gropius— que a lo mejor es la única posibilidad que tenemos. Hoy es 21 de noviembre. Si está usted de acuerdo, pasado mañana volaré a Berlín para encontrarme con De Luca.

—¿Haría usted eso? Yo correría con todos los gastos, ¡desde luego!

—¡No diga tonterías! —repuso Gropius con enfado—. No

olvide que yo estoy tan interesado como usted en aclarar todo este desagradable asunto.

Gropius se alegró de poder escapar durante dos días de su entorno habitual. Había reservado una habitación en el Adlon y se había propuesto ir a la ópera por la noche. Lo que más necesitaba era distraerse un poco.

El avión que volaba a mediodía de Munich a Berlín-Tegel llevaba sólo la mitad del pasaje, y el vuelo soleado sobre el mar de niebla que cubría el norte de Alemania desde hacía días fue muy placentero. En el trayecto desde el aeropuerto hasta el centro de Berlín, el taxista, un típico berlinés bonachón, le explicó a Gropius que lo que exasperaba a un hombre de su condición era que los alquileres estuvieran tan caros, a pesar de que hubiera miles de viviendas vacías, los desvíos de tránsito continuos y que la ciudad estuviera en la ruina.

En el Adlon, el mejor alojamiento de la ciudad, le dieron a Gropius una habitación en el quinto piso con vistas a la Puerta de Brandeburgo, que, tras años de restauración, al fin resplandecía con una luz ocre. Pidió un sándwich de pollo y un café al servicio de habitaciones, y aún tuvo tiempo de echar una cabezada de media hora en un cómodo sillón orejero y repasar mentalmente una vez más el plan que había tramado para el encuentro con el profesor De Luca. Después bajó al vestíbulo del hotel, un moderno espacio que aún olía a nuevo, con una entreplanta y una cúpula de cristal que recordaba el modernismo alemán. Gropius tomó asiento en un sillón frente a una pequeña mesa, a mano izquierda de la recepción, desde donde disfrutaba de una vista directa de la entrada, y esperó a ver qué sucedía.

Durante un cuarto de hora, ya pasadas las cuatro, no ocurrió nada. Gropius contempló el ir y venir de rostros conocidos y extraños, actores, gente de la televisión, y también perfectos desconocidos con pesados maletines. Una botones, con su librea roja y su sombrerito sobre la melena rubia y lisa, se abría camino por el vestíbulo con afables sonrisas. La muchacha llevaba guantes y una pizarra con un marco de latón. Gropius se levantó de un salto: en la pizarra, escritas en tiza, se leían las palabras «Señor Schlesinger, por favor».

Así pues, De Luca no sabía nada de la muerte de Schlesinger, y Gropius tendría que informarle al respecto. Se presentó en recepción:

—¿Buscan al señor Schlesinger?

Con un atento ademán, el conserje le indicó que se dirigiera a una dama de cabello oscuro que llevaba gafas de montura al aire y estaba junto a él en el mostrador de recepción. Gropius no logró ocultar su desconcierto; pero, aun antes de poder decir nada, la mujer se le acercó pronunciando ya una presentación:

—¿Señor Schlesinger? Me llamo Francesca Colella. Vengo de parte del *professore* De Luca. El *professore* ha considerado mejor no venir en persona. Me ha pedido que lo disculpe y le envía un cordial saludo.

Gropius dudó un breve instante sobre si debía hacerse pasar por Schlesinger, pero en seguida cambió de opinión, ya que no veía ningún motivo sensato para semejante jueguecito, y respondió:

—Disculpe, pero me llamo Gropius. Vengo de parte de Schlesinger.

La expresión de la italiana se volvió adusta. No le gustaba nada aquella situación. Finalmente replicó, en un excelente alemán, aunque con un evidente acento italiano y cierta severidad:

—Espero que tenga usted plenos poderes.

Esas palabras desconcertaron a Gropius, aunque, cuando tomaron asiento, empezó a preocuparse de verdad; no tanto por las piernas impecables de la mujer como por el hecho de que en la mano izquierda llevara un maletín negro encadenado a la muñeca.

—No necesito plenos poderes —adujo con una indiferencia fingida y, puesto que se le ocurrió en ese momento, añadió—: Soy el cuñado de Schlesinger y su mejor amigo.

La mujer asintió, después dejó pasar un momento y preguntó:

—¿Qué significa «cuñado»?

—Soy el hermano de la mujer de Schlesinger.

—¡Ah, *cognato*!

Todo el italiano que sabía Gropius provenía de tres días que había pasado en Florencia y de otros cinco en Roma, y la palabra *cognato* no había surgido en ninguna de esas ocasiones. Sin embargo, para terminar con esa situación embarazosa, convino con ella:

—Sí, sí, *cognato*. ¿Arno Schlesinger nunca les ha hablado de mí?

Francesca Colella posó los cuidadosos dedos de su mano derecha sobre el pecho y, con gestos exagerados como sólo puede tenerlos una italiana, dijo:

—Yo no conozco al señor Schlesinger. El *professore* De Luca me ha contratado para este trabajo. Soy empleada de Vigilanza, una empresa de seguridad de Turín que se dedica al transporte de artículos de arte y antigüedades.

La mirada de Gropius vagaba involuntariamente de la mano izquierda de la mujer a su impresionante busto, que estaba contenido con prudencia por la americana negra, y se preguntó qué podía haber bajo la ropa, si la generosidad de la naturaleza o una pistola de gran calibre.

—Conque es eso... —repuso Gropius, y le costó ocultar su decepción.

Conque antigüedades y artículos de arte... Era de esperar, claro, que Schlesinger hubiera amasado su fortuna secreta con el contrabando de valiosos hallazgos. Probablemente, el caso Schlesinger no tenía nada que ver con él.

—Seguro que antes querrá ver la mercancía —dijo Francesca Colella, como si fuera lo más natural del mundo.

Gropius, desconcertado, respondió:

—Sí, por supuesto.

—¿Hay algún sitio donde nadie nos moleste? ¿Se hospeda usted en el hotel?

—Sí —contestó Gropius con perplejidad.

—Bueno, ¿a qué esperamos? —La mujer se levantó.

Gropius no estaba cómodo, se sentía oprimido por la alevosía y el engaño, y aquella italiana tan resuelta no le parecía sospechosa. Había esperado descubrir algo sobre Schlesinger y, por lo visto, iba a acabar involucrado en un pequeño y miserable negocio de contrabando de antigüedades. Sin embargo, él había empezado ese juego, y él tenía que ponerle fin.

Cruzaron el vestíbulo en silencio hacia los ascensores de la derecha y subieron a la quinta planta. Llegados a la habitación de Gropius, Francesca desencadenó el maletín con una llave y lo dejó sobre el escritorio, frente a la ventana.

—¿Tiene el dinero? —preguntó.

—¿Cuánto? —replicó Gropius con parquedad.

—Lo acordado: veinte mil.

Gropius se estremeció imperceptiblemente, pero un breve instante le bastó para formular una desvergonzada respuesta con cara de póquer:

—Digamos diez mil.

—¡Eso va en contra de lo pactado! —repuso Francesca con firmeza, y sus ojos oscuros refulgieron amenazantes tras las gafas de montura al aire—. Tengo órdenes de entregar la mercancía sólo a cambio de veinte mil. Pensaba que eso estaba claro.

A Gropius, la situación le parecía bastante grotesca. Estaba jugándosela por un objeto que jamás había visto y cuyo valor desconocía por completo. Todo por una simple anotación en la agenda de Schlesinger.

El profesor apenas lograba contener la curiosidad por lo que llevaba la italiana en aquel maletín de seguridad, y le dirigió una pregunta en su misma jerga:

—¿Puedo ver antes la mercancía?

Gropius, que no tenía experiencia en negocios turbios, había esperado que la fría mujer se hiciera de rogar: primero el dinero, luego la mercancía... o algo por el estilo. Por eso no salió de su asombro al oír la respuesta de Francesca:

—Desde luego, al fin y al cabo, ¡no va a comprar a ciegas!

Con una segunda llave, Francesca Colella abrió el maletín. Al contrario que Gropius, no dio la menor muestra de agitación. Dentro del maletín apareció entonces un estuche de un metal mate, de unos veinte por treinta centímetros, no muy distinto de una pequeña caja fuerte como las que se utilizan en los bancos. El estuche tenía una cerradura de combinación de seis dígitos adherida en la parte delantera. Gropius miró a la mujer en actitud interrogante.

—El código elegido ha sido la fecha de nacimiento del señor Schlesinger, por razones de seguridad, por así decirlo. De esa forma, ni siquiera yo tengo acceso al valioso contenido. Conocerá usted la fecha de nacimiento de su *cognato*, ¿verdad? —La mujer sonrió con picardía.

—Sí, bueno... no. No con exactitud —tartamudeó Gropius, que se sentía abrumado y profundamente inseguro.

Sí, por primera vez empezó a dudar de si estaba a la altura, de si lograría solucionar el caso Schlesinger solo y sin la ayuda de nadie. Sin saber por qué, aquella situación lo hizo pensar en los sucesos que había vivido en Munich, en toda aquella sucesión de extrañezas. Una voz interior le sugirió entonces si no sería ésa precisamente la prueba de que todos los acontecimientos estaban relacionados.

Uno frente a otro, Gropius y la italiana aguardaban sin saber cómo reaccionar. Entre los dos se había corrido de pronto el velo invisible de la desconfianza. La señora Colella tomó al fin la iniciativa, cogió el teléfono y le tendió el auricular a Gropius.

—¡Pues llame a su *cognato*!

El profesor asintió. Tenía que ganar tiempo. Pese a su apuro, se le ocurrió una idea: marcó su propio número de teléfono y esperó con paciencia fingida. Al cabo de un rato, dijo:

—Lo siento, no contesta nadie. —Entretanto, ya había tramado un plan. Añadió—: Le propongo que pospongamos nuestro acuerdo hasta mañana. Entonces tendré el código para abrir la cerradura y también volveré a contactar con el *professore* De Luca para discutir el precio.

Frunciendo los labios y mirando al techo, como si lo que acababa de oír fuese a traerle quebraderos de cabeza, Francesca Colella respondió:

—Eso, sin duda, va en contra de lo pactado. Por otra parte, de momento no veo otra posibilidad.

—¿Se hospeda usted en otro hotel? —preguntó Gropius con cautela.

La italiana asintió con la cabeza y sonrió.

—¡Un hotel como éste aumenta muchísimo el presupuesto para dietas! Comprenda, por favor, que no le diga dónde me alojo. Por motivos de seguridad, como comprenderá.

«Muy profesional», pensó Gropius, y contempló a la mujer, que cerraba el maletín con el estuche y se lo encadenaba de nuevo a la muñeca.

—Entonces seguramente tampoco podré invitarla esta noche... ¿por motivos de seguridad? Para mí sería un placer...

—¡Claro que no! —se indignó Francesca Colella—. Lo tenemos estrictamente prohibido.

Lo dijo como si le hubiese hecho una proposición deshonesta, aunque él sólo había pensado en una cena agradable. Cierto, la italiana tenía ese atractivo misterioso y crudo que despierta los más bajos instintos de un hombre, pero Gropius era lo bastante listo como para saber que esas mujeres no suelen representar su papel, sino que lo viven de veras. En cuanto a la estricta señora Colella, seguro que dormiría con el maletín encadenado a la muñeca.

—Entonces sólo me queda desearle que pase una buena tarde —dijo Gropius.

Se emplazaron para el día siguiente, por motivos de seguridad, en un pequeño restaurante cuya dirección Francesca garabateó en un papel.

Gregor Gropius ya no tenía ganas de ir a la ópera. Ni siquiera el café-teatro del Europacenter, al que nunca dejaba de asistir cuando estaba en Berlín, logró hacerlo salir de su habitación. En lugar de eso, llamó a Felicia Schlesinger para informarle del transcurso de los acontecimientos.

Para entonces, Felicia ya había dejado el hotel, así que la encontró de nuevo en su casa del lago Tegern. Estaba furiosa y al borde de las lágrimas. Wolf Ingram, el director de la comisión especial, había puesto la casa patas arriba con su equipo de ocho personas, que habían registrado todos los rincones, incluso el cuarto de baño y el cuarto de las calderas. El estudio de Arno parecía un campo de batalla: libros, informes, hojas sueltas y cajas revueltas. Felicia jamás habría creído posible que nueve hombres adultos pudieran organizar semejante desbarajuste, si bien ella misma había dado permiso expreso para el registro después de que Ingram la convenciera de que quien había enviado la bomba no había querido atentar contra su vida ni contra la de Gropius, sino que su objetivo debía de haber sido más bien volar la casa por los aires, puesto que sospechaba que allí se escondía una pista o una prueba de algún otro delito. Ni una idea ni otra la habían tranquilizado lo más mínimo. Nueve horas después, el equipo había salido de allí con cinco cajas —casi todo informes y material de archivo del estudio de Arno— y le había dejado un albarán por 74 artículos. Sin embargo, Felicia no era capaz de imaginar que entre esos papeles pudiera encontrarse alguna pista sobre el asesinato de Schlesinger. Gropius, que quería comunicarle sus progresos, interrumpió su torrente de palabras.

Felicia creyó que Gropius le estaba tomando el pelo cuando le dijo que lo único que había impedido su éxito había sido que no conocía la fecha de nacimiento de Schlesinger. El profesor le contó entonces lo que había sucedido ese día, le habló de la misteriosa mensajera y del estuche metálico cuya cerradura de combinación numérica sólo se abría con la fecha de nacimiento de Arno. En realidad, no tenía ninguna pista nueva, pero sí abrigaba una sospecha: que Schlesinger había estado involucrado en el contrabando internacional de antigüedades a gran escala y que había manejado enormes cantidades de dinero.

Mientras Felicia escuchaba esa voz familiar, intentaba relacionar los descubrimientos de Gropius con conversaciones, comentarios e incongruencias del pasado. Esa suposición no era tan descabellada. Bien sabía ella qué sumas se manejaban en el mercado del arte, era consciente de que existía un mercado gris para el patrimonio cultural expropiado por los nazis y un mercado negro para artículos de contrabando procedentes de robos. A ella misma le habían ofrecido una vez un cuadro de Rafael que veinte años antes había estado expuesto en un museo de Dresde y que desde entonces se consideraba desaparecido. En todas las profesiones hay ovejas negras. ¿Por qué no también en el mundo de las excavaciones y los coleccionistas de antigüedades?

A esas alturas, Gropius se había dejado llevar por un auténtico frenesí investigador. Como un perro rastreador que ha olfateado algo, ya no había quien lo detuviera. Después de haber mencionado los veinte mil euros que pedían a cambio del misterioso estuche, Felicia le advirtió que dejara el asunto como estaba o que informase a la policía. Sin embargo, Gropius se negó, indignado. Ya habían visto lo que lograba la policía con sus investigaciones: ¡nada! Él, Gregor Gropius, conseguiría la prueba de que la muerte de Schlesinger había sido obra del crimen organizado y de que, por tanto, nadie podía responsabilizarlo a él. Para conseguir eso, el dispendio de veinte mil euros no resultaba demasiado elevado.

Así fue que la conversación terminó con una pequeña trifulca. Pese a todo, Gropius colgó el teléfono con satisfacción. Ya tenía el código que abriría el misterioso estuche: 12.10.57.

Al día siguiente, Gropius se presentó antes de lo acordado en el establecimiento cuya dirección le había anotado Francesca Colella. Se encontraba bajo la elevada estación de tranvía de Bögen, en la Friedrichstrasse, rodeado de numerosas tiendas de antigüedades de calidades diversas. Allí se pueden adquirir libros antiguos, revistas y viejos herrajes de muebles, pero también caras lámparas modernistas, cuadros antiguos, maletas históricas e incluso artículos de golf.

En circunstancias normales, Gropius habría pasado allí la mitad del día, ya que le encantaban las antigüedades de todo tipo, pero esa vez prefirió abrirse camino a preguntas hasta que dio con el restaurante. El local, un afamado punto de encuentro de la vida nocturna, era de una originalidad especial. De las paredes, e incluso del techo, colgaban numerosos carteles de anuncios que recordaban a Nivea, Dixan, Maggi y la colonia 4711. Unas lámparas de esferas blancas de principios del siglo pasado derramaban su luz tenue sobre mesas y sillas anticuadas. Unos hombres por los que el tiempo no había pasado en vano, con barba y vestidos con peculiaridad, conversaban a gritos como si tuvieran algo importante que comunicar sobre alguna nueva adquisición o ventajosos negocios con las chicas de llamativa belleza que trabajaban de camareras. Olía a ahumados y al ajo que le daba su justo condimento a las albóndigas por las que era conocido el local.

Gropius se sentó frente a una mesa alargada y vacía del fondo. Pidió una cerveza: Berliner Weisse, con unas gotas del típico licor verde, por supuesto. Se preguntó por qué la italiana habría escogido precisamente aquel establecimiento que, cada pocos minutos, cada vez que los atronadores tranvías recorrían la curva de la vía, se sacudía con un seísmo de fuerza entre 4 y 5; aunque lo cierto era que eso no parecía molestar en absoluto a quienes pasaban allí sus días. Francesca Colella era un enigma para él. Su comportamiento le había inspirado cierto respeto, pues, mientras que él se había sentido muy incómodo en su papel y había tenido que poner freno a su recelo ante aquella completa desconocida que había entrado en su vida, la italiana parecía una experta en ese tipo de situaciones. Destilaba la serenidad del mensajero al que no le interesa lo más mínimo el contenido del paquete que transporta, y eso que posiblemente sabía muy bien qué iba paseando por ahí en aquel maletín, y seguro que no era su primer encargo. Gropius se preguntó incluso si esa mujer trabajaría de verdad para aquella empresa de transporte de artículos de valor y si no tendría una relación más íntima con el profesor De Luca.

El único indicio que tenía era el nombre del profesor en la agenda de Schlesinger. Por lo visto, existía un acuerdo entre De Luca y Schlesinger. Sin embargo, ¿por qué no había acudido el profesor en persona, sino que había enviado a una atractiva mujer de mundo?

Cuanto más pensaba en lo sucedido el día anterior, más consciente era de que no se había comportado con demasiada destreza. ¿Dónde había quedado su seguridad, su desenvoltura en el trato con la gente? La fría mujer lo había intimidado de mala manera. En ese momento se sintió fastidiado por haber reaccionado con inseguridad, desconcierto y vacilación.

Debía de haber pasado una media hora, un período de inquieta espera durante el cual Gropius había mirado a todas las mujeres que habían entrado en el local, cuando se sobresaltó al oír a su izquierda el teléfono de detrás de la barra. El acre aroma que se percibía desde hacía un rato le abrió el apetito, así que pidió dos albóndigas con ensalada de patatas. La chica que le tomó nota tenía una larga melena rubia que le llegaba hasta las caderas y llevaba un mandil largo hasta los tobillos. Gropius siguió a la rubia con la mirada y se preguntó si tendría unas piernas bonitas. Jugueteó nervioso con el papel en el que llevaba anotado el código numérico que abriría el misterioso estuche. Entonces, la rubia volvió a su mesa y preguntó:

—¿Es usted el señor Gropius?

El profesor alzó la mirada, desconcertado.

—Sí, ¿por qué?

La rubia de largo mandil le dejó un papel sobre la mesa.

—Un telefax para usted.

—¿Para mí?

Perplejo, Gropius cogió el escrito y leyó:

Signore, *no creo que sea usted quien dice ser. Si el* sig. *Schlesinger sigue interesado en el trato, tendrá que ponerse personalmente en contacto con el* professore *De Luca.*

FRANCESCA COLELLA

En la avenida de Unter den Linden silbaba un viento frío, las hojas de los arces que el otoño había amontonado se arremolinaban en el centro del gran paseo. Gropius prefirió volver a pie hasta el Adlon. El viento le sentaría bien para hacer limpieza mental; sus reflexiones habían llegado de nuevo a un punto muerto. Poco a poco, iba comprendiendo que en todo aquello se escondía un poder al que le costaba mucho acercarse. De repente, sintió un malestar, el miedo a poder verse implicado en oscuras intrigas.

Con las manos metidas en los bolsillos del abrigo, Gropius iba caminando por la gravilla de la franja central del paseo cuando el viento le arrojó a la cara una nube de polvo. Con el dorso de la mano intentó dominar las lágrimas que le había arrancado el remolino. Las cafeterías y las tiendas distinguidas de ambos lados de la avenida señorial se le desvanecían como reflejos en un charco de agua. Por eso sólo vio la silueta borrosa del hombre vestido de oscuro que caminaba junto a él y que desde hacía un rato compartía su mismo trayecto. Tampoco lo molestó que se mantuviera siempre a su misma altura... hasta que de pronto el hombre comenzó a hablarle:

—¿Profesor Gropius? Hoy hace bastante fresco, ¿no le parece?

Aunque la inesperada conversación lo había desconcertado, Gropius prosiguió su camino. No sabía lo que estaba sucediendo, tampoco cómo debía reaccionar. En su mente se acumulaban las preguntas. ¿Cómo sabía su nombre aquel extraño? Si lo conocía, ¿por qué había elegido aquella insólita forma de ponerse en contacto con él? ¿Cómo podía saber aquel hombre que él, Gregor Gropius, paseaba en esos momentos por la avenida de Unter den Linden? ¿Lo vigilaban día y noche? ¿Quién, y con qué intenciones? ¿No le habría sobrevenido ya aquello que tanto temía?

Sin detenerse, Gropius miró de soslayo al desconocido: un hombre bajo y robusto, de pelo oscuro, fino pero algo largo, que llevaba peinado hacia un lado. Su rostro era de una palidez llamativa y contrastaba duramente con su negra vestimenta. El abrigo cruzado que llevaba era demasiado largo para un hombre de su talla, lo cual confería a su paso una solemnidad casi cómica. No es que resultase antipático, pero sin duda no era un hombre al que Gropius se hubiese dirigido en plena calle y en circunstancias normales para preguntar por una dirección.

—¿Qué quiere? —preguntó al final, después de haber asimilado el aspecto del desconocido, y para no dar la impresión de que lo había asustado.

—Oh, nada en especial —contestó el desconocido—. Por cierto, me llamo Rodríguez.

—Supongo que no esperará que le conteste con un «¡Encantado!» —mascculló Gropius, molesto, y aceleró el paso como si quisiera quitarse a Rodríguez de encima.

Sin embargo, el hombrecillo de negro lo siguió con vivacidad y, contra el viento que soplaba desde la Puerta de Brandeburgo, insistió:

—Quiero advertirle, profesor Gropius. Debería dejar las investigaciones de este asunto de Schlesinger. Su muerte no ha tenido nada que ver con usted, y las probabilidades de que esclarezca las causas son prácticamente nulas.

Al principio, Gropius no había notado nada, pero entonces lo supo a ciencia cierta: la oscura voz y aquella lenta forma de hablar... eran idénticas a la inquietante voz del teléfono, la que lo había avisado justo después de la muerte de Schlesinger. Le habría gustado agarrar por el pescuezo a aquel hombrecillo y sacarle para quién trabajaba y por qué había tenido que morir Schlesinger, pero se contuvo al realizar una observación de segundo orden: hasta entonces había creído que era casualidad, pero de pronto desechó esa idea. Desde hacía un rato, desde que ese tal Rodríguez le seguía el paso, por el carril de la derecha de la avenida avanzaba a su misma velocidad una limusina oscura con las lunas tintadas. Gropius fingió no ver el coche y prosiguió su camino con empeño; no obstante, tuvo un mal presentimiento.

—Esta historia nunca será aclarada —comentó el extraño, mirando al frente con bastante indiferencia.

Gropius apenas lograba ocultar su ira.

—¿Quiere decirme con eso que jamás me libraré de la mancha que me ha caído encima? Escuche, quienquiera que sea, ¡ni usted ni ninguna organización van a impedirme que demuestre mi inocencia!

El hombre miró a Gropius y sonrió con compasión.

—Ojalá supiera cómo disuadirlo. En todo lo demás es usted un cerebro, y ahora se está comportando como un Quijote.

—¡Que luchaba contra molinos de viento, eso ya lo sé!

—Precisamente, y también sabrá cómo terminó esa lucha.

Entretanto, habían llegado a las puertas del hotel Adlon, donde en aquellos momentos una estrella del pop era recibida por un grupo de adolescentes que no dejaban de chillar. Gropius se volvió entonces, pero Rodríguez ya había desaparecido. Aún llegó a ver cómo la oscura limusina aceleraba y se alejaba de allí.

De camino a su habitación de la quinta planta, Gropius se vio asaltado por una desagradable corazonada. El ascensor tardó una eternidad en llegar a su destino. El profesor recorrió el pasillo hasta su habitación con paso acelerado, introdujo la llave en la cerradura, abrió la puerta de un empujón y encendió la luz. Dudó antes de entrar. Hacía días que vivía entre fantasías, fantasías que en más de una ocasión se habían hecho realidad. Gropius fantaseó entonces con que alguien podría haber entrado en su habitación durante su ausencia. Naturalmente, tenía los nervios a flor de piel, tenía dificultades para deshacerse de los disparates que gobernaban su vida desde hacía un tiempo. «¡Serénate!», se dijo en silencio, y entró en el cuarto.

La iluminación trajo consigo una tranquilidad sin sombras, ya que no apareció nada que pudiera infundir pavor. Gropius se detuvo y aguzó el oído. En la ventana susurraba el viento otoñal, del baño salía el zumbido de la luz. Abrió la puerta del lavabo con un movimiento repentino: la toalla había resbalado del toallero. ¿Una pista delatora? Gropius abrió el armario empotrado. Se preguntó si no había colgado la camisa del otro lado, pero no podía estar seguro. Tampoco la maleta de piloto en la que guardaba sus enseres de viaje le dio ninguna pista.

Respiró hondo y exhaló aire con sonoridad. Estaba al borde de las lágrimas, no por tristeza, sino por desesperanza. Había creído que en Berlín, esa ciudad de tres millones de habitantes, estaría seguro, lejos de los acontecimientos que lo abrumaban. Sin embargo, en ese momento se sintió más observado que nunca. Descolgó el teléfono.

—Prepárenme la cuenta, por favor —dijo a media voz—. Me voy ahora mismo.

CAPÍTULO 5

Desde el aeropuerto de Munich, Gropius cogió su coche y se dirigió directamente a casa de Felicia, al lago Tegern. Hacía ya veintisiete días que vivía en ese estado de tensión constante. Ya no lograba recordar cómo era vivir sin ese miedo y esa intranquilidad que lo acompañaban continuamente. En ocasiones le parecía que una barrena de acero le perforaba el cráneo y hurgaba allí dentro, de modo que sus recuerdos, sus experiencias y sus especulaciones quedaban confundidos en una papilla viscosa.

Cuando Gregor llegó, Felicia ya había eliminado las señales más evidentes del registro de la casa. Después de que él le informó del fracaso de su viaje, Felicia le habló de un descubrimiento interesante. En la cartera de su marido, la que le había devuelto la clínica, había encontrado una nota con un número de teléfono. Puesto que no tenía ningún nombre, al principio no le había prestado mayor atención, pero después había sentido curiosidad al ver el prefijo de Montecarlo y había llamado sin más. Hizo una pausa muy expresiva.

—¿Y? —preguntó Gropius con impaciencia. Después de dos días bastante frustrantes en Berlín, días en los que había caído en una confusión aún mayor, en lugar de lograr aclarar la situación, al profesor ya no le quedaban fuerzas para aguantar en vilo—. ¿Quién contestó?

—La sirvienta de un tal doctor Fichte.

—¿Fichte? ¿Nuestro Fichte? No puede ser.

—La chica me dijo que el doctor se encontraba en Munich en aquellos momentos. Que si quería hablar con la señora. Le dije que sí. Entonces se puso una mujer. Volví a preguntar por el doctor Fichte y la mujer me respondió, en un francés tosco (debía de ser extranjera) que al doctor Fichte había que llamarlo a Munich, y me dio su número de teléfono. Entonces colgué. Marqué el número y, ¿adivina quién contestó?

—¡Ni idea!

—¡La señora Fichte! En todo caso, ella afirmaba serlo. Éste es el número.

Gropius se pasó la palma de la mano por la cara y gimió. ¡Aquello era sencillamente demasiado!

Tras reflexionar unos instantes, sacudió la cabeza y dijo:

—¿El médico jefe Fichte? ¿Ese niño modélico, ese burgués por excelencia, esa rata cuadriculada? No, no me lo puedo creer.

Felicia se encogió de hombros.

—¡Todo burgués esconde en su interior a un pequeño calavera!

—¡Pero no Fichte! Fichte en Montecarlo, eso es como un esquimal en Copacabana o como un cardenal en un burdel. Aunque...

—¿Aunque?...

—Bueno, pensando en que vi juntos a Prasskov y a Fichte, y que por lo visto existe una conexión entre Prasskov y la mafia del tráfico de órganos, mi opinión se tambalea un poco. ¿Tanto me habré equivocado con Fichte?

A Gropius le costaba muchísimo hacerse a la idea de que el médico jefe pudiera desempeñar un papel tan completamente distinto del que hasta entonces le había supuesto. En cualquier caso, llevaba una doble vida, y eso que hasta a un artista le costaría obrar la transformación en demonio de su fisonomía de burgués. Así pues, ¿Fichte era cómplice de la mafia del tráfico de órganos?

Felicia iba siguiendo el razonamiento de Gropius como si pudiera leerlo en las arrugas de su frente. Tras unos instantes de silencio, planteó una pregunta:

—Pero ¿a mi marido no le trasplantaron un órgano donado legalmente? ¡Dígame la verdad, profesor!

—¡Sí, por supuesto! ¿Qué se ha creído? —replicó Gropius de mal humor—. Con mi puesto no tengo ninguna necesidad de mezclarme en negocios sucios. No, descartado. ¡Eso es del todo absurdo!

—Sólo era una idea —adujo Felicia, a modo de disculpa—. Tal como sabemos ahora, Arno tenía suficiente dinero. Podría haber comprado un hígado en el mercado negro, aunque le hubiese costado un millón. Yo no me lo habría tomado a mal, vista la escasez de órganos. Él quería vivir.

Gropius reaccionó con disgusto.

—Algo así es impensable en una clínica alemana. Arno Schlesinger fue seleccionado por el sistema de asignación ELAS, había compatibilidad entre el donante y el receptor, y se encontraba en el grado de urgencia adecuado.

Felicia se sintió reprendida y guardó silencio.

Ahí estaba de nuevo: aquella desconfianza que se colaba entre ambos en cuanto surgían dificultades. En realidad tendrían que ser dos aliados unidos por un problema común. No obstante, la incertidumbre sobre hasta qué punto podían confiar el uno en el otro no hacía más que distanciarlos. Cada cual se abandonó a sus reflexiones. Felicia no comprendía que Gropius hubiera regresado de Berlín sin ningún resultado; recelaba que le estaba ocultando algo. A Gropius le costaba hacerse a la idea de su fracaso. Le reconcomía que Felicia hubiese conseguido tal vez más con el descubrimiento de un solo número de teléfono que él con sus costosas pesquisas.

Sin embargo, en mitad de su autocompasión, una característica que hasta entonces le había sido totalmente desconocida y que siempre había despreciado en los demás, Gropius tuvo una idea. Fascinado por su ocurrencia, se levantó, masculló una rápida disculpa y se marchó a casa.

En el Servicio Federal de Información de Pullach reinaba una gran tensión. Ya entrada la tarde, el SIGINT había interceptado otro correo electrónico cuyo texto, en circunstancias normales, no habría tenido ningún interés para el Departamento 2. No obstante, el código «IND» con el que iba firmada esa comunicación electrónica y que Heinrich Meyer, el director de Signal Intelligence, ya había insertado en el sistema de búsqueda, había hecho saltar la alarma.

Meyer, de traje gris, como siempre, no pudo reprimir una sonrisa de suficiencia cuando, poco después de las cinco de la tarde, envió el correo interceptado de su pantalla al monitor de Ulf Peters, director del Departamento 5, Reconocimiento Operativo. Peters, responsable oficial del caso, se había dejado la piel intentando descifrar el código «IND». Había seguido todas las pistas posibles, que iban desde el espionaje industrial hasta el terrorismo internacional, pasando por el tráfico de drogas. Peters era un sabueso tenaz que no se daba por vencido fácilmente... pero en ese caso se había desanimado, por no decir que estaba desesperado y que casi había tirado la toalla. Ya no le quedaban ganas de seguir ocupándose de un problema tras el que a lo mejor sólo se ocultaba una historia de lo más inocente. En secreto esperaba que el asunto se fuera a pique, igual que sucedía con dos tercios de todas las informaciones interceptadas.

Sin embargo, sus esperanzas no se vieron cumplidas. Apoyado en los codos de mala gana, leyó el texto que había aparecido en su pantalla:

E-mail, 16.00 horas, IND, clínica de Munich.

Seguimos esperando la comunicación de la realización. Nos da la sensación de que hay demasiados fisgones en el mundo. Podría ser oportuno deshacerse de éste con delicada fuerza. El fin justifica los medios. IND.

Peters tamborileó con las uñas sobre la mesa. «IND, IND», repetía en susurros sin dejar de mirar la pantalla.

Poco después, Meyer asomó su cabeza entrecana por el umbral.

—¿Y bien? —preguntó, desafiante, después de cerrar la puerta tras de sí.

—Y bien, ¿qué? —repuso Peters, harto.

—Que si tiene alguna pista, algún indicio.

Peters volvió a leer una vez más el texto de la pantalla, despacio, palabra a palabra, como si fuese una oración, como si quisiera memorizarlo. Al cabo, señaló con el índice las palabras «delicada fuerza».

Meyer asintió.

—En realidad no es asunto mío, pero tampoco me lo prohíbe nadie... seguir el caso, quiero decir. La combinación de palabras «delicada fuerza»...

—Ya lo sé —lo interrumpió Peters—. La formulación apunta, de hecho, a la distinguida organización.

—O sea, la mafia.

—Antes, esos caballeros hablaban de «matar», hoy son mucho más distinguidos, hablan de «delicada fuerza», pero se refieren a lo mismo. ¡Creo que tenemos que prepararnos para algo!

—¿Y el código «IND»?

—No es ningún código, o al menos no en el sentido que tendría en una organización secreta. Mediante análisis informáticos hemos listado todas las combinaciones lógicas de palabras en alemán e inglés. El resultado ha sido muy gracioso: de entre más de mil combinaciones posibles, el sistema ha seleccionado unas cien combinaciones que tienen significado. Sin embargo, desglosadas en las ramas del terrorismo, las drogas, el tráfico ilegal y los negocios, no queda ni una sola abreviatura con sentido. Lo siento, resultado negativo.

Meyer miraba la pantalla casi con asco. Entornó los ojos y arrugó la nariz.

—Y, como en el primer e-mail, ese código está insertado en un discurso que es absolutamente inusual en estos círculos. Más bien parece el telegrama de una suegra enfadada.

—¡Aunque seguro que no lo es!

—Claro que no. Tiene que tratarse de una organización que cree que actúa con impunidad. El remitente es, como la primera vez, un teléfono vía satélite o una conexión móvil del Mediterráneo occidental; el destinatario, una extensión del hospital clínico.

Peters soltó una risa amarga.

—Como ya he dicho, son profesionales calculadores. Cultivan un novísimo estilo de crimen.

—¿Habla en plural, Peters?

—Bueno, en el primer e-mail no aparecía ningún pronombre que dejara entrever uno o más remitentes, y se tuteaba al destinatario. Mire aquí, en cambio. —Peters señaló la pantalla—. En este caso es justo lo contrario. En ningún momento se dirigen al destinatario. Y los remitentes se desvelan, «seguimos esperando», «nos da la sensación de que», en plural. Dicho de otro modo, quizá se trate de un infiltrado en el hospital clínico que posiblemente recibe órdenes de una organización con sede en España.

—Por lo menos hay algo nuevo —observó Meyer en un arrebato de sarcasmo—. ¿Cómo había pensado proceder?

—En primer lugar, tenemos pensado analizar la selección de palabras del nuevo e-mail y compararla con la primera. Después rezaremos todos juntos una plegaria para que los distinguidos caballeros envíen más correos electrónicos que nos pongan sobre su pista.

—Pues hágame saber el día.

—¿Qué día?

—¡El día de la oración, Peters! Me gustaría mucho participar.

Rita acudía siempre que la necesitaba, sin más, y Gropius a veces se avergonzaba de lo egoísta que era con ella. Cierto, él siempre había sido franco y no le había dado esperanzas de que lo suyo fuera a convertirse en una relación seria. La pelirroja de la unidad de rayos X parecía contenta con lo que tenían y, cuando él la llamaba «la chica más sexy del mundo», era feliz. A lo mejor también esperaba que Gropius, con el tiempo, se dejara persuadir. Hay mujeres que ningún hombre del mundo merece.

Cuando Rita se presentó en su casa tras la llamada, en realidad esperaba pasar la noche con él, por eso no pudo ocultar su decepción cuando Gropius la puso al corriente de su plan. Necesitaba una copia de la lista de espera de ELAS, el sistema de asignación de hígados de Eurotransplant, y en concreto un listado de los grados de urgencia T2 hasta T4 del sector regional del sur de Alemania. Eso que sonaba tan complicado podía solicitarse con poco esfuerzo desde cualquier ordenador del hospital clínico mediante la inserción del código «PUGH». Sin embargo, Gropius le pidió a Rita que realizara el encargo con la mayor discreción posible.

Algunos días después, la muchacha se presentó en casa del profesor con un suéter verde muy ajustado, diseñado para hacer perder el juicio al común de los mortales de sexo masculino. Sin embargo, desde hacía un tiempo, Gropius se sentía cualquier cosa menos común, y por eso sólo tuvo ojos —como Rita no pudo evitar notar— para el listado del ordenador, que consistía en unos trescientos nombres, direcciones, números de teléfono, grados de urgencia y puntuaciones. Trescientos destinos, muchos de los cuales tendrían un final espantoso porque los órganos para trasplantes eran muy escasos.

Sólo había dos posibilidades de ser tachado de esa lista, dos posibilidades tan dispares como pueda imaginarse. Posibilidad número uno: mediante un trasplante realizado con éxito. Posibilidad número dos: mediante la muerte a causa de la falta de un órgano que trasplantar.

Gropius sabía que no tenía muchas probabilidades de encontrar nada, pero la idea tampoco parecía desesperanzada. Repasó la lista alfabética hasta que, de pronto, su mirada se detuvo en el número 27: Werner Beck, nacido en 1960, residente en Starnberg, Wiesensteig 2, grado de urgencia T2. ¿Werner Beck? Gropius se quedó perplejo. ¡¿El de la conservera de *choucroute*, el amante de Veronique?! En realidad no sabía su edad, pero sí sabía que Beck vivía en una villa junto al lago Starnberg. No sólo le asombró el hecho de que el nombre de Beck estuviera en la lista de espera, lo que más lo desconcertó fue el grado de urgencia T2. T2, eso significaba una descompensación aguda, es decir, un fallo hepático. Un hombre con T2 sólo era medio hombre, o ni siquiera eso. ¿Veronique tenía una relación con alguien así?

Gropius ya había desarrollado un olfato especial para las incongruencias, y ésa era una situación que suscitaba toda clase de preguntas. Así pues, se subió al viejo todoterreno japonés que le había dejado Veronique y cogió la autopista en dirección al sur. El final del otoño había cambiado de opinión una vez más e iluminaba la cordillera de los Alpes. Al cabo de diez minutos de trayecto, Gropius dejó la autopista, se abrió camino por el atasco de aquella población tan transitada en la que tenían su residencia más millonarios que en cualquier otra ciudad alemana y, tras una breve búsqueda, encontró Wiesensteig, una calle respetable con ostentosas casas de campo y, justo al principio, el número 2.

La alta verja de hierro forjado de la entrada estaba abierta, y en el césped salpicado de setos y arbustos bajos que rodeaba la casa de una sola planta había un mayordomo de edad avanzada y muy bien vestido, ocupado en recoger los muebles blancos del jardín y apilarlos a la entrada del sótano. En el camino de entrada había aparcado un Bentley Azure verde botella, un vehículo que atraía miradas de asombro incluso en un lugar como aquél.

También Gropius miró el coche con agrado, y por eso no reparó en que el propietario se le acercaba por detrás.

—¡Con permiso!

El profesor se sobresaltó al ver el aspecto del hombre, que sin duda debía de tratarse de Beck en persona. Se sobresaltó porque se había imaginado a un joven deportista unos años más joven que él. Sin embargo, ante sí tenía a un hombre prematuramente avejentado, abatido, con poco pelo en la coronilla, un rostro ajado y un tórax hundido; un hombre marcado por una grave insuficiencia hepática. El propietario del Bentley no le prestó ninguna atención y cargó su bolsa de golf en el asiento trasero.

—¿Señor Beck?... Soy Gregor Gropius.

Beck dejó lo que estaba haciendo, y tardó un poco en asomarse por la puerta abierta de su coche y preguntar a disgusto:

—Sí, ¿y qué?

Fue entonces cuando Gropius se dio cuenta de que no se había preparado para la conversación con el amante de su mujer, así que también él repuso tan inconveniente como desamparadamente:

—He tenido el placer de concederle a mi esposa.

—Ah —espetó Beck, y contempló a Gropius de la coronilla a la suela de los zapatos—. ¡Tendría que haber sabido conservarla usted mejor, la verdad! —Y, nada impresionado, cerró la puerta del acompañante antes de dirigirse al otro lado del coche.

Gropius, aturdido, repuso:

—No lo entiendo.

—¿Qué hay que entender? —preguntó Beck con crudeza—. Eso ya se acabó. ¡Y no precisamente ayer! —Un instante después, estalló de nuevo—: Mientras estaba mal, cuando los médicos no me daban más que medio año de vida, Veronique fingía amarme. Por desgracia, comprendí demasiado tarde que sólo quería mi herencia. Tal vez debería haberme mirado más al espejo, así habría visto claramente que no podía quererme a mí, sino sólo mi dinero. Después, cuando empezó mi nueva vida, en seguida le puso fin a su amor...

—¿Qué quiere decir con que empezó su nueva vida?

Beck se estremeció y repuso con insolencia:

—No sé qué puede importarle eso a usted. No tenemos nada en común. ¡No me entretenga, tengo que irme al golf!

Gropius podía imaginar muy bien lo embarazoso que debía de resultarle a Beck el inesperado encuentro. No se tomó a mal que el hombre se subiera a su Bentley sin despedirse y se alejara de allí haciendo rugir el motor. Los coches siempre tienen que pagar las penas de sus frustrados conductores.

El mayordomo seguía trabajando en el jardín de la casa. Había presenciado el encuentro desde lejos, sin oír de qué se trataba. Con la esperanza de sacarle más información sobre su patrón, Gropius se acercó al anciano y entabló una conversación insustancial. El mayordomo respondió con formal cortesía, hasta que al fin preguntó:

—¿Es usted conocido del señor Beck?

—Sí, tenemos una amiga en común. Por lo que me ha contado, vuelve a irle bastante bien, ¡con su salud, quiero decir!

¡Gracias a Dios! Era una lástima tener que ver cómo el señor Beck se iba consumiendo un día tras otro.

—El hígado, ¿verdad?

El mayordomo asintió, apesadumbrado, y, con la mirada fija en el suelo, dijo:

—Una operación complicada, pero todo fue bien, el señor Beck aún es joven.

—¡Y cara!

—¿Qué quiere decir?

—Bueno, que no sólo es una operación complicada, que también es cara.

Entonces el mayordomo se echó a reír, se llevó la palma de la mano al estómago y dijo:

—El señor Beck siempre suele decir con la palma de la mano en el estómago: Carl (yo me llamo Carl), aquí dentro llevo de paseo media casa.

—¿Tan cara fue? —Gropius estaba atónito.

El mayordomo Carl negó con la mano.

—No es que estemos hablando de un hombre pobre. El señor Beck podía permitirse un hígado nuevo. Así es la vida. —Carl dio muestras de querer retomar su trabajo—. ¡Discúlpeme!

—¿Sabe usted dónde operaron al señor Beck? —preguntó Gropius.

El mayordomo se detuvo un momento, se volvió y lo miró con desconfianza.

—¿Por qué quiere saberlo?

—Es que me interesa, nada más.

El hombre, que tan amable había sido hasta ese momento, echó la cabeza hacia atrás, entrecerró los párpados y contestó con reservas:

—Muy señor mío, no estoy autorizado a dar información sobre los asuntos privados del señor Beck. Ya he hablado demasiado. Ahora le ruego que salga en seguida de la propiedad.

—Está bien —repuso Gropius en tono conciliador—, tampoco era tan importante.

Dio media vuelta y se marchó. Ya había oído suficiente; incluso más que suficiente. Veronique era una mujerzuela codiciosa.

Había mucho nerviosismo en la comisión especial de la Bayerstrasse. El despacho de Ingram se asemejaba al polvoriento archivo de un erudito. Un ficus en el rincón, varios cactus frente a la ventana. Los informes, dibujos, planos y papeles que se habían llevado del estudio de Schlesinger, 74 artículos en total, ocupaban en desorden las mesas y el suelo, o estaban colgados con chinchetas de las paredes y las estanterías. Entre todo aquello, un recorte de diario con el siguiente titular: «Misterioso fallecimiento en una clínica universitaria.» Media docena de hombres adultos, leyendo a media voz textos incomprensibles, intentaban sacar algo en claro de aquel caos de papeles, algo que les diera la respuesta a la pregunta de por qué Arno Schlesinger había sido asesinado de una forma tan inusual.

Wolf Ingram, director de la comisión especial Schlesinger, casi había desaparecido tras las montañas de papeles que se apilaban en su escritorio. Estaba de especial mal humor y, además, había llegado a la conclusión de que aquellos documentos no los harían avanzar ni un solo paso. Por lo demás, el examen de los informes confiscados habría requerido de un experto que hubiese identificado como inofensivos yacimientos arqueológicos presuntas abreviaturas o posibles códigos como Jabur o Karatepe, y así se habrían ahorrado muchas conjeturas. El hecho de que Schlesinger estuviese contratado por diferentes institutos de análisis de hallazgos científicos tampoco hacía sospechar especialmente del estudioso de la antigüedad. Por tanto, Ingram se limitó a extraer de aquel caos de informes el perfil geográfico por el que se había movido Schlesinger.

Así las cosas, el momento en que el fiscal Markus Renner, con un oscuro abrigo cruzado y un maletín negro en la mano, se presentó en la comisión especial para informarse del estado de las investigaciones, fue el más inoportuno que se pueda imaginar.

—¡El ministro del Interior me ha pedido un informe parcial! —dijo con cierto orgullo, y los cristales de sus gafas refulgieron amenazadoramente.

—¿Conque sí? —gruñó Ingram, de mala gana—. ¡Pues dígale al señor ministro que hemos encontrado cuatro fragmentos de cráneo humano!

El joven abogado puso cara de interés.

—¡Fragmentos de cráneo, eso sí que es inaudito!

—¡Tenga, mire! —Indignado, Ingram agitó un pliego de papeles delante de las narices de Renner—. El hombre al que pertenecen los fragmentos de cráneo vivió en Galilea y fue un paleántropo, aunque ya presentaba características de los neántropos. Schlesinger trabajaba sobre la cuestión de si el poseedor original del cráneo era Neanderthal u *Homo sapiens*. Si el señor ministro desea ver el cráneo, ¡que vaya al museo Arqueológico de Jerusalén!

Los hombres de la comisión especial estallaron en carcajadas, y Renner se puso rojo hasta las orejas.

—Señores, creo que sería oportuno que se tomaran el asunto con más seriedad —señaló en tono de crítica—. No se trata sólo de un asesinato. En caso de que se demostrara que Schlesinger estaba involucrado en una red terrorista, y nosotros hubiéramos seguido sólo una línea de investigación, tanto ustedes como yo perderíamos el trabajo.

Entonces Ingram se plantó con sus cien kilos de peso ante Renner y, con los brazos cruzados sobre el pecho, dijo:

—¡Señor fiscal! En los últimos días me las he visto más con huesos viejos que con personas vivas. Es usted el primer ser vivo al que me enfrento desde hace días. Pronto podré irme a hacer de arqueólogo a Oriente Próximo. Tendrá que conformarse con que la confiscación de los informes haya resultado ser un fracaso total.

—Había que intentarlo.

—¡Intentarlo! —repitió Ingram con amargura—. ¡Ese intento me ha costado media semana de trabajo! El caso Schlesinger ha presentado desde el principio unas características tan poco comunes que también su resolución llegará mediante métodos poco comunes.

—Entonces, ¿qué propone? —preguntó Renner con arrogancia.

Ingram asintió, como diciendo: «Eso quisiera saber yo.» Sin embargo, no respondió nada.

—¿Lo ve? —prosiguió Renner, insolente, y se quitó las gafas para limpiar los cristales con un pañuelo blanco—. ¿Lo ve? —repitió con aire triunfal.

Ingram volvió a sentarse tras su escritorio y miró fijamente la pantalla de su ordenador, un modelo que ya pertenecía al pasado. De pronto se sobresaltó, como si le hubiera alcanzado un rayo, se encorvó y leyó el correo electrónico entrante de la pantalla:

BND — SIGINT, Dep. 5, a la comisión especial Schlesinger, Wolf Ingram.

Esta mañana, a las 6.50 horas, se ha interceptado el siguiente e-mail con el código «IND», remitido por una cuenta interna del hospital clínico de Munich. Dirigido a España, no se han podido precisar más detalles. Texto: «Por desgracia, nuestros planes se han truncado. Informes y documentos en malas manos. Ahora sólo hay que esperar lo peor. Solicito nuevas órdenes. IND.»

Ingram le dirigió a Renner una mirada incalificable, después giró la pantalla hacia él.

Tras leer la información, el fiscal arrugó la frente, y con su habitual tono insolente, observó:

—Ingram, ahora esto es cosa de usted y de su gente. Así pues, ¡buena suerte!

Ingram, un hombre siempre contenido y amable, aunque nadie presumiera en él esas características, palideció. Murau, que lo conocía mejor que ninguno de sus compañeros, esperó con temor su reacción. Sabía qué significaba que Ingram se quedara lívido, y eso era lo que estaba sucediendo en aquellos momentos.

—Joven —empezó a decir Ingram, aludiendo a la lozanía de su interlocutor, y prosiguió después con tanta más severidad—: Desde la formación de la comisión especial, hace diez días, aquí estamos perdiendo el culo por avanzar hacia la resolución del caso. Hemos puesto patas arriba medio centro médico, hemos rebuscado en viejos colchones, hemos vaciado armarios y hemos registrado papeleras. Ninguno de los que estamos aquí podría oler más a fenol. Hemos... —sacó del escritorio cinco carpetas con gruesos informes y los lanzó sobre la mesa, ante Renner—... hemos investigado a casi doscientos empleados de la clínica que tal vez podían ofrecernos pistas sobre el crimen. Hemos reconstruido con minuciosidad el recorrido del órgano del donante desde la entrega en Frankfurt hasta el momento en que Schlesinger fue operado, hemos hablado con todo el que pudo estar en contacto con el contenedor del órgano... Y usted se presenta recién afeitado y con su abriguito de jefe para decirme: «¡Ahora esto es cosa de usted y de su gente!» ¿Qué cree que hemos estado haciendo los últimos diez días, mientras usted alineaba y reordenaba informes en su escritorio? Este caso es uno de los más insólitos que ha habido nunca, no es comparable a ningún otro. Para serle sincero, por el momento no tenemos la menor idea, nada, aparte de que un hombre fue asesinado de una forma muy extraña, un hombre al que podrían haber eliminado sin gran esfuerzo y sin ningún riesgo. ¡Y ahora déjenos en paz, tenemos mucho que hacer!

Mientras los colaboradores de Ingram formaban un semicírculo alrededor del fiscal sin perderse un solo detalle de la reprimenda, éste seguía allí plantado como un idiota. Sin embargo, en cuanto Ingram hubo terminado, cogió su maletín, dio media vuelta y echó a andar hacia la puerta a grandes pasos. Antes de que la cerrara de golpe al salir, hizo un último comentario en un tono ahogado que delataba su agitación interior:

—¡Esto no quedará así! ¡Soy el fiscal, no un niñato atontado!

Al edificio de la Hohenzollernstrasse le habría venido bien una mano de pintura; ya sólo se intuía el tono amarillo con que lo habían pintado hacía décadas. Alrededor de las ventanas, enmarcadas por anchas cenefas, el revoque se caía a trozos. En suma, ese jueves, Gropius no se dirigió a un lugar refinado; sin embargo, allí vivía Lewezow.

El profesor encontró el cartelito con su nombre, recortado de una tarjeta de visita y pegado junto al timbre, bastante arriba, entre los casi treinta botones del portero automático. No había intercomunicador, de modo que empezó a subir por una escalera de ocho pisos cuyas paredes estaban pintadas de marrón. La barandilla tenía afiladas tachuelas de latón clavadas para que a nadie se le ocurriera utilizarla a modo de tobogán.

Cuando Gropius llegó al cuarto piso y tocó el timbre, tras la puerta de la vivienda, que había sobrevivido a la primera guerra mundial y tenía una estrecha mirilla de vidrio opalino a la altura de la cabeza, resonó la melodía de *Para Elisa*: todo un fenómeno, dicho sea de paso, porque dos tercios de los timbres de Alemania anuncian a las visitas con esa tonada, cuyo título casi nadie conoce.

Lewezow estaba esperando a Gropius. La pequeña vivienda constaba de dos habitaciones comunicadas entre sí, tenía las paredes torcidas y dos ventanas abuhardilladas que daban al patio trasero. Estaba repleta de muebles originales, como los que se encuentran en los mercadillos del este de Munich. Gropius tomó asiento en un sillón orejero cuya altura sobrepasaba la de un hombre adulto con sombrero y empezó a hablar sin rodeos.

—Como ya le he dicho por teléfono, vengo por su oferta de trabajar para mí.

—¡Eso me alegra, profesor! —Lewezow, que pese a la avanzada hora del día llevaba puesto un batín de un brillante rojo sedoso y un chal de topos azules a juego, hizo una pequeña reverencia—. Si puedo serle de ayuda... Aquí tiene mi lista de tarifas.

Gropius no prestó atención a la lista de precios, dobló la hoja por la mitad y la hizo desaparecer en el bolsillo de su americana. Del bolsillo interior sacó otro papel y se lo pasó al detective por encima de la mesa de altas patas.

—Esto es una lista de espera de unas trescientas personas que aguardan un trasplante de hígado. Le pido que trate esta información con la mayor confidencialidad. Soy consciente de que estamos haciendo algo que queda fuera de la legalidad, pero tal vez sea la única posibilidad de poner fin a las actividades de quienes se esconden tras el escándalo del trasplante.

Lewezow alzó ambas manos a la defensiva, al estilo de un mal actor.

—Puede confiar en mi discreción, profesor. Quedará satisfecho. ¿Qué debo hacer?

—Admito que no será fácil. Se trata, en primer lugar, de identificar a las personas de esta lista que económicamente estarían en situación de poner sobre la mesa medio millón a cambio de un hígado nuevo. Presumo que no serán demasiadas. Sin embargo, su verdadero cometido será el de averiguar si alguna de esas personas se ha sometido ya a un trasplante y, en ese caso, dónde.

Lewezow se cubrió el rostro con ambas manos, como si quisiera ocultarse del profesor. Cuando volvió a descubrirse, comentó con aire reflexivo:

—Verdaderamente no es una tarea sencilla. ¿Cuánto tiempo me da?

Gropius se encogió de hombros.

—En primer lugar, me interesa comprobar si los brazos de la mafia del tráfico de órganos llegan hasta nuestro hospital clínico. Para eso me basta con un solo paciente que confiese: sí, yo compré un órgano que me fue trasplantado aquí o allá.

—Comprendo. Aunque... —Lewezow frotó el pulgar y el índice de su mano derecha y abrió mucho los ojos.

Era de ese tipo de personas que pierden toda dignidad en cuestiones de dinero.

—¡Sí, por supuesto! —Gropius sacó un sobre y se lo tendió al detective con cierto desprecio en la mirada.

—Muy amable —murmuró éste con humildad—. ¡Muy amable!

Lewezow no había pasado por alto el tono de desprecio de Gropius, pero la vida no era un camino de rosas y le había enseñado a hacer caso omiso de esos golpes bajos.

—Lo conseguirá —apuntó Gropius, aunque fue más bien su deseo lo que inspiró ese comentario. Casi sonó a conjuro. Cuando ya se iba, añadió—: Por cierto, ya puede tachar de la lista el nombre de Werner Beck. Ese caso ya se ha resuelto. —Y corrigió—: Ya lo he resuelto.

Cuando salió del portal del edificio de apartamentos, brillaba el sol. Había aparcado su todoterreno en el lado contrario de la calle, frente a una floristería. Un tranvía pasó tronando en dirección a la Kurfürstenplatz y levantó una fría nube de polvo tras de sí. El pavimento vibró bajo las ruedas de hierro. «Hay calles más agradables que ésta —pensó Gropius—. No es que esté precisamente a la altura de la dinastía de los Hohenzollern que le da nombre.» Casi había cruzado la calle y rebuscaba ya la llave del coche en el bolsillo de su vieja gabardina cuando vio de soslayo que una limusina oscura se abalanzaba de frente hacia él. Saltó instintivamente a un lado para esquivar el raudo vehículo, pero lo consiguió sólo a medias. El guardabarros delantero lo golpeó en el muslo, lo lanzó hacia atrás e hizo que se estampara con su coche aparcado. Por un instante perdió el conocimiento.

Todo había sucedido tan de prisa que Gropius apenas logró asimilar nada más que lo descrito. Le temblaban las piernas y se aferró al retrovisor de su todoterreno mientras iba moviendo todas las partes del cuerpo con timidez, para ver si seguían enteras. Cuando volvió totalmente en sí, buscó con la vista el oscuro vehículo: había desaparecido, claro está. En aquella calle de nombre altisonante, el tráfico rugía como si no hubiese ocurrido nada.

Exhausto, el profesor se subió al coche y apoyó la cabeza en el volante. Le costaba respirar, tenía la sensación de no inspirar suficiente aire. Diferentes ideas se arremolinaban en su mente sin que pudiera acabar de formular ninguna. Sin embargo, algo sí sabía a ciencia cierta: aquel accidente no había sido casual.

Gropius giró la llave del contacto con mano temblorosa y se puso en marcha. No prestó atención al tráfico intenso. Le dolía la espalda y apenas podía mover la pierna izquierda. Con movimientos mecánicos, como en un sueño, atravesó el centro de la ciudad en dirección al sur, hacia su casa.

En vano buscó una explicación de lo sucedido. No hacía más que darle vueltas una y otra vez a los nombres de todos aquellos que podían haber estado interesados en quitarlo de en medio. Sin embargo, todas sus sospechas carecían de pruebas. Ya hacía demasiado tiempo que se movía en un círculo de recelos, suposiciones y confusión: una situación que poco a poco lo iba enfermando, lo estaba volviendo inseguro, temeroso, histérico incluso.

Al llegar a su casa, en Grünwald, Gropius ya no sabía qué pensar. Sólo recordaba que se había llevado a la boca una botella de whisky. Después cayó inconsciente.

Al volver en sí, Gropius había perdido la noción del tiempo. Le parecía haber oído el teléfono o el timbre en algún momento, pero pensó que tal vez sólo lo había soñado. Le dolía todo el cuerpo y sentía una presión férrea alrededor del cráneo. Con la mirada borrosa, vio la botella de whisky tirada en el suelo delante de la cama, una imagen que lo hizo reflexionar. Entonces oyó el timbre, que resonó a un volumen despiadado en sus oídos. Se enderezó con dificultad, el punzante dolor que sentía en la cabeza lo hizo gemir a media voz. El ruido era cada vez más fuerte, por lo que decidió levantarse. No iba a ser tan sencillo. Entonces vio que había dormido completamente vestido. El timbre sonaba cada vez con más severidad.

—Ya voy —gruñó mientras se arrastraba escaleras abajo.

Al abrir, vio a Felicia ante la puerta; estaba fuera de sí.

—¿Dónde se había metido todo este tiempo? —exclamó la mujer, exaltada—. ¡Intento localizarlo desde ayer!

Justo entonces reparó en el lamentable aspecto del profesor.

Gropius la invitó a entrar con un gesto de la mano que, sin embargo, resultó bastante torpe, como si un vagabundo intentara mostrar buenos modales.

—Whisky —masculló a modo de disculpa al sentir la mirada de Felicia—. Seguramente me pasé de la raya, ¡pero no sin motivo!

Felicia no había visto nunca al profesor en ese estado, ni siquiera después de haberse salvado por poco de la bomba.

—¿Qué ha sucedido? —preguntó con cautela—. Tiene usted muy mal aspecto. —Lo miró con preocupación.

Gropius volvió a sacudir la cabeza. Ni siquiera él comprendía lo que había ocurrido el día anterior. Entonces se puso a caminar de un lado a otro del salón como una fiera enjaulada y explicó: que le había encargado a Lewezow una investigación sobre la mafia del tráfico de órganos, que había cruzado la calle para ir hasta su coche y que un vehículo se había abalanzado sobre él a gran velocidad, que lo había catapultado contra su todoterreno y que había perdido el conocimiento unos instantes.

Felicia escuchó su relato con consternación. La inquietud de Gregor la asustaba, pero aun así pensó en cómo podía tranquilizarlo.

—En realidad he venido a disculparme —dijo, para hacerle pensar en otra cosa.

—¿Disculparse? ¿Por qué? —Gropius se quedó inmóvil en el

centro de la sala y le dirigió a Felicia una mirada que inspiraba compasión.

—¡Anteayer, su partida precipitada! Puedo entender que le molestara mi desconfianza. Debió de enfadarse cuando le pregunté si la operación de mi marido se había realizado siguiendo los procedimientos correctos. ¡Perdóneme!

Felicia se acercó a Gropius, le cogió las manos y lo miró con gravedad. Igual que aquella otra vez, en el hotel, cuando se habían abrazado inesperadamente, Gropius sintió de repente que esa mujer irradiaba una fuerza de atracción electrizante. Sin embargo, al contrario que entonces, no se atrevió a abrazarla. Todavía no se había mirado al espejo, pero podía imaginar su aspecto. Avergonzado, apartó la mirada.

—No pasa nada —masculló—. No estaba enfadado con usted, de verdad que no. Ahora discúlpeme, ¡necesito una ducha con urgencia!

Mientras Gropius intentaba quitarse de encima la resaca con agua fría y caliente, Felicia rebuscó en la cocina para improvisar algo parecido a un desayuno. La cocina y las provisiones eran las propias de un marido abandonado: un par de conservas, lo básico, pero con grandes carencias. En esas circunstancias, que Felicia consiguiera servir un desayuno en la mesa del comedor en tan poco tiempo fue casi como por arte de magia.

El café y las tostadas desprendían su aroma junto a los dos huevos duros, el tarro de miel y la carne en conserva que estaban esperando a Gropius cuando salió del baño recién duchado y con ánimos renovados. Gregor no pudo ocultar su entusiasmo y le dio un beso en la mejilla a Felicia. Hacía mucho que no desayunaba sentado a una mesa dispuesta con tanto esmero.

Permanecieron un rato sentados en silencio, el uno frente al otro. Entonces Felicia empezó a decir, con cautela:

—¿Cree que querían matarlo?

La pregunta, soltada así en la mesa del desayuno, sonó brutal por su sencillez, y Felicia en seguida reparó en su salida de tono; por eso, se apresuró a añadir:

—Quiero decir que ¿no podría ser ese ataque una advertencia para que abandone las investigaciones?

—¡Estoy convencido! —contestó Gropius—. Esa gente no quería matarme, sólo quería darme una lección, un aviso, por así decirlo, para que me tome en serio sus exigencias. Si hubieran tenido previsto matarme, ya lo habrían hecho. No, poco a poco empiezo a sospechar que esa gente me necesita.

Felicia rió, atormentada.

—Qué idea más absurda.

—Sí que lo es. ¡Pero dígame qué otro motivo hay para ese extraño comportamiento! A cada nuevo paso de mis investigaciones se produce un movimiento inesperado para demostrarme que la probabilidad de desenmascarar a esa gente es sumamente remota. Al volver la vista atrás, creo que el ataque de ayer pudo tener como objetivo romperme todos los huesos para coartar mi movilidad.

—¡Con qué serenidad lo dice! —Felicia se quedó mirando a Gropius, que ya tenía mejor aspecto. Después añadió—: El fiscal ya ha acabado con el cuerpo de mi marido. He dispuesto una incineración sin grandes fastos.

Gropius asintió, incómodo. Mientras no lograra demostrar su inocencia, seguía sintiéndose culpable.

—También me han devuelto los informes de los que se incautaron. Por lo visto, la policía no ha encontrado nada que los lleve a ninguna parte.

Gropius mordisqueó una tostada mientras reflexionaba. Se veía que estaba perdido en sus pensamientos.

—¿Se ha puesto en contacto con usted el profesor De Luca? —preguntó de pronto.

Felicia alzó la mirada con sorpresa.

—No, no había vuelto a pensar en él.

Gropius apretó los labios; después dijo:

—Qué curioso, ¿no le parece? A fin de cuentas, se trataba de veinte mil euros. ¿Ni una carta, un fax, una llamada?

—Lo siento. —Felicia se frotó el entrecejo. Solía hacerlo cuando reflexionaba, y a Gropius le parecía divertido—. Me gustaría muchísimo saber qué tesoro escondía aquel estuche —prosiguió, al cabo—. ¿Tal vez diamantes? Mi marido no entendía lo más mínimo de piedras preciosas. Este anillo —extendió sobre la mesa los dedos de la mano derecha, en la que refulgía un anillo de brillantes—, este anillo me lo compré yo. Arno seguramente me habría regalado una baratija de cristal. Aunque...

Gregor le dirigió una mirada interrogante.

—¿Aunque?...

—Si pienso en lo que hemos descubierto sobre su doble vida, tampoco puedo descartar que traficara con diamantes y que sólo hubiera fingido su desconocimiento.

—¿Por qué habría hecho algo así?

Felicia sacó el labio inferior.

—¿Con qué ganó diez millones sin decir una sola palabra al respecto?

—En eso lleva razón. Visto así, los veinte mil euros de Berlín son una menudencia, claro. De todas formas, que la señora Colella desapareciera sin más y que De Luca no haya dado señales de vida sigue siendo un misterio.

—¡Espera una llamada de Schlesinger!

—Quizá.

Mientras Gropius miraba por la ventana, Felicia lo observó con atención.

—Creo saber qué está pensando —dijo, con una expresión que denotaba claramente su desaprobación.

—¿Ah, sí? ¿Eso cree? —Gropius se arrancó una sonrisa amarga.

—¿Cuánto tiempo piensa seguir actuando por su cuenta? —repuso ella—. Sería mejor que se lo dejáramos a la policía. ¿No le parece?

El profesor inspiró hondo. Ya no estaba tan en desacuerdo con esa opinión. Sin duda, había otras ocupaciones que valían mucho más la pena que luchar contra un adversario desconocido que perseguía un objetivo ignoto. No obstante, ya había llevado tan lejos sus pesquisas que casi no había posibilidad de abandonar sin atraer sospechas hacia sí. De pronto, espetó:

—Mañana volaré a Turín.

Felicia miró a Gropius como si le hubiera hecho una confidencia inesperada, aunque ya había sospechado que su conversación tomaría esos derroteros.

—No se rinde usted nunca —comentó con resignación.

—¡No, nunca! —repuso Gropius—. Y, en este caso, menos aún.

Felicia pensó un momento y luego dijo con decisión:

—Muy bien, si no puedo disuadirlo, lo acompañaré. ¡Al fin y al cabo, soy la primera interesada en este asunto!

—Yo no estaría tan seguro de eso. Creo que esta historia nos concierne a los dos. Además, no me parece buena idea que viajemos juntos a Turín. Tarde o temprano se acabará sabiendo y dará una impresión equivocada.

Felicia no pudo decir nada a eso.

—Pero manténgame al corriente —le advirtió al profesor antes de marcharse.

CAPÍTULO 6

El vuelo LH 2760 despegó de Munich a las 10.35 horas, un Air Jet canadiense de cuarenta y ocho plazas con un solo lavabo al fondo. Gropius detestaba esos aparatos de reacción de poca envergadura para distancias cortas, porque se agitan mucho en el aire, reaccionan descendiendo bruscamente a la menor turbulencia y le hacen recuperar a uno lo ingerido el día anterior. No faltó mucho para que Gropius tuviera que hacer uso de la bolsita gris que había en la redecilla del asiento. Hora y media más tarde, el aparato aterrizó antes de tiempo en el aeropuerto Caselle de Turín, y el profesor cogió un taxi en dirección a Lingotto, a unos diez minutos al sur del centro de la ciudad.

Como la mayoría de las ciudades del norte de Italia, Turín recibe al visitante con inmensos complejos industriales, gigantescos bloques de pisos y las altas construcciones del extrarradio. El taxista, un turinés autóctono a pesar de su aspecto germano, su pelo rubio y sus ojos azules, como proclamó él mismo con imperiosos gestos, le dijo a su pasajero que debía contar con una buena hora de trayecto, aunque tomarían algunos atajos que sólo él conocía. Al decir eso, le guiñó un ojo a Gropius, que se había sentado en el asiento del acompañante. Habría que darle la razón.

Ya llevaban una hora de camino cuando el conductor torció por la Via Nizza desde el Corso Vittorio Emanuele. El exterior del hotel Le Meridien Lingotto, el mayor de la ciudad, no daba precisamente la impresión de ser un hospedaje lujoso, lo cual podía deberse a que lo habían instalado en el complejo de edificios de la antigua fábrica de automóviles FIAT. La planta superior del bloque rectangular había servido en su día como recorrido de pruebas para coches; ahora, los clientes del hotel podían hacer ejercicio allí.

Gropius tenía una reserva de dos días en una habitación soleada y cómodamente amueblada, con vistas al patio. Creía que en ese tiempo conseguiría localizar a De Luca y enterarse de qué ocultaba aquel estuche de veinte mil euros. No tener un número de teléfono ni una dirección del profesor, del que ni siquiera conocía el nombre de pila, no lo hacía más fácil. Tampoco consiguió nada pidiéndole al recepcionista que buscara en la guía su número de teléfono.

No obstante, aún quedaba Francesca Colella y la empresa de seguridad Vigilanza. Gropius encontró tres entradas en la guía telefónica bajo el nombre de Colella. Uno de los números ya no existía; al marcar el segundo, no contestó nadie, y el tercero resultó ser un número equivocado, pues el dueño de la gasolinera al que pertenecía aquel teléfono le aseguró por la Virgen y por todos los santos italianos que no tenía ni una esposa ni una hija llamada Francesca, ni siquiera una suegra con ese nombre, que la suya se llamaba Clara desde hacía sesenta y cuatro años. Sólo le quedaba Vigilanza.

Gropius tenía en mente la imagen de Francesca Colella mientras marcaba las seis cifras del número de Vigilanza: la aparición de la fría morena en Berlín lo había fascinado de una forma inquietante. Su mirada segura desde detrás de aquellas gafas le había recordado a su profesora de biología, de la que se había enamorado locamente —tendría por aquel entonces trece o catorce años— cuando le había explicado la reproducción mediante polinización con el ejemplo del tulipán silvestre, que ella llamaba *Tulipa silvestris*. En aquella ocasión, su interés se había dirigido sobre todo a los ligueros de su profesora, que asomaban con claridad por debajo de una falda negra y estrecha. Por desgracia, la señora Lankwitz, que así se llamaba la portadora de los pecaminosos mecanismos de sostén, se había percatado de su traviesa turbación. En realidad, no le dijo una palabra, pero la mirada que le lanzó a través de los cristales resplandecientes de sus gafas y que le dio a entender que se había dado perfecta cuenta de su impertinencia le hizo sentir un agradable escalofrío por todo el cuerpo. Como consecuencia de ese suceso, del que sus compañeros de clase nunca supieron nada, la señora Lankwitz no volvió a ponerse ligueros... al menos no en el colegio. Sin embargo, desde entonces Gropius tenía debilidad por las mujeres que le resultaban inaccesibles, como Francesca Colella.

—*Pronto!* —contestó Francesca al teléfono con voz imperiosa.

Cuando Gropius le dijo quién era, se produjo una larga pausa.

—Creo que aún me debe una explicación —prosiguió el profesor al cabo de unos instantes—. Habíamos quedado, pero no se presentó.

—Le envié un fax —repuso Francesca con concisión—. Interpretó muy mal su papel. No me tragué que fuera usted el *cognato* de Schlesinger. Ni siquiera se sabía el código numérico del estuche, y eso que era la contraseña acordada. No, señor Gropius, o comoquiera que se llame, nuestro cliente considera que actué correctamente. ¿Qué es lo que quiere ahora de mí?

—¡La dirección de De Luca!

La señora Colella se echó a reír.

—Si de verdad lo envía el *signor* Schlesinger, ya debe de saber la dirección de De Luca. Así que, ¿qué quiere?

No, Gropius pensó que a esa mujer difícilmente se la podía engañar con un simple embuste, de modo que intentó otra estrategia.

—*Signora* —empezó a decir en tono persuasivo—, me gustaría mucho llevarla a cenar esta noche. Por favor, no rechace mi invitación.

Francesca soltó otra carcajada. Sonó como si utilizara su risa a modo de escudo. En todo caso, resultó cualquier cosa menos creíble.

—¡No, gracias! —contestó con sequedad.

—¿Por qué no? —preguntó Gropius.

—Tenemos prohibido todo contacto personal con los clientes, por motivos de seguridad. Vigilanza es una empresa de renombre, y yo no puedo permitirme arriesgar mi puesto de trabajo por una cena agradable. Y, ahora, discúlpeme. —Y colgó.

¡Maldita sea! Gregor Gropius apretó el auricular en el puño, como si quisiera aplastarlo. La señora Colella era la única persona de aquella ciudad extraña que podía ayudarlo a seguir adelante. Tenía que conseguir que hablase con él, y sabía muy bien cómo hacerlo. En la guía de teléfonos había visto la dirección de Vigilanza, Art Logistics, Via Foligno, en el noroeste de la ciudad.

La empresa, con sede en un edificio de los años sesenta nada llamativo y cuyo portal estaba muy vigilado mediante visibles cámaras de vídeo, parecía desde fuera tan seria y aburrida como una rectoría. Sólo la blanca iluminación fluorescente de detrás de las amplias ventanas dejaba entrever cierta actividad. Cuando Gropius se acercó a la entrada, las puertas de cristal opaco se retiraron hacia los lados como por arte de magia. En el interior, un espacioso vestíbulo; el suelo, un ajedrez marmóreo; a la derecha, un mostrador de recepción con entre seis y ocho pantallas. Una recepcionista vestida con total corrección y un pañuelo negro de seda en el escote de la americana roja le preguntó qué podía hacer por él.

El profesor dio su nombre y preguntó por la señora Colella. La chica le señaló un lugar en el sofá de piel que había frente al mostrador.

Apenas habían pasado dos minutos cuando Francesca Colella apareció en la escalera de mármol blanco. Con una mirada severa y bajando algo la voz, se dirigió a él:

—Le pido encarecidamente que no vuelva a molestarme aquí. ¡Me va a poner usted en un aprieto horrible!

Mientras hablaba le tendió una nota con un nombre y una dirección. Al principio, Gropius creyó que serían las señas de De Luca. No fue hasta que Francesca dio media vuelta y, mientras ya se iba, susurraba: «¡A las siete!», cuando Gropius vio que se trataba del nombre de un restaurante: Osteria Tre Fontane, Corso Lombardia. Siguió a la mujer con una mirada de desconcierto, pero ella desaparecía ya en lo alto de la escalera.

La calle que llevaba el rimbombante nombre de Corso Lombardia no parecía muy tentadora en la oscuridad, y el restaurante, en el sótano de una casa que hacía esquina, tampoco daba muy buena impresión antes de entrar. Así pues, tanto más sorprendido quedó Gropius al entrar y encontrarse con un sólido equipamiento, paredes con revestimientos de madera y un mobiliario de estilo rústico pero no carente de buen gusto.

Gropius había acudido a la *osteria* con sentimientos encontrados, pues aún tenía fresca en la memoria la cita frustrada en la Friedrichstrasse de Berlín. Sin embargo, esta vez Francesca lo dejó atónito: ya estaba allí y se la veía del todo cambiada, relajada, casi alegre.

—Si he de serle sincero —dijo Gropius, iniciando la conversación—, no estaba seguro de que fuera a encontrarla aquí. Después de lo que sucedió en Berlín...

Francesca miró a un lado, como si el comentario le resultara embarazoso, y luego, en un murmullo enigmático, dijo:

—En Berlín no acepté por motivos estrictamente profesionales, hoy he venido a título personal. Eso quiero dejarlo claro desde el principio. Además, su visita a la empresa equivalía a un chantaje.

—Siento mucho que le haya dado esa impresión. De todas formas, ¡ha dado resultado!

—Si considera que cenar unos mejillones conmigo es un buen resultado... Por cierto, tiene que probar los mejillones, seguramente quedará usted muy satisfecho. De todas formas, aunque estoy convencida de que ha venido usted con segundas intenciones, voy a tener que decepcionarlo de buenas a primeras: no voy a darle la dirección de De Luca.

—Entonces será sólo una agradable velada —repuso Gropius con encanto, a pesar de que no tenía ninguna intención de desistir y pensaba sacarle a la mujer la información que deseaba.

Francesca se mostró asombrada. Un camarero con la cabeza afeitada les tomó nota. Bebieron un Soave blanco.

—Tiene que comprenderlo —dijo Francesca, retomando el hilo—, necesito mi trabajo y estoy contenta de tenerlo. Tuve que luchar mucho para conseguirlo. Antes hacía algo muy diferente.

Gropius no se atrevió a preguntar. Miró a su interlocutora con placer. Francesca llevaba una chaqueta de una suave piel verde, sin nada debajo, y eso convertía en superflua la pregunta que Gropius se había hecho en su primer encuentro, en Berlín, de si esa turgencia estaba causada por el bulto de una funda sobaquera, de una pistola o de ambas cosas.

—Era empleada de banca —añadió la mujer, como si Gropius le hubiese preguntado por su vida anterior.

—¡Y se aburría mucho!

—De ningún modo. —Francesca se detuvo, luego prosiguió—: Me despidieron de un día para otro, sin previo aviso. Fue culpa mía. Le di a un periodista información sobre las deudas de un cliente prominente. El asunto se destapó, y me echaron. A lo mejor ahora entenderá por qué no va a conseguir sacarme nada. No puedo permitirme volver a quedarme en la calle. Tengo que ocuparme de mí misma y de otras dos personas.

—¿Está casada?

—No, bueno, sí. Ay, no quiero hablar de eso, ¿lo comprende?

—Lo comprendo.

—¡No comprende nada! —Por primera vez, Francesca pareció avergonzada—. Discúlpeme, *signore*, pero es un tema del que no me gusta hablar.

Gropius asintió.

—Quería decir que lo comprendo, que a mí me pasa lo mismo.

—¿Está casado, *signore*?

—No, bueno, sí. —Se encogió de hombros.

Ambos rieron. Sin embargo, la risa de Francesca sonó algo nostálgica.

El camarero de la cabeza rapada les sirvió los mejillones, y Francesca se maravilló ante la destreza con que Gropius manejaba los moluscos.

—¿Y usted? —preguntó como de pasada—. ¿A qué se dedica? ¿O es un secreto?

—Soy cirujano del hospital clínico de Munich. Trasplanto órganos, corazones, riñones, hígados. Aunque a lo mejor ése no es el tema de conversación más oportuno en una cena como ésta.

—¡Qué va! Me parece interesantísimo —repuso Francesca—. ¡Tiene que contarme cosas de su trabajo, *professore*!

En realidad, Gropius no había previsto hablar de sí mismo, pero la atmósfera de aquella *osteria* lo invitaba a abrir su corazón. Tanto como la bella mujer, que lo escuchaba atentamente. Así que Gropius le habló de su trabajo, de la misteriosa muerte de Schlesinger y de sus esfuerzos infructíferos por llegar a aclarar el caso, y así consiguió dejar atónita a Francesca.

—Admito —comentó Gropius cuando hubo terminado su relato— que suena bastante increíble, pero es la verdad. Sin quererlo, me he metido en un asunto del que no sé cómo lograré salir, a no ser que encuentre una explicación para todo. Aunque soy cirujano, y no agente secreto. —Sacudió la cabeza, parecía desamparado.

Mientras la *osteria* se iba llenando —por lo visto el local gozaba de buena fama—, Francesca miraba al profesor como si aún dudara de su historia. Gropius reparó en esa mirada crítica y repitió su aseveración:

—Es la verdad.

La señora Colella comía mejillones con aire pensativo. Gregor contemplaba fascinado cómo se metía en la boca aquellos moluscos de un pardo amarillento. Jamás habría creído que una mujer comiendo mejillones pudiera resultar tan erótica.

—¿Cree que el estuche que llevé a Berlín por encargo de De Luca tiene alguna relación con su caso? —preguntó entonces, y se llevó la copa a los labios.

Gropius se sorprendió al pensar que la mujer que estaba sentada frente a él le parecía de pronto más importante que la razón que los había unido. Se dio cuenta de que su imaginación obraba por cuenta propia. Sin embargo, la perspectiva de derretir esa fría belleza era tan poco prometedora como el intento de fundir el Ártico con un fuego de chimenea. Por eso, respondió a su pregunta con cortesía:

—Lo único que me queda es creer que sí. Tengo que seguir todas las pistas.

—Pero, *professore*, ¿eso no es trabajo de la policía?

—Naturalmente, pero es que, si le dejo hacer a la policía, me llegará la jubilación antes de que el caso esté resuelto. En mi país pasa lo mismo que en Italia. La policía ha dispuesto una comisión especial que sólo estudia informes, y el fiscal responsable está muy ocupado sumando los días que le quedan hasta la jubilación anticipada. Tiene unos treinta años. Me da miedo perder mi trabajo y también mi cátedra si no logro obtener pruebas de que el responsable de la muerte de Schlesinger ha sido el crimen organizado.

Francesca se inclinó sobre la mesa y se acercó a pocos centímetros de Gropius.

—Está bien que no haya pronunciado «esa» palabra, *professore*. Aquí nadie se atreve a mencionarla siquiera... a menos que pertenezca a ella.

Gropius comprendió lo que quería decir y asintió.

Ella sonrió. Después bajó la voz:

—Luciano de Luca dirige un instituto de investigación al otro lado del río. Es un caballero afable y gordezuelo, con poco pelo. Lleva gafas negras con unos cristales muy gruesos que le empequeñecen los ojos, como los de un gorrinillo. Un caballero simpático, sociable y de cierta edad. El instituto está en una bocacalle que da al Corso Chieri. Éste es su número de teléfono. Si me delata usted, pasado mañana ya no tendré trabajo.

Y le dejó a Gropius una tarjeta de visita sobre la mesa.

Desconcertado, el profesor cogió la mano de Francesca y la besó. Aquella mujer era un gran enigma, y su conducta le suscitaba asombro. Gropius cogió la tarjeta y se la guardó en la americana.

—Pero no me pregunte qué contiene el estuche, por favor —le advirtió Francesca, después de un rato de silencio—. No lo sé, de verdad. —Y, al reparar en la sonrisilla incrédula de Gropius, añadió—: El año pasado me encargaron llevar un estuche similar de Milán a Londres. No sabía lo que contenía, sólo el valor asegurado: medio millón. El destinatario era la casa de subastas Sotheby's. Un mes después vi en el periódico lo que había transportado: un sobre antiguo con un Mauricio Azul. Fue subastado por un millón, ¡un millón de libras! Aún hoy me da vértigo.

Gregor deslizó una pierna por entre las de ella bajo la mesa. «Da lo mismo si ahora te suelta una bofetada», pensó, y la miró con desafío.

Francesca se dio buena cuenta de su atrevimiento, pero no dejó que nada la perturbara. Al contrario, con una expresión que era difícil de interpretar, dijo:

—*Signor* Gropius, ¿quiere acompañarme a casa?

Sonó como si quisiera decir: «Ya está bien, ¡vayámonos de aquí!» Aunque también podía ser un: «¡Venga, vayamos a mi casa!» La respuesta de él también quedó abierta a posibles interpretaciones:

—Soy incapaz de imaginar nada mejor, *signora*.

Dicho eso, le hizo una señal al camarero y pagó la cuenta. Mientras se acercaban a la salida, que subía hacia arriba, Francesca comentó:

—Que no le incomode la atmósfera de mi casa. Seguro que está acostumbrado a algo mejor. La vivienda en Turín es cara y, como ya le he dicho, tengo a más personas a mi cargo. Aunque a estas horas mi madre ya duerme. Además, no está lejos de aquí, sólo a dos calles.

A esas horas, poco antes de las diez, en el Corso Lombardia reinaba un tráfico intenso. Naturalmente, Francesca se cogió del brazo de Gropius. Había refrescado, y sintieron frío. En la desembocadura de una callejuela, Francesca guió a Gropius hacia la derecha y, con el índice señalando a un viejo edificio de siete pisos, dijo:

—Ya estamos. ¡Venga!

La escalera estaba revestida de azulejos azul cobalto, como una iglesia. En medio del vestíbulo había un ascensor, una jaula de hierro recubierta de tela metálica. La puerta, una reja extensible de hierro, hizo un ruido al abrirse que resonó en toda la escalera. Francesca apretó el botón del quinto piso y le sonrió a Gropius. Él recibió su gesto como una invitación y se acercó tanto a ella que pudo sentir su cuerpo cálido. Francesca volvió la cabeza hacia un lado, pero le dejó a Gregor plena libertad.

—Me vuelve loco, Francesca —murmuró él.

Francesca no se movió, sólo dijo:

—Adelante, por favor.

Con un fuerte tirón, hizo a un lado la reja del ascensor.

Un pasillo largo y apenas iluminado conducía a una puerta pintada de blanco y, con una seña muda, Francesca invitó a Gropius a entrar.

—¿Mamá? —preguntó a media voz y, dirigiéndose a Gropius, dijo—: A estas horas, rara vez está despierta. ¡Siéntese!

La sala de estar sólo tenía una ventana, pero había cuatro puertas, dos a cada lado, y por eso quedaba poco espacio para muebles. En el centro de la sala había dos sofás modernos, uno frente a otro; entre ellos, una mesa baja con una placa de vidrio.

—Dijo que aquí vivían tres personas —comentó Gropius en el silencio que reinaba en la habitación.

—Sí —repuso Francesca—. Mi madre, mi marido y yo.

Gropius se estremeció de forma imperceptible; entonces, a modo de disculpa, añadió:

—Pensaba que...

—¿Qué pensaba, *professore*?

Se acercó a Gropius y él se dejó conducir hacia una de las puertas de la derecha. Francesca la abrió. En la pequeña habitación había una luz encendida. Gropius se espantó.

Contra la pared opuesta había una cama en la que yacía, medio incorporado, un hombre de cabello oscuro y tez pálida. No reaccionó. Tenía los ojos muy abiertos, igual que la boca, sus brazos estaban muy estirados sobre la manta blanca.

—Mi marido, Constantino —dijo Francesca, sin ninguna entonación especial, y prosiguió sin mirar a Gropius—: Hace medio año sufrió un accidente de coche, desde entonces está en estado de coma despierto. No necesito explicarle lo que significa eso. —Lo dijo sin ninguna acritud.

Gropius cogió aire. Aquella mujer lo hacía perder todo dominio de sí mismo. Apenas un instante antes la había deseado. La había seguido sin dudarlo a su casa con la intención de acostarse con ella. Francesca, había creído él, no había puesto inconveniente a que tuvieran una aventura. Así pues, ¿qué era todo aquello?

Gregor Gropius se sintió miserable. Vio con toda claridad que Francesca había preparado con esmero aquella embarazosa situación para alejarlo de sí de una vez por todas. El pudor cubrió su lascivia.

—Disculpe mi conducta —balbuceó a media voz, casi sin que se le entendiera.

—Puede hablar en voz alta con tranquilidad —repuso Francesca—, no puede oírnos... O eso dicen los médicos.

Gropius se apartó, hundió las manos en los bolsillos y, con la mirada fija en la oscura ventana, dijo:

—No sé qué pensará de mí, pero yo no podía imaginar...

—Claro que no —interrumpió Francesca—. No le estaba haciendo ningún reproche. En la vida hay situaciones que borran toda sensación de realidad.

Fue a cerrar la puerta, pero, antes de empujar el picaporte, asomó la cabeza por la rendija, como si quisiera volver a comprobar que todo estaba en orden.

Sin saber muy bien cómo debía comportarse, Gropius se quedó allí de pie, incapaz de tomar una decisión. Francesca le había parado los pies con mucha claridad. Le había soltado un bofetón sin infligírselo físicamente. Sin embargo, ella era consciente de que los bofetones que no duelen provocan un sufrimiento mucho mayor en el interior, un tormento que a menudo se arrastra durante años. Gropius sentía la necesidad de hablar, de explicarle a Francesca lo mucho que lo había impresionado, y que no había sido su intención, y que si esto y que si aquello. No obstante, toda explicación le parecía inoportuna. Ante ese desconcierto, ante esa sensación de no estar a la altura de la situación, Gropius reaccionó con tosquedad, torpe como un estudiante.

—Sí, entonces seguramente será mejor que me vaya —balbuceó.

Francesca se lo quedó mirando sin decir nada.

Gropius, aturdido, bajó en el chirriante ascensor y recorrió a paso ligero el breve tramo hasta el Corso Lombardia. Tenía la sensación de estar huyendo de sí mismo. En la esquina paró un taxi y se fue a su hotel.

La mañana siguiente. Por un momento, mientras iba dejando atrás el sueño y entraba en la vigilia, a Gropius le sobrevino un agradable recuerdo de Francesca, pero luego hizo memoria y la noche anterior le cayó encima como un peso pesado. Estaba enfadado consigo mismo, una sensación que normalmente le era ajena.

Tomó el desayuno, modesto como suele serlo en Italia, en la habitación. No quería ver a nadie. Mientras ponía mermelada de melocotón con su cuchara en la tostada de pan blanco, miró la tarjeta de visita de Francesca. Mejor dicho, contempló el reverso, donde le había apuntado el nombre, la dirección y el teléfono de De Luca.

Gropius se preguntó si debería llamar a Luciano de Luca y anunciarle su visita, pero luego decidió enfrentar al profesor a los hechos consumados. A fin de cuentas, no sabía cómo iba a entenderse con él, ni cómo reaccionaría ante la noticia de la muerte de Schlesinger.

El taxista que lo llevó al instituto de De Luca, al otro lado del río, era una buena pieza. Conducía un viejo FIAT de los años ochenta, lo cual, no obstante, no le impedía pensar que poseía un coche de carreras. Fuera como fuese, arrancaba en todos los semáforos haciendo rechinar los neumáticos a la vez que exclamaba, extático: «*Oh là là, Ferrari!*»

Después de cruzar el Po, avanzó río abajo por el Corso Casale, torció a mano derecha por el Corso Chieri y detuvo el vehículo frente a la dirección que le había dado Gropius. El instituto era una villa de dos pisos que se ocultaba tras un muro no demasiado alto y mucha maleza. «Instituto Prof. Luciano de Luca», decía la corroída placa de latón, que no daba ninguna información más sobre la actividad que desempeñaba De Luca tras aquellos muros.

Cuando Gropius se acercó a la entrada, cerrada por un portón de madera, un perro se abalanzó hacia él desde el interior. Eso debió de ser lo último que Gregor fue capaz de asimilar con claridad durante un buen rato, pues, aun antes de que pudiera llamar al timbre del intercomunicador, lo abatieron con un fuerte golpe en la nuca. Perdió el equilibrio y el conocimiento. Oyó imperiosas órdenes como a lo lejos y le dio la impresión de que le metían la cabeza en un saco y lo hacían subir a un coche.

Tampoco más adelante sabría decir Gropius cuánto tiempo pasó en ese estado de inconsciencia; sólo le pareció, al volver en sí unos segundos, maniatado como un fardo en el asiento de atrás del coche, que Francesca iba sentada junto a él. Cómo llegó a esa conclusión, nunca lo supo, ya que no alcanzó a verla. Fue sólo una sensación. Desde la lejanía percibió un pitido extraño y penetrante. Después volvió a sumirse en una profunda oscuridad.

Al cabo de un tiempo indeterminado, Gropius volvió en sí. Se encontró tiritando de frío en una sala cuadrada de techos altos y sin mobiliario, a través de cuya ventana empañada penetraba la apagada luz del día. Lo único característico de aquella sala era la pintura de las paredes, de un verde azulado, que estaba desconchada en muchos lugares.

Fracasó en el intento de moverse sobre su asiento. Gropius estaba atado a una tosca silla de madera. Unas gruesas correas de cuero recio le aprisionaban los tobillos a las patas de la silla. Tenía el torso sujeto al respaldo vertical por un cinto. Le dolían los hombros, ya que tenía las muñecas atadas tras el respaldo. Gropius apenas lograba respirar. Aguzó el oído y escuchó el silencio.

Mientras recuperaba poco a poco la capacidad de pensar, mientras se preguntaba cómo y por qué podían haberlo llevado a aquel lugar totalmente desconocido, su mirada recayó en un viejo taburete mohoso que, puesto que estaba a un lado y él casi no podía moverse, no había visto hasta ese momento. Sobre el taburete había un delgado frasco de plástico blanco. Junto a él había una jeringuilla sin usar. Al mirar con más atención, Gropius reconoció la inscripción roja del frasco: Clorfenvinfos.

«¡No!» Se negó a aceptar lo que estaba viendo, se rebeló contra aquel espantoso descubrimiento, y su voz interior gritó con un chillido penetrante: «¡No, no, no!» Arno Schlesinger había sido asesinado con Clorfenvinfos. En cuestión de segundos, Gropius empezó a sentir un sudor frío por todo su cuerpo amarrado. En contra del sentido común y con gran dolor, intentó liberarse de las correas, pero pronto desistió.

«Se acabó», pensó Gropius, mirando al frente con indiferencia, y —con la muerte a las puertas, el hombre presenta las reacciones más absurdas— empezó a formular la noticia que imaginaba unos días después en la sección de miscelánea de los periódicos alemanes: «Unos excursionistas encontraron el cadáver de un hombre en los alrededores de Turín. El difunto en cuestión es el cirujano Gregor Gropius, de cuarenta y dos años de edad, cuyo nombre ha sido relacionado con la mafia del tráfico de órganos. La autopsia del cuerpo ha revelado que Gropius fue asesinado con un insecticida.» ¡Qué final más lamentable!

Gropius apenas lograba respirar. Un penetrante olor a retama llenaba la sala. Su organismo, por lo visto, había desistido ya de la vida. Sus pulmones rehusaban realizar su cometido. Más de una vez había tenido que reflexionar sobre su propia muerte y había imaginado cómo sería el momento del último aliento. Estaba convencido de que no se daría cuenta de que había llegado tan lejos. Había creído que morir sería un paso inocuo, una forma de quedarse dormido y dejar de existir y, luego, la nada eterna. Al contrario que la mayoría de sus colegas, no había elegido su profesión por miedo a la muerte, sino por curiosidad. Sin embargo, en ese momento, igual que todos, sólo sentía miedo, un miedo miserable y repugnante.

Imaginó que, en algún momento de los minutos siguientes, un hombre entraría en aquella sala desnuda con una media o una capucha en la cabeza. Así sucedía en las películas. Cogería la inyección, le colocaría la aguja en el brazo... ¡Fin! Pero no sucedió así. En el edificio vacío se oyeron de repente unas voces que Gropius, confuso, no comprendió. Además, le daba lo mismo cuáles habrían de ser las últimas palabras que se llevaría consigo al nirvana eterno, a ese estado de liberación de todo sufrimiento terrenal.

Tras él, la puerta dio un golpe. Dos hombres se le acercaron, uno por la derecha y otro por la izquierda, pero ninguno de ellos llevaba el esperado disfraz en la cabeza. Su aparición se asemejó más bien a una inesperada representación teatral. El de la derecha era bajo y corpulento, y llevaba la delicada vestimenta bien planchada de un monseñor con fajín lila. Su rostro enrojecido delataba una hipertensión permanente. De 110 a 190. Esbozaba una sonrisa insidiosa. El otro resultaba menos clerical, si bien su blanco alzacuello destacaba claramente en su vestimenta negra. Era joven y robusto, y tenía el pelo negro y algo largo, como si se hubiese quedado en los años setenta.

Por un momento, Gropius albergó esperanzas, aunque el disfraz de ambos hombres lo desconcertó un tanto. Con los brazos cruzados sobre el pecho, los dos se quedaron plantados ante el profesor y lo contemplaron, indefenso como estaba. Gropius oyó latir su propio pulso en los oídos. ¿Esperaban aquellos hombres que se justificara? ¿Qué querían de él? Prefirió guardar silencio. El orgullo... lo único que le quedaba.

Dos, tal vez tres minutos interminables permanecieron los hombres frente a él completamente inmóviles, hasta que el más joven desapareció de súbito de su campo de visión, como obedeciendo a una orden secreta. Apenas sucedió eso, el monseñor se dirigió hacia la jeringuilla del taburete. Con los ojos muy abiertos, incapaz de gritar ni de implorar que no le quitaran la vida, Gropius observó a aquel hombre obeso que abría el frasco de plástico y cogía la jeringuilla. El modo en que manejaba el instrumento desvelaba que no era la primera vez que hacía algo así. Después de extraer cinco milímetros cúbicos del frasco, puso la aguja en posición vertical y expulsó unas gotas. Entonces se acercó a Gropius.

«Dios mío —pensó él—. Cinco milímetros, con eso se puede matar un elefante.» A Gropius le temblaba todo el cuerpo, todo él vibraba. Cerró los ojos, esperó el pinchazo definitivo que pondría fin a todo y aún tuvo tiempo de pensar cuánto tardaría en perder la conciencia.

La espera se dilató interminablemente. Estuvo a punto de

devolver. Las tripas empezaron a retorcérsele como si se hubiera tragado una serpiente gigante. Entonces oyó una voz. Sonó desagradablemente aguda, como la de un *castrato*, y, al abrir los ojos, Gropius vio justo delante de sí la cara roja del monseñor, que le preguntó, en alemán, aunque con acento extranjero:

—¿Dónde está el informe?

¿El informe? ¡El informe! Por la cabeza de Gropius cruzaron pensamientos inconexos e incoherentes. ¡El informe! Dios santo, ¿de qué informe hablaba aquel obeso repugnante? De repente ya no tenía nada claro si el principal protagonista de aquel embrollo era él o Schlesinger. Sin embargo, de pronto se le ocurrió una estrategia que a lo mejor le salvaría la vida.

—¿El informe? —respondió, incapaz de reprimir el temblor de su voz—. No esperarán que lleve el informe conmigo...

—¡Por supuesto que no! —replicó el monseñor. La resuelta reacción del profesor le causó una honda impresión. Para enfatizar la seriedad de su pregunta, el monseñor gesticuló con la aguja de la jeringuilla delante del rostro de Gropius—. Quiero saber dónde está escondido el informe. ¡Díganoslo y será un hombre libre! Si no... —Esbozó una sonrisa maliciosa.

En ese momento, Gropius tuvo la certeza de que sólo aquel informe que creían en su posesión, fuera lo que fuese lo que contenía, lo libraría de la muerte. No lo matarían, no podían matarlo hasta que no hubieran encontrado aquellos papeles. De pronto recuperó las ganas de vivir que unos instantes antes había perdido. Intentó incluso forzar una sonrisa de superioridad mientras decía:

—Señor, quienquiera que sea, y cualquiera que sea el motivo de su pequeña fiesta de disfraces, ¿no creerá realmente que voy a desvelarles dónde está oculto el informe? ¡Mi vida valdría entonces menos que nada!

El monseñor pareció desconcertado ante la astuta conducta del profesor.

—Pues dígame cuánto quiere por él —graznó a disgusto—. ¿Otros diez millones?

Gropius no sabía qué le daba más miedo, si la oferta de esos millones o la conclusión que se sacaba de ella: esos hombres debían de haber asesinado a Schlesinger. No obstante, todo aquello suscitaba otra pregunta: ¿por qué habían colmado a Schlesinger de dinero? ¿Era Schlesinger uno de ellos, pero había querido distanciarse de sus filas?

—No quiero dinero —repuso Gropius con fingida calma. Con la aguja de la jeringuilla ante los ojos, veía el transcurso de los acontecimientos de cualquier forma menos con serenidad—. Lo único que quiero es mi rehabilitación como cirujano. Entonces tendrán el informe. El dinero no me importa.

—Eso no va a ser posible —adujo el monseñor con estridencia.

—Entonces, también será imposible que les desvele dónde está. No queda más opción que la de matarme. ¿A qué esperan? Además... para que no haya ningún malentendido, la señora Schlesinger no tiene ni idea de nada de esto. No conoce el significado del informe ni tampoco sabe dónde está escondido.

El monseñor lanzó la jeringuilla contra la pared en un gesto de rabia y desapareció de la sala vacía. A Gropius le llegaron voces furiosas desde la estancia de al lado. Debían de ser dos o tres personas. Así transcurrieron unos momentos de incertidumbre. Gropius se preguntó si había apostado demasiado fuerte; a fin de cuentas, no estaba tratando con aficionados. Apenas se atrevía a respirar, y esperaba comprender algún retazo de la conversación... en vano. Los hombres hablaban entre sí en un idioma que no conocía, no era alemán, inglés ni italiano.

Por la vehemencia con que se abrieron de pronto las puertas, Gropius no esperó nada bueno. No veía lo que sucedía detrás de él, y sólo podía contar con lo peor. De pronto le pusieron en la cabeza el saco con el que ya se las había visto antes; después le quitaron las correas. Un tipo muy violento lo agarró de los brazos y lo levantó en alto. Un golpe con un garrote o un bate de béisbol le dio exactamente en la primera vértebra, lo derribó, y Gropius perdió otra vez el conocimiento.

Una bocina estridente como el chillido de un bebé lo devolvió a la vida. Gropius apenas se atrevía a mover la cabeza, y la bocina impaciente casi le hacía estallar la cabeza. Tumbado de espaldas y apoyado en el codo, intentó orientarse: estaba tirado en mitad de un estrecho camino vecinal como los que unen las fincas aisladas del norte de Italia. Delante de él atronaba un vehículo de tres ruedas, de esos que les sirven a los campesinos para transportar las hortalizas. El conductor intentaba despertar con su bocina al que creía que era un borracho que estaba durmiendo la mona en el camino.

A Gropius le costó horrores incorporarse. Se tambaleó hacia el conductor de la pequeña camioneta e intentó hacerle entender que no estaba borracho, sino que lo habían asaltado. El intento se topó con dificultades lingüísticas, puesto que el italiano del profesor era más que deficiente, y el dialecto del campesino era incomprensible para un extranjero. Con todo, un billete logró que al campesino se le alegrara la cara visiblemente y, cuando Gropius sacó un segundo billete, el hombre se prestó incluso a conducir al curioso extranjero hasta la periferia de Turín, que, según dijo, quedaba a unos veinte kilómetros de allí. Les llevaría una buena media hora.

Durante el trayecto por aquel terreno de colinas silvestres, Gropius supo que los secuestradores lo habían llevado hacia el sur, en dirección a Asti, donde las fincas vacías se extendían en el paisaje durante kilómetros. El trayecto hasta la periferia sur de la ciudad duró casi una hora. Allí, Gropius subió a un taxi y llegó a su hotel hacia las seis de la tarde.

Completamente agotado, pidió que le llevaran algo de comer a la habitación. Después tomó un baño caliente. El agua le sentó bien a su cuerpo maltratado. Se quedó medio dormido en aquella agradable calidez. Poco a poco, muy despacio, fue acudiendo a su memoria todo lo que había ocurrido. «No —se dijo—, no has soñado nada de esto, no ha sido ninguna película, ha sucedido de verdad. Querían matarte y en el último segundo has conseguido salvar el pescuezo.»

El papel que desempeñaba Francesca en todo aquello le parecía turbio. La fría mujer había despertado su pasión; sin embargo, en aquellos momentos prevalecía el recelo. ¿Por qué había dudado Francesca tanto en un principio, pero luego le había dado la dirección de De Luca sin más? ¿De veras había sido una coincidencia que los secuestradores lo hubiesen estado acechando frente al instituto de De Luca? También aquella otra vez, en Berlín, un miembro de la distinguida organización se había acercado a él después de la cita frustrada con Francesca. En esta vida siempre ocurre lo mismo: las piernas más bonitas suelen acabar, no en pie, sino en pezuña.

Gropius estaba a punto de quedarse dormido en la bañera cuando oyó un ruido en la puerta de la habitación. De nuevo el miedo a lo desconocido, esa sensación que no había conocido apenas unas semanas antes. Se enderezó con muchísima cautela para no hacer ruido. En silencio, se cubrió con el albornoz y espió la habitación por la rendija de la puerta. Ya no tenía los nervios de acero. ¡Y menos ese día! Había olvidado pasar la cadena de seguridad de la puerta de la habitación. Entonces se lo reprochó. No le apetecía recibir más golpes en la nuca. Con cuidado, abrió un poco la puerta del baño y miró hacia la entrada. En el suelo había una nota, un mensaje del hotel pasado por debajo de la puerta.

Gropius lo cogió: «Mensaje, 17.30 horas: llamada de la *signora* Colella. Espera contestación.»

La información era de hacía dos horas. Gropius ya sabía cómo funcionaba la mensajería por otros hoteles. ¿Qué narices significaba? ¿Qué quería Francesca, humillarlo? ¿O acaso tenía que hacer de señuelo una segunda vez?

Perturbado y exhausto, Gropius se tumbó en la cama. Sonó el teléfono. Lo tapó con una almohada. No quería tener nada más que ver con Francesca. Sólo quería regresar a casa. El primer vuelo, LH 5613, salía a las 9.10 horas de la mañana siguiente.

CAPÍTULO 7

De vuelta en Munich, Gropius estaba al borde de la desesperación. Ni siquiera haciendo acopio de todas sus fuerzas lograba concentrarse en la tarea que él mismo se había encomendado. ¿Cómo iba a encontrar un denominador común entre la muerte de Schlesinger, las maquinaciones de Prasskov, el aparente doble juego de Fichte, el papel sin aclarar de De Luca, los desagradables intentos de extorsión de Veronique y, no en último lugar, la búsqueda de un misterioso informe que casi le había costado la vida?

La vida de cada persona es el resultado de casualidades, el entrecruzamiento de biografías y acontecimientos. Si había una prueba viviente de esa sentencia, era él. Hacía mucho que Gropius se había dado cuenta de que el verdadero arte residía en desenmarañar cada uno de los hilos de la trama hasta llegar a su punto de partida; una tarea por completo inabarcable para una persona sola. Por primera vez desde el comienzo de sus investigaciones, Gropius sopesó seriamente la idea de abandonar.

Si había asimilado el atentado de la bomba con cierta indiferencia porque creía que no iba dirigido a él, el asalto frente a la casa de Lewezow y el secuestro de Turín —sobre todo esto último— le habían hecho reconsiderar esa opinión. El miedo se había convertido en un compañero demasiado asiduo.

No obstante, aunque abandonara, aunque desde esa mañana pusiera fin a todas sus pesquisas, no tenía ninguna garantía de conseguir paz interior. Seguiría viviendo con ese malestar... y con el miedo. De estudiante había devorado a Sartre, puesto que se consideraba elegante, y éste afirmaba que el miedo era el miedo a uno mismo, a la conducta impredecible de uno mismo. Hasta entonces no supo lo ciertas que eran esas palabras. No, ¡no abandonaría nunca!

El profesor reafirmó sus intenciones gracias a una llamada de Lewezow, que afirmaba estar sobre la pista de algo muy grande, y le dijo a Gropius que estaba metido en algo que sobrepasaba su imaginación.

El profesor le dijo al detective que fuese a su casa. No habían pasado aún veinte minutos, y Lewezow ya estaba en la puerta.

—No ha sido nada fácil —empezó a decir Lewezow antes aun de que Gropius le hubiese ofrecido asiento—. Allí adonde me dirigía, siempre me topaba con un muro de silencio y negativas. ¡Pero el que es buen detective no abandona nunca!

—¡Por orden, señor Lewezow! ¿Cómo ha procedido?

—En seguida me puse a trabajar según su recomendación y busqué en la lista de espera una docena de receptores potenciales de órganos que no se contaban precisamente entre los más pobres: un contratista de obras de Stuttgart, el propietario de una fábrica de tejas y ladrillos de la Baja Baviera, un especulador en Bolsa, el propietario de un hotel y demás, todo gente de dinero.

Gropius asintió con impaciencia.

—Puedo imaginarme que ninguno de ellos se alegraría precisamente cuando les preguntó usted por el estado de sus órganos internos.

Lewezow hizo un gesto distraído con la mano.

—El primero al que quise preguntar, un contratista de obras, me echó de mala manera y me soltó a los perros. Así me di cuenta de que debía informarme en el entorno del afectado. Sin embargo, tampoco eso me llevó muy lejos, y ya estaba preparándome para una labor mucho más extensa cuando por casualidad conseguí conversar con la sirvienta del propietario de una cervecería que también estaba en la lista. Era una chica de campo bien robusta, con una gruesa trenza dispuesta como una corona, y resultó estar más que contenta de poder dar información. Me comentó que sí, que a Gruber (así se llama el maestro cervecero) le habían puesto un hígado nuevo hacía poco. El viejo, me dijo, ya no tenía arreglo. Pero que todo había sido carísimo y un poco fuera de la legalidad. Al decirlo torció los ojos.

Gropius se inquietó.

—¿No se enteró de más detalles? ¡Hable de una vez!

Lewezow disfrutaba de aquellos momentos; momentos que al fisgón insignificante que vivía de las indiscreciones le otorgaban cierta importancia y le daban la sensación de que lo necesitaban. Por eso siguió hablando marcadamente despacio:

—Le di a entender que yo también esperaba un trasplante de hígado, maldije el alcohol y le dije que, siendo el número ochenta y cinco de la lista, estaba condenado a morir. Entonces le pregunté cómo había conseguido su órgano el maestro cervecero. La muchacha miró a derecha y a izquierda, estábamos conversando medio a escondidas, y me contestó en susurros que había un profesor en Munich que podía conseguir todos los órganos que quisiera y trasplantarlos, aunque por una cantidad demencial, y que los pacientes tenían que firmar que guardarían silencio en cuanto al procedimiento. Las señas de la clínica no las sabía, pero aún recordaba el nombre del profesor: Fichte.

Gropius se sobresaltó. Lo había sospechado. ¡Aquella rata miserable de Fichte, al que llamaban cariñosamente «Arbolillo», colaboraba con la mafia del tráfico de órganos! El profesor no dejaba de caminar de un lado a otro del salón con los brazos cruzados sobre el pecho. Estaba furioso, furioso consigo mismo porque nunca había sospechado de aquel tipo insidioso y no había hecho caso de las incongruencias relacionadas con su persona. Entonces vio desde una perspectiva muy diferente las horas extras que Fichte cumplía de buena gana y los días libres que se cogía regularmente a cuenta de éstas. Fichte llevaba una doble vida como médico. Conservador médico jefe de categoría C3; cirujano de trasplantes secretos que se embolsaba un dineral por su trabajo. «Le envidio ese aplomo», pensó Gropius, puesto que el sistema sólo podía funcionar mientras no se produjera ninguna complicación. Una sola operación que saliera mal habría significado el final de Fichte.

Así, también la muerte de Schlesinger tenía sentido. Era probable que Fichte hubiera empezado a ver peligrar su situación. Era posible que Gropius, sin saberlo, hubiese hecho algún comentario que inquietara al médico jefe, de modo que éste había tramado aquella diabólica solución para lograr salir del atolladero. ¡Para Fichte era sencillo contaminar con una inyección el hígado destinado al trasplante, desde luego! Que precisamente Schlesinger, un hombre que por lo visto también estaba metido en negocios turbios, hubiera creído en él podía no ser más que una mera coincidencia, o quizá una prueba de que todos tenemos algo que esconder.

—No dice usted nada —comentó Lewezow con cautela—. ¡Pero si era justo lo que quería saber!

—Sí, sí —repuso Gropius, distraído—. Lo ha hecho muy bien, Lewezow, buen trabajo. Pero ¿no ha podido averiguar dónde realiza Fichte los trasplantes?

—Lo siento. Me dio la impresión de que la sirvienta no lo sabía, de verdad. Si lo desea, investigaré más de cerca algún otro nombre de la lista.

El profesor lo pensó un momento y luego contestó:

—Creo que será mejor que siga a Fichte. Pero sea todo lo discreto que pueda. Fichte no sospecha que sé nada de esto. Debe moverse con libertad, sobre todo porque sus planes le han salido bien hasta el momento. ¡Y manténgame al corriente de cada nuevo descubrimiento!

En cuanto Lewezow se hubo marchado, Gropius empezó a dudar de que aquélla pudiera ser la explicación de todo lo que había sucedido. Cierto, el juego sucio de Fichte ya era bastante alarmante, pero, siendo realistas, el descubrimiento de que Fichte trabajaba para la mafia del tráfico de órganos no explicaba ni siquiera la mitad de lo ocurrido. El estuche de De Luca y su propio secuestro no encajaban lo más mínimo en ese contexto. Además, aún quedaba aquello del maldito informe que valía diez millones para aquella gente.

¿Le estaría tomando el pelo Lewezow? ¡Ese tipo iba detrás del dinero como el diablo tras las almas débiles! A lo mejor se había sacado la historia de la manga para seguirle la corriente y sacarle un par de cheques más. De algún modo, el trabajo de Lewezow era demasiado perfecto. Recibía un encargo y pocos días después entregaba el resultado deseado. No se las estaban viendo con una agrupación de encorbatados, sino con mafiosos curtidos. Esa historia no dejó tranquilo a Gropius. Necesitaba claridad y tenía que poner a prueba a Lewezow.

Al día siguiente se le presentó la oportunidad. No obstante, fue el propio Lewezow quien tomó la iniciativa.

El detective llamó por teléfono.

—¡Tenía que mantenerlo al corriente si había novedades, profesor! No sé si esto será importante, pero ¿sabía que Fichte tiene un avión privado?

Gropius tragó saliva.

—Después de todo lo que ha descubierto sobre Fichte, ya no me sorprende nada. ¿De dónde ha sacado la información?

—Eso se lo contaré después. La Piper de dos motores de Fichte se encuentra en el aeródromo de Jesenwang, a cuarenta kilómetros al oeste de Munich. Ha anunciado un vuelo a Niza para hoy a las dos de la tarde. ¡Puede sacar usted sus propias conclusiones, profesor! Yo ya he informado.

Gropius le dio las gracias y colgó. La noticia de que Fichte tenía un avión ya no podía quebrantar su serenidad. Sin embargo, cogió su todoterreno y arrancó camino al oeste. Si alguien le hubiese preguntado por qué lo hacía, Gropius habría respondido que no lo sabía.

Poco antes de la una de la tarde, Gropius se incorporó a la A96. El frío viento de diciembre traía consigo los primeros copos de nieve. Treinta kilómetros más adelante salió de la autopista y cogió una transitada carretera general hacia el norte.

Jesenwang, un pueblo de la Alta Baviera como tantos otros, apenas sería digno de mención de no contar con un aeródromo que pilotos aficionados y hombres de negocios utilizaban como base para sus aviones privados. Gropius aparcó el coche a cierta distancia del hangar, desde donde podía ver toda la pista de rodaje. Una Cessna de un solo motor, un Beechcraft antiguo y una Piper de dos motores, que en esos momentos estaba repostando, esperaban frente al edificio de oficinas. Otra veintena de pequeños aparatos aguardaban aparcados a cierta distancia, en la pista de hierba. No había trajín de ningún tipo, como suele haberlo en los aeropuertos.

Gropius debía de haber esperado unos veinte minutos... El llenado del depósito de la Piper Seneca II acababa de terminar y, justo entonces, Fichte salió del edificio del aeródromo seguido de una mujer. Ambos se apresuraron a paso ligero hacia la Piper que los estaba esperando. Fichte llevaba una cazadora de cuero oscura y una gorra con visera en la cabeza; en la mano, una elegante maleta de piloto. La mujer sostenía un pañuelo sobre la cabeza para protegerse del aguanieve. Llevaba una gabardina clara.

Mientras Fichte abría la puerta de encima del plano de sustentación derecho y ayudaba a subir a la mujer, una helada ráfaga de viento le apartó el pañuelo de la cabeza. Gropius se quedó de piedra. No daba crédito a sus ojos. Su discernimiento se negaba a creer lo que veía: la mujer que estaba con Fichte era Veronique.

Sin aliento, viéndolo todo borroso, Gropius observó cómo se ponían en marcha los motores. La avioneta recorrió el corto tramo que había hasta la pista de despegue. Oyó el retumbar de los motores y vio cómo el avión alzaba el vuelo tras una pequeña carrera; después regresó el silencio, la aparición había pasado.

Nada. Gropius no sintió nada, ni ira, ni rabia, ni siquiera autocompasión... Sólo un gran vacío. Había perdido el hilo, lo había perdido por completo. Observó sin ninguna emoción el agitado aterrizaje de una pequeña avioneta que volvió a alzarse en el aire dos veces antes de tomar tierra definitivamente. Entonces, un viejo Volkswagen se detuvo a su lado: Lewezow.

El detective se apeó, y Gropius bajó el cristal.

—No esperaba encontrarlo aquí —dijo el detective—. ¿Ha visto quién ha subido con Fichte al avión?

Gropius asintió en silencio. ¿Qué podía decir?

—Aquí hace mucha humedad —comentó Lewezow, y alzó una mano para protegerse los ojos—. Vamos, allí hay un bar de pilotos. Nos sentará bien tomar algo caliente.

En el restaurante, el Fly In, casi todas las mesas estaban ocupadas. Sólo tras la ventana del fondo, que estaba cubierta de vaho y no dejaba ver el exterior, había dos sitios libres. Pidieron té caliente con ron. «Ron con un poco de té», como corrigió Gropius.

—Uno de los ingenieros que trabajan aquí es amigo mío —empezó a explicar Lewezow—, y tuvimos una conversación bastante casual sobre los aviones y sus ilustres propietarios. El nombre del doctor Fichte salió a colación. Naturalmente, yo en seguida agucé el oído e intenté enterarme de más detalles acerca de Fichte. Por desgracia, no obtuve resultados. Peter Geller, que así se llama mi amigo, sólo sabía que su avión cuesta un millón, o más, y que está a nombre del propio Fichte. Si quiere, puede hablar usted personalmente con Geller. ¡Vamos, profesor!

El despacho de Geller estaba en el piso superior de la torre y se caracterizaba por su gran estrechez. Después de que Lewezow y Gropius hubieron entrado en la exigua sala, ya no cabía nadie más. Geller, un hombre que resultaba juvenil, de unos cuarenta y tantos y vestido con desenfado, estaba sentado tras una pantalla y tres teléfonos. Apenas levantó la mirada.

—¡Ah, tú otra vez! —comentó con una sonrisa de satisfacción y, dirigiéndose al profesor, explicó—: Debe saber que no funcionamos si no es con pullas. ¿En qué puedo ayudarlo?

Lewezow presentó al profesor, y Gropius informó a Geller de que quería hablar sobre Fichte y que, sin duda, ya sabría por Lewezow de qué se trataba.

—¿Fichte? —Geller se hizo el sorprendido—. ¡Acaba de salir! —Y acompañó sus palabras con un movimiento del brazo en dirección al cielo.

—Ya lo sé —repuso Gropius—. Con mi mujer... Ex mujer —se corrigió.

—Vaya. ¡Lo siento por usted, profesor!

Si había algo que Gropius no soportaba, eso era la compasión. Por eso se apresuró a decir:

—No hay nada que sentir, se lo aseguro.
Geller asintió.
—Comprendo.
—Dígame —empezó a decir Gropius con cautela—, ¿todas las salidas y las llegadas quedan registradas en su ordenador?
—Sí.
—Y ¿todos los pilotos están obligados a comunicar su aeropuerto de destino?
—Sí, por motivos de seguridad, claro.
—Entonces, ¿podría decirme adónde ha volado Fichte en los últimos, digamos, tres meses?
Geller miró a Lewezow con aire interrogativo; el detective asintió en silencio.
Con cierta renuencia, Geller masculló:
—Está bien, si con eso le hago un favor. ¡Pero no ha conseguido la información de mí!
El ingeniero del aeródromo tecleó con desenvoltura en el ordenador y, al cabo de pocos instantes, la impresora escupió una hoja con filas de números y nombres. Uno de los teléfonos emitió un timbre suave, justo después empezó a sonar otro.
Lewezow le quitó a Geller la hoja de las manos. Gropius le dio las gracias, y luego ambos desaparecieron escaleras abajo.
La mesa del bar de pilotos había quedado ocupada, pero vieron que había libre otro lugar junto a una ventana. Lewezow y Gropius se concentraron en la hoja. Las entradas se remontaban hasta el mes de setiembre y comprendían un total de veintiséis vuelos: doce a Niza y catorce a Praga.
Lewezow levantó la mirada y contempló a Gropius.
—¿Usted lo entiende, profesor? Quiero decir que lo de Niza está claro. Niza es el aeropuerto de Montecarlo. Si yo tuviera un apartamento en Montecarlo, también pasaría allí todo minuto libre que tuviera. Pero ¿Praga? ¿Por qué ha ido Fichte catorce veces a Praga en sólo tres meses?
—Eso me gustaría saber a mí también —dijo Gropius, pensativo—. Ya habríamos avanzado un gran paso.
Mil ideas le bullían en la cabeza. Incertidumbres, recelos, sospechas y los peores temores se sucedían sin orden ni concierto. Que Fichte tuviera una relación precisamente con su ex mujer —después de todo, sobre el papel aún seguía casado con ella—, eso ya era lo que faltaba.
En la pista de rodaje cada vez había más actividad. Dos aeronaves de un solo motor aterrizaron con poco tiempo de diferencia, una tercera salió de un hangar para llenar el depósito.

Gropius limpió un poco de vaho de la ventana con la manga de su chaqueta.

—A veces, en momentos como éste —dijo, mientras miraba fuera—, quisiera montar en un trasto de ésos y alejarme de todo, irme lejos y dejar atrás el pasado.

Hacía dos horas que Gropius intentaba hablar con Rita y seguía sin conseguirlo. Tenía el ánimo por los suelos y no podía pensar en nada más que en el sensual cuerpo de la chica. Tenía que poseerla ese mismo día. Por fin, tras la cuarta o la quinta llamada, Rita contestó. Ya eran las diez de la noche.

—Ahora voy —dijo Rita, como siempre que la llamaba, simplemente—. Ahora voy.

Media hora después, con el pelo alborotado y una sonrisa seductora, Rita se presentó en la puerta de su casa. Gropius la besó con cierto distanciamiento, como hacía siempre, y preguntó con su acostumbrado aire rutinario:

—¿Qué quieres beber?

Rita negó con la cabeza, y el profesor la miró en actitud interrogante.

—Quiero acostarme contigo —dijo Gropius, sin rodeos.

Parecía molesto porque Rita no se había quitado el abrigo y se sostenía el cuello cerrado con ambas manos. También su mirada, que solía ser provocativa, era ahora ausente. Rita estaba distinta, por primera vez desde que se conocían.

—Ya sé que últimamente no me he comportado demasiado bien —empezó a justificarse Gropius—, pero ya conoces los motivos. No ha tenido nada que ver contigo.

Aún con el abrigo puesto, Rita tomó asiento en el salón. Cruzó las piernas con un movimiento brusco y después dijo con calma:

—Gregor, tengo que decirte algo.

Gropius se sentó frente a ella y repuso, a media voz:

—Te escucho.

Rita se aclaró la garganta. Después, con voz firme, anunció:

—Voy a casarme.

Sus palabras quedaron pendiendo en la sala como un presagio de grandes desgracias, o eso le pareció a Gropius. No sabía cómo reaccionar, al fin y al cabo, uno no vive esa clase de situaciones todos los días: la mujer con la que quería acostarse lo había sorprendido con la noticia de que se iba a casar.

—¡Te felicito! —dijo, intentando guardar las formas—. ¡Me

alegro por ti! —Aunque el tono de su voz delataba que la noticia lo había herido—. ¿Por qué no me he enterado hasta ahora?

—Porque no me decidí hasta la semana pasada.

—Vaya... —Gropius se encogió de hombros y miró indignado a un lado.

No, definitivamente, aquél no era su día. Primero el bofetón que le había dado Veronique, ¡y después aquello!

—¿Quién es el afortunado? —preguntó, por pura cortesía.

—Es agrimensor en una empresa de obras públicas. Le hice una radiografía del tórax, y así comenzó todo.

—¿Desde cuándo se enamora uno de las interioridades de una persona? —gruñó Gropius, disgustado.

Rita rió.

—Al principio fue su exterior, su trato afectuoso. Sólo después me entregó su interior. Comprendo tu desilusión, Gregor, sobre todo en tu complicada situación, ambos sabemos que nuestra relación no era más que un lío de cama.

—Pero un lío de cama muy bueno, joder. ¿O es que ya has cambiado de opinión?

—De ninguna manera. Ni siquiera soy capaz de descartar que en algún momento no desee recuperar nuestras noches juntos. Aun así, no puedo pasarme el resto de mi vida siendo una amante solícita que siempre está a tu disposición cuando lo deseas.

Por supuesto, Gropius sabía que Rita tenía razón y, en el fondo, no podía echarle en cara la decisión que había tomado. Sin embargo, ¿tenía que ser justo entonces? ¿En un momento en que su vida estaba totalmente descarrilada, en que miraba con desconfianza a todas las mujeres? Mientras contemplaba a Rita, ante él pasaron como en una película sus escenas de pasión, experiencias que con Veronique habrían sido inimaginables hasta en los mejores tiempos. Como aquel vuelo a Hamburgo durante el que se habían liado en la última fila de asientos; o aquel hotel de París en el que no habían salido de la cama en todo el día, y tanto les había costado explicarle sus propósitos a la camarera marroquí; o en la autopista entre Florencia y Verona, cuando casi había empotrado el Jaguar contra la valla protectora porque Rita había querido hacerlo mientras conducía.

—A lo mejor podemos ser amigos —dijo ella, devolviéndolo a la realidad.

—Sí, a lo mejor —apuntó Gropius en voz baja.

Odiaba esa frase tópica que sale en todas las películas malas, y en aquel momento, su desilusión era demasiado grande como para poder pronunciarla en serio.

Al despedirse derramaron incluso un par de lágrimas y se dieron un cálido abrazo. Así terminó la aventura con Rita.

Tras un vuelo de dos horas, Felicia Schlesinger aterrizó de buen humor en el aeropuerto de Munich. Había estado en Amsterdam, donde había negociado con éxito la venta de dos flamencos del siglo XVII de la colección de un comerciante de diamantes a un empresario de Colonia, una transacción que le reportaría una envidiable reputación en el mercado del arte, además de una comisión que ascendía a ciento cincuenta mil euros.

Felicia invitó a Gropius a tomar el té en el lago Tegern para que la pusiera al corriente de lo que había descubierto en Turín sobre el profesor De Luca.

—De Luca estaba de viaje. No conseguí hablar con él —explicó Gropius, adelantándose a su pregunta, cuando se hubieron sentado en la sala.

Se había propuesto ocultarle a Felicia el secuestro para no intranquilizarla aún más.

—¡O sea que ha ido hasta Turín para nada! —Felicia endureció su expresión.

—Yo no diría eso —repuso Gropius—. Al menos ahora sé que De Luca es un personaje altamente sospechoso, y que la señora Colella, a la que ya conocía de Berlín, hace causa común con él.

—Entonces, ¿los diez millones los pagó De Luca?

—Eso no puedo afirmarlo, todavía no. Por el momento, la situación sigue siendo demasiado confusa. Además, ha surgido un nuevo conjunto de circunstancias que hasta ahora, no obstante, no parecen estar relacionadas con De Luca. ¡A lo mejor sé quién asesinó a su marido!

Felicia se quedó de piedra. Miraba a Gropius en silencio.

—Bueno —prosiguió el profesor, avergonzado porque se dio cuenta de que había ido demasiado lejos con su declaración—, digo que a lo mejor. Por lo menos hay ciertos indicios, aunque ninguna prueba.

—¡Hable de una vez, profesor!

—¡Fichte! Mi propio médico jefe. Por lo visto realiza trasplantes por su cuenta. Eso sí puedo demostrarlo, al menos en dos casos.

—Pero para un trasplante se requiere un gran despliegue. ¡Quiero decir que algo así no puede hacerse en una consulta médica cualquiera! Y Arno, no lo olvide, murió tras una operación en su clínica. No veo la relación.

Gropius miró a Felicia mientras servía el té. Al cabo, contestó:

—Hay una explicación muy esclarecedora para ello: el ataque de Fichte a su marido iba dirigido a mí. En otras palabras, Fichte utilizó la muerte de Schlesinger para echarme de mi puesto.

—¿Cree que Fichte sería capaz de eso?

—¡Y no sólo de eso! —Gropius bajó la mirada. Reflexionó brevemente si debía ocultar lo que había visto en el aeródromo, pero entonces se dio cuenta de que Felicia se enteraría tarde o temprano, así que añadió—: Por lo visto, también le aumenta la autoestima tener una aventura con mi mujer, mi ex mujer.

Felicia le lanzó una mirada de incredulidad.

—¿Cómo se ha enterado de eso?

—¿Cómo? —Gropius rió con expresión amarga—. He visto con mis propios ojos cómo mi mujer subía al avión privado de Fichte, que, por cierto, tenía como destino Niza, a media hora de Montecarlo. Aquella madame de Montecarlo con la que habló por teléfono y que hablaba un francés tan incomprensible seguramente era Veronique. Ahora también veo con claridad por qué de repente ya no quería llamarse Veronika, sino Veronique.

Felicia guardó silencio durante un rato. Intentaba con todas sus fuerzas encontrar otra relación plausible entre Fichte y su marido, pero, cuanto más lo pensaba, más improbable le resultaba esa relación y más probable le parecía la teoría de Gropius.

—¿Intentó quizá Arno Schlesinger alguna vez conseguir un hígado en el mercado negro? —preguntó Gropius—. Después de todo, llevaba en su cartera el número de teléfono de Fichte en Montecarlo. Me refiero a que ¿para qué querría el teléfono de Fichte?

Felicia alzó las manos en un gesto de desamparo.

—Arno rara vez hablaba de su salud. Tampoco hacía ningún comentario sobre lo mal que estaba. Yo no supe nada del inminente trasplante de hígado hasta pocos días antes de la operación.

—Pero ¿por qué tanto secretismo?

—Ése era su carácter. Arno no era de los que admiten que

algo les va mal. No le gustaba que nadie intentara conocer sus intenciones, y le encantaba rodearse de secretos. Ahora creo que ésa era su forma de ejercer el poder. Le proporcionaba un placer tremendo saber más que los demás. Seguramente por eso se hizo arqueólogo, porque quería descubrir cosas de las que nadie había sabido nada antes que él.

Gropius asintió y luego preguntó con bastante informalidad:

—¿Mencionó alguna vez Arno Schlesinger un informe, un informe de especial relevancia o valor?

—No lo recuerdo —respondió Felicia con inseguridad—. Sí, a veces llevaba consigo algunos informes en los que plasmaba los resultados de sus investigaciones, dibujos, fotografías y expedientes, pero eso no es nada extraño en un estudioso de la antigüedad. —Señaló hacia la sala contigua con un ademán de la cabeza—. Ya ha visto sus archivos. Arno afirmaba que ahí había todo un sistema de orden. Yo más bien lo habría denominado caos. ¿Por qué lo pregunta?

—¿Por qué? —Gropius se sintió atrapado. Ocultó el rostro, como si quisiera escabullirse de la pregunta. Después respondió—: En Turín me preguntaron por un informe muy importante que por lo visto estaba en manos de Schlesinger. Desgraciadamente, no pude averiguar de qué se trataba. Su contenido debe de ser de lo más escandaloso.

Felicia ladeó la cabeza y enarcó las cejas.

—¿Qué escándalo podría dar un arqueólogo?

—En todo caso, me ofrecieron diez millones de euros si conseguía ese informe.

—¿Diez millones? ¿Quién se los ofreció?

—De Luca y los suyos.

—¿No había dicho que no había encontrado a De Luca?

—A De Luca no, pero sí a su delegada, la señora Colella. ¡Una mujer insidiosa!

—Ya —repuso Felicia con ánimo provocador. Simplemente «ya», pero ese «ya» sonó tan mordaz, casi socarrón, que Gropius creyó distinguir en él cierta desconfianza, y no por primera vez lo asaltó la convicción de que no sabía mentir.

Mientras él aún le daba vueltas a eso, Felicia desapareció en el estudio de Schlesinger sin decir palabra y regresó con una carta.

—Ha llegado estos días con el correo. Al principio no le di ninguna importancia, pero ahora empiezo a dudar. —Sacó la carta del sobre y se la tendió a Gropius.

El remite decía «Bank Austria, Central, Viena». El instituto financiero escribía para recordar el pago pendiente del alquiler anual de la caja de seguridad número 1.157. De lo contrario, tras un plazo de tres meses, la caja sería abierta a la fuerza y su contenido sería vendido.

—¿Sabía usted de la existencia de esa caja de seguridad? —preguntó Gropius con cautela.

—No —respondió Felicia—. Tenía tan poca idea de eso como de la cuenta millonaria de Zurich.

—Entonces deberíamos preguntarnos sobre el posible contenido, así como por qué Schlesinger tenía una caja de seguridad justamente en Viena.

Felicia asintió sin decir nada. Pasados unos instantes, señaló:

—Cuando me ha hablado de ese informe...

—Creo —la interrumpió Gropius— que ambos tenemos la misma sospecha.

—¿Tenemos entonces también el mismo plan? —Felicia le dirigió a Gropius una mirada desafiante—. Quiero decir que podríamos viajar juntos a Viena para sacar algo en claro.

Gropius reaccionó con reservas:

—Disculpe, Felicia, pero no me parece buena idea.

—¿Por qué no?

—Bueno, creo que a los dos nos vigilan día y noche.

—¿Se refiere a la policía? Hace tiempo que han suspendido la vigilancia.

—No, no me refiero a ellos.

—Entonces, ¿a quién?

Gropius tragó saliva.

—Cuando estuve en Berlín constaté que me seguían. En Turín, unos cuantos personajes sospechosos fueron tras de mí. ¿Cree que en Viena no nos descubrirán?

—¡Hay que tomar ciertas precauciones!

—Sí, sí —repuso Gropius, distraído. La advertencia de Felicia sonó a sus oídos infantil y sofisticada a partes iguales. Infantil porque no se las estaban viendo con unos criminales ocasionales cualesquiera, sino con gángsters de alto nivel. Sofisticada porque tenía que admitir que hasta entonces él no había hecho nada para dar esquinazo a la distinguida organización. Cuanto más lo pensaba, más claro veía que no podía dejar sola a Felicia en aquella situación—. ¿Por qué no? —concluyó con una sonrisa apenas esbozada que quería transmitir cierta superioridad.

Con todo, ni él mismo tenía idea de cómo debían actuar en caso de que el misterioso informe apareciera realmente en la caja de seguridad del banco.

Pasaron las siguientes dos horas y media planeando un viaje del que no podía haber testigos, y Felicia desplegó una imaginación y una sofisticación psicológica insospechadas.

La mujer argumentó que los viajes suelen emprenderse por la mañana, de modo que ellos debían partir por la tarde y dar la impresión de que iban juntos a algún acto vespertino. En la Ópera de Munich representaban *La flauta mágica*, de Mozart. Comienzo: 19.00 horas.

Al día siguiente, por la tarde, a eso de las seis y media, Felicia Schlesinger y Gregor Gropius cruzaron la barrera del aparcamiento subterráneo de la Ópera con el todoterreno. Gropius aparcó su vehículo junto a un Volkswagen gris con matrícula de Hamburgo. Iban vestidos de oscuro, para que nadie pudiera dudar de sus intenciones de ir a ver el espectáculo. Sólo diez minutos después, el aparcamiento subterráneo se llenó de gente. Gropius y Felicia aprovecharon ese alboroto para regresar al coche, sacar dos pequeñas maletas del todoterreno, cargarlas en el Volkswagen gris, alquilado en Avis, y salir del aparcamiento con ese coche por el mismo camino por el que habían entrado media hora antes. Una hora después ya estaban en la autopista de camino a Viena.

A Gropius le encantaba Viena, las plazas y las callejas en las que el tiempo parecía haberse detenido cien años atrás; la Wienzeile, donde el esplendor y la decadencia se daban la mano; la elegancia de la Kärntnerstrasse y la miseria de la periferia y, claro está, esas cafeterías en las que a uno le servían dos y hasta tres vasos de agua con el café, además del último periódico, y donde nadie ponía reparos si uno quería pasarse allí toda la tarde.

Felicia, desde una cabina telefónica, había reservado dos habitaciones individuales en el Interconti. Poco antes de la medianoche llegaron al hotel, que estaba entre el parque de la Ciudad y una pista de hielo, y se dejaron caer en la cama, exhaustos.

A la mañana siguiente, en el desayuno, Gropius se sorprendió mirando a todos los clientes —que no eran muchos, ya que en esa época, a principios de diciembre, ni la mitad de las plazas del hotel estaban ocupadas—, contemplaba a cada uno y lo sometía a un examen exhaustivo. Sin embargo, todos estaban ocupados en sí mismos o leyendo los extensos periódicos de la mañana, de modo que Gropius esperó un día tranquilo.

A eso de las diez, entraron en el ostentoso edificio del banco, en la Opernplatz. Antes de que Felicia se acercara a una de las ventanillas, cuya solidez estructural transmitía incluso a un acaudalado titular de cuenta la sensación de llegar allí como peticionario, Gropius comentó con voz seria:

—Una vez más, contenga lo que contenga ese informe, volvemos a dejarlo en la caja de seguridad, ¡y sin llamar la atención con discusiones! Todas las salas están vigiladas por cámaras y micrófonos.

—Sí. Como hemos acordado —repuso ella con idéntica seriedad.

Mientras Felicia se identificaba, presentaba el certificado de defunción de Schlesinger y el documento que la avalaba como heredera, Gropius contemplaba la escena con aparente desinterés a una distancia segura. La tramitación del asunto ocupó quince minutos, después Felicia le indicó a Gropius que se acercara y, con un movimiento de la mano hacia una empleada del banco de melena negra, gafas rojas y vestida con rigurosidad, le dijo:

—Esta joven nos acompañará hasta las cajas de seguridad.

Bajando la escalera de mármol, que despedía un olor a desinfectante tan intenso que parecía conducir a un quirófano, llegaron a la puerta de barrotes del sótano del banco. Las cámaras de vigilancia que había en todos los rincones daban la sensación de que cada paso, cada movimiento, era observado y grabado.

Gropius estaba nervioso, estaba tan exaltado que no era capaz de reparar en la agitación de Felicia. Se había devanado los sesos intentando imaginar el posible contenido del escandaloso informe y qué papel podía desempeñar la elección de Viena como lugar de custodia, pero todas esas consideraciones no lo habían llevado a ninguna parte. Después de dejar atrás los barrotes, la empleada del banco torció a la izquierda, donde, tras un estrecho pasillo, aguardaba una cámara acorazada de unos seis metros por ocho, con una luz cegadora y cientos de cajas de seguridad. Gropius sintió que lo invadía una sensación de angustia.

El compartimento 1.157 se encontraba al fondo, a la altura del hombro, y la empleada de melena negra, tras abrirlo, se retiró discretamente a la antesala. Gropius observó con impaciencia cómo Felicia extraía un estuche de aluminio y lo dejaba sobre un anaquel. Aquel estuche tenía unas dimensiones que muy bien podían dar cabida a un informe.

Felicia parecía serena, o como mínimo mucho menos nerviosa que Gropius. Abrió la tapa, que estaba sujeta por una bisagra en la parte posterior, y miró al interior del estuche. Ante ellos apareció un objeto envuelto en un paño blanco y enguatado que, al contemplarlo con mayor atención, parecía una herradura de marfil del tamaño de la palma de la mano. Era de un ocre amarillento y estaba medio desmenuzado en algunas partes.

—¿Qué es? —preguntó Felicia, confusa, sin esperar respuesta de Gropius.

—Puede que un hallazgo arqueológico. Los estudiosos de la antigüedad escriben libros enteros sobre objetos así.

—Pero ¿por qué conservó esta pieza en la cámara? ¿Por qué precisamente aquí?

—Lo que a nosotros nos parece insignificante puede ser de mucho valor para un estudioso como Schlesinger. ¡Una herradura! —Sacudió la cabeza—. Una herradura. —Gropius miró a un lado con decepción. Desde lejos creyó oír una carcajada maliciosa, como si Schlesinger los estuviera espiando y les hubiera preparado una jugarreta. Sintió cómo le afluía la sangre a la cabeza—. ¿No hay nada más? —murmuró con rabia—. ¿De verdad no hay nada más?

—Eso parece. —Mientras Felicia revolvía en el envoltorio de la herradura, comentó de malhumor—: También usted había esperado algo más, ¿verdad, profesor? O ¿acaso sabe usted qué se puede hacer con esto?

Gropius enarcó las cejas.

—No —respondió—, por mucho que lo intente. ¡Vayámonos de aquí!

Felicia cerró el estuche de prisa y volvió a meterlo en el compartimento.

Para escapar de la húmeda niebla de diciembre que cubría la pintoresca Opernplatz de un gris turbio y por entre la que relucía alguna que otra solemne iluminación navideña, se dirigieron al café Sacher, cuyas puertas se escondían a la izquierda de la entrada del hotel. Un maître increíblemente distinguido que, desde detrás de la puerta de cristal, vigilaba que al famoso establecimiento sólo entrara la clientela apropiada los acompañó con cortesía a una de las populares mesas de ventana. Otro les tomó nota: dos *Melange*, con lo que, según la antigua tradición de las cafeterías vienesas, les prepararon un café fuerte con una corona de espuma de leche.

Felicia estaba triste. Tardó varios minutos en deshacerse de la máscara de rigidez de su rostro y dar cabida a una sonrisa ensimismada que Gropius, en esa situación, no supo cómo interpretar. Sin embargo, antes aun de que se presentara la oportunidad de plantear una pregunta referente a su repentino cambio de humor, Felicia comentó, sacudiendo la cabeza:

—No sé, pero esto es bastante absurdo. Hemos preparado la operación como si fuéramos James Bond para deshacernos de unos posibles perseguidores, y ¿con qué nos encontramos? ¡Con una vieja herradura de marfil desmenuzado!

Gropius revolvía su café con aire meditabundo. Sin mirar a Felicia, repuso:

—Seguramente es más valioso de lo que parece, pero ¿quién puede juzgar eso? En cuanto a Viena, a lo mejor Schlesinger siguió el mismo razonamiento que nosotros y no quiso dejar pistas.

Gropius miró al frente, pensativo. En la mesa de al lado, un señor de edad avanzada y aspecto elegante se peleaba con los periódicos de la mañana. Al hacerlo, dedicaba más tiempo a pasar cada una de las páginas con gran escándalo y doblarlas sobre sí mismas que a leer las noticias del día. Entretanto, iba comentando los titulares, según estuviera de acuerdo o en contra, con gruñidos o siseos que nadie podía dejar de oír. Estaba sentado con la espalda hacia las ventanas, de lo cual se deducía que conocía la vista hasta la saciedad. Sin que el apasionado lector se lo requiriera, el camarero le sirvió la tercera taza al tiempo que le dirigía un solícito «Aquí tiene, profesor», un tratamiento que en las cafeterías de Viena se gana uno sólo con llevar gafas.

Concluido el raudo vistazo a las noticias, el «profesor» dejó los periódicos en una silla. La mirada de Gropius recayó entonces sobre un titular del *Kronenzeitung* al que no había prestado atención en un principio pero que, después, al comprender su significado, golpeó su cerebro como un rayo.

—¡Permítame!

Sin esperar la aprobación de su vecino de mesa, Gropius cogió el periódico y leyó:

Misterioso asesinato de la mafia en Turín. En la confluencia de los ríos Stura y Po, al norte de Turín, el viernes se sacó del agua un coche con el cadáver del bioquímico Luciano de Luca. El vehículo atravesó la barrera de la carretera de la orilla y se precipitó a la desembocadura del río. En un principio, las hipótesis de la policía apuntan a que el profesor De Luca, que dirigía un laboratorio de genética en Turín, fue sorprendido por un infarto al volante. Tras los resultados obtenidos ayer en la autopsia, no obstante, se sabe que De Luca fue asesinado mediante una inyección del insecticida Clorfenvinfos. El accidente fingido lleva la firma de la mafia italiana. La investigación técnica criminal del coche siniestrado aclarará cómo se produjo el accidente.

Gropius, blanco como la cal, le tendió el periódico a Felicia sin mediar palabra.

—¡Dios mío! —exclamó ella a media voz después de leer la noticia—. ¿No es ése el mismo De Luca con quien tenía que reunirse Arno en Berlín?

—¡El mismo De Luca al que no encontré en Turín! Pero no sólo eso: De Luca fue asesinado con la misma inyección que Schlesinger: ¡Clorfenvinfos!

—¿Qué significa eso? —Felicia contempló a Gropius largamente y con insistencia. Se aferraba a él con la mirada, como si estuviera a punto de hundirse—. ¿Qué significa eso? —repitió en voz baja.

—No lo sé —respondió Gropius en tono apagado—. Sólo sé que no me falta mucho para llegar a ese estado en el que se lo considera a uno loco. Hasta hace unos minutos estaba convencido de que De Luca era el maquinador de esta intriga, y ahora él mismo se ha convertido en una víctima. Felicia, no entiendo nada. Hasta ahora creía que podía fiarme de la razón y de las leyes de la lógica, pero eso, por lo que se ve, es un error. ¿Quiénes son esa gente y cuál es su objetivo?

Felicia tendió la mano sobre la mesa y cogió la de Gropius, aunque él estaba tan sumido en sus pensamientos que ni siquiera reparó en ese conmovedor gesto.

—A los dos nos sentará muy bien un poco de distracción —comentó Felicia con inseguridad—. En la Staatsoper representan *Nabucco*. ¿Le gusta Verdi?

Gropius seguía mirando el periódico que tenía ante sí sobre la mesa.

—¿Que si me gusta Verdi? —preguntó con irritación—. Por supuesto.

—Bien, entonces me encargaré de conseguir entradas. Nos veremos en el hotel.

Más adelante, Gropius sólo recordaría vagamente aquella velada en la Staatsoper vienesa, y para ello había un motivo comprensible. Mientras sus ojos y sus oídos seguían con desgana todo lo que sucedía en el escenario, en el que se representaba la servidumbre de los israelitas en Babilonia y la rivalidad entre dos mujeres por el rey Ismael, Gropius no dejaba de dar vueltas en su memoria a todo lo transcurrido en las últimas semanas. Repasaba los acontecimientos a cámara rápida con la esperanza de llegar a alguna conclusión, aunque se vio decepcionado. Nabucco, rey de Babilonia, y sus hijas Fenena y Abigail no consiguieron apartarlo de sus elucubraciones sobre Luciano de Luca y la sospechosa Francesca Colella.

—Quizá ir a la ópera no ha sido tan buena idea —observó Felicia, apocada, ya de vuelta en el Interconti, mientras tomaban una última copa en el bar de la planta baja antes de retirarse.

—No, no —la interrumpió Gropius—. Debo disculparme, me ha resultado terriblemente difícil concentrarme en la representación. El asesinato de De Luca me ha afectado demasiado.

Por primera vez en esa noche, miró a Felicia con atención. Llevaba un sencillo vestido negro con un amplio cuello de seda y un estrecho escote de pico que dejaba ver una profunda V entre sus firmes pechos. El miedo y la incertidumbre habían impedido a Gropius fijarse en que Felicia era una mujer, una mujer de un atractivo impresionante. Durante varios minutos reinó entre ambos un silencio abatido.

La deplorable experiencia con Francesca en Turín —aquella ocasión en que Gropius hubiese querido que se lo tragara la tierra— y la inesperada marcha de Rita no lo animaban precisamente a sentirse seguro frente a una mujer. Por eso la velada de Viena habría tenido un final apenas digno de mención, de no ser porque Felicia tomó la iniciativa de una forma del todo inesperada.

Poco después de la medianoche, Gropius ya se había acostado pero no lograba dormir. Entonces oyó que llamaban a la puerta que comunicaba la habitación de Felicia con la suya. Como no reaccionó, llamaron con más fuerza. Gropius saltó de la cama, se puso el albornoz y descorrió el pestillo. Abrió. Ante él estaba Felicia, con una fina camiseta blanca que le llegaba justo hasta cubrir el pubis, y nada más.

—Tengo miedo —dijo en voz baja, y entró en la habitación de Gropius.

—¿Miedo de qué? —preguntó él, demasiado perplejo para comprender en aquel momento que Felicia sólo buscaba un pretexto.

—Hay alguien en mi puerta. ¡Lo he oído con toda claridad!

Gropius se dirigió con valentía a la habitación contigua, abrió la puerta de un fuerte tirón y salió al pasillo. Nada.

—Seguro que se ha confundido —dijo cuando volvió a entrar.

Sólo entonces, al encontrarse a Felicia en su cama, comprendió lo que estaba sucediendo.

Ella debió de reparar en la sonrisa de satisfacción que se le escapó por la comisura de los labios, aunque él se esforzó cuanto pudo por encubrirla. Felicia, incitante, levantó la manta para que se acostara junto a ella.

—¿Es que no me encuentra ni un poco atractiva, profesor Gropius? —dijo.

«Claro que sí», habría querido decir él, o también: «Por supuesto»; pero ambas cosas resultaban bastante bobas en aquella situación, y prefirió meterse bajo la manta con Felicia sin decir nada.

Ella, apoyando la cabeza en el antebrazo izquierdo, miró a Gropius con los ojos muy abiertos. Él acopló su postura a la de ella y, mientras bajo la manta le acariciaba los pechos, que lo tenían fascinado desde su primer encuentro, correspondió a su incitante mirada.

Felicia disfrutó de esas caricias suaves y cariñosas. Su cuerpo se movía, ondulante, desde los hombros hasta los dedos de los pies. De pronto, Gropius sintió que la mano de ella le recorría el vientre hacia abajo y —casi podría haber gritado— lo asía con decisión. Se sintió complacido y apresado a partes iguales.

—¡Y yo que pensaba que eras gay! —dijo Felicia, sonriendo.

—Y lo soy —repuso Gropius, bromeando—. ¿Tú no serás virgen?

—¿Yo? ¿Qué te hace pensar eso? —exclamó ella, encandilada.

Se quitó la camiseta y se sentó a horcajadas sobre Gregor, que fingió quedar totalmente sorprendido, como si jamás hubiese esperado algo así.

El cuerpo de Gregor empezó a vibrar al sentir la calidez del sexo de ella, que parecía absorber su miembro. La vio cerrar los ojos con deseo. Felicia cruzó los brazos tras la cabeza y meció su cuerpo hacia uno y otro lado. Cómo se balanceaban sus pechos al hacerlo, cual girasoles en otoño; a Gropius casi le hicieron perder el sentido. Se embebió con ansia de la imagen de sus grandes pezones oscuros.

—¿Te gusta? —susurró Felicia, y de pronto se detuvo—. ¡Di que te gusta!

—Sí, me gusta —contestó él en seguida.

Estaba dispuesto a dar cualquier contestación deseada con tal de que ella siguiera con aquella apasionada danza sobre su cuerpo.

Como si le hubiera leído el pensamiento, Felicia retomó el frívolo juego y se movió con el ritmo suave de una encantadora de serpientes. Apenas hacía ruido. Sólo su respiración delataba el placer que también ella sentía. Gregor, extático, cerró los ojos. Lejos, olvidados quedaron de pronto los sucesos de las últimas semanas, el final repentino de su carrera y el miedo constante; los mismos acontecimientos que los habían unido.

Puede que el placer que sintió con Felicia durase media hora, o puede que sólo quince minutos. En cualquier caso, fue tan intenso y tan abrumador que Gropius no pensó en nada más, y menos aún en el factor tiempo. Cuando al fin se corrió y sintió esa explosión interior, soltó un breve grito, como si le hubieran clavado una flecha, se enarcó y luego se derrumbó, inerte.

Todo el cuerpo de Felicia temblaba de excitación. Apoyada en el antebrazo de él, se inclinó sobre su rostro, le lamió los labios con la lengua y movió la pelvis con cuidado hacia adelante y hacia atrás, hasta que su boca exhaló un gemido sofocado, y cayó sobre Gropius, feliz.

Cuando Gregor despertó, tardó unos instantes en comprender que no había soñado todo aquello. Junto a él, Felicia yacía tumbada de espaldas, con la manta entre las piernas, el pecho desnudo, los brazos doblados y el pelo revuelto. Gregor alzó la cabeza con cautela y contempló su cuerpo bien moldeado en la tenue luz matutina que entraba por la amplia ventana. Hasta entonces no había tenido ocasión de contemplar su cuerpo con detenimiento, tan sólo lo había sentido y se había entregado a sus sensaciones. En ese momento, sin embargo, engulló su imagen como un *voyeur* que sabe que nadie lo ve, con la certeza de que el objeto de su avidez no puede eludir sus miradas.

Felicia era una mujer hermosa. Había dejado atrás la grácil juventud, y estaba en la flor de la vida. Sus muslos tenían curvas, sus caderas eran pronunciadas y sus pechos estaban llenos de dulces promesas. Su piel resplandecía, oscura y sedosa, e invitaba a cálidos roces.

—¿Te ponen las mujeres desnudas e indefensas? —preguntó Felicia de pronto, sin abrir los ojos.

Gropius se sintió descubierto y tardó un par de segundos en encontrar una respuesta.

—¡Sólo cuando son tan excitantes como tú!

Felicia abrió entonces los ojos, y Gregor la besó en la boca. Ambos se miraron largamente.

—Cómo me gustaría que nos hubiésemos conocido en otras circunstancias —dijo él.

CAPÍTULO 8

Las mujeres reaccionan de formas muy diferentes tras la primera noche de amor con un hombre. Felicia Schlesinger aprovechó los inesperados sucesos de Viena para deshacerse del legado de su esposo. Arno seguía estando presente en la casa que había compartido con él —al menos de vez en cuando, cuando no estaba en el extranjero— durante cuatro años. No podía abrir ningún armario sin encontrarse con los trajes o la ropa interior de él. Los efectos personales, las fotos, los pequeños regalos de sus viajes y los libros que a ella le eran extraños estaban por todas partes, y mantenían vivo su recuerdo. A veces se sentía observada por todas esas pequeñas cosas, y esa sensación le transmitía un malestar creciente. La Navidad y el Año Nuevo habían quedado atrás. Felicia había pasado las fiestas con Gropius. Lo único que quería era romper todos los puentes con el pasado, o al menos los que le suponían obstáculos para un nuevo comienzo.

No era una tarea sencilla. En la incertidumbre de si debía lamentar el destino de Schlesinger o dar rienda suelta a su rabia contenida por la vida secreta que había llevado, un sobre llegó para ayudar a Felicia. Lo descubrió mientras guardaba la ropa de su marido en seis grandes cajas de cartón, precisamente en el traje blanco que él había llevado para su boda en Las Vegas. La carta llevaba sello israelí y un matasellos que Felicia no fue capaz de descifrar. La remitente era Sheba Yadin. Ninguna población, ninguna calle.

¿Sheba Yadin? Felicia nunca había oído ese nombre.

Dudó un instante si debía sacar la carta del sobre o destruirla sin leerla. Seguro que no serían noticias agradables para ella. Por algo la había escondido Arno en el bolsillo del traje. No obstante, la curiosidad se impuso en seguida. Felicia quería claridad, quería saber qué se escondía tras todas las incoherencias con las que se había encontrado tras la muerte de Schlesinger. Porque Arno había llevado una segunda vida, una vida diferente, de eso Felicia ya estaba segura del todo.

Sacó precipitadamente la carta del sobre y ante ella apareció una letra de niña escrita con tinta verde. Al final de la carta había una marca de labios rojos. Felicia devoró con los ojos las torpes líneas escritas en alemán.

Tel Aviv, 3 de marzo.

¡Topo mío querido más que nada en el mundo! Sólo han pasado siete días, siete días en los que ya no te he sentido en mí, y no sé cuánto más podré soportar. No pasa un solo minuto en que no piense en ti y en las horas que pasamos juntos en Jerusalén. ¿Por qué me haces sufrir así? ¿Acaso no sientes tú también la necesidad de amarme? ¿O es que ya has cambiado de idea? ¿Es tu mujer mejor que yo? Si es así, dímelo. Yo lo hago todo por ti. Con esos millones podríamos empezar una nueva vida en algún lugar de Europa o de América. No te quepa duda de que puedo estar callada como una tumba. Si, aun así, no cumplieras tu promesa y regresaras con tu mujer, me vería obligada a volver a pensar qué hacer. Ya sabes lo valiosa que es esta información. Sin embargo, no quiero ni pensar en eso. Te quiero y quiero estar contigo. ¡Contigo, contigo, contigo! Te quiero, shalom.

SHEBA

Las líneas verdes empezaron a temblar ante los ojos de Felicia.

—¡Topo mío querido más que nada en el mundo! —murmuró y, tras una pausa y con un odio patente en la voz, añadió—: ¡Miserable putita israelí!

Iracunda, arrugó la carta hasta convertirla en un rebujo, pero unos instantes después volvió a alisarla y a doblarla bien, como si fuera un tesoro. La leyó una segunda vez.

«Eres una estúpida —se recriminó cuando hubo acabado—. ¿Por qué confiaste en Schlesinger? ¡Ningún hombre que pase la mitad de su vida fuera de casa merece tanta confianza!» El contenido de aquella carta era doloroso. No le dolía porque fuese la prueba escrita de que Arno la había engañado, no; eran su credulidad y su ingenuidad las que le provocaban un tormento físico. Si la idea de que Arno hubiese encontrado la muerte bajo las manos de Gropius todavía le resultaba problemática, aquella carta había acabado con todos sus reparos. Al contrario, Felicia vio entonces a Gropius como un vengador.

Sus turbios pensamientos quedaron desgarrados por el timbre del teléfono. Era la voz juvenil de un tal doctor Rauthmann, del Instituto Arqueológico de la Universidad Humboldt de Berlín. Antes que nada, se disculpó educadamente por molestarla, luego le habló a Felicia con palabras prolijas sobre cuánto lamentaba la muerte de Schlesinger, al cual él y todos sus colegas habían apreciado mucho.

—¿Cuál es el motivo de su llamada? —preguntó ella, interrumpiendo el rebuscado pésame del hombre.

El doctor Rauthmann, al otro lado de la línea, hizo una larga pausa y después se decidió a dar una respuesta:

—Seguramente no hará falta que le diga que su marido se contaba entre los investigadores de mayor renombre en su campo. Se lo consideraba un hombre extraño, de los que escasean en la ciencia actual. Sin embargo, esos hombres extraños que persiguen su objetivo sin tener en cuenta los convencionalismos son los auténticos héroes de la ciencia. Su marido, como ya sabrá, también tenía algunos enemigos, sobre todo a causa de sus recursos económicos, que le permitían emprender proyectos a los que en las instituciones públicas siempre se les dan largas. Por eso todos lo envidiamos siempre. Mientras que la mayoría realizamos nuestro trabajo sentados frente a un escritorio, su marido se dedicaba a la arqueología in situ. Conocía Oriente Próximo y Oriente Medio como la palma de su mano, y visitaba lugares que la mayoría de nosotros sólo nos encontramos en los textos que leemos. ¡Envidiable, más que envidiable! Podía escoger los encargos de investigación y las instituciones con las que colaboraba. Pero todo esto que le digo usted ya lo sabrá de sobra.

Felicia no salía de su asombro con aquel canto de alabanza a Schlesinger, puesto que Arno, las pocas ocasiones en que le había hablado de su trabajo, le había transmitido más bien todo lo contrario. Más de una vez se había despachado a gusto sobre los administradores de las organizaciones y los institutos estatales, incluso se había burlado de su estrechez de miras y de sus recursos limitados.

—¿En qué puedo ayudarlo, doctor Rauthmann? —preguntó Felicia con impaciencia.

Rauthmann carraspeó con timidez e intentó dar una contestación diplomática:

—Como ya sabe, su marido trabajaba últimamente en un proyecto de investigación para la Universidad de Jerusalén. Hasta el momento no ha habido ninguna publicación al respecto. Nosotros, es decir, en nuestro instituto, estaríamos muy interesados en el material de esa investigación. Estoy seguro de que su marido ha dejado gran cantidad de trabajo. ¿Qué pretendía hacer con todo ello?

—Todavía no lo había pensado —respondió Felicia.

—Comprendo. Por favor, disculpe mi falta de delicadeza. Tan sólo queríamos exponer nuestra petición antes que otros institutos que sin duda se dirigirán también a usted. Estoy convencido de ello. ¿Sería posible, entonces, echarle un vistazo al legado científico de su marido?

El desconocido alimentó la desconfianza de Felicia, pero al mismo tiempo suscitó también su curiosidad. Parecía que ese tal Rauthmann supiese más sobre el trabajo de Schlesinger de lo que ella creía.

—Sí, por supuesto —respondió—. Dígame cuándo quedamos.

—¿Qué tal le iría mañana, a las dos?

—¿Mañana? —replicó Felicia, desconcertada.

—Da la casualidad de que mañana tengo algo que hacer en Munich. Sería una ocasión propicia. Tampoco quiero entretenerla mucho, sólo quisiera llevarme una primera impresión general. Puedo imaginar que su marido habrá dejado una cantidad nada irrelevante de documentación. Hasta mañana, entonces. ¡Y muchas gracias por su amabilidad!

En cuanto colgó, Felicia empezó a dudar si debía confiar en ese tal doctor Rauthmann. Pidió en información el número de teléfono del Instituto Arqueológico de Berlín. Marcó y preguntó por el doctor Rauthmann. Cuando se puso al aparato, Felicia colgó. Después llamó a Gropius.

—¿Qué tal estás? ¿Alguna novedad? —preguntó él al oír su voz.

—¡Muchísimas! —contestó ella—. Schlesinger era un cerdo.

—Por el amor de Dios, ¿qué ha sucedido? —Por el teléfono, Gropius notó que Felicia luchaba por contener las lágrimas.

—¡Estaba liado con una puta israelí!

—¿Cómo lo sabes?

—Estaba guardando su ropa en cajas y, precisamente en el traje que se puso para nuestra boda en Las Vegas, he encontrado una carta de amor de una tal Sheba Yadin: «¡Topo mío querido más que nada en el mundo!» ¡Qué tonta!

—Lo siento mucho —repuso Gropius.

—¡No lo sientas! —espetó Felicia—. Si aún quedaba algún motivo para confiar en Arno, acaba de esfumarse. Me engañó a conciencia, y yo, estúpida de mí, confié en ese hombre. ¡Cómo pude ser tan ingenua!

—¿Qué puedo hacer para consolarte? —preguntó Gropius con cariño.

—Ven a verme y quédate esta noche. Me gustaría mucho que mañana pudieras estar aquí. Un investigador de Berlín va a venir a verme. Está interesado en el legado científico de Arno. Se llama doctor Rauthmann. Me he informado: es su verdadero nombre. Aun así, estoy un poco recelosa, y eso que sabe mucho sobre el trabajo de Arno.

—Ahora mismo voy —contestó Gropius.

Cuando Gropius, a la mañana siguiente, se despertó en la cama de Felicia, tardó algunos segundos en recordar dónde estaba. Entonces sonrió. Hacía mucho tiempo desde la última vez que se había despertado en la cama de otra mujer. Desde la cocina, a lo lejos, llegaba el tenue silbido de la cafetera y un agradable aroma a pan tostado. Gregor se sintió tan a gusto como no se sentía hacía siglos. El destino lo había unido a Felicia en unas circunstancias aciagas, pero de súbito parecía que ambos podían sacar algo positivo de la situación.

La vista de la orilla contraria del lago Tegern sobre la terraza era fantástica. El sol de la mañana estaba aún bajo y arrojaba sus rayos por entre los árboles sin hojas de las laderas de las montañas. Hacía frío, pero ese año apenas había nevado; no obstante, eso no molestaba ni a Gregor ni a Felicia. No tenían ninguna necesidad de más deportes de invierno.

Con una bandeja tan grande que apenas tenía brazos para abarcarla, Felicia apareció en el dormitorio de muy buen humor, vestida con una camiseta blanca.

—¡Buenos días, la dirección del hotel se ha permitido el atrevimiento de servirle el desayuno junto con una camarera!

Gropius no pudo evitar reír. Justo entonces se dio cuenta de que Felicia no llevaba nada puesto por debajo de la bandeja.

—Tendré que agradecérselo personalmente a la dirección —contestó Gropius, en broma, y miró a Felicia, que dejaba la bandeja sobre una mesa auxiliar.

Encandilado, tendió una mano hacia ella, pero Felicia lo rehusó.

—El personal del hotel tiene estrictamente prohibido el contacto personal con los clientes —bromeó.

Gropius y Felicia desayunaron en la cama. En realidad, Gropius detestaba desayunar en la cama, por las migas. Sin embargo, con Felicia todo era diferente. Le daba la impresión de tener una nueva vida. En esos momentos intentaba olvidar el pasado, pero sólo lo conseguía durante unos minutos. Después regresaban esas espantosas preguntas que lo acechaban desde hacía semanas y para las que no tenía respuesta, y se quedaba mirando fijamente hacia adelante, como en ese momento, intentando poner en orden sus ideas.

—¿En qué piensas? —preguntó Felicia, que lo observaba en silencio desde hacía un rato.

Gregor se estremeció de forma imperceptible. Se sintió sorprendido. Allí estaba, sentado en la cama junto a una maravillosa mujer semidesnuda, disfrutando de un desayuno opulento, con la fabulosa vista del lago Tegern ante sí, pero su pensamiento estaba muy lejos de allí... en Turín.

—No consigo quitarme de la cabeza la muerte de De Luca —respondió Gregor sin mirarla—. Podría haber jurado que ese hombre pertenecía a la distinguida organización de la mafia, al menos todos los indicios apuntaban en esa dirección, y ahora él mismo ha encontrado una muerte miserable. ¿Qué sucede ahí? ¡No logro entenderlo!

—A lo mejor esos distinguidos caballeros tuvieron algunas diferencias, discutieron o simplemente eran de opiniones distintas. Ya se sabe que esa gente no se anda con contemplaciones.

—Puede ser, pero en esos casos se intenta hacer desaparecer a la gente sin armar mucho revuelo ni dejar pistas. Nunca se vuelve a oír hablar de ellos. La muerte de De Luca fue espectacular. Por algo informaron todos los periódicos del asesinato. Estoy convencido de que la muerte de De Luca tenía que transmitir un mensaje.

—¿A quién?

Gropius miró a Felicia a los ojos.

—Quizá a mí. No sería la primera advertencia.

Con miedo, como si quisiera protegerlo, Felicia rodeó la mano derecha de Gropius con las suyas.

—¿Cuánto tiempo más piensas seguir adelante con esto? A veces tengo la impresión de que estás obsesionado y de que te destruirás a ti mismo. ¿Por qué no abandonas y le dejas este asunto a la policía?

—¿La policía? —Gropius soltó una carcajada amarga—. Tú

misma has visto lo lejos que ha llegado la policía. Para ellos sigo siendo el principal sospechoso. Hace tiempo que estaría entre rejas si hubiesen conseguido una mínima prueba. Tengo la impresión de que en la policía están jugando con el tiempo. Esperan que se presente el comisario Azar, que les resuelve la mitad de los casos. Sin embargo, tal como están las cosas, mi carrera está acabada, y yo ya puedo dedicarme, como esos médicos que han visto días mejores, a ser representante de laboratorios farmacéuticos y convencer a médicos rurales de las virtudes de un nuevo laxante de Bayer o Schering.

—En cuanto saquen tu cadáver de un río, como De Luca, ni siquiera podrás hacer eso —objetó Felicia—. ¡Entra en razón, por favor!

—Pero, Felicia, esa gente ya podría haberme matado en dos ocasiones, y no lo han hecho. ¿Por qué? Porque me necesitan. ¡Por alguna razón les soy de más utilidad vivo que muerto!

—¡Eso suena muy alentador!

Gropius se encogió de hombros y miró hacia el lago por la ventana.

—Ya podrían haberme matado en diez ocasiones —repitió él, absorto en sus pensamientos.

El doctor Rauthmann llegó puntualmente a las dos, como habían acordado. Sus modales eran tan correctos como su vestimenta: traje gris, camisa blanca y —qué petulancia— una corbata de rayas rojas y negras. Su pelo oscuro y rizado, así como un poblado bigote, lo hacían parecer mayor de lo que debía de ser. Felicia le echó unos cuarenta y tantos.

Le ofreció su tarjeta de visita con una reverencia insinuada, y Felicia presentó a Gropius como a un amigo de la familia que la estaba ayudando con la realización de todas las tareas que se le habían venido encima tras la muerte de su marido.

Rauthmann reiteró las disculpas que ya había expresado por teléfono en cuanto a haberse dirigido a ella tan poco después de la defunción de Arno Schlesinger.

—Pero es que el material científico que le ha dejado su esposo es demasiado valioso para nuestra investigación como para permitir que acabe en manos de otros —comentó con semblante serio—. Además, nuestro instituto está dispuesto y autorizado a emitir un recibo por la donación, en caso de que nos lo entregue o nos lo ceda.

Gregor y Felicia se miraron con asombro.

—Un momento —objetó Gropius—. ¡Usted no sabe qué es lo que ha dejado Arno Schlesinger!

—¡Por favor! —Rauthmann alzó ambas manos—. Sabemos en lo que estaba trabajando. ¡Sus publicaciones ocasionales eran de un interés extraordinario!

—¿En qué estaba trabajando últimamente? —quiso saber Gropius.

Rauthmann adoptó una actitud reservada, y con una sonrisa de satisfacción que ni Gropius ni Felicia supieron interpretar, respondió:

—Bueno, Schlesinger estaba dedicado a la protohistoria de Oriente Próximo, pero se labró un nombre como arqueólogo bíblico. ¿No es así, señora Schlesinger?

Felicia asintió con presencia de ánimo. Que Arno se hubiera dedicado, sobre todo, a la arqueología bíblica era algo nuevo para ella; en todo caso, Schlesinger nunca le había hablado de ello.

—Debe saber —prosiguió Rauthmann, dirigiéndose a Gropius— que en Palestina y en los escenarios del Nuevo Testamento no se realizaron excavaciones arqueológicas hasta finales del siglo XIX. En la actualidad, la situación ha llegado a ser la contraria. Hoy, Israel y Palestina se cuentan entre los países con más excavaciones arqueológicas del mundo, y la contribución de Arno Schlesinger no fue nada desdeñable. Sin embargo, también pagó un alto precio por ello.

—¿Un alto precio? —Gropius miró a Rauthmann con aire inquisitivo—. ¿Qué quiere decir con eso de que pagó un alto precio?

Rauthmann lanzó una mirada a Felicia en busca de ayuda, como si le diera reparo contestar a la pregunta de Gropius.

—Bueno —empezó a decir con inseguridad—, eso del accidente. Al principio dijeron que Schlesinger había pasado sobre una mina terrestre con el *jeep*, pero se lo podrá explicar mejor la señora Schlesinger.

—¡De ninguna manera! —protestó Felicia—. Debe usted saber que mi marido nunca me habló de lo sucedido en ese accidente. Decía que no quería inquietarme a posteriori. ¿De modo que no fue un accidente?

Rauthmann se toqueteó nervioso la corbata y luego, en voz baja, dijo:

—Fue una bomba. Yo lo supe por Pierre Contenau, un colega francés que dirige las excavaciones de Beersheva. Estaba allí cerca cuando sucedió.

—¿Una bomba? —A Gropius se le demudó el rostro—. En ese rincón del mundo estallan bombas todos los días, claro. ¡No tiene por qué haber estado necesariamente relacionado con Schlesinger!

—Créame... es tal y como le digo. Allí donde excavaba Schlesinger nunca había explotado ninguna bomba —dijo Rauthmann con énfasis.

Gropius se quedó pensativo.

—¡Pero eso querría decir que fue un ataque certero contra Arno!

—O contra su trabajo.

—¡O contra ambos!

Gropius calló un momento. ¡Todo aquello no tenía sentido! ¿Quién narices estaría interesado en hacer saltar por los aires a un arqueólogo alemán en sus excavaciones de Israel? Eso sería...

—¿Puedo hacerle una pregunta seria? —prosiguió Gropius con ceremonia—. ¿En su campo hay muchas envidias profesionales? Sé de lo que hablo, soy médico, y creo que no hay ninguna rama profesional en la que las envidias estén tan extendidas como en el cuerpo médico.

—¡Claro que las hay! El oficio del investigador es duro, la mayoría de los puestos de plantilla están copados, sería estúpido negarlo.

Gropius asintió y miró a un lado; después le preguntó a Rauthmann:

—¿Era querido Arno Schlesinger en los círculos arqueológicos?

Rauthmann le lanzó una mirada furtiva a Felicia, quien se la correspondió y dijo:

—No se sienta coaccionado, doctor Rauthmann, ¡no tiene usted que protegerme!

Rauthmann tragó saliva.

—En honor a la verdad: en los círculos de la profesión, Arno Schlesinger era tan odiado como respetado. Respetado por su sabiduría y su perspicaz intelecto. Odiado porque (disculpe si soy demasiado claro) movilizaba mucho dinero para conseguir licencias de excavación por las que otros arqueólogos esperan media vida en vano.

—Entonces, ¿cree que es posible que...?

—¡No! —lo interrumpió Rauthmann—. Por mucha rivalidad que haya, no creo que ninguno de los investigadores que yo conozco sea capaz de cometer un asesinato. ¡Ninguno! —Y, dirigiéndose a Felicia—: Si me permite que le recuerde ahora el motivo de mi visita...

—Desde luego.

Felicia se levantó e invitó al doctor Rauthmann a seguirla. A poca distancia, la justa para que el visitante no tuviera la sensación de que lo vigilaban constantemente, también Gropius fue tras ellos.

A Rauthmann le brillaron los ojos al ver los informes que se apilaban a cientos en las estanterías de la sala de trabajo. La mayoría estaban marcados con páginas amarillentas que daban indicaciones sobre su contenido. Junto a datos geográficos como «Salamis», «Tiro» o «Tell el Farah», podían leerse indicaciones sobre determinadas épocas, como «Micénicos III A», «Cultura de Villanova» o «Cultura badariense».

—Algunas cosas se han desordenado —comentó Felicia al reparar en la mirada de asombro de Rauthmann—. La policía se incautó temporalmente de algunos informes, pero los devolvió en seguida. No creo que los conceptos arqueológicos les dijeran mucho.

Rauthmann sacaba algún que otro informe, hojeaba los documentos y asentía satisfecho con la cabeza antes de volver a dejarlos en su sitio. Gropius reparó en que el profesor no había hecho ninguna pregunta sobre el comentario de Felicia de que la policía se había incautado de informes. No dejaba que nada perturbara su serenidad y, al parecer, se interesaba indiscriminadamente por unas cosas y otras, haciendo uso de unas gafas de lectura cuyos cristales le agrandaban los ojos como los de una lechuza.

—Se tomará un café con nosotros, ¿verdad? —preguntó Felicia y, sin esperar una respuesta, salió de la habitación.

—Es una tragedia que Schlesinger haya acabado así —comentó Rauthmann cuando estuvieron solos.

Gropius especuló sobre si el visitante sabría cuál era la relación que lo había unido a él con Schlesinger. Dejó la frase pendiendo en el aire sin dar ninguna opinión. En lugar de eso, en seguida dijo:

—¿Puedo preguntarle si está buscando algo en concreto?

—Sí, claro —respondió Rauthmann, sin abandonar su trabajo—. Lo que le interesa a nuestro instituto es el trabajo de toda una vida de un importante investigador. —Y, tras pensar un momento, añadió—: ¿No podría usted interceder por nosotros? Si la señora Schlesinger estuviera dispuesta a realizar una donación del legado científico de su marido, obtendría unas ventajas fiscales nada desdeñables.

—Comprendo —contestó Gropius, sin entender verdaderamente a qué se refería Rauthmann—. Veré qué puedo hacer por usted. Pero permítame que le haga yo una pregunta, ¿ese arqueólogo francés...?

—Contenau. ¡Pierre Contenau!

—... ese tal Contenau... ¿Cree posible que conozca más detalles sobre las circunstancias del supuesto atentado?

—Creo que sí —repuso Rauthmann sin dudarlo—. Aunque me dio la impresión de que no estaba dispuesto a revelar nada. Contenau sólo se explayó en insinuaciones que, para ser sincero, a mí no me interesaban. Un hombre algo peculiar, ese Contenau, como todos los arqueólogos.

—¿Dónde vive?

—Por lo que yo sé, la mitad del año en Jerusalén, y el verano lo pasa siempre con su mujer y su hija en París... Envidiable.

—¿Y usted? Disculpe mi curiosidad.

—Yo estoy casado con la ciencia... si es que se refiere a eso. Me tiene totalmente acaparado. Por desgracia, nuestro instituto carece de medios para realizar campañas de excavación en el extranjero, así que mis investigaciones en el terreno se limitan a unos dos metros cuadrados: ¡mi escritorio! —Soltó una risa algo melancólica.

Felicia llegó con el café, y Rauthmann dejó de hacer lo que estaba haciendo. Dirigiéndose a ella, comentó:

—Su marido ha dejado unas investigaciones nada intrascendentes. Si usted lo permite, nuestro instituto le presentará por escrito en los próximos días una oferta sobre cómo y en qué circunstancias se podría transmitir este legado en forma de donación. Esa forma tendría para usted la ventaja de que el nombre de Arno Schlesinger sería debidamente reconocido, y además podrá beneficiarse de ventajas fiscales durante años. No tiene por qué decidirse en seguida.

—¿Qué te ha parecido? —le preguntó Felicia a Gregor cuando el profesor de Berlín se hubo marchado.

—Es difícil de decir —respondió él—. Al principio me ha parecido bastante sospechoso, como si no supiera muy bien lo que quería realmente.

—¿Y ahora?

Gropius se encogió de hombros.

—Su conversación ha resultado por completo convincente. Rauthmann tiene razón, esos informes contienen el trabajo de media vida, y por lo visto, Schlesinger sí era un científico muy reconocido.

—¡Era un cerdo!

—Una cosa no quita la otra. También Schliemann era un personaje miserable, pero un arqueólogo genial. Napoleón fue un cerdo como persona y, no obstante, un gran general. O Klaus Kinski, ¿no era un asqueroso y, sin embargo, un actor excepcional?

Con los brazos cruzados, Felicia miraba por la ventana. A media voz, dijo:

—¿Qué motivos tenía Arno para ocultar que había sido una bomba dirigida a él y no un accidente?

Gropius se le acercó y le pasó el brazo por los hombros.

—Si lo supiéramos, habríamos avanzado un gran paso.

Poco antes de las diez de la noche, Gropius regresó del lago Tegern a Munich. Una sensación incierta le había impedido pasar otra noche con Felicia. Ya desde lejos vio el coche aparcado con las luces de cruce junto a la entrada de su garaje, y dudó un instante sobre si no debería seguir conduciendo y pasar de largo. Sin embargo, Gropius reconoció a Dirk Lewezow en el interior del vehículo aparcado. Hacía días que no sabía nada de él.

Cuando el detective vio a Gropius, bajó del coche y se le acercó.

—¡Llevo todo el día intentando dar con usted, profesor! ¡Es urgente!

—Pase adentro —repuso Gropius. Había llegado a conocer de sobra al detective privado y sabía que le gustaba demasiado dramatizar las cosas. Seguramente también en esa ocasión se trataría de dinero y de nada más—. ¿Qué es eso tan urgente?

—¡Necesito dinero! —respondió el detective con exigencia.

—Conque necesita dinero... —replicó Gropius en tono burlón—. Y yo que pensaba que había realizado alguna importante vigilancia que podría ayudarme a avanzar.

Lewezow esbozó una sonrisa de superioridad y se sentó en el sofá. Después, enfatizando la importancia de su declaración con imperiosos gestos de los brazos, dijo:

—Su colega, el doctor Fichte, ha anunciado un plan de vuelo hacia Praga para pasado mañana. Lo sé por mi amigo Geller. Fichte despegará con su Piper Seneca II hacia las diez de la mañana.

—Qué interesante. —Gropius adoptó una expresión pensativa.

—Quería proponerle volar mañana a Praga para pegarme a los talones de Fichte en cuanto llegue allí.

—No es mala idea, Lewezow, incluso es brillante. ¿Cuánto necesita?

—¿Cinco mil? —respondió el detective, preguntando con cautela—. Al fin y al cabo, no sé lo que me espera en la República Checa, ¡y los hoteles de Praga no son precisamente baratos!

Gropius preparó un cheque y se lo tendió.

—Quiero estar informado de todos los pasos de Fichte en Praga. Cualquier detalle insignificante podría resultar de importancia. Confío en usted. Por favor, manténgame al corriente. ¡Y sobre todo quiero saber cuándo regresa mi querido colega!

—Puede confiar plenamente en mí, profesor. Será un placer ser testigo de cómo se va cerrando cada vez más la soga alrededor del cuello de Fichte.

A la mañana siguiente, Lewezow voló a Praga vía Viena. El aeropuerto de Ruzyně, a catorce kilómetros al oeste de la ciudad, situado en la carretera hacia Kladno, es una fea construcción, igual que la mayoría de los aeropuertos de la época comunista. Como contrapartida, es relativamente fácil orientarse en su interior, y no resulta fácil perderse en él, como en el aeropuerto de Frankfurt o en el Charles de Gaulle de París. Por eso, en seguida Lewezow logró dar con la puerta que utilizan los pilotos y los pasajeros de los aviones privados. Alquiló un coche en PRAGOCAR, un Skoda de un color beige nada llamativo. Condujo hacia el centro pasando por Brevnov y siguió en dirección al sur, hacia el palacio de la Cultura de Vyšehrad, desde donde se veía el hotel Corinthia Towers, un complejo de dos torres de cristal adosadas, con quinientas habitaciones y acceso directo al metro, ideal en todos los sentidos para un detective privado.

Gracias a anteriores visitas, Praga no le era desconocida, de modo que Lewezow pasó la tarde en las famosas cafeterías del centro, el Kajetánka de la plaza de Hradschin, el Slavia, desde el que se veía el teatro Nacional, en Hradschin, y, pasando el puente de Carlos, el Alfa, en la plaza Wenzel. En el U Fleku, una cervecería de quinientos años de antigüedad en la Křemencova con sus barras y su atmósfera inconfundible, comió algo y se tomó una jarra de cerveza oscura. Después se retiró a la habitación de su hotel, no sin antes pedirle al recepcionista que lo despertaran puntualmente a las siete.

Hizo bien, ya que la intensa cerveza checa hizo mella en él. Fuera como fuese, la señorita del teléfono tuvo que realizar una segunda llamada para despertar al dormido cliente.

Lewezow llegó al aeropuerto Ruzyně en taxi a eso de las diez y media. La actividad no era muy intensa, lo cual le fue muy bien al detective. Lewezow sondeó de nuevo el terreno, recorrió todos los caminos que podía seguir el visitante de Alemania tras su llegada y se cercioró de que no hubiera ascensores ni puertas que pudieran impedir un seguimiento directo.

A las doce menos diez vio llegar a un hombre que vestía un abrigo negro de delicado paño, de gran estatura y mirada tenebrosa. Parecía tener los ojos puestos en la misma puerta de salida que Lewezow, mientras andaba de un lado para otro con paso aburrido. Lewezow no conocía a aquel hombre y, en consecuencia, tampoco sabía si su presencia era casual o estaba relacionada con su caso. A una distancia segura, el detective sacó su cámara con teleobjetivo de debajo del abrigo y le hizo algunas fotografías al desconocido.

A punto estaba de guardar la cámara cuando de la puerta que llevaba vigilando desde hacía un rato salió el doctor Fichte, acompañado de otro hombre. Ambos se dirigieron directamente hacia el hombre de abrigo oscuro que los esperaba. Con gran aplomo, el detective apretó el disparador de repetición de la cámara. Después la ocultó de nuevo bajo el abrigo.

Los tres hombres se dirigieron a la salida conversando con vehemencia, y desde allí, a un aparcamiento cercano. Lewezow paró un taxi y, con la ayuda de un billete de veinte euros, le dio a entender al conductor que no quería perder de vista a aquellos tres caballeros. Éstos no tardaron mucho en subirse a un Mercedes oscuro.

—¡Siga a ese coche! —le indicó Lewezow al taxista.

El cochero de pelo alborotado y rostro arrugado se lanzó a la persecución; lo estaba pasando en grande. Entusiasmado con el encargo que había recibido, cambió de carril incontables veces, hizo caso omiso a un par de semáforos rojos y llegó a la plaza Wenzel justo detrás del Mercedes negro. Allí, el coche se detuvo frente al hotel Europa, una construcción ostentosa con una exuberante fachada modernista.

A una distancia segura, Lewezow pudo ver cómo el mozo se llevaba al hotel las maletas de los recién llegados. Después entró en el vestíbulo y se sentó en uno de los sillones de piel, desde donde veía el mostrador de recepción. Mientras que Fichte y su acompañante rellenaban el formulario de entrada, el tercer hombre no lo hizo. O llevaba más días alojado en el hotel o su único cometido era el de acompañar a los otros dos hasta allí.

El detective actuaba con la total certeza de que Fichte no lo conocía; tampoco a los otros dos los había visto antes. Por eso se levantó y se paseó por el vestíbulo con los brazos cruzados a la espalda, como si esperase a un cliente del hotel. En realidad, el detective intentaba captar alguna que otra frase de lo que decían los tres hombres.

Sin embargo, debió de dar una impresión algo torpe, porque de pronto un recepcionista se dirigió a él en alemán.

—Señor, ¿puedo ayudarlo?

Lewezow se sobresaltó, se sintió descubierto, pero tras unos segundos de espanto volvió a controlar la situación y respondió:

—No, gracias, espero a una persona.

En ese mismo instante, los tres hombres se despidieron para retirarse a sus respectivas habitaciones. Parecían nerviosos. Lewezow aun llegó a enterarse de que habían quedado a las tres para ir en coche a Pode... No entendió el nombre exacto. Después desaparecieron en el ascensor.

¿Cuál era la mejor forma de actuar en aquella situación? Lewezow estuvo reflexionando sobre el asunto. Al final se acercó al recepcionista que poco antes le había hablado. Sólo hacía un par de años que trabajaba en eso, pero Lewezow sabía muy bien cómo conseguir la mejor información: nunca con una pregunta directa, siempre empezando con una afirmación. Por eso le dijo al recepcionista:

—Acaba de llegar a su hotel un tal doctor Fichte, de Munich. ¿Quiénes eran los dos hombres que lo acompañaban?

—¡Cierto, señor! —repuso el recepcionista después de dirigir una mirada a la pantalla de su ordenador—. ¿Quiere que lo ponga con su habitación?

—¡No, muchas gracias! —respondió Lewezow—. Sólo me interesan los nombres de los otros dos caballeros que iban con él hace un momento.

—No estoy autorizado a dar datos de nuestros...

—Lo sé —interrumpió Lewezow al cumplidor recepcionista, sacó un billete de la cartera y lo deslizó discretamente sobre el mostrador.

Cincuenta euros era una buena cantidad para un recepcionista de hotel de Praga; en todo caso, bastó para que aquél olvidara las instrucciones y la discreción.

—Por favor, tome asiento un instante —susurró el recepcionista con la boca pequeña, e hizo un gesto con la cabeza en dirección a los sillones del fondo del vestíbulo.

Lewezow obedeció, y no pasó mucho tiempo antes de que el recepcionista apareciese con una nota que le tendió sin mediar palabra.

—¡Por cierto! —Lewezow agarró al recepcionista de la manga—. ¿Conoce un lugar llamado Pode... o algo por el estilo?

—¡Se refiere usted a Poděbrady!

—Sí, Poděbrady.

—Todos los niños conocen Poděbrady, uno de nuestros enclaves vacacionales más famosos, a unos cuarenta kilómetros al este, en el Elba. ¡No puede usted perderse esa ciudad, señor!

Lewezow asintió con afabilidad, y el recepcionista desapareció. El detective echó entonces un vistazo a la nota. Había tres nombres escritos con letra torpe: «Dr. Fichte, Dr. Alexej Prasskov, Thomas Bertram.» Y debajo: «Si está interesado, me encontrará todas las tardes a partir de las siete en el Zlatého Tygra, Tigre de Oro en su idioma, Husova, 17.»

Lewezow cogió el metro y bajó tres paradas después en Vyšehrad, su hotel. Le dijo al aparcacoches que le sacara su vehículo del garaje subterráneo y condujo por la calle Legerova de vuelta al centro de la ciudad, a la plaza Wenzel, donde encontró un sitio para estacionar a pocos metros del hotel Europa. Por encima del volante tenía una buena visión de la entrada del hotel, donde aún seguía aparcado el Mercedes negro.

Tal como habían convenido, los tres hombres salieron del hotel poco después de las tres de la tarde: Fichte, al que Lewezow ya conocía de su seguimiento en Munich; Prasskov, al que hacía justicia la descripción de Gropius, y Bertram, cuyo nombre aparecía en la lista de trasplantes. Prasskov condujo el coche por la amplia autopista urbana de Wilsonova en dirección al norte y torció poco después de la estación de autobuses de Forenc por la calle Sokolovska, una extensa carretera de salida en dirección al este. No era la primera vez que Lewezow realizaba ese recorrido, pero le costó bastante seguir al resuelto vehículo.

Tras apenas media hora de trayecto por la autopista, durante el que Lewezow había intentado en vano contactar con Gropius por el móvil, el Mercedes al que seguía tomó la salida hacia el centro de la ciudad de Poděbrady.

En invierno, aquel balneario de ensueño con sus viejas casas románticas y el abandonado parque del balneario daba la sensación de estar dormido. Sólo en las cafeterías que se sucedían alrededor del balneario como perlas en un collar reinaba una intensa actividad. Lewezow siguió al coche negro a una distancia segura.

El Mercedes se detuvo ante un emblemático edificio que quedaba a una calle del parque del balneario. La pesada puerta de hierro se abrió con un leve zumbido, y el vehículo desapareció por el camino de entrada.

Lewezow estacionó su Skoda, cogió la cámara y se acercó a pie a unos cincuenta metros de la villa en la que había entrado el coche. Desde la acera contraria vio una inscripción que decía «Sanatorio Doctor Prasskov».

—¡Mira tú por dónde! —exclamó Lewezow para sí, y miró a través del visor de su cámara.

El edificio de principios del siglo pasado daba la impresión de estar muy bien cuidado. A ambos lados de la entrada, flanqueada por cuatro columnas macizas con un arquitrabe por encima, se extendía una ala con ventanas de tres hojas, de las cuales sólo una de ellas estaba iluminada. El sanatorio se veía desierto, no parecía en modo alguno que allí dentro hubiera pacientes.

Puesto que ya caía el crepúsculo, Lewezow decidió emprender el viaje de regreso a Praga después de sondear la zona y tomar numerosas fotografías. Ya había almacenado en su memoria los nombres de los tres hombres, de modo que no le suponían ninguna clase de dificultad en sus reflexiones. Lo que sí suscitaba en él cierta agitación, incluso cierta inquietud, era el apéndice que había añadido el recepcionista en su nota: «Si está interesado, me encontrará todas las tardes...»

De vuelta en Praga, Lewezow buscó una tienda de fotografías para revelar el carrete. Menos de una hora después, que pasó dando vueltas por el centro de la ciudad, regresó al hotel con las fotos ya listas, pidió un sobre en recepción, metió en él las fotografías junto con la nota que le había dado el recepcionista del Europa, anotó la dirección de Gropius y, a cambio de una propina respetable, le pidió al portero que enviase la carta a la mañana siguiente, temprano.

Dirk Lewezow no volvió a dar señales de vida.

CAPÍTULO 9

Transcurridos tres días, puesto que seguía sin saber nada de Lewezow, Gregor Gropius empezó a inquietarse. Cuando marcaba el número de su teléfono móvil, sólo oía una voz femenina que le informaba con una monotonía adormecedora de que el abonado no se encontraba disponible. Se reprochó haberle confiado a Lewezow ese asunto tan peliagudo, e incluso llegó a considerar la idea de acudir a la policía, pero recapacitó sobre su situación y desestimó la idea. En sus circunstancias, la repentina desaparición del detective privado que había contratado sólo haría aumentar las sospechas que se cernían sobre él; en cualquier caso, no contribuiría en absoluto a su exculpación.

Al cuarto día llegó una carta desde Praga. Gropius leyó el remite: «Hotel Corinthia Towers, Kongresová 1, Praha 4.» La carta contenía unas veinte fotografías y una nota con las siguientes palabras: «Dr. Fichte, Dr. Alexej Prasskov, Thomas Bertram. Si está interesado, me encontrará todas las tardes a partir de las siete en el Zlatého Tygra, Tigre de Oro en su idioma, Husova, 17.»

Gropius contempló las fotos: Prasskov en la sala de espera del aeropuerto; Prasskov saludando a Fichte en el aeropuerto; Prasskov, Fichte y un desconocido en un entorno difícilmente identificable. ¿Quién era el tercer hombre? ¿Quién era Thomas Bertram?

La fotografía mostraba a un hombre bien alimentado, con la cara redonda y un pelo fuerte y oscuro que rodeaba su coronilla rala. En comparación con Fichte y Prasskov, parecía inseguro, casi temeroso. Bertram, aquel nombre le resultaba familiar. ¿Dónde lo había oído? No, no lo había oído, ¡lo había leído! En una lista, de hecho. Entonces lo recordó: en la lista de espera de los trasplantes que habían sacado del ordenador, la que

Rita —¿cómo le iría?— le había conseguido. Exaltado, fue a buscar la lista a su escritorio. En el puesto 56 se leía: «Thomas Bertram.»

Gropius masculló varias veces el nombre. ¡Bertram Hochtief, claro, un gigante de la construcción con sucursales en toda Alemania! Thomas Bertram encajaba a la perfección en el perfil de pacientes acaudalados que estaban dispuestos a pagar cualquier precio por un órgano sano.

Gropius intentó localizar a Lewezow una vez más, y de nuevo fracasó en su intento. En ese mismo instante tomó la decisión de viajar a Praga en persona.

El vuelo de Czech Airlines de Munich a Praga duró una hora y cinco minutos. Al llegar, Gropius buscó el hotel Corinthia Towers, desde donde Lewezow le había enviado las fotografías. Cuando preguntó por el detective en recepción, Gropius se llevó una desagradable sorpresa. La recepcionista, una mujer adulta de belleza ruda y vestida como si fuera una empleada de banca, lo condujo, como si lo estuvieran esperando, hasta la sala de sobrio mobiliario de la dirección. Allí le rogó unos instantes de paciencia y luego desapareció.

Poco después apareció un joven resuelto y con la cabeza rapada, vestido con un traje negro con chaleco, que se presentó como el director del hotel. Se llamaba Hollar. Hollar hablaba alemán con acento checo, y su pronunciación tenía algo del Schweyk de Brecht.

—Disculpe, ¿está usted emparentado con el señor Lewezow? —preguntó, con cortesía pero con énfasis.

—No —respondió Gropius—. ¿Por qué lo pregunta?

—¿Había quedado en verse con él?

—Tampoco. Lewezow no sabe que estoy aquí. Trabaja para mí. De todas formas, no veo motivo para tener que contarle mis asuntos personales. ¿Quiere decirme de una vez qué significa todo este interrogatorio?

Hollar, con los brazos elegantemente dispuestos a la espalda, se acercó a Gropius y, como si quisiera confesarle un secreto, dijo a media voz:

—El señor Lewezow desapareció hace tres días sin dejar rastro. Su equipaje está en la habitación y su coche de alquiler en el garaje. No parece que se trate de un intento de no pagar la cuenta del hotel.

—¿Han avisado a la policía?

—Todavía no, señor Gropius. Comprenda que no es bueno para la reputación de una casa que la policía ande entrando y saliendo.

—Lo comprendo —contestó el profesor—. Aquí tiene mi tarjeta de crédito. Cárgueme la cuenta de Lewezow.

—Pero ¿por qué, si no es usted pariente? —Hollar no parecía satisfecho con esa solución.

Gropius inspiró hondo y luego dijo:

—Escuche, Lewezow es detective privado y estaba en Praga investigando un caso para mí. No es nada fuera de lo común que un detective desaparezca de pronto dos o tres días para resolver un caso.

—¡Ahora lo entiendo! —repuso Hollar con gran alivio—. Entonces no tendré que avisar a la policía.

—¡No! —confirmó Gropius con voz firme.

Esa misma tarde, el profesor no presintió nada bueno mientras se dirigía al barrio antiguo de Praga para buscar el local llamado Tigre de Oro, el que aparecía en la nota que Lewezow le había enviado con las fotos. No conocer el nombre ni el aspecto de quien había escrito esas líneas —¿se trataría quizá de una proposición con segundas?— no lo hacía precisamente más fácil.

Gropius fue en taxi hasta las cercanías del Viejo Ayuntamiento con su famoso reloj astronómico. El último tramo lo recorrió a pie, después de que el taxista le hubo descrito el camino con exactitud. Sobre todo por la noche, las calles del casco antiguo de Praga se asemejaban a unos inimitables bastidores teatrales. Aquí y allá resonaba alguna que otra voz o algún paso por las estrechas callejas. Los coches parecían fuera de lugar en ese escenario, y Gropius no se habría extrañado si, al enfilar la calle Husova, se hubiera encontrado de frente con el Golem o el doctor Caligari de las películas mudas.

Tanto turistas como praguenses coincidían en que en el restaurante Zlatého Tygra, Tigre de Oro, se sirve la mejor *pilsner* de la ciudad. Por eso no es insólito que no haya ni un solo sitio libre para el visitante extraño. Esa tarde, Gropius tuvo suerte. Encontró una mesa en el gran salón que había frente a la entrada, ideal para supervisar el ir y venir de los clientes. Al camarero de mandil blanco le pidió *kachna se zelim a knedlikem* —pato con col y albóndigas de pan blanco— y una *pilsner* grande.

No hacía mucho tiempo que aguardaba allí sentado cuando entró en el establecimiento una dama vestida con elegancia, con un gran abrigo sobre un traje corto y las piernas enfundadas en unas medias negras y metidas en botas de tacón alto. Buscaba una mesa y fue directamente hacia él.

Le preguntó en inglés si había un sitio libre a su mesa y, cuando Gropius la invitó a sentarse con un gesto de la mano, ella siguió hablando en alemán:

—¿Le gusta Praga? —Y, sin esperar respuesta, continuó—: ¿Ha venido solo? ¿Por negocios?

—Eso son tres preguntas de una sola vez. —Gropius sonrió y la ayudó a quitarse el abrigo—. Mi respuesta a su primera pregunta es sí, aunque aún no he tenido mucho tiempo de ver la ciudad después de mi llegada al hotel Corinthia Towers; a su segunda pregunta, respondo que sí; a la tercera, no. ¿Qué más desea saber?

Con cierta timidez, o al menos ésa era la impresión que quería dar, la bella praguense se tapó la boca con la mano y respondió:

—Le pido perdón, pero es que soy terriblemente curiosa, sobre todo cuando se trata de un hombre.

Gropius enarcó las cejas.

—¿Cómo es que habla tan bien alemán?

—Bueno, hablo inglés mejor que alemán. Soy profesora. —Tras una pausa, añadió—: Lo era.

Gregor la miró a los ojos. Aquella joven era demasiado guapa para ser profesora. Llevaba un maquillaje no del todo discreto, y la cuidada melena rubia recogida, seguramente para darle más volumen. Lo que vestía bajo la chaqueta del traje no se veía. Con un desenfadado gesto de la mano que puso en escena sus largas uñas rojas, llamó al camarero y, sin mirar el menú, pidió algo para comer.

—¿Viene a menudo por aquí? —preguntó Gropius a su atractiva compañera de mesa.

Ella se encogió de hombros con coquetería.

—Sí, ¡a veces! —dijo.

—¿Qué quería decir con eso de que era profesora?

La mujer sacó una cajetilla de cigarrillos de su pequeño bolso y encendió uno.

—¿Le molesta si fumo?

Aunque Gropius detestaba el humo del tabaco, y aunque el camarero le estaba sirviendo la cena justo en ese momento, negó con la cabeza. Normalmente, el profesor habría reaccionado con indignación y le habría dicho que se fuera a otro sitio a esparcir esa humareda, pero la mujer le interesaba, al menos había despertado su curiosidad.

—Dejé mi profesión —dijo ella, respondiendo a la pregunta. La forma en que sostenía el cigarrillo con la punta del índice y del corazón, mientras con el pulgar golpeaba la boquilla, denotaba cierto nerviosismo—. Por el equivalente a trescientos euros al mes ya no estoy dispuesta a enfrentarme a los mocosos de unos proletarios cualesquiera, que además no tienen ganas de aprender nada. Prefiero buscarme a un hombre generoso un par de veces por semana. Así me divierto, y conozco a gente. —Su risa sonó algo amarga—. Por cierto, me llamo Milena Plečnikowa.

—Gregor Gropius —repuso él, estupefacto.

La rotunda franqueza de la mujer contrastaba con la elegancia de su aspecto.

—En caso de que se aburra usted en Praga... —Sacó una tarjeta de visita negra del bolso y se la pasó a Gropius por encima de la mesa—. De cien euros en adelante —añadió en un tono frío y profesional.

«Podrías haberlo imaginado —se dijo Gropius—. Una mujer tan atractiva no se sienta a tu mesa y entabla una conversación así como así. Una verdadera lástima. Aunque...»

—¿En qué piensa, Gregor? —Milena lo sacó de sus reflexiones—. Está pensando cuánto cuesta pasar una noche entera conmigo, ¿verdad?

—No, no —aseguró Gropius, confundido. De repente, añadió—: ¿Le importaría mucho besarme ahora mismo?

Milena accedió a la petición con una sonrisa irónica. Se inclinó sobre la mesa y rozó con su boca los labios de Gregor.

—¿Le basta con esto? —preguntó tras un pequeño intercambio de tiernas insinuaciones—. ¿He aprobado el examen?

Gropius le sostenía el rostro con ambas manos, pero miraba más allá de ella, hacia la izquierda.

—Si pudiera darme otro beso, por favor...

Divertida por los gustos de aquel alemán loco, Milena se puso manos a la obra, hasta que Gregor dio por terminada la cata con un sobrio «Gracias, con esto me basta».

Milena lo miró con desconcierto.

—Tengo que aclararle algo —empezó a decir Gropius con timidez—. Acaba de hacerme usted un gran favor. En el restaurante acaban de entrar dos hombres que no pueden verme aquí. Me ha parecido la única posibilidad de no ser descubierto.

—¿Ah, sí? ¿De verdad? —Milena puso cara de incredulidad—. Nunca había oído una excusa tan original. ¡Lo felicito!

—No, de ninguna manera. Si se vuelve usted con cuidado, son esos dos hombres de ahí detrás...

Milena miró con cautela hacia la izquierda.

—¿Se refiere al doctor Prasskov y al otro tipo?

—¿Conoce a Prasskov?

—Claro —respondió Milena, y posó las dos manos con los dedos extendidos sobre sus pechos—. *Made by* Prasskov. —Se echó a reír—. Es uno de los mejores cirujanos plásticos de la República Checa, y uno de los más ricos. Aunque por lo visto se ha labrado su fortuna con negocios turbios. Dicen que tiene tratos con la mafia del tráfico de órganos. De todas formas, sus contactos entre los más altos cargos de la justicia son tan buenos que nunca lo han acusado de nada. Prasskov ejerce en varias clínicas de los alrededores de Praga. Oficialmente constan como «sanatorios» o «institutos de cirugía estética». Lo que se hace en realidad en esos sitios sigue siendo un secreto.

—¿Y el hombre que está junto a Prasskov? —Gropius hizo un breve ademán hacia atrás con la cabeza.

—No lo había visto nunca —repuso ella, con desgana.

Mientras el camarero le servía a Milena *švestkové knedliky* —es decir, bolitas de ciruela con queso quark y mantequilla—, Gropius sacó el papel que le había enviado Lewezow y lo sostuvo en alto frente a ella.

—¿Escribió usted esta nota? —preguntó cuando el camarero se hubo alejado.

—¿Yo? —repuso Milena, indignada, y Gropius se llevó el dedo índice a los labios para reprenderla.

—Sólo era una pregunta —le dijo con ánimo conciliador—. Esta nota me la envió un detective privado llamado Lewezow que estaba trabajando aquí para mí. No sé muy bien qué tengo que hacer con ella.

—¿No será usted policía? —De pronto, la voz de Milena sonó estrepitosa y amenazadoramente fuerte.

—¡No diga tonterías! —exclamó Gropius, y miró con temor a ambos lados para ver si su conversación había llamado la atención. Sin embargo, por suerte, el ruido del local era tanto que nadie parecía interesarse por lo que decían—. Contraté a ese detective porque mi mujer me es infiel.

—¡Ah, ya comprendo! —Esa respuesta pareció tranquilizar a Milena—. Y su rival es Prasskov. ¡No me extrañaría! Dicen que pasa bastante tiempo en Alemania. Pero, si su mujer lo engaña, ¿por qué no la engaña usted también para desquitarse? ¡Hoy tiene la oportunidad! —Se recompuso su considerable busto bajo la elegante chaqueta del traje—. Del precio ya hablaremos después. —Lo miró de forma incitante, y Gropius asintió con cortesía.

—Quizá más tarde. Ahora mismo no estoy de humor. Mi detective privado desapareció sin dejar rastro hace dos días. ¿Dónde buscaría a Lewezow si estuviera en mi lugar? Para ello, además, debo hacerle una aclaración: Lewezow es, bueno, es homosexual.

—¡Ah, conque es eso! —La voz de Milena sonó de pronto fría y reservada—. ¿Y usted? ¿No será usted uno de esos gays casados que le hace perder el tiempo al sexo contrario?

Con la arrogancia de una prostituta experimentada, Milena sacó un billete de su cartera, lo lanzó sobre la mesa con tanta desenvoltura como si fuera una carta de póquer, cogió el abrigo y se despidió antes aun de que Gropius pudiera objetar nada, diciendo:

—Pues que tenga suerte, ¡marica fanfarrón!

Gropius se quedó tan perplejo por la irreverente labia de la rubia teñida que ni siquiera tuvo tiempo de levantarse de la silla. Además, tenía que evitar llamar la atención.

Después de que Milena hubo salido del restaurante, Gropius se dedicó a observar a Prasskov y a Fichte. Parecían mantener una conversación muy animada. Gregor reflexionaba con aspecto de estar aburrido. Cuando le dio la impresión de que los dos hombres se disponían a salir del Tigre de Oro, pagó la cuenta y se dispuso a seguirlos.

Prasskov y Fichte echaron a andar por las callejas del casco antiguo. Ya no quedaba ni rastro del invierno, que algunos años todavía entumecía la vida en esa época. En las calles se percibía el olor húmedo de los bares. De algunos locales salían retazos de música. Gropius seguía a los hombres a una distancia segura.

Al cabo de unos quince minutos llegaron a la plaza Wenzel y, unos cientos de metros más allá, desaparecieron en el hotel Europa. A través de los cristales de la puerta de entrada, Gregor vio cómo Prasskov y Fichte mantenían una breve conversación con el recepcionista del hotel. Después se subieron al ascensor y la puerta se cerró tras ellos.

Con la mirada fija en la entrada del hotel, Gropius cruzó al otro lado de la plaza y se puso a caminar de aquí para allá. Al cabo de casi media hora, el frío empezó a calarle y prefirió parar un taxi y regresar a su hotel.

A la mañana siguiente, unos fuertes golpes en la puerta despertaron al profesor. Éste se levantó, sobresaltado. Junto a la cama, el reloj marcaba las ocho y diez.

—¡Señor Gropius, abra, por favor! —oyó que decía la voz del director del hotel.

Se vistió a toda prisa y se pasó los dedos por el pelo, luego abrió la puerta. Allí estaba Hollar, acompañado por dos hombres cuya descuidada vestimenta contrastaba con el traje de domingo que llevaba el director.

—Estos señores son de la policía criminal —dijo Hollar con un discreto gesto de la mano.

—Sí, ¿y qué? —preguntó Gropius, desconcertado.

Hollar sostuvo un periódico doblado ante sí.

—¿Conoce usted a este hombre?

«Dios mío, sí.» ¡Era el rostro abotargado de Lewezow! Hollar señaló las líneas que había al pie de la foto.

—¡Cadáver de un desconocido rescatado del Moldava! —tradujo, balbuceando.

—¡Sí, claro, es Lewezow! —Y dirigiéndose a los policías, dijo—: ¡He venido a Praga para buscar a Lewezow! ¿Qué ha sucedido?

Uno de ellos, que llevaba una cazadora negra de cuero, unos pantalones de pana deformados y zapatos de gruesas suelas dentadas, se presentó. Se llamaba Mucha.

—¿Es usted el señor Gropius? —preguntó en un buen alemán.

—¡Profesor Gregor Gropius! —corrigió él.

—Bien, profesor Gropius. ¿Puede usted confirmar que este hombre es el señor Dirk Lewezow?

—Desde luego. ¡Estoy completamente seguro!

—¿Qué relación lo unía al señor Lewezow, profesor?

—¿Cómo que qué relación? Ninguna. Lewezow era detective privado y estaba en Praga investigando un caso para mí.

—¿Por eso le ha parecido oportuno pagar la cuenta del hotel del señor Lewezow? ¿No es eso... bueno... no es algo extraño?

—Puede parecerlo, pero, si les expongo los detalles, sin duda comprenderán mi decisión.

Mucha asintió de mala gana, como diciendo que no había nada que comprender, que Gropius era sospechoso. Después dijo:

—Quiero pedirle que nos acompañe. Debe identificar el cadáver. También sería conveniente que cogiera una maleta con lo imprescindible. ¡Sólo por si esto se alarga!

«Quieren arrestarte —pensó Gropius fugazmente—. Quieren endilgarte un asesinato. Quieren acabar contigo.» El pánico se apoderó de él; por un instante imaginó que escapaba, que corría por el pasillo, bajaba once pisos de escaleras, atravesaba el vestíbulo y salía a la calle; pero entonces recuperó el sentido y comprendió que eso sólo lo haría más sospechoso todavía, de modo que metió lo imprescindible en su práctica maleta de piloto.

Durante el trayecto hasta el Instituto de Medicina Forense, en un Skoda viejísimo, no intercambiaron una sola palabra. Mucha se había sentado junto a él en el asiento de atrás, y el conductor avanzaba con una lentitud funcionarial que desesperaba a Gropius. Estaba exaltado, nervioso, quería olvidar todo aquello, pero el coche se desplazaba de semáforo en semáforo con una tranquilidad provocadora.

Por fin, después de un trayecto de casi treinta minutos por unos barrios que no conocía, el Skoda se detuvo ante un viejo edificio, inmenso y aterrador. Gropius sólo había visto esa escena en las películas: los parientes cercanos tienen que identificar un cadáver en un sótano de iluminación cegadora. De pronto creyó estar metido de alguna forma en una de esas películas. El patólogo, un cincuentón de aspecto repugnante, sin pelo en la cabeza y sin pestañas, apartó la sábana arrugada de encima del cadáver, que yacía en una de las tres mesas de disección que había en medio de la sala embaldosada. Allí apareció el cadáver de Lewezow y, justo entonces, Gropius se sintió de vuelta a la realidad.

—Sí, es Dirk Lewezow —dijo, sin demostrar ningún sentimiento.

—¡Acompáñeme! —Mucha agarró a Gropius del brazo y lo sacó de la sala.

Del Instituto de Medicina Forense, llevaron a Gropius a la Jefatura Superior de Policía, un edificio con un par de cientos de puertas, kilómetros enteros de pasillos y un olor decimonónico. En una sala pelada del tercer piso, Mucha le ofreció a Gropius una silla y se sentó él también tras un escritorio desgastado por los innumerables interrogatorios que se habían desarrollado allí. Con una expresión que denotaba la desgana con la que acometía su trabajo, Mucha apartó un par de informes con el codo y se sumergió en un documento sin decir palabra. Se le demudó el rostro, repugnado, como si no quisiera saber nada de aquello. Al cabo de un rato levantó la mirada y comentó:

—No tiene ningún sentido, ¿comprende?

Gropius asintió y preguntó:

—¿Hay algún indicio que explique cómo ocurrió? Quiero decir que si Lewezow se ahogó. ¿Tenía alcohol en la sangre?

Mucha se levantó, se quitó la cazadora de cuero y la colgó en el respaldo de la silla. Después volvió a sentarse y le pasó a Gropius el resultado de la autopsia por encima de la mesa sin pensarlo dos veces.

—La muerte se produjo por un solo golpe certero en la nuca, seguramente con alguna arma especial que le partió la médula espinal. No hubo hemorragia, nada. Después lo arrojaron al Moldava. No tenemos ninguna pista sobre el lugar del crimen ni sobre cómo se produjo. Un trabajo limpio, profesional.

Gropius se estremeció ante esas sobrias palabras del comisario. A eso había que añadirle que sentía cierta culpabilidad por la muerte de Lewezow. Al fin y al cabo, había sido él quien lo había enviado a Praga. Entonces se preguntó por qué no se interesaba el agente por la investigación que le había encargado a Lewezow. No le habría sorprendido lo más mínimo que Mucha lo acusara de la muerte del detective. Sin embargo, no sucedió nada de eso.

Más bien al contrario, Mucha preguntó:

—¿De qué es usted profesor, señor Gropius?

—Soy médico y catedrático en el hospital clínico de Munich —respondió él.

Mucha miró por la ventana, como si el interrogado no le estuviera diciendo nada nuevo. Casi por cortesía, repuso:

—Vaya, ¿es usted médico? Y ¿desde cuándo está en Praga, profesor Gropius?

—Desde ayer al mediodía. ¡Aquí tiene mi billete de avión! —Gropius rescató el billete del bolsillo interior de su americana y se lo tendió a Mucha.

—¿Cuánto tiempo tenía previsto quedarse?

—Había reservado la vuelta para mañana, pero si las circunstancias lo exigen, estoy dispuesto a quedarme más tiempo, desde luego.

Mucha asintió con comprensión y guardó silencio.

—Creo que no será necesario, profesor —dijo al cabo de un rato—. Al contrario, debería usted procurar llegar sano y salvo a casa. Le doy las gracias.

—¿Quiere eso decir...?

—Que puede irse, señor Gropius, disculpe, ¡profesor Gropius!

Gropius estaba completamente desconcertado. Ya había contado con lo peor, pero ¡¿eso?! Se levantó al instante, cogió la pequeña maleta que había dejado junto al escritorio, mascullió una breve despedida y salió con paso raudo de la jefatura.

Durante el trayecto hasta el Corinthia Towers, a Gropius lo asaltaron multitud de ideas. Hacía veinticuatro horas justas que estaba en Praga y de nuevo le parecía que todo conspiraba en su contra. «Es ridículo —intentó convencerse—, sólo es que tienes los nervios destrozados.» Quizá la muerte de Lewezow se había producido por una terrible casualidad. Sin embargo, ni un instante después empezó a dudarlo. Se preguntó por qué no había malgastado Mucha ni una sola palabra en la investigación de Lewezow, por qué parecía tan exageradamente reacio a aclarar el asesinato del detective. ¿No había hablado casi con reconocimiento respecto del proceder del asesino?

De vuelta en el hotel, Gropius encontró en su americana la tarjeta negra que Milena le había dado la noche anterior. Aunque no la había tratado con demasiada amabilidad, Milena era la única persona que quizá pudiera ayudarlo. Conocía a Prasskov y sabía de sus negocios turbios. No tenía muy claro cómo podría reaccionar ella, pero aun así marcó su número.

—¡Soy el marica fanfarrón! —anunció Gropius al teléfono.

Hubo carcajadas divertidas al otro lado de la línea.

—Tienes que disculparme, ayer no estaba de muy buen humor. El negocio va mal. Hay mucha competencia: putas baratas de Rusia. Y cuando una encuentra a un hombre con clase y éste va y la deja plantada, pierde los nervios.

—¡Disculpa aceptada! —repuso Gropius—. Me gustaría volver a verte.

—¡Oh! ¿No serás uno de esos tímidos que tienen que pensarlo todo dos veces? Bueno, da lo mismo, ¿cuándo nos vemos?

—¡Ahora mismo!

—¡Eh! Por mí que no quede. ¿Cuánto tiempo habías pensado pasar conmigo?

—Toda la tarde.

—¡Muy bien! Quinientos. La tarde y toda la noche... ¡fanfarrón!

—Conforme. ¿Tienes coche?

Hubo un largo silencio. Después, Milena respondió:

—Ah, ya veo, ¡quieres hacerlo en el coche! Sí, eso tiene morbo.

—Bueno, pues nos vemos dentro de media hora en el vestíbulo del Corinthia Towers.

—¡Seré puntual! —La curiosa forma que tenía de pronunciar las eses hizo sonreír a Gropius.

Cuando Milena llegó al Corinthia Towers, llevaba puesto un abrigo de pieles de imitación con mucho vuelo y una cinta en el pelo suelto. Nada, absolutamente nada de su aspecto delataba la escabrosa profesión que ejercía. A Gropius le vino a la perfección.

Le costó muchísimo esfuerzo convencerla de que no tenía intención de acostarse con ella. Al principio, a Milena se le oscureció el semblante, y Gropius temió un arrebato de ira igual que el de la noche anterior. Sin embargo, al sacar de la cartera cinco billetes verdes de cien euros, doblarlos dos veces y meterlos discretamente en el bolsillo del abrigo de Milena, una sonrisa de alivio asomó en su bonito rostro.

—Mira, fanfarrón, si crees que vale la pena pagar quinientos del ala sólo por mirarme, por mí, de maravilla.

—De eso ni hablar —repuso Gropius, riendo—. Espera a ver... —Su mirada reposó en el generoso busto de la mujer—. Se trata de Prasskov. Dijiste que habías tenido trato con él y que conocías sus clínicas.

—Conozco al menos dos, una en Mlada Boleslav, en el norte, y otra en Poděbrady, al este de Praga. ¿De verdad que no eres de la poli?

—¡No, no soy de la poli! —le aseguró Gropius—. Sólo me interesa el trabajo del doctor Prasskov.

Milena miró a Gregor largo rato.

—Ah, ahora lo entiendo, no querías que vigilaran a tu mujer —señaló después de un largo silencio—. Tú lo que necesitas es un nuevo... ¿Cómo se dice?

—¿Órgano?

—Sí, corazón, hígado, riñones, todo lo que hay dentro de las personas. No lo sabía. ¡De todas formas, será carísimo! ¿Cómo puedo ayudarte yo?

—Me gustaría ver más de cerca las clínicas del doctor Prasskov.

—Si eso es todo...

—De momento, sí.

—¿Nada de meternos mano?

—De momento, no.

—Bueno, pues ¿a qué clínica quieres ir primero?

—¿Cuál es más bonita?

—La de Poděbrady, claro. Es un balneario. En Mlada Boleslav sólo hay Skoda, casas viejas y mucha peste.

—Pues vayamos a Poděbrady.

El pequeño Toyota deportivo no era precisamente cómodo, pero sí muy veloz, y Milena lo hacía correr por la autopista con visible placer.

—¿No es peligroso? —comentó Gropius con ciertas reservas al ver que la aguja del velocímetro bailaba alrededor de los ciento cincuenta kilómetros por hora—. Lo digo por los límites de velocidad...

—¡Qué va! —Milena negó con la mano—. En este país se soborna a todo el mundo. Cualquier policía cierra los ojos por unos cuantos dólares o unos euros.

Gregor no dijo más. No podía quitarse de la cabeza la muerte de Lewezow. De hecho, encajaba a la perfección con todos los sucesos relacionados hasta ese momento con la mafia del tráfico de órganos. Sin embargo, ¿no era Lewezow demasiado insignificante como para que lo hubiesen liquidado tan de prisa y de una forma tan cruel? Naturalmente, Gropius no sabía lo que había estado haciendo Lewezow esos últimos días. Pensó que tal vez el detective se había acercado tanto a los distinguidos caballeros que había firmado él mismo su propia sentencia de muerte.

Gropius no se sentía muy a gusto en su papel. De pronto vio con toda claridad que estaba siguiendo un camino igual de peligroso.

—¿Cuántos meses de vida te quedan? —preguntó Milena para romper aquel silencio durante el cual habían dejado atrás, como mínimo, otros veinte kilómetros.

La pregunta sacudió a Gropius como un golpe en la cabeza.

—¿Cómo dices? —tartamudeó.

Milena apretó los labios y luego comentó:

—Perdón, seguramente no está bien preguntar eso.

Gropius guardó silencio.

—Lo pregunto —prosiguió Milena en seguida— porque, cuanto más urgente es un órgano, también es más caro.

—¿Cómo lo sabes? —La información lo había sorprendido.

—¡Está bien! —Milena redujo un poco la velocidad y dijo—: Me caes simpático, fanfarrón. Voy a decirte la verdad, pero tienes que jurarme que no le dirás a nadie que te has enterado por mí. Conozco a Prasskov bastante bien y sé lo que pasa en sus clínicas.

Gregor, exaltado, miró a Milena de reojo.

—No se lo diré a nadie. Lo juro.

La mujer tenía la mirada fija en la autopista. Entonces, tartamudeando al principio y luego cada vez con mayor fluidez, explicó:

—Fui amante de Prasskov. No es que estuviera enamorada de él, no era para nada mi tipo, pero quería sexo extravagante y era generoso con el dinero. Al cabo de medio año empezó a ponerme faltas. Que no le gustaba esto o lo otro. Mis labios le parecían muy finos; mis pechos, muy flácidos; el trasero, demasiado gordo. Me decía: «Haré de ti una belleza.» Y ya ves el resultado. Lo único extraño es que, cuando estuve lista, cuando tuve labios carnosos, grandes pechos y un delicado culito, Prasskov perdió el interés por mí. De un día para otro. ¿Entiendes ahora por qué lo odio?

Gropius asintió.

—Sí, lo entiendo. Pero ¿qué sabes de Prasskov?

Milena inspiró hondo, como si tuviera que coger impulso para dar una respuesta:

—Prasskov es un buen cirujano plástico, pero eso es sólo una parte del todo. También es un pez gordo de la mafia del tráfico de órganos. Dirige varias clínicas con los equipamientos más modernos y paga a una serie de cirujanos, sobre todo alemanes, para que realicen trasplantes.

—¿Cómo consigue los órganos? —Gropius se removió inquieto en su asiento.

—Ni Polonia ni Rusia quedan muy lejos de Praga. Allí mueren cientos de personas en las calles todos los días, y nadie pregunta si el muerto sigue teniendo el corazón o el hígado en el entierro.

—Eso quiere decir que los participantes no saben nada de...

Milena negó con la cabeza sin decir palabra.

—Los médicos de urgencia y los médicos de las clínicas reciben dinero de Prasskov. Todos hacen causa común.

Mientras Milena salía de la autopista para dirigirse al centro de Poděbrady, Gropius le hizo una pregunta:

—¿Cuánto pide Prasskov por un órgano?

—Depende. Mínimo, cien mil euros. Si es urgente, cuesta mucho más. Por lo que yo sé, incluso se trucan coches y se provocan accidentes para conseguir el órgano que se necesita.

—He oído hablar de ello.

—Es cierto, tanto como que me llamo Milena Plečnikowa. ¡Pero has jurado que no dirías nada! —Se llevó el índice de la mano derecha a los labios con expresión de gravedad.

—¡Palabra de honor!

El cielo se había encapotado y ni un solo rayo de sol atravesaba la bruma lechosa. Milena torció por la calle en la que se encontraba el sanatorio de Prasskov, muy cerca del parque del balneario. La praguense prefirió aparcar a cierta distancia.

—No quiero que me vean —dijo—, por si Prasskov está aquí.

Los terrenos ajardinados que rodeaban la villa estaban muy iluminados, igual que el edificio en sí. Vieron una limusina oscura que se acercaba a la entrada, y Milena arrastró a Gropius detrás de uno de los nudosos árboles del paseo. Por un breve instante, ambos permanecieron abrazados, y Gropius no se sintió precisamente a disgusto; sin embargo, para echarle un vistazo al coche negro, se separó de ella y espió al abrigo del árbol en dirección a la entrada de la clínica. La pesada puerta de hierro se abrió sola tras una breve pausa de la limusina. Gropius llegó a ver a Prasskov y a Fichte en los asientos delanteros; al hombre del asiento trasero lo conocía por los periódicos: era Thomas Bertram, el gigante de la construcción.

De repente, todos los detalles aislados que había descubierto durante las últimas semanas encajaron en una unidad lógica.

—¡El cerdo de Fichte! —murmuró entre dientes.

Mientras la puerta de barrotes se cerraba tras el coche que acababa de entrar, Gropius y Milena salieron de detrás del árbol.

—¡Debería haberlo sabido! —rabió Gropius a media voz.

Por fin tenía la prueba: Fichte había intentado quitarle el puesto porque temía que sus actividades fuera del hospital clínico universitario serían descubiertas tarde o temprano. La terrible maquinación de la muerte de Schlesinger había sido simple y, aun así, de gran refinamiento psicológico. Fichte conocía muy bien a Gropius. Sabía que no se limitaría a aceptar la muerte de un paciente después de un trasplante, que haría todo lo posible por encontrar el motivo. Así pues, la irregularidad tenía que ser descubierta, pero no el autor. Nadie, excepto Fichte, tenía todas las puertas abiertas para contaminar el órgano con la inyección letal, y nadie tenía tantas posibilidades como Fichte de eliminar todas las pruebas, ¡o de no dejarlas siquiera! Al parecer, su plan había dado resultado. Al menos hasta ese día.

—¡Eh, fanfarrón! —Milena cogió a Gropius del brazo y lo llevó en dirección a su coche—. Hay algo en ti que no está claro —comentó con inseguridad mientras caminaban el uno junto al otro—. Cada vez me preocupas más.

—¡Tonterías! —zanjó Gropius, e intentó sonreír—. Es sólo que tengo demasiadas cosas en la cabeza. Tienes que entenderlo.

—¡Muy bien, fanfarrón! Lo intentaré. ¿Vamos ahora a Mlada Boleslav, a la otra clínica de Prasskov?

Gropius negó con la cabeza.

—No, quiero volver al hotel. Ya he visto suficiente. —Dirigió una última mirada hacia atrás, al edificio iluminado, y dijo—: ¡Vayámonos!

CAPÍTULO 10

Al día siguiente, cuando Gregor Gropius aterrizó en el aeropuerto de Munich, ya lo estaban esperando.

—Vaya, profesor, ¿de vuelta en el país? —saludó Wolf Ingram, el director de la comisión especial Schlesinger, con un matiz malicioso—. ¿Qué tal por Praga? ¿Unas pequeñas vacaciones?

Gropius miró al hombre de pelo corto y oscuro con perplejidad.

—¿Cómo lo ha sabido?

—¡Dios mío! —Ingram se arrancó una sonrisa cansada—. Es usted un listillo, profesor. No debería creer que la policía es más tonta de lo que realmente es.

—Disculpe, señor Ingram, no era ésa mi intención. Mi viaje a Praga sólo tenía como objeto contribuir a mi rehabilitación como cirujano, y creo que he conseguido algo.

—Interesante —comentó Ingram, esta vez con menos malicia y con cierta arrogancia—. Eso tendrá que explicármelo mejor. ¿Quiere acompañarme a la jefatura?

—¿Quiere eso decir que estoy detenido? —preguntó Gropius, furioso.

—De ningún modo —repuso Ingram con parquedad—. Como ha dicho usted mismo, tiene una explicación plausible para su estancia en Praga.

Gropius asintió, y juntos fueron a buscar el coche de Ingram, que estaba aparcado en la zona de estacionamiento de tiempo limitado.

Era casi mediodía, de modo que en seguida llegaron sin atascos a su destino.

—¿De verdad creía que dejaríamos de vigilarlo mientras investigábamos? —comentó Ingram cuando al fin llegaron a su despacho y estuvieron sentados el uno frente al otro.

Los pensamientos de Gropius giraban en torno a la muerte de Lewezow. ¿Estaría Ingram al corriente? En ese caso, ¿conocería todos los detalles? ¿Habría incurrido Gropius en algún delito por no haber informado a la policía y haber dejado, así, que se cometiera otro asesinato? Decidió abordar la cuestión con mucha cautela.

—No lo interprete mal. Para aclarar la muerte de Schlesinger, contraté a un detective privado, y el hombre se acercó bastante a la resolución del caso.

—Por desgracia, ahora está muerto.

—¿También sabe eso?

—Como ya le he dicho, es un error creer que la policía es tonta y lenta. Cierto, a veces los mecanismos tardan en coger velocidad, pero luego nada puede frenarlos.

—Nada más lejos de mi intención que criticar su trabajo.

Ingram lo miró con recelo y comenzó a tamborilear con los dedos sobre el escritorio. Después dijo:

—De modo que envió a un detective privado a Praga para hacer unas investigaciones. ¿Podría explicarme por qué, tres días después, también usted fue allí?

—No tenía noticias de él y empecé a preocuparme. ¿Tanto cuesta de entender?

Ingram asintió en silencio.

—Y, cuando llegó al hotel, saldó la cuenta de Lewezow, como si supiera que el detective privado ya no podría pagarla.

—¡Eso es una tontería! —Gropius se encolerizó—. Lewezow estaba investigando un caso para mí. Tarde o temprano, habría tenido que pagar la cuenta del hotel. Además, el hombre había hecho un buen trabajo. —Gropius sacó las fotografías de su maleta de piloto y las dejó sobre la mesa, delante de Ingram—. Por si no conoce a estos señores: éste es mi médico jefe, el doctor Fichte, a la llegada al aeropuerto de Praga. El hombre que lo acompaña se llama Thomas Bertram. Alexej Prasskov fue a buscarlos a los dos. El destino de los tres hombres era una clínica privada de un balneario que se encuentra en los alrededores de Praga.

Ingram fue cogiendo las fotografías, una a una, y asintió con aprobación.

—Buen trabajo. De verdad. ¿Qué quiere demostrar con estas fotos, profesor?

Gropius no podía ocultar su excitación. Sacó de su maleta una hoja doblada y se la puso a Ingram ante las narices.

—Esto es una lista de Eurotransplant. Contiene los nombres de los pacientes que necesitan urgentemente un órgano nuevo. ¡Dirija su atención al número cincuenta y seis!

Ingram leyó:

—Thomas Bertram.

—¡El mismo Bertram que voló a Praga con Fichte! —Gropius alzó la fotografía como si fuera un trofeo—. ¿Casualidad? ¡No! He visto con mis propios ojos cómo Fichte, Prasskov y Bertram entraban juntos en una clínica privada de Poděbrady.

—¿Cuándo fue eso?

—¡Ayer!

—¿Está completamente seguro de que ese hombre era Thomas Bertram?

—Completamente... No lo conozco en persona, pero su fotografía hace años que llena las columnas de sociedad. ¿Por qué me lo pregunta, comisario?

—Bertram está muerto. Murió ayer, cerca de Praga, de un ataque al corazón.

—¿Cómo se ha enterado de eso?

Una gran sonrisa cubrió el rostro de Ingram.

—Por la Interpol de Wiesbaden. Lo que me cuenta usted ahora a raíz de estas fotos no me viene de nuevas, profesor. Puede que le sorprenda, pero hace un tiempo que tenemos a Prasskov y a Fichte bajo vigilancia, incluso más allá de nuestras fronteras. Prasskov es uno de los principales jefes de la mafia del tráfico de órganos, y su médico jefe, el doctor Fichte, trabaja para él a cambio de unos honorarios que son un dineral, dicho sea de paso. ¿O creía usted que no nos habría llamado la atención que Fichte poseyera un apartamento en Montecarlo y un avión privado y que, además, llevara el tren de vida de un *playboy*? Profesor, me parece que debería revisar sus opiniones sobre la policía.

Ingram se levantó de un salto y comenzó a caminar de un lado para otro.

—Eso es lo desagradable de nuestro trabajo —dijo sin mirar a Gropius—, que la mayoría nos considera unos atontados de pocas luces si tres días después de un asesinato aún no hemos atrapado al culpable. Ahora usted ha experimentado de primera mano lo complicado que es, la minuciosidad que se requiere para resolver un caso. De todas formas, en su caso seguimos tan lejos de la resolución como al principio.

—¿Cómo dice? —Gropius le dirigió a Ingram una mirada iracunda—. ¿Qué quiere decir con eso, comisario? Para mí está claro que Fichte es el responsable de la muerte de Schlesinger. Quería quitarme de en medio para conseguir mi puesto. Para poder seguir con sus negocios turbios con menos riesgo. Y, por lo que se ve, lo ha conseguido. Con lo que no contaba era con que yo no me rendiría sin luchar.

—Ésa es su hipótesis, profesor, pero no tiene ninguna prueba de esa teoría que, si me lo permite, es un poco enrevesada. Si su médico jefe de verdad hubiese querido quitarlo a usted de en medio para siempre, sin duda habría sido más fácil dejar morir al paciente de una forma que realmente pareciese un error médico. ¿Por qué molestarse en contaminar un órgano? Eso hace apuntar las sospechas hacia organizaciones criminales, y usted mismo acaba de decir que Fichte quería trabajar sin estorbos.

—Lo admito. No obstante, si ustedes no consiguen pruebas, si no avanzan con sus investigaciones, yo mismo tendré que seguir averiguando para poder volver a llevar una vida normal.

—Es libre de hacerlo, profesor, siempre que se mueva dentro de los límites de la legalidad. Pero, si quiere saber mi opinión, déjenos hacer a nosotros. Ya ha visto que esta gente no se anda con bromas. No cabe duda de que el doctor Fichte está en la nómina de la mafia del tráfico de órganos, pero no tenemos ninguna prueba de que sea responsable de la muerte de Schlesinger.

Gropius permaneció pensativo.

—¿Ha dicho que Thomas Bertram ha muerto de un ataque al corazón?

—Ésa es la causa oficial de la muerte. Al menos, según nuestros colegas de la Interpol.

—Yo creo que algo salió mal en el trasplante. Bertram murió durante la operación, o poco después. Habría que hacerle la autopsia al cadáver.

—¡Para eso necesitamos el consentimiento de la familia!

—Jamás lo permitirán, seguro que sabían que la operación era ilegal.

—Entonces tendrá que recurrir a la fiscalía. Por lo que sé del fiscal Renner, seguro que decretará que se haga la autopsia. No suele dejar escapar una oportunidad de ponerse medallas.

Durante los días siguientes, los pensamientos de Gropius avanzaron en círculos. El supuesto triunfo que creía haber cosechado desenmascarando a Fichte arrojaba algo de luz en la oscuridad del caso, pero no había traído consigo la solución. Seguían quedando demasiadas incongruencias.

Llevado por su odio hacia Fichte, Gropius había dejado completamente descuidada la pista que había seguido en Turín, su propio secuestro e incluso la misteriosa muerte del profesor De Luca.

En cuanto a Felicia, el descubrimiento de aquella carta de amor había hecho que odiara aún más a su difunto marido. Con una mezcla de vanidad enfermiza y rabia por su propia necedad, lo insultaba en cuanto tenía ocasión, decía que era un putero y cosas aún peores, y afirmaba que ya no le interesaba que se clarificaran las circunstancias de su muerte.

Gropius casi discutió con ella por eso, porque él se negaba a poner fin a sus investigaciones. Le enfadaba que Felicia fuese tan poco comprensiva ante su situación. Después de todo, la clarificación del crimen podía restablecer su buena reputación. Sin embargo, tal como vio durante los días siguientes, aún quedaba mucho para eso...

Sin previo aviso y bastante agitado, el reportero Daniel Breddin se presentó a la mañana siguiente en casa de Gropius. Le dirigió un breve saludo y fue directo al grano.

—¿Qué tiene que decir a las últimas novedades del caso? —Lo miró con ojos esperanzados.

Gropius, que aún iba en albornoz y estaba sin afeitar, gruñó algo sobre un molesto asalto a primera hora de la mañana, pero después imperaron su curiosidad y la comprensión de que no era muy inteligente pelearse con un periodista de una gran publicación, e invitó a Breddin a pasar.

—Fichte —empezó a decir Breddin, y luego espetó—: Fichte ha escapado. Se ha largado en su avión. Lo están buscando por toda Europa. El fiscal Renner ha dictado orden de captura. ¿Qué me dice a eso, profesor?

Gropius tardó un par de segundos en asimilar la noticia. En su mente se mezclaban la sospecha, la duda y la certidumbre.

—No me sorprende del todo —repuso entonces—. A fin de cuentas, yo mismo he contribuido a descubrir a Fichte.

—¿Sabía usted desde hace mucho que Fichte estaba involucrado en las maquinaciones de la mafia del tráfico de órganos?

—Hacía tiempo que tenía sospechas, sí. Sólo me faltaban las pruebas.

—¿Estaba el doctor Fichte en situación profesional de realizar trasplantes de órganos?

—Por completo. Me ha ayudado a mí mismo en varias ocasiones, y también ha llevado a cabo varias operaciones solo. Fichte no es un mal cirujano de trasplantes. Supongo que ése fue el motivo por el que Prasskov y la mafia del tráfico de órganos se dirigieron a él.

—¿Cuándo sospechó por primera vez que había algo extraño en Fichte?

Gropius miró al suelo, consternado.

—Por desgracia, demasiado tarde. Yo confiaba en él, al menos hasta la misteriosa muerte de Schlesinger.

—¿Quiere decir con eso que sigue creyendo que el doctor Fichte fue el asesino de Schlesinger?

—¿Acaso usted no? —Gropius puso cara de perplejidad—. ¿De qué estamos hablando, si no?

Incomodado, Breddin se tocó la punta de la nariz.

—El asesinato de Schlesinger y la relación de Fichte con la mafia del tráfico de órganos son dos cosas totalmente diferentes.

—¿Cómo? —Gropius estaba a todas luces confuso—. Fichte tenía un motivo muy claro para cometer su crimen. A él no le importaba tanto Schlesinger como yo. ¡Era yo el que entorpecía sus turbios negocios!

—Profesor, eso suena muy revelador, pero las últimas novedades del caso, por desgracia, lo contradicen.

—No entiendo a qué se refiere. ¡A lo mejor podría ser usted más claro, Breddin!

—El fiscal Renner ha hecho pública esta mañana la autopsia de Thomas Bertram —contestó Breddin con serenidad—. Bertram murió después de un trasplante de hígado, y la causa de la muerte fue la misma que en el caso de Schlesinger. El órgano había sido contaminado con una inyección del insecticida Clorfenvinfos.

Gropius se levantó de un salto del sillón. Le faltaba el aire.

—Eso querría decir que... —apuntó a media voz, casi sin que se lo oyera.

—En cualquier caso sería más que improbable y no tendría ningún sentido que Fichte hubiese asesinado primero al paciente de usted y después al suyo, y las dos veces de la misma manera y con el mismo veneno. ¿Qué me dice ahora, profesor?

Gropius sacudió la cabeza, como si no quisiera creer lo que acababa de oír, después se cubrió la cara con las manos. Una vez más, poco antes del final, las cosas daban un nuevo giro, y otra vez se encontraba en un callejón sin salida.

Un nuevo correo electrónico con la desconocida abreviatura «IND» puso en marcha la vieja maquinaria del Servicio Federal de Información de Pullach. Igual que la mayoría de incógnitas que, por diferentes motivos, despiertan el interés de los curiosos, la investigación del misterioso código «IND» había acabado yéndose a pique. Con todo, esa mañana, Heinrich Meyer, director del SIGINT, Departamento 2, apareció en la reunión de análisis de la situación acompañado por Wolf Ingram y con una hoja impresa en la mano. Gesticuló a disgusto, dejó la hoja dando un golpe sobre la mesa de reuniones que ocupaba el centro de la sala y exclamó:

—Había esperado que el asunto acabara solucionándose por sí solo en algún momento y que cayera en el olvido, pero ahora volvemos a empezar con la misma broma. «Misión cumplida. IND.» Que nadie me diga que este mensaje no tiene un trasfondo criminal. ¡Peters, ahora le toca a usted!

Ulf Peters, director del Departamento 5, Reconocimiento Operativo, con su habitual cazadora negra de cuero, torció el gesto, como siempre que se sentía a disgusto. Y aquella mañana se sentía especialmente molesto. Detestaba que Meyer lo reprendiera delante de todo el equipo reunido, aunque tuviera veinte años más que él y casi siempre reaccionara a base de arrebatos de cólera. Esa mañana, no obstante, permaneció bastante calmado.

—No creo que haga falta que les recuerde que la problemática de este caso es especialmente complicada, una ecuación de tres incógnitas —contestó—. Está ese maldito código «IND», del que no tenemos ninguna pista, aunque admito que tiene pinta de pertenecer a alguna agrupación terrorista, y también están el remitente y el destinatario desconocidos. He tenido casos más sencillos, la verdad.

Meyer avinagró el gesto.

—O sea, resultado negativo.

—Negativo —masculló Peters—. Al menos, en el Departamento de Reconocimiento Operativo.

—¡Pues entonces preste atención a lo que tiene que decir Wolf Ingram, el director de la comisión especial Schlesinger! —Meyer le dirigió un afable ademán a Ingram.

Éste se aclaró la garganta y empezó a hablar:

—¡Señores! Como saben, el primer e-mail con la enigmática abreviatura «IND» fue enviado desde una conexión móvil a una cuenta interna del hospital clínico, lo cual hacía sospechar que el asesinato descubierto en la clínica por esas mismas fechas podía estar relacionado con él. Un segundo e-mail salió de una cuenta interna del hospital clínico hacia una conexión móvil desconocida, probablemente en alta mar, esta vez justo después de un ataque con bomba a la esposa de Schlesinger o, mejor dicho, al profesor Gropius. Ya conocen los detalles. Nuestras averiguaciones nos han hecho saber que un médico jefe del hospital clínico, Fichte, está relacionado con la mafia internacional del tráfico de órganos, y que posee varias clínicas en los alrededores de Praga. Fichte ha escapado a Montecarlo tras otro asesinato relacionado con la mafia del tráfico de órganos, que, por cierto, lleva la misma marca que el asesinato de Schlesinger. Este nuevo e-mail podría relacionarse con la muerte de Bertram, como si fuera una comunicación de ejecución. Sin embargo, hay algo que no acaba de encajar. ¡Fichte no mataría a su propio paciente! De ello se deduce...

—¡... que Schlesinger y Bertram no fueron víctimas del mismo asesino! —Meyer enarcó las cejas.

—Y eso, a su vez, implica que nos enfrentamos a dos casos diferentes —prosiguió Ingram.

Meyer asintió con reconocimiento a la concurrencia. Acto seguido, se dirigió a Ingram:

—¿Y el detective privado? ¿Cómo se llamaba?

—¡Lewezow!

—Ese tal Lewezow encontró la muerte siguiendo a los mafiosos. ¿Dónde catalogaría ese caso?

Ingram esbozó una sonrisa de superioridad.

—Al principio, claro está, partimos de la base de que Lewezow había sido interceptado y asesinado por los mafiosos. Era lo más lógico. Sin embargo, como saben, señores, en nuestras investigaciones la lógica es a veces un impedimento. Los asesinos no suelen actuar de forma lógica, casi siempre asesinan por motivos emocionales. También éste es el caso. Tres días después de la muerte, la policía criminal de Praga atrapó a un recepcionista homosexual que tenía en su posesión la cámara y las tarjetas de crédito de Lewezow, así como una gran cantidad de dinero. Ya ha confesado. Se trató de un clásico asesinato de los círculos homosexuales.

—Buen trabajo —masculló Peters—. Buen trabajo, de verdad. —Tenía que reconocer que aquél no era su día. Estaba claro que le molestaba que llegara uno de la comisión especial y les robara el protagonismo a él y a todo su departamento. Por eso, intentó relativizar la situación—. En cuanto al nuevo e-mail, querido colega, sus conclusiones siguen sin llevarnos a ninguna parte.

—¡Eso tampoco es labor de Ingram! —terció Meyer—. Si no me equivoco, es trabajo del Servicio Federal de Información, o sea, nuestro.

Los hombres sentados a la mesa de conferencias reaccionaron con murmullos de indignación ante la clara crítica del director del departamento. Peters se ocupó de dar una réplica:

—Lo siento, pero no puedo hacer aparecer como por arte de magia la resolución del código. Esa organización, en caso de que se trate de una organización, no había aparecido antes.

Entonces fue Meyer quien estalló:

—¡Madre de Dios! —exclamó—. Si la abreviatura fuese tan conocida, no habría que recurrir a un servicio secreto, bastaría con el archivo de la Biblioteca Nacional y, en lugar de un ejército de agentes altamente cualificados, nos bastaría con un par de funcionarios de archivos con manguitos y derecho a jubilación. Y ahora, discúlpenme, señores, ¡en mi escritorio me espera una pila de trabajo!

Meyer le hizo una seña a Ingram, y ambos salieron juntos de la sala de reuniones.

Al viejo veterano le encantaban aquellas salidas. Curtido por más de veinte años de trabajo en el Servicio Federal de Información, se había convertido en un cínico.

—¡Sabelotodo! —gruñó Peters tras él.

«A pesar de todo, es una mujer maravillosa», pensó Gropius cuando, a la mañana siguiente, regresaba del lago Tegern a Munich en su viejo todoterreno. Un cielo azul intenso se extendía sobre los Alpes, y los últimos restos de nieve se resistían con terquedad al aire tibio de la primavera inminente en los rincones umbríos.

Las noches con Felicia tenían una intensidad especial, mejor que todo lo que Gropius había vivido con Veronique. Habían cenado como reyes en un restaurante de la orilla sur del lago que en su día había sido la residencia del cantante y actor Leo Slezak. Habían bebido vino tinto y, durante un rato, habían olvidado sus diferencias. Naturalmente, también habían dormido juntos. Bueno, dormir... Felicia conocía los deseos más secretos de un hombre, y una breve mirada, un breve roce bastaban para que hiciera realidad los sueños de él.

Lo que Gropius no pensaba nunca, aunque sí se le pasó por la cabeza durante el trayecto de regreso, era que su relación nunca habría llegado a producirse sin el asesinato de Schlesinger. Curiosamente, ese pensamiento le transmitió una extraña euforia y, no por primera vez, Gropius se preguntó qué habría sucedido si Schlesinger hubiese sido una persona honrada, o comoquiera que quisiera calificarse, y no hubiese llevado una doble vida. En esos momentos le pareció —a él, que se creía un realista con control sobre su vida— que todo era un sueño... o una pesadilla, incluso un cuento moderno.

En Grünwald, una furgoneta gris aguardaba frente a su casa. Gropius había vivido demasiado durante las últimas semanas para creer en coincidencias. Aun a cierta distancia, vio que el vehículo tenía matrícula italiana. Aceleró. Pasó a toda velocidad por delante de la furgoneta aparcada, torció dos veces a la izquierda y, asegurándose por el espejo retrovisor de que no lo seguían, cogió la avenida de entrada a Munich.

No se había equivocado: al cabo de unos cientos de metros vio por el retrovisor la furgoneta italiana, que se le acercaba a gran velocidad con los faros encendidos. Se le aceleró el corazón. Se pasó un semáforo en rojo, pero, aun así, no consiguió quitarse de encima a sus perseguidores. Al contrario, el vehículo cada vez estaba más cerca.

¿Qué podía hacer? Gropius vio entonces la caravana de coches que tenía por delante. Pisó el freno en el último momento. La furgoneta ya lo había alcanzado. Gregor se rindió. Mil ideas le cruzaron por la mente. Imaginó que, un instante después, varios hombres armados saldrían del vehículo perseguidor y lo sacarían a la fuerza de su coche. Agotado, apoyó la cabeza en el volante y siguió esperando, aterrorizado.

Unos golpes en el cristal lo despertaron de su estado de estupefacción. No sonaba como si alguien fuese a sacarlo del coche a la fuerza. Gropius alzó la mirada.

Ante sí vio el rostro de Francesca. Se había recogido la melena oscura bajo una gorra gris de punto, y en sus ojos, tras los cristales de las gafas de montura al aire, relucía el reproche. Gropius se volvió para ver si en la furgoneta esperaban más gángsters, pero el vehículo estaba vacío. Aliviado, respiró hondo. Aún con desconfianza, bajó el cristal de la ventanilla.

—¿Qué se proponía? —increpó a Francesca.

—Disculpe —repuso ella, sin aliento—, pero ha sido usted el que me ha obligado a lanzarme en su persecución como en una película de gángsters, ¡y ahora me pregunta que qué me propongo! ¡Quisiera hablar con usted, Gropius, por favor!

—No sé qué puede quedarnos aún por decir. Las experiencias de Turín no se cuentan entre las más agradables de mi vida. En cualquier caso, me daría de tortas por haber caído en su trampa. Debería haberlo imaginado.

—¿Qué debería haber imaginado?

—Que me estaba haciendo la cama. ¡Y ahora desaparezca! ¡No quiero volver a verla!

Entretanto, el atasco se había disuelto, y la fila de vehículos se puso en movimiento. Tras ellos estalló un estrepitoso concierto de bocinas. Gropius arrancó, pero Francesca no dejó que se librara de ella.

—¿De qué está hablando? ¿Cómo que le estaba haciendo la cama? —exclamó Francesca, aferrándose a la puerta del coche de Gropius y corriendo a su paso—. ¿Quiere decirme de una vez por todas qué es lo que pasa?

—¡Ja! —espetó Gropius sin reducir la velocidad—. Otra de sus artimañas. No, no caeré por segunda vez. ¡Déjeme en paz!

Gropius aceleró el todoterreno, pero Francesca seguía pegada al vehículo. En cualquier momento podía salir despedida al centro de la calle. Entonces, Gropius frenó el coche.

—¡Madre de Dios! ¡Pero primero escúcheme un momento! —jadeó Francesca, sin aliento—. Luego puede mandarme a paseo si quiere.

Gropius miró a la italiana con recelo. No confiaba en ella. Tenía grabada demasiado dentro la conmoción que se había llevado en Turín. Ni en toda su vida lograría deshacerse de aquella sensación que lo había invadido, amarrado a la silla, al ver el frasco de Clorfenvinfos y la jeringuilla ante sí. Se estremecía con sólo pensarlo.

—¡Es muy importante, de verdad! —insistió Francesca—. ¡Por favor!

Era difícil rehuir la mirada de sus hermosos ojos. Gropius suspiró y guardó silencio un rato sin hacer caso de las bocinas de los conductores que no podían avanzar por culpa de la furgoneta de Francesca. Al final, cedió.

—Está bien, ¿ve esa pizzería de allí, al otro lado de la calle? Vaya a por su coche, la esperaré allí.

Francesca corrió a su furgoneta, y Gropius aparcó el todoterreno frente al restaurante.

Como las pizzerías de todo el mundo por las mañanas, aquélla recordaba a la sala de espera de una estación. La mitad de las sillas seguían puestas del revés sobre las mesas para que la *mamma* vestida de negro pudiera ir más de prisa con la limpieza del suelo de baldosas. Olía a agua jabonosa y café recién molido.

Un camarero a medio vestir interrumpió de mala gana su desayuno y masculló que el restaurante todavía estaba cerrado, pero que, si quería, podía servirle un café.

Gropius pidió dos y, en ese mismo instante, Francesca entró por la puerta. Sin decir palabra, se sentó frente a él. Estuvieron un rato callados, Francesca con la mirada gacha, Gropius revolviendo el café con nerviosismo. Fue ella la que empezó a hablar, con vacilación:

—Desapareció muy de prisa de Turín. No tuve ocasión de disculparme con usted. Siento que todo saliera tan mal.

—Vaya... ¿Lo siente? ¿Ha venido para decirme que lo siente? Escuche, no sé qué habrá pasado entretanto, pero me entregó en bandeja a esos criminales, y es un milagro que aún siga vivo.

Gregor hablaba tan alto que el camarero ya se había puesto a escucharlos. Francesca bajó la voz, implorante, al responder en un susurro:

—Gregor, ¿qué sucedió? ¿Cómo puede relacionarme con unos criminales? ¡Precisamente a mí!

Gropius, iracundo, agarró a Francesca por la muñeca y la acercó hacia sí.

—Escúchame bien, señorita —dijo con rabia, sin darse cuenta de que, de pronto, estaba tuteando a la mujer—. Tú me desvelaste la dirección de De Luca, qué digo desvelar, me empujaste hacia De Luca, y delante de su instituto me asaltaron y me llevaron a una fábrica abandonada donde quisieron mandarme al otro barrio con una inyección letal. ¿O es que vas a decirme que no sabías nada de todo eso? —Gropius le soltó la muñeca con brusquedad y se reclinó, disgustado, en el respaldo de la silla.

—Yo... de verdad que no sabía nada de eso —tartamudeó Francesca—. ¡Tienes que creerme!

Gregor sonrió con ira.

—¿Qué son esas palabras? Sólo una persona sabía que iría a ver al *professore* De Luca, ¡y eras tú!

—De Luca ha sido asesinado de una forma misteriosa.

—Ya lo sé. Publicaron en todos los periódicos que fue víctima de la mafia.

—Pero yo no tengo nada que ver con eso; al contrario. Yo misma he sido víctima de esa gente.

Esa insinuación captó la atención de Gropius. Le dirigió a Francesca una mirada tanteadora y vio refulgir sus ojos oscuros. Aún recordaba muy bien aquellos bellos ojos, un recuerdo que le resultaba desagradable. «Tienes que olvidar a esta mujer», pensó de pronto.

Sin embargo, Francesca comenzó a hablar:

—Constantino ha muerto.

—¿Tu marido?

—Lo asesinaron un día después de que sacaron del río al *professore* De Luca.

Francesca miró por la ventana. No quería que Gropius la mirase a la cara.

—No lo entiendo —balbuceó él—. Tu marido estaba en coma, no podía hacerle daño a una mosca.

Francesca se encogió de hombros.

—¿Quieres escuchar la historia? —preguntó, y lo miró con los ojos muy abiertos.

—Sí, por supuesto.

—No sólo tú estabas constantemente vigilado. Por lo visto, esa gente también me seguía a mí. ¿Por qué? No lo sé. En todo caso, sabían muy bien que ese día yo no estaba y que mi madre pasaría casi una hora fuera de casa. Esos escasos sesenta minutos les bastaron para irrumpir en el piso y ponerlo todo patas arriba. Está visto que Constantino los molestaba. Lo asfixiaron con una almohada.

Gropius miró al suelo, consternado.

—Lo siento mucho.

Francesca asintió y, sin ninguna emoción, dijo:

—Quién sabe, a lo mejor para Constantino ha sido incluso una liberación.

—¡Pero ha sido un asesinato!

—Sin ninguna duda.

—¿Y la policía?

—Como siempre ocurre en Italia, mucho revuelo para investigar por todo lo alto, pero ningún resultado.

—¿Ni una pista? ¿Ningún indicio sobre los culpables?

—Nada. Seguramente el caso acabará archivado como robo con homicidio.

—¿Qué robaron?

—¡Nada! Los que entraron revolvieron todo el mobiliario, volcaron los armarios, abrieron cajones y rajaron los colchones, pero no se llevaron nada. Dejaron incluso una caja de caudales de mi madre con quinientos euros.

—¿No tienes la menor idea de qué buscaban esos tipos?

Francesca negó con la cabeza y guardó silencio.

—¿La policía tampoco ha encontrado relación entre el asesinato de Constantino y el de De Luca?

—¿Tú crees que la hay? —preguntó Francesca, expectante. De súbito, espetó—: ¡Maldita sea, quiero saber con qué estamos jugando! ¿Dónde me he metido? Gregor, ¿qué clase de horrible juego es éste?

Las palabras de la mujer sonaron desesperadas y, por tanto, creíbles. Gropius vio llegado el momento de explicarle su actitud de rechazo.

—Estaba convencido de que esa gente te había utilizado como señuelo —empezó a decir—. Está visto que me equivocaba. Sin embargo, desde hace un tiempo mi vida consiste sólo en equivocaciones. ¡Disculpa! Quizá habría sido mejor que no nos hubiésemos conocido nunca.

—Sí... quizá. —La expresión de Francesca era impenetrable.

—Tu marido, Constantino, a lo mejor seguiría con vida.

A Francesca se le demudó el rostro.

—Lo que tú llamas vida sólo era un espantoso estado vegetativo, nada más. Por lo que decían los médicos, la probabilidad de que Constantino recuperara la conciencia era de una entre un millón, y yo no soy precisamente de esa gente a la que persigue la suerte, como bien se pudo ver en nuestro encuentro en Turín.

—¿Qué quieres decir con eso, Francesca?

Ella esbozó una sonrisa enigmática.

—¿Acaso crees que yo no tenía tantas ganas de estar contigo como tú conmigo? Me pasé toda la cena pensando en cómo explicarte que en casa tenía a un marido medio muerto, pero me faltó el valor para decírtelo sin rodeos. Tú tampoco me diste ocasión.

—¿Qué debería haber hecho?

—Esa pregunta ya no sirve de nada. Está pasado. Olvidado.

—Francesca puso los codos en la mesa y apoyó la barbilla sobre las manos entrelazadas—. Nos estamos desviando del tema. Por lo que parece, tenemos enemigos comunes, y quiero saber qué hay detrás de todo esto.

El camarero les sirvió el tercer *caffè latte*, y Gropius retomó la historia desde el principio, relató la muerte de Schlesinger, habló de la misteriosa caja de seguridad, del descubrimiento de que su propio médico jefe trabajaba con la mafia del tráfico de órganos y de la enigmática relación de todo ello con un informe cuyo contenido desconocía y que valía varios millones para aquella gente.

—Pero ¿qué papel juego yo en esta historia? —exclamó Francesca en aquella sala vacía y poco acogedora.

Gropius le lanzó una mirada tanteadora.

—La verdad es que no lo sé, pero a lo mejor tiene que ver con tu relación con De Luca y conmigo.

Francesca inspiró entonces con fuerza por la nariz y, en un tono cargado de reproche, dijo:

—Con De Luca no tenía ninguna relación. Realicé un encargo para él, nada más. Al *professore* sólo lo había visto dos veces en toda mi vida: la primera vez, cuando fui a recoger el estuche, y la segunda, cuando se lo devolví. Entre una y otra, hablamos en una ocasión por teléfono. Le dije que no se había presentado Schlesinger, sino otro hombre. Entonces me dijo que regresara a Turín. Eso fue todo.

—¿No tienes ni la menor idea de qué era lo que transportabas en el estuche de acero?

—Ni idea.

—¿Y si hubiese sido material radiactivo?

—¡No me asustes! Nunca había pensado en eso.

—¿Qué clase de persona era ese *professore* De Luca?

Francesca lo pensó un momento y luego respondió:

—Era tal y como se imagina uno a un investigador que va tras la pista de los últimos secretos de la física. Bajito, rollizo, con un cráneo esférico y una corona de cabello ralo, impecablemente vestido, despistado y como en otro mundo. Su aspecto era el de una persona simpática, casi encantadora.

—¿En qué trabajaba ese encantador *professore*?

—Su nombre aparecía de vez en cuando en los periódicos. Creo que tenía buena reputación como investigador genético. Nunca me interesé más por su profesión.

Gropius reflexionó. Aquello no parecía tener ningún sentido. Sin embargo, entre todo lo que había sucedido en el transcurso de las últimas semanas, ¿qué era lo que tenía sentido? En su cabeza reinaba el caos. Aunque no sólo en su cabeza, también sus sentimientos se habían vuelto locos. Había pasado la noche con Felicia y se sentía atraído por ella, pero un breve encuentro con Francesca a primera hora de la mañana en una apestosa pizzería de la periferia había bastado para hacer tambalear sus sentimientos. Francesca lo atraía como un imán, con una fuerza invisible que no había forma de dominar. Incluso de luto estaba más sexy que todas las mujeres que Gropius conocía. «Tienes que quitarte a esta mujer de la cabeza —se dijo—. En realidad, sólo quieres acostarte con ella, y tu vida ya es bastante complicada tal y como está. Además —pensó con un asomo de sentido del humor—, a lo mejor es un muermo. ¡Déjalo ya!»

—¿Por qué has venido? ¿Tienes otro encargo de Vigilanza? —quiso saber.

—No —contestó Francesca, sucinta. Su respuesta sonó ofendida—. He venido para informarte de mis circunstancias personales. Tenías que saber que Constantino ha muerto. Quiero decir que eso lo cambia todo.

Gropius parecía molesto. Comprendía lo que quería decirle, pero en ese instante se sentía sobrepasado.

—Creo que deberías volver a Turín —dijo con cuidado, y con la esperanza de no herirla.

Francesca llevaba escrita la decepción en la cara.

—Si eso es lo que crees —repuso, a media voz.

—Entiéndeme... —empezó a decir él.

Francesca lo interrumpió:

—¡Ya te he entendido!

Se bebió el café y se levantó.

—De todas formas, te deseo lo mejor. Buena suerte.

Gropius vio que a la mujer se le humedecían los ojos al darle un fugaz beso en la mejilla. Después salió del restaurante.

El entierro del gigante de la construcción Thomas Bertram fue un gran acontecimiento. Todos los periódicos habían informado del escándalo del trasplante, y Breddin había apuntado a la sospecha de que el caso Bertram sólo fuera la punta del iceberg y que a lo mejor más pacientes habían perdido la vida a causa de trasplantes de órganos ilegales.

En vida, por lo visto, Bertram se había regodeado en su riqueza y, puesto que el dinero —como todo el mundo sabía—

ejercía una fuerza mágica de atracción, y puesto que, además, él era generoso, no había podido quejarse de que le faltara compañía. Las invitaciones de sus fiestas de Acción de Gracias en su casa de campo de Kitzbühel eran codiciadas como entradas a la ceremonia de los Oscar, y siempre daban carnaza a los periodistas de sociedad.

Su mujer, Kira, una sudafricana de modales impecables de la que nadie sabía cómo había acabado casada con él, era al menos veinte años más joven que Bertram y, la verdad, tenía mucha mejor presencia que él. También bebía mucha menos ginebra que su marido, para lo que no hacía falta mucho, ya que Bertram siempre iba pegado a una botella.

Por ese y por otros motivos que la decencia impedía contar acerca de un muerto (sólo decir que Bertram, para regocijo de la prensa sensacionalista, llevaba un matrimonio muy abierto) no habían tenido hijos. Y así fue que, en esa mañana de principios de primavera, soleada pero fría, ante la tumba abierta había cuatro viudas imponentes dando rienda suelta a las lágrimas, cubiertas de velos y con vestidos negros de conocidos diseñadores. Todo ello dejó bastante desconcertado al cura que leyó las palabras que le habían apuntado en una hoja que no dejaba de toquetear. El hombre no sabía a cuál de las cuatro posibles viudas tenía que mirar al velado semblante para transmitirle su consuelo.

Un par de equipos de televisión y un puñado de reporteros de prensa se peleaban por la mejor vista. El sacerdote habló del reino de los cielos, momento en el cual su voz se pareció espantosamente a la del político Erich Honecker. En los árboles nudosos y pelados, que le quitaban al cementerio de Perlacher Forst parte de la tristeza que envolvía a los cementerios corrientes, se posaban unas cornejas que interrumpían a intervalos irregulares el discurso del cura.

Debieron de ser unos doscientos asistentes, la mayoría curiosos y plañideros profesionales, los que se congregaron alrededor de la tumba abierta estirando los cuellos. A cierta distancia, Wolf Ingram, el director de la comisión especial Schlesinger, aguardaba tras un árbol.

A Ingram no le disgustaba asistir a entierros a causa de su profesión. No es que, como en las malas películas, hubiese esperado encontrar al asesino junto a la tumba de la víctima, pero solía decir que, de algún modo, se lo olía. En cuanto a su olfato, en esa ocasión, Ingram quedó decepcionado: a pesar de que contempló a cada uno de los asistentes todo lo que pudo desde la distancia, no vio ningún rostro que contribuyera a la aclaración del caso.

Al cabo de una media hora y de las oraciones habituales, que —sabrá Dios por qué— terminaban siempre con las estereotipadas palabras de «por los siglos de los siglos», la triste concurrencia, el cura y los periodistas se dispersaron; estos últimos a paso ligero, los demás con lento andar. Se hizo el silencio. Sobre los altos muros de una penitenciaría cercana se oían de vez en cuando órdenes incomprensibles.

Ingram miró con interés los ramos y las coronas que bordeaban la tumba, y también las cintas estampadas en dorado, en las que asociados y colaboradores, familiares y amigos, así como diversas damas, le enviaban un último adiós al difunto. Con intención de anotar los nombres, sacó un bloc de notas de la cartera y entonces oyó una voz tras de sí:

—Vaya, ¿siempre de servicio? ¡Qué eficiente!

Ingram se volvió.

—Es usted la última persona a la que esperaba encontrar aquí, señor fiscal. ¿El buen tiempo lo ha sacado de su triste escritorio?

Markus Renner lo miró con reservas, para lo cual, puesto que el arte de la actuación no se contaba entre sus virtudes, se ayudó del brillo de los cristales de sus gafas.

—¿Y a usted? —repuso—. ¿Qué lo ha traído hasta aquí?

Ingram se encogió de hombros.

—En Baviera solemos decir que es buen cadáver el que recibe a una gran concurrencia en su entierro.

Aludía con eso al hecho de que el fiscal procedía del norte de Alemania, donde las expresiones bávaras solían recibirse con una gran incomprensión.

—Sí, ¿y qué? ¿Ha visto usted algo que pueda ayudarnos a avanzar? —insistió Markus Renner.

—Sinceramente, no, señor fiscal. Ahora iba a anotar los nombres de las coronas. Nunca se sabe...

En ese momento, Renner agarró al comisario de la manga y lo arrastró hacia la derecha de la tumba, donde había un montón de coronas apiladas. Se inclinó y alisó con la mano una cinta de color lila que estaba atada a una corona de flores tropicales. Unas letras doradas formaban las siguientes palabras: «REQUIESCAT IN PACE - IND.»

—¿Qué me dice ahora? —preguntó Renner con aquella arrogancia que lo hacía tan antipático. Y en ese mismo tono añadió—: ¡Descubrir esto tendría que haber sido trabajo suyo!

«Ya lo sé —habría querido contestar Ingram—. Por eso estoy aquí y me disponía a anotar todas las inscripciones de las cintas.» Sin embargo, no vio por qué tenía que justificarse ante aquel joven tarugo tan exageradamente solícito. Pasó por alto el comentario y repuso:

—Hay que joderse...

Renner no aflojó.

—¿Sabe qué significa? Sabrá usted latín.

—Si supiera latín —espetó Ingram—, no tendría que merodear en entierros de desconocidos. Estaría calentando varias sillas con mis posaderas arrugadas en algún ministerio.

—Quiere decir «descanse en paz» —contestó Renner sin hacer caso del comentario—. ¡Qué cinismo, querido Ingram!

Ingram arrugó la frente.

—En primer lugar, no soy su querido Ingram, señor fiscal, y en segundo lugar, todos los asesinatos son cínicos.

Por lo menos en eso, Renner le dio la razón, asintiendo con la cabeza. Mientras Ingram se ocupaba de despegar la cinta con la «cínica» inscripción, Renner comentó:

—Tiene que descubrir cuanto antes dónde fue encargada la corona con esa cinta.

Ingram se guardó la cinta y se enderezó.

—¿Por qué cree usted que he desmontado esta cosa? ¡Muchas gracias por el consejo!

No se soportaban, y puesto que era de temer que cualquier enfrentamiento acabara llegando a las manos, Renner prefirió despedirse sucintamente:

—Que tenga un buen día.

En ese mismo instante sonó el teléfono móvil de Ingram.

—¿Sí? —El director de la comisión especial escuchó lo que su compañero tenía que contarle—. ¡No puede ser! —repuso después, a media voz, y guardó el teléfono en su bolsa.

—¡Señor fiscal! —exclamó Ingram varias veces a un volumen tal que su voz resonó por todo el cementerio.

Renner se volvió e Ingram le hizo una señal para comunicarle que tenía algo importante que decirle.

—A lo mejor le interesa —dijo cuando alcanzó a Renner—. Acaban de informarme por teléfono de que en el centro de trasplantes de la Universidad de Kiel ha muerto un paciente después de un trasplante de corazón. Según el resultado de la autopsia, la muerte se produjo por contaminación del órgano del donante con Clorfenvinfos.

CAPÍTULO 11

Francesca Colella, abatida, regresó a su hotel, cerca de la estación central. Se llamaba Richard Wagner, y el compositor se habría revuelto en su tumba si sus oídos hubiesen escuchado que aquella casa llevaba su nombre: era un típico hotel de representantes en mitad de la ciudad, con habitaciones pequeñas y ajustadas al precio y un aparcamiento adyacente. Francesca ya había pasado dos días allí esperando a Gropius, y ahora eso...

Estaba muy decepcionada. Había esperado que la noticia de que ya no estaba ligada a nadie despertase en Gropius la pasión que le había demostrado en Turín antes de que ella lo enfrentara a la cruda realidad. Desde aquel día no había dejado de pensar en él, y su afecto había crecido por momentos. Ya no recordaba cuándo se había acostado con su marido por última vez, sólo sabía que hacía mucho, demasiado, y que quería ponerle fin cuanto antes a aquel ascetismo que le había impuesto el destino. Gropius le había gustado desde el principio: era un hombre atractivo cuya sinceridad le había resultado muy atrayente. Le había costado mucho contener sus sentimientos. Sin embargo, después de la tensión de las últimas horas, que habían terminado en una acerba decepción, ya no lograba dominarse. Confrontada a la desolación de la habitación de aquel hotel de tercera, se tiró a la cama, la emprendió a puñetazos con la almohada y lloró desconsoladamente.

Las lágrimas siempre tienen algo liberador y, tras una orgía de llanto que sin duda debió de durar una buena media hora, Francesca se levantó, se arrastró hasta el cuarto de baño y se humedeció la cara con agua helada. Le sentó bien. Después se acomodó las gafas y fue frente al espejo del armario para mirarse de la cabeza a los pies.

«¿De verdad eres tan poco atractiva que ya no consigues ligarte a un hombre?», se dijo. ¿Acaso la actitud de rechazo que había mantenido desde el accidente de Constantino había cambiado tanto su aspecto que la consideraban una sabelotodo? Por Dios, se había sentido comprometida con Constantino y había aceptado su carga, pero ahora que estaba muerto lo único que quería era olvidar. Tenía derecho a una nueva vida, al sexo, al amor.

Mientras se desnudaba ante el espejo, pensó que Gropius era precisamente el hombre al que se habría entregado con cariño, por lo que su rechazo la había ofendido muchísimo. Se contempló con mirada crítica.

—Para tu edad —empezó a hablarle a la imagen del espejo—, te conservas bastante bien. Al menos no tienes nada que temer de competidoras más jóvenes. Tienes un pelo fuerte, los pechos turgentes y no tan enclenques como la mayoría de las jovencitas, la cintura te mide sesenta. Maldita sea, pero ¿qué más quiere ese hombre?

Francesca se preparó un baño y, mientras escuchaba los susurros del agua y estiraba las extremidades con placer en la tibieza de la bañera, tomó una decisión: quería saberlo, quería saber si era capaz de ligarse a un hombre, o como quisiera que se dijera cuando era sólo cuestión de una noche, y luego ya vería. Así se vengaría de Gropius. Esta vez sería ella la que pondría las condiciones. Esa idea la excitó.

Debió de quedarse dormida en la bañera, pues, al volver en sí tras divagar un rato, el agua estaba fría y ella estaba temblando. Se frotó el cuerpo con una toalla que llevaba bordado un retrato de Wagner hasta que su piel adoptó un tono rojizo, se secó el pelo con el secador y se maquilló —sombra de ojos y pintalabios— un poco más de lo que acostumbraba. Ante el espejo del armario se puso unas medias negras sin liguero y se enfundó una estrecha falda negra, después, sin nada más debajo, se puso la misma cazadora verde de piel que, como bien recordaba, había dejado a Gropius sin aliento en Turín. Sus zapatos de tacón alto parecían diseñados especialmente para aquel conjunto.

Por la noche le preguntó al recepcionista, que, al igual que el hotel, ya había dejado atrás su mejor época, dónde podía ir una mujer sola. El hombre la informó —correctamente, como ella misma comprobaría más tarde— de que en el bar del hotel Bayerischen Hof no tendría nada que temer.

Dicho y hecho: poco después de las nueve, Francesca llegó al establecimiento de la planta baja del hotel con pequeñas mesas para cuatro y una pista de baile. La música no estaba mal. Francesca se sentó en un taburete de la barra, pidió un martini agitado, no revuelto, como había oído en las películas de James Bond, y buscó con mirada aburrida a una posible víctima.

En el local aún no había mucha actividad. Una sola pareja bailaba con abnegación, muy pegados, sin prestar atención a la música. Había más de cinco mesas desocupadas, y el barman se alegró de tener al menos una cliente con la que poder conversar. Media hora después, cuando todos los temas de conversación que surgen en una barra de bar —el tiempo, el trabajo, el fútbol y los coches— se hubieron agotado sin que apareciera ningún otro cliente que se uniera a la conversación, Francesca pagó la cuenta y se dispuso a marcharse. Justo entonces se le acercó un hombre de mediana edad que había estado sentado en un rincón con aire meditabundo. Era bajo, con el pelo oscuro y algo largo. Tenía la tez clara, y su traje negro la realzaba aún más.

—¿Ya se va? —preguntó el hombre con una voz sorprendentemente oscura y en inglés, aunque con un fuerte acento que delataba que no era británico.

—Aquí no hay mucho que hacer —repuso Francesca—. A lo mejor me paso otra vez más tarde.

El hombre del traje oscuro desplegó su afabilidad. Con un ademán persuasivo, comentó:

—De haber aprendido a bailar, ahora sería para nosotros un placer extraordinario pedirle un baile. Sólo podemos expresarle nuestro pesar. Me llamo Ramón.

Francesca no pudo evitar reír. Su forma de hablar resultaba ceremoniosa y torpe.

—¿Es español? —preguntó.

—No, catalán. ¡Que es diferente! —respondió Ramón—. ¿Y usted?

—Italiana.

—¿De Milán?

—¿Qué le ha hecho pensar eso?

—Las italianas más hermosas están en Milán. Aúnan el encanto del sur con la elegancia del norte. ¡Como usted, *senyoreta*! —Lo dijo sin dejar de mirarle los pechos.

—Soy de Turín —repuso Francesca con una sonrisa—. Allí no tenemos ni encanto ni elegancia. Por desgracia, no hablo español. Casi ningún italiano habla su idioma.

—Lo sabemos, tampoco hay muchos españoles con conocimientos de italiano.

Sin darse cuenta, Francesca y el español pasaron a conversar de pronto en alemán.

—¿Podría invitársela a una copa de champán? —preguntó Ramón con cortesía.

El español no era precisamente la clase de hombre del que una mujer esperara ser cortejada con pasión, pero resultaba simpático y solícito, y Francesca no vio motivo para rechazar la invitación.

—Me llamo Francesca —dijo mientras brindaban.

—Lo sabemos —repuso Ramón, forzando un guiño.

Francesca no supo cómo interpretar aquella contestación ni tampoco el guiño, pero prefirió pasarlo por alto.

El bar se fue llenando poco a poco, pero, si seguía buscando con la mirada al lobo solitario al que estaba dispuesta a entregarse, se vio decepcionada. Sólo había parejitas o mujeres solas que esperaban, igual que ella, al príncipe azul.

Entre las cualidades poco habituales de Francesca se contaba la de poder asimilar grandes cantidades de alcohol sin emborracharse. Ramón, no obstante, tras haber tomado varias copas en el transcurso de su conversación trivial, empezó a colmarla de cumplidos indecentes. Le susurró, con una mirada extasiada como la de un anacoreta, que era pecaminosa como María Magdalena y bella como la Virgen de Rafael, y que por ella cometería el pecado que hiciese falta.

Francesca detestaba las vulgaridades, por eso detestó a Ramón, que la devoraba con los ojos sin acercarse ni siquiera un centímetro a ella. Francesca se enfadó y, enfurecida con el lujurioso español que se le había pegado, espetó:

—¡Ramón, habla usted como si fuese cura!

Como un niño al que han sorprendido comiendo golosinas, Ramón bajó la mirada y, con la cabeza hacia un lado y pronunciando con dificultad, repuso:

—Y con razón: lo soy.

—¿Es usted...? —Francesca, insegura, miró a ambos lados. Después miró a Ramón con ojo crítico.

La piel pálida, el traje negro y la voz llena de unción: sin duda, debería haberse percatado desde el principio.

—A todos nos llega la tentación. Incluso a un ungido.

Entrelazó las manos al hablar, y Francesca empezó a temer que se pusiera a dedicarle al cielo en voz alta una oración indecente para que el Todopoderoso lo librara de las garras de aquella mujer pecaminosa, pero ocurrió algo muy distinto.

—Niña —susurró, respirando con dificultad—, ¿qué pretendes conseguir con ese tal Gropius? No es hombre para ti. Dinos, ¿qué quiere él de ti?

—¿Gropius? —Francesca estaba perpleja—. ¿Ha dicho Gropius?

Ramón se tapó la boca con la mano, como si quisiera impedir revelarle nada más. Sin embargo, el efecto del alcohol fue más fuerte.

—Hace ya tiempo que vamos tras él —dijo, esforzándose a todas luces por parecer sobrio.

—Pero ¿qué quiere usted de Gropius? ¿Qué le ha hecho?

—Eso ya lo sabrás, hermosa niña. Verás, Gropius tiene en su poder algo que no le pertenece. ¡Ese profesor Gropius está jugando con fuego! En cuanto a ti, niña: ¿dónde está la mercancía?

En cuestión de segundos, miles de ideas cruzaron por la mente de Francesca. ¿Qué mercancía? ¿Hablaba de drogas? Estaba claro que aquel tipo borracho y pegajoso que estaba sentado ante ella y le miraba fijamente los pechos con los ojos entornados estaba al corriente de los misteriosos sucesos tras cuya pista iba Gropius. ¿Tendría algo que ver incluso con la muerte de Constantino? Con una mezcla de espanto y repugnancia, Francesca miró al borracho que tenía delante excitándose con sus pechos.

«Tienes que mantener la cabeza fría», se dijo mientras le sonreía a Ramón. Aquélla era la oportunidad de ganarse a Gropius. Tenía que sacarle toda la información que pudiera a aquel enigmático pastor, si es que de verdad lo era. Haciendo uso de todas sus armas de mujer, tenía que enterarse de para quién trabajaba Ramón y qué era lo que buscaba. La oportunidad era muy favorable, y a lo mejor no volvería a presentarse.

Mientras Ramón se echaba al cuerpo otra copa de champán, Francesca se inclinó hacia él con la intención de ofrecerle al ansioso cura una visión más profunda de su escote. Entonces dijo sin rodeos:

—¿Se hospeda en el hotel?

—¿Por qué lo preguntas? —repuso Ramón, como si no hubiese entendido la insinuación de Francesca.

—Por nada. Podríamos ponernos más cómodos. Quiero decir... No quiero que me malinterprete, aquí hay mucho humo y la música podría ser mejor.

—Doscientos treinta y uno —le susurró él—. ¡Habitación doscientos treinta y uno!

Ramón asió el pie de su copa vacía con la mano derecha. Su rostro, que había adoptado un tono más oscuro, parecía a punto de estallar. Podía verse lo que le sucedía por dentro, seguramente estaba luchando contra la tentación del diablo. Al cabo de un momento, con teatralidad y con una expresión radiante, añadió:

—¡Cuando soy débil, soy fuerte!

Francesca lo miró sin comprender nada.

—¿Cómo dice?

—¡Lo escribió san Pablo apóstol en la segunda carta a los corintios!

—Un hombre listo. ¿A qué estamos esperando?

Ramón dejó una tarjeta de crédito sobre la barra.

—¡La cuenta! —le vociferó al barman.

Francesca dirigió una mirada disimulada al nombre grabado en la tarjeta: Ramón Rodríguez. Gropius había mencionado una vez el apellido Rodríguez. Estaba sobre la pista correcta.

—¿Dónde está la mercancía? —volvió a preguntar Ramón Rodríguez mientras subían el uno apoyado en el otro la amplia escalera de mármol que llevaba al vestíbulo del hotel.

—Ya hablaremos de eso más tarde —replicó Francesca con aplomo.

Por el momento, Ramón se dio por satisfecho. No sin esfuerzo, Francesca consiguió hacer subir al borracho hasta la puerta del hotel. Sin embargo, lo que sucedió después fue tan rápido y tan inesperado que más adelante sólo lo recordaría con vaguedad.

Cuando llegaron al vestíbulo, dos hombres vestidos de oscuro saltaron sobre ellos desde ambos lados, agarraron a Rodríguez de los brazos y lo sacaron a la calle por la puerta giratoria. El ataque se produjo sin alboroto y sin que nadie viera nada. Ramón tampoco ofreció ningún tipo de resistencia.

Al cabo de unos instantes en los que se quedó paralizada, Francesca comprendió lo que acababa de suceder y empezó a sentir miedo. Con cautela, mirando en todas direcciones, salió por la puerta giratoria y corrió hacia uno de los taxis que aguardaban a la entrada del hotel.

El trayecto desde el Bayerischen Hof al hotel Richard Wagner duró cinco temerosos minutos en los que Francesca, que se había sentado atrás, miró intranquila por el retrovisor para ver si la seguía algún coche. Al llegar, le puso un billete en la mano al taxista y le pidió que la acompañase hasta la entrada del hotel. El hombre, un tipo robusto de ascendencia mediterránea, habría realizado ese encargo por mucho menos dinero, de manera que estuvo más que contento de satisfacer a la hermosa dama.

Al contrario que en el distinguido hotel de lujo, el vestíbulo del Richard Wagner —o, mejor dicho, la zona de entrada— estaba desierto. Francesca tuvo que tocar una campanilla que había sobre el mostrador para que un anciano con barba saliera de una sala que había tras el tablón donde colgaban las llaves y le diera la suya.

Tuvo un mal presentimiento que intentó reprimir mientras subía en ascensor al tercer piso y recorría el frío pasillo del hotel. Francesca se había puesto en peligro conversando con Ramón Rodríguez. No le cabía duda de que su encuentro con el cura lujurioso había sido vigilado, y que lo habían interrumpido con la intención de cerrarle la boca al locuaz Rodríguez. La situación le parecía peligrosa porque los compañeros de Ramón debían de creer que la ebriedad lo habría hecho hablar más de la cuenta.

Al entrar en su habitación, lo primero que le llamó la atención fueron las puertas abiertas del armario. Las prendas estaban esparcidas por el suelo. Lo había sospechado. Sin entretenerse más, cerró la puerta y bajó corriendo la escalera, donde se tropezó con el recepcionista de noche.

—¿Ha preguntado alguien por mí? —increpó al anciano.

El hombre tardó un rato en recordar. Después respondió:

—No, señora, pero sí que ha habido una llamada. Un hombre ha preguntado si estaba usted en el hotel en ese momento, y cuando le he dicho que no, ha preguntado por el número de la habitación. Eso ha sido todo. ¿Ha sucedido algo?

Sin contestar, Francesca salió corriendo, cruzó la calle y se apresuró hacia una parada de taxis que había junto a la estación.

—¡A Grünwald! —jadeó sin aliento.

Poco después de la medianoche, el taxi se detuvo frente a la villa de Gropius. No se veía ninguna luz. ¿Qué haría si Gropius no estaba en casa? Con precaución, le pidió al taxista que esperara un poco, hasta que entrara en la casa.

Nada se movió tras llamar al timbre. Pasó un rato, Francesca no supo calcular cuánto. Desconcertada y sin darse cuenta de que el taxi seguía esperando, se sentó en los fríos escalones de la entrada y apoyó la frente en los antebrazos, que había reposado sobre las rodillas. Ya creía que no iba a suceder cuando de pronto se encendió una luz. Francesca alzó la cabeza y, en ese mismo instante, oyó la voz de Gropius en el interior de la casa. Parecía disgustado, lo cual no era de extrañar.

—¿Quién es?

Le hizo una seña al taxista para que se marchara y luego contestó:

—Soy yo, Francesca.

Se produjeron unos instantes de silencio, después Francesca oyó la llave en la cerradura. Apercibió ese ruido con alivio. Poco después se abrió la puerta, y Gropius apareció en el umbral.

—¿Te has vuelto loca? —increpó—. ¿Es que no sabes qué hora es? ¿Qué es todo esto? —Parecía que iba a cerrar otra vez, pero entonces vio que Francesca estaba temblando y la invitó a pasar con un gesto—. ¡Venga, pasa! —dijo con magnanimidad.

Lamentaría su arrogancia esa misma noche.

Francesca se sintió agradecida de poder entrar en la casa.

—Una vez mencionaste que un tal Rodríguez te había seguido en Berlín, después de nuestro primer encuentro —empezó a decir sin rodeos.

—Sí. ¿Qué pasa con Rodríguez?

—Que está aquí.

—¿Cómo sabes tú eso? ¡Si ni siquiera lo conoces!

—He estado tomando champán con él en un bar, me ha dicho que se llamaba Ramón y en su tarjeta de crédito ponía «Ramón Rodríguez».

—¿Ese tipo te ha estado rondando?

—¡El encuentro no ha sido precisamente casual! Rodríguez sabía quién era yo, y me ha dicho que no eras hombre para mí.

Gropius, que momentos antes estaba durmiendo, todavía no se había despertado del todo. Intentaba seguir la explicación de Francesca con mucho esfuerzo. La escrutó con la mirada. Llevaba puesto lo mismo que aquel día de Turín y estaba muy sexy. Sin embargo, borró de su memoria ese recuerdo repentino. Francesca parecía exhausta.

—Vamos por partes —dijo Gropius con fingida serenidad, y sentó a Francesca en un sillón de la sala—. Ese Rodríguez te ha asaltado en plena calle y te ha invitado a champán...

—En plena calle no —lo interrumpió Francesca—. Quería pasar una noche divertida y me he ido a un bar, el Bayerischen Hof. Allí me lo he encontrado de pronto ante mí. Debe de haberme seguido. Por suerte, no soporta mucho el alcohol y al cabo de poco ha empezado a decir cosas que seguro que se guarda para sí cuando está sobrio. Su profesión, por ejemplo...

—Eso no interesa.

—Es sacerdote.

—¿Qué? —Gropius miró a Francesca con incredulidad.

—No sólo tiene pinta de cura, sino que incluso cita la carta de san Pablo a los corintios cuando está borracho.

—¿Qué quería Rodríguez de ti? —La mirada de Gropius se detuvo un instante en el generoso escote de Francesca—. Me lo puedo imaginar.

—Sí, eso también. —Francesca sonrió con rubor—. Pero debe de haberme tomado por una traficante de drogas. Quería mercancía, y toda su pose da a entender que es adicto a la aguja.

—¿Cómo ha acabado la noche? —Gropius sonreía con desvergüenza.

Francesca captó su actitud despectiva, pero no hizo caso y prosiguió:

—De pronto dos hombres se han abalanzado sobre Rodríguez y se lo han llevado. No he visto dónde. Cuando he llegado a mi habitación, ésta estaba patas arriba. Gregor, tengo miedo. ¿Puedo dormir aquí?

—Por supuesto —murmuró Gropius, ausente.

Estaba reflexionando: ¿un sacerdote drogadicto que lo seguía desde hacía un tiempo, y no sólo a él, sino por lo visto también a Francesca, y que estaba interesado en que abandonara las investigaciones sobre la muerte de Schlesinger? Aquello no tenía sentido. Ya le parecía casi imposible que los asesinatos de Schlesinger, De Luca, Bertram, Constantino y el nuevo caso de Kiel los hubiese cometido la misma persona, ya que para cada asesinato había un motivo diferente. También seguía dándole vueltas a aquel maldito informe del que no sabía nada, ni qué contenía ni dónde lo había escondido Schlesinger.

Gropius sacudió la cabeza.

Se acercó a Francesca, la cogió de los brazos y, con voz insistente, le dijo:

—¿Qué más sabes de ese tal Rodríguez? Piensa. ¡El detalle más pequeño puede ser importante!

Francesca no lograba recordar el transcurso exacto de las últimas tres horas. El champán también le había hecho algún efecto. Tras pensar un rato, contestó:

—Tenía una forma curiosa de expresarse y siempre hablaba de sí mismo en plural, como si le diera miedo utilizar la primera persona.

—Muy curioso. ¡Sigue!

—Cuando nos íbamos, me ha dicho el número de su habitación: doscientos treinta y uno. Ha pagado con una VISA Oro. Por lo demás, no hacía más que atosigarme con tanto preguntar por la mercancía.

Gropius soltó a Francesca y volvió a sentarse.

—¿Y tú? —empezó a preguntar—. ¿Le has insinuado algo a Rodríguez?

—¿Qué te has creído? —exclamó Francesca, indignada—. No quiero decir que haya sido del todo tímida, pero era totalmente consciente de la situación en la que me encontraba. ¡No, no le he dicho a Rodríguez ni una sola palabra! Créeme.

Presa de la inquietud, Gropius se levantó y salió de la habitación. La cocina de la casa estaba junto a la entrada. Gropius no encendió la luz. Espió el exterior por la ventana de barrotes. Todos los coches que había aparcados en la calle eran conocidos, no vio nada sospechoso. Miró la hora: la una y pocos minutos. Regresó al salón, indeciso.

Francesca se había acomodado en el sofá.

—Disculpa —susurró a media voz—. Estoy agotada.

—Está bien —repuso Gropius, y desapareció.

Al regresar, llevaba una manta y un pijama bajo el brazo, pero Francesca ya se había quedado dormida.

—¡Eh, despierta! —exclamó Gropius con voz comedida—. ¡No puedes dormir en este armatoste! —Le quitó las gafas con cuidado.

Francesca abrió los ojos sólo un momento y se volvió hacia un lado con un gemido involuntario.

—Eh —repitió Gropius, y le acarició la mejilla—. Te he traído un pijama. ¡Póntelo! ¡Venga!

Cansada y con los ojos sólo medio abiertos, Francesca se enderezó y empezó a desnudarse sentada. Antes de que Gropius pudiera impedírselo, la vio desnuda y con los muslos abiertos ante sí, la cabeza inclinada hacia un lado, como dormida. Tenía un cuerpo impecable, bueno... Su cuerpo, los pechos turgentes, la delgada cintura y los muslos tersos... Todo un desafío.

Gropius sintió una erección y pensó por un momento si quería ceder a su deseo de entregarse a ella, pero luego dudó. Tal vez el cansancio de Francesca sólo era fingido. ¿Estaría aprovechando la situación para seducirlo?

«A lo mejor después lo lamentas», le dijo una voz interior; pero una segunda voz añadió: «O tal vez no.» En cualquier caso, Gropius cogió la parte de arriba del pijama, le pasó a Francesca las mangas por los brazos inertes y la abotonó. Después le puso los pantalones, la arropó y apagó la luz.

Estaba bastante trastornado cuando subió la escalera que llevaba a su dormitorio, en el piso de arriba.

A la mañana siguiente, Gropius no oyó que Francesca llevaba rato despierta. Él había dado vueltas en la cama sin poder dormir hasta muy entrada la madrugada mientras en su cabeza se debatían las imágenes de dos mujeres. Allí estaba Felicia, una mujer de belleza espectacular, segura de sí misma y, aun así, tierna. Por otro lado, Francesca, con un exterior frío, casi inaccesible, pero blanda como la cera con él. Cada centímetro de su piel era una invitación, incluso sus finos dedos y su estrecha nariz tenían algo excitante. Con ese pensamiento, por fin, se durmió cuando ya rayaba el alba.

Después de la ducha, Francesca se puso su ropa. Incluso sin maquillar era una mujer muy atractiva. Le costó un poco orientarse en la cocina de Gropius, pero consiguió poner en marcha la reluciente cafetera de cromo y la tostadora.

El olor del desayuno se extendía por toda la casa cuando el gong del timbre anunció una visita inesperada. Francesca abrió como si fuera lo más natural del mundo.

—¿Sí?

La mujer vestida con elegancia que aguardaba frente a la puerta pareció sorprenderse; más aún, daba la impresión de estar bastante desconcertada cuando dijo:

—¿Quién es usted, si no le importa que se lo pregunte?

Entonces Francesca comprendió en qué situación había puesto a Gropius, y en cuestión de segundos su naturalidad inicial se transformó en nerviosismo.

—Francesca Colella —dijo, y se abotonó el último botón de la cazadora—. ¿Y usted?

—Felicia Schlesinger —repuso la mujer, molesta—. De haber sabido que estaba usted aquí, no habría venido, naturalmente. ¿Dónde está Gregor?

—Me parece que sigue durmiendo —respondió Francesca, y en ese mismo instante cayó en la cuenta de que aquella contestación empeoraba aún más las cosas—. Quiero decir que... No es lo que está pensando. Gregor se lo explicará todo. ¿No quiere pasar?

—No, no es necesario. ¡Quizá en otra ocasión!

Felicia ya se iba cuando Gropius apareció en bata detrás de Francesca. La italiana lo miró en busca de ayuda, como disculpándose con la mirada.

—¿Felicia? —dijo Gropius, ya que no se le ocurrió nada mejor.

Pensó por un instante qué consecuencias tendría aquel encuentro inesperado.

—¡Ya veo que no me esperabas! —comentó Felicia con una sonrisa de superioridad.

—No —repuso Gropius, y se aclaró la garganta—. ¡Pero entra! Tenemos novedades.

Felicia aceptó la invitación con ciertas dudas y, puesto que creía haber sorprendido a Gropius, señaló:

—No me debes ninguna explicación, Gregor. —Aunque sus palabras sonaron como si quisiera decir todo lo contrario.

Mientras Gropius acompañaba a Felicia al interior, oyó a Francesca decir desde la puerta:

—Creo que será mejor que me vaya. ¡Me encontrarás en el hotel!

Gropius quiso detenerla, pero cuando llegó a la puerta ya se había marchado.

—Bueno, ¿qué novedades tenemos? —preguntó Felicia con mordacidad.

Gropius le explicó entonces lo de Rodríguez y el extraño encuentro con Francesca, y que cada vez estaba más convencido de que, tras las incongruencias que rodeaban la muerte de Schlesinger, se escondía algo más que el despreciable negocio de la mafia del tráfico de órganos; que a lo mejor Schlesinger no había sido asesinado por intervención de Fichte; que su muerte podía tener un trasfondo muy distinto.

—¿Quién era ésa? —preguntó Felicia, después de haberlo escuchado sin inmutarse.

Parecía interesarle más el encuentro con Francesca que el asesinato de su marido. Desde que sabía de la doble vida de Schlesinger y de su relación con la joven israelí, se esforzaba por borrarlo de su memoria.

—¡No ha pasado nada! —le aseguró Gropius—. Francesca se ha encontrado con que le habían registrado la habitación del hotel. Tenía miedo.

—¡Y muerta de miedo ha venido a verte y te ha preguntado si podía dormir contigo!

—En mi casa, Felicia, en mi casa. ¡Hay una gran diferencia!

—¡Puf!... —Felicia soltó aire como diciendo: «¡Eso no hay quien se lo crea!» Al cabo de un instante, con evidente desprecio, dijo—: Si no me hubiese presentado por casualidad, nunca me habría enterado. ¡Joder, los hombres sois todos iguales! —Se levantó y, mientras se iba, añadió—: Pensaba que tú eras diferente, pero ya veo que estaba equivocada. Qué pena. Gracias, ya sé salir yo sola.

Gropius sintió el portazo como una bofetada. Se frotó la

mejilla, confuso. Felicia era una mujer orgullosa, una característica que él apreciaba mucho en las mujeres; sin embargo, el orgullo es un don peligroso. La mayoría de las relaciones se rompen a causa del orgullo herido.

Por su cabeza pasaron retazos de lo sucedido en las bonitas horas que habían pasado juntos. No obstante, ya aparecían sentimientos contradictorios. ¿Era Felicia sólo una mujer de paso? ¿O sería esa discusión sólo una crisis como las que se dan en todas las relaciones? Fuera como fuese, sentía que lo había tratado injustamente y, si había algo que no podía soportar, eso era la injusticia. En un arrebato de cinismo, Gropius rió para sus adentros porque no pudo evitar pensar en el viejo dicho: afortunado en el juego, desgraciado en amores. No, en cuestiones de amor no había tenido mucha suerte en la vida, así que pensó que ya iba siendo hora de buscar fortuna en el juego.

A su acritud se añadieron extrañas ideas sobre aquel Rodríguez del que le había hablado Francesca. Gropius no sabía si era muy inteligente lo que pensaba hacer, pero tomó la decisión de conseguir hablar con aquel cura cachondo.

Conocía al gerente del Bayerischen Hof de la pista de golf, un tal Bob Kusch. No es que fuesen amigos, pero se veían de vez en cuando y se llamaban por el nombre de pila, como suele hacerse en el *green*.

A regañadientes, Bob accedió a darle a Gropius la dirección con la que Rodríguez se había inscrito en el hotel, con el comentario añadido de que perdería su trabajo si alguien se enteraba. Gropius le juró silencio por todo lo sagrado. Ya en su despacho, Kusch realizó una búsqueda en el ordenador portátil que tenía sobre el escritorio. Sin decir palabra, dirigió la pantalla hacia Gregor, y Gropius anotó en un papel: «Ramón Rodríguez, calle Torns, 57, Barcelona.»

Gropius enarcó las cejas, desconcertado.

—La habitación fue pagada con una tarjeta de crédito de empresa, por cierto —comentó Kusch.

—¿Cómo? ¿Es que Rodríguez ya no está aquí?

Kusch volvió a teclear en su portátil y, tras echar un vistazo a la pantalla, respondió:

—El señor Rodríguez dejó el hotel esta pasada noche, a las dos y diez. Su cuenta se pagó con una tarjeta de crédito válida. No hay nada más que sea interesante.

—Bob —empezó a decir Gropius, exaltado—, ¿no le parece extraño que un cliente se marche del hotel en plena noche?

Kusch puso cara de póquer.

—Verá, Gregor, un gran hotel alberga a mucha gente extraña. Un hecho como éste es algo habitual. En cambio, me parece más extraño que este cliente, Rodríguez, tuviese reservada la habitación doscientos treinta y uno. Esa habitación no es precisamente de las mejores del hotel. A decir verdad, es más bien la peor. Está entre las dependencias del servicio y el montacargas, con vistas al patio interior. La asignamos muy pocas veces, o cuando hay sobreocupación.

Se veía que Gropius intentaba encontrarle el sentido a lo que acababa de oír.

—¿Qué explicación tiene para eso? —preguntó al cabo de un momento.

Bob Kusch se encogió de hombros y sonrió.

—Hay muchos motivos por los que los clientes se empeñan en una habitación en concreto. Algunos son supersticiosos e insisten en una serie numérica especial, o en que la suma de todos los números siempre dé un resultado especial que evoca recuerdos. Otros simplemente quieren pasar la noche siempre en la misma habitación del mismo hotel. Pero no sé si eso le interesa, Gregor.

—Por supuesto que sí —apuntó Gropius—. ¿Podría comprobar en el ordenador si ese tal Rodríguez de Barcelona ya había pasado más noches en esa misma habitación?

—¡Por supuesto, nada más fácil! —Kusch, con un gran dominio de su ordenador, lo cual dejaba a Gropius pasmado, hizo aparecer en la pantalla con un par de clics mágicos una lista de todos los clientes del hotel que habían ocupado la habitación doscientos treinta y uno en el último medio año—. ¡Pero que quede entre nosotros! —dijo una vez más, reiterando sus reservas iniciales.

Gropius alzó la mano derecha.

—Palabra de honor, Bob, ¡puede confiar en mí! —Gropius, nervioso, siguió línea a línea los resultados que aparecían en la pantalla.

—¡Pare! —Gropius no daba crédito a lo que veía. En la pantalla había aparecido un nombre: Sheba Yadin, calle Beit Lechem, Tel Aviv, Israel. Duración de la estancia: siete días.

—¿Qué sucede, Gregor? —A Kusch no le había pasado por alto que el rostro de Gropius había adoptado un mortecino tono grisáceo—. ¿No se encuentra bien, Gregor? ¡Diga algo!

—Estoy bien —tartamudeó Gropius, pero su entonación delataba muy claramente que el nombre de la pantalla lo había conmocionado.

—¿Acaso conoce ese nombre? —preguntó Kusch con cautela.

—No, bueno, sí. Aunque en realidad, no —balbuceó Gropius como un ladrón sorprendido en el acto.

Los enigmas que rodeaban a Rodríguez y a los hombres que había tras él acababan de alcanzar un nuevo punto culminante. No podía ser casualidad que el nombre de la amante de Schlesinger apareciera allí.

Kusch sacó una botella del armario empotrado, sirvió coñac en una copa abombada y se la tendió a Gropius.

—A mí no me va ni me viene —comentó mientras Gregor vaciaba la copa de un solo trago—, pero no tiene usted buen aspecto. ¿No quiere decirme qué sucede con esa señora? —Y dio unos golpecitos en la pantalla.

Gropius se sacó del bolsillo el papel en el que poco antes había anotado la dirección de Rodríguez. Con los ojos entornados, apuntó las señas de Sheba Yadin en la misma nota.

—Por favor, no se lo tome a mal —comentó sin levantar la mirada—, pero sería una historia demasiado larga y seguramente creería que estoy loco.

—¿Otra? —Kusch sostuvo la botella en alto ante Gropius, y éste asintió; después miró sin decir nada al frente, a un punto imaginario de la pared contraria.

A Kusch le habría gustado seguir preguntando, pero no quería parecer curioso. Desde el escándalo del hospital clínico, Gropius ya tenía bastante que soportar, y apenas se dejaba ver por el campo de golf.

Así pasaron unos minutos, hasta que Kusch se puso a tamborilear sin darse cuenta con los dedos sobre el escritorio.

—Disculpe, Bob —dijo Gropius, que tomó ese gesto como una señal—. Disculpe, pero ¿podría ver tal vez la habitación doscientos treinta y uno?

Kusch miró brevemente el reloj.

—No creo que la hayan arreglado aún.

—¡No importa! —repuso Gropius—. Al contrario.

—Muy bien, venga conmigo, Gregor.

El emplazamiento de la habitación 231 no era precisamente el mejor de todos, y, cuando llegaron, reinaba un gran revuelo. La camarera, una portuguesa de pelo oscuro, estaba haciendo la cama justo en aquellos momentos. Carlo, el electricista, estaba ocupado en el teléfono.

Kusch dirigió una mirada interrogante al pícaro electricista, y éste le explicó que el director de planta lo había llamado porque el teléfono estaba estropeado.

—¡Pues cámbielo! —gruñó Kusch a desgana.

Sin embargo, Carlo hizo un gesto negativo con la mano.

—No hará falta, jefe. Los daños ya están reparados. Un cablecito roto en el auricular. Si quiere saber mi opinión...

—¡Nadie se la ha pedido! —lo interrumpió el gerente del hotel.

Gropius agarró a Kusch del brazo como si quisiera detenerlo, y dirigiéndose al electricista, preguntó:

—¿Qué iba a decir?

Carlo miró a Gropius con recelo y después miró a Kusch como preguntándole si le daba permiso. Al no percibir una negativa, respondió:

—Si quieren saber mi opinión, alguien había instalado un micrófono oculto en el auricular. Yo sé cómo se hace. Al quitar el microespía, el operario ha cortado el cable. No logro explicarme la avería de ninguna otra forma. Ahora ya está todo limpio, jefe.

Bob Kusch intentó quitarle importancia al hecho y le dijo a Carlo:

—¡Pero eso no es más que una suposición! Quiero pedirle, por favor, que sea algo más cuidadoso con esas sospechas. Esto es un hotel de lujo, aquí no pasan esas cosas. Gracias, ya puede marcharse.

El electricista del hotel masculló algo incomprensible que sonó a algo parecido a: «¡Pues por eso mismo!» Cogió la caja de herramientas y desapareció.

Gregor se apoyó en la puerta de la habitación, turbado por ideas desordenadas. Le costaba muchísimo concentrarse. Con una lentitud eterna, su cerebro barajaba como un ordenador todas las posibilidades que ofrecía aquel nuevo descubrimiento. Podía ser que Schlesinger hubiera pasado una semana en Munich con Sheba, y que ambos hubiesen estado vigilados. Sus conversaciones debían de ser muy importantes para que alguien hubiera instalado un micrófono en la habitación de Sheba. Sin lugar a dudas, Rodríguez pertenecía a esa gente. ¿Por qué había quedado el micrófono instalado durante meses en la habitación, por qué había sido desmontado justo entonces por Rodríguez?... Gropius no tenía ninguna explicación.

—¡No tiene que tomarse muy en serio eso del micrófono! —dijo Kusch, devolviéndolo a la realidad—. Carlo es un manitas y no piensa más que en chismes electrónicos desde que se levanta hasta que se acuesta. En confianza: su sospecha de ese dispositivo de escucha es más bien inofensiva. Desde que, hace dos años, celebramos aquí una cumbre económica mundial y los agentes estadounidenses de la CIA y de la NSA lo pusieron todo patas arriba, Carlo ve espoletas retardadas en todos los jarrones y escuchas en todos los teléfonos. Gracias a Dios, hasta ahora todo ha resultado ser una equivocación. Espero haber podido ayudarlo, Gregor.

Con una presión suave pero persistente, sacó a Gropius de la habitación.

—Quería preguntarle otra cosa —dijo el profesor mientras bajaban en el ascensor—. ¿Su ordenador archiva todos los números de teléfono que se marcan desde las extensiones?

La respuesta de Kusch resultó titubeante, puesto que sospechaba que Gropius querría una lista de los números marcados desde la habitación 231 en determinados días.

—Escuche, Gregor —le dijo, regresando ya a su despacho—, me está poniendo usted en una situación muy comprometida. Si alguien llegara a saberlo...

—Soy consciente de ello —dijo Gropius cuando Kusch cerró la puerta del despacho—. Podría usted preparar el ordenador y salir un minuto de la sala. De todo lo que suceda entonces no tendrá usted ninguna responsabilidad.

—No está mal —contestó Kusch con aprobación, y dispuso el portátil con un par de tecleos rápidos—. Por desgracia, su sofisticada sugerencia no puede llevarse a cabo —comentó entonces—, las conferencias telefónicas quedan grabadas sólo durante dos meses; después, el ordenador las elimina automáticamente. ¡Mire, Gregor!

Gropius echó un vistazo a la pantalla, donde relucían el número 231 y el nombre de Sheba Yadin. Debajo resplandecía la siguiente línea: «Datos eliminados.»

—Tengo una última pregunta —señaló Gropius, defraudado—, la última de todas, de verdad. Ha dicho usted que la cuenta de Rodríguez ha sido pagada esta noche, y no por él en persona. ¿Quién la ha pagado?

Tras mirar la pantalla, Kusch respondió:

—Una tarjeta de crédito de una empresa llamada IND, S. A.

—¿IND? —repitió Gropius—. No lo había oído nunca.

CAPÍTULO 12

En el avión hacia Tel Aviv, Gropius tenía presente la imagen de Sheba Yadin. Nunca había visto a Sheba, ni siquiera tenía una fotografía suya, pero, en un congreso en Tel Aviv al que había asistido con Veronique algunos años atrás, los ojos oscuros de las israelíes se le habían grabado en la memoria. Sheba, de eso estaba seguro, era una figura clave de toda aquella conjura. Ella sabía cómo había conseguido Schlesinger los diez millones, y seguramente sabría mucho más. Tenía que encontrarla.

El viaje hacia la primavera, que ya hacía tiempo que había llegado al Mediterráneo oriental, no le resultó inoportuno. Tal vez podría olvidar durante un par de días la frustración que se había apoderado de él, y también el miedo, que era su constante compañero desde hacía meses. Desde el desafortunado encuentro con Francesca, Felicia había preferido castigarlo con un silencio gélido, y la italiana, después del ataque en la habitación de su hotel, había partido de forma precipitada.

Tras un vuelo de cuatro horas bajo un cielo de un azul intenso, el avión de El Al aterrizó en el aeropuerto Ben Gurión. Un taxista callado lo llevó en veinte minutos a la calle Hayarkon, donde se encontraban la mayoría de los hoteles de la ciudad. Gropius había reservado una habitación en el Dan Tel Aviv, con una vista espectacular sobre el mar y la playa, donde ya retozaban los primeros bañistas. Mientras dejaba pasear la mirada desde el balcón hasta donde se fundían la claridad y la oscuridad del cielo y del mar, inspiró hondo el tibio aire de la primavera.

A la mañana siguiente se dispuso a buscar a Sheba Yadin. La calle Beit Lechem no se encontraba en un barrio muy distinguido. Llamaban la atención los numerosos timbres y cartelitos con nombres de cada edificio de viviendas, la mayoría de los cuales Gropius no era capaz de leer. Encontró a un joven *hasid* con barba, vestido de negro y con una kipá en la cabeza, que hablaba inglés y se mostró poco comunicativo al principio, pero después estuvo dispuesto a acompañarlo a la dirección indicada.

En el tercer piso de un gran edificio de apartamentos de alquiler, el *hasid* tocó al timbre de la puerta de en medio de las tres que había y se despidió con un educado «*shalom*».

Abrió la puerta una mujer de mediana edad, con una melena larga y oscura que llevaba recogida en un moño en la nuca. Miró al extraño con desconfianza, de arriba abajo. Cuando Gropius le dijo su nombre y le explicó en un inglés tosco que estaba buscando a Sheba Yadin, los rasgos de la mujer se relajaron un poco.

—¿Es usted alemán? —preguntó—. Parece alemán.

Gropius, estupefacto, se dio cuenta de que la mujer le estaba hablando en su idioma.

—Sí —respondió, y añadió otra pregunta—: ¿Habla usted alemán?

—Mi padre era de Alemania —repuso la mujer con crudeza—, pero no hay que hablar de eso. ¿Es amigo de Schlesinger?

Gropius se sobresaltó. ¿Cómo debía reaccionar?

—¿Sabe que Schlesinger está muerto?

—Lo sé —respondió ella—. ¿No quiere pasar?

—¿Es usted...? —empezó a preguntar Gropius mientras entraba en una sala fría, apenas amueblada, con suelos de piedra.

—... la madre de Sheba —terminó de decir la mujer, y asintió—. ¿Qué quiere de Sheba, señor...?

—¡Gropius! No sé si sabrá usted que su hija tenía una, bueno, una relación con Schlesinger.

—¡Siempre estuve en contra de eso! —le aseguró la señora Yadin, exaltada—. Pero la chica no escucha nada de lo que le dice su madre. Desde que murió el padre de Sheba, hace lo que le da la gana. Ahora, la cosa se ha solucionado, supongo.

—¿Sheba sigue viviendo aquí, con usted? —preguntó Gropius.

—Viene muy poco a casa. Desde que ha sabido de la muerte de Schlesinger está por los suelos. Al principio llegó a darle vueltas a la idea de dejar su profesión porque recordaba todos los días a ese Schlesinger.

—¿Su hija es arqueóloga?

—Y por lo visto muy buena. Hasta que conoció a Schlesinger. Desde entonces sólo ha tenido a ese hombre en la cabeza.

Si quiere saber lo que pienso, señor Gropius, no me da especial lástima que Schlesinger haya muerto.

—¿Lo conocía?

—No, nunca lo vi, aunque parece que incluso quería casarse con Sheba.

—¡Pero si Schlesinger estaba casado!

—Eso ya lo sé, pero quería separarse. O eso decía Sheba.

—¿Dónde se encuentra Sheba en estos momentos?

—En algún lugar del desierto, cerca de Beersheva, a más de cien kilómetros al sur de aquí. Un lugar horrible al borde del Néguev, pero una ciudad con mucha historia. Está allí excavando con un arqueólogo francés, Contreau, o algo por el estilo.

—¿Contenau, tal vez? ¿Pierre Contenau?

—Sí, creo que se llama así. ¿Lo conoce?

—He oído hablar de él. Creo que ha descubierto una ciudad israelí de tres mil años de antigüedad.

—Yo no sé para qué sirve todo eso, pero a Sheba le divierte mucho andar cavando en la tierra. Bueno, no tengo nada en contra, siempre que le paguen por ello. ¿A qué se dedica usted, señor Gropius?

Esforzándose por quitarle importancia a su profesión, respondió:

—Me ocupo de que la gente esté sana.

—Ah, ¿es usted médico? ¿Con una consulta y todo?

—Sí —contestó él, apocado.

—¿Por qué busca a Sheba, doctor Gropius? ¿No estará enferma?

—¡Claro que no! —Gregor intentó tranquilizar a aquella mujer tan temperamental—. Es sólo que soy un amigo de la familia, y la muerte de Schlesinger ha dejado un par de preguntas por resolver que sólo puede contestar su hija. No tiene de qué preocuparse.

La señora Yadin lo miró con escepticismo. «Seguramente eres un pésimo actor o un mal mentiroso —pensó Gropius—, o, lo que sería aún peor, las dos cosas a la vez.» La situación le resultaba embarazosa.

En el silencio que siguió, la mujer le planteó una repentina pregunta:

—¿Por eso ha volado de Alemania a Israel?

Gropius se encogió de hombros.

La señora Yadin, con curiosidad, comentó:

—¿De qué se trata? ¿A lo mejor yo podría ayudarlo, doctor Gropius?

—¡No, no lo creo! —le aseguró Gregor—. Se trata de un par de problemas profesionales sobre los que quizá Schlesinger habló con Sheba.

—¿Se refiere a las excavaciones de Jerusalén?

—Sí, a eso me refiero.

Entonces, el semblante abierto de la mujer se ensombreció de un momento a otro y dijo:

—Sí, en eso no puedo ayudarlo. Lo siento, y ahora, discúlpeme. —Se levantó con la intención de acompañar a Gropius a la puerta.

—Dicen que lo de Schlesinger no fue un accidente, sino un atentado con bomba —comentó Gropius, mientras se marchaba.

—La gente habla mucho —repuso la señora Yadin—. Ya sabe que los judíos somos grandes narradores de historias. En cualquier caso, yo no sé nada de eso.

Gropius señaló una fotografía que estaba en un marco plateado sobre un aparador de altura media.

—¿Es su hija Sheba?

—Sí —respondió la madre sin dar más detalles.

—Es muy guapa —prosiguió Gregor.

No lo dijo por cortesía. Sheba era una auténtica belleza. Tenía el pelo negro y largo. Sus ojos oscuros y sus altos pómulos le conferían un atractivo exótico que se veía realzado por un lunar en la mejilla izquierda.

Gropius se despidió, meditabundo.

Ya en la calle, caminó un rato hasta la parada de taxis más cercana, ante un hotel, dos calles más allá. El sol le caía en la cara, era agradable, y empezó a reflexionar. Su desconfianza ante la madre de Sheba era por lo menos tanta como el recelo con que la mujer lo había afrontado a él. Estaba claro que ella sabía mucho más sobre la relación entre Sheba y Schlesinger, aunque no hubiese llegado a conocerlo. Sin duda había un motivo por el que la conversación había quedado interrumpida tan repentinamente al mencionar el extraño accidente. Por lo menos, Gropius ya sabía dónde encontrar a Sheba, así que decidió viajar a Beersheva ese mismo día.

En el hotel, Gropius alquiló un Chrysler blanco con aire acondicionado y se dirigió camino al sur por la A1, que unía Tel Aviv con Jerusalén, torció por la A4 en dirección a Gaza y treinta kilómetros después llegó a la carretera nacional 40, que se extendía desde allí por el paisaje estepario, interrumpido de vez en cuando por un verde exuberante. A unos veinte kilómetros de Beersheva, el paisaje pasaba a ser el del desierto kárstico del

Néguev, donde el ocre y el marrón dominaban la vista allí donde no había gigantescos dispositivos de riego que transformaran el desierto en un paraíso.

Era jueves, y Beersheva estaba abarrotado de gente, pues ese día siempre había mercadillo beduino y el ilustre acontecimiento atraía a personas de todo Israel. En el casco antiguo, que fue trazado hace un siglo por ingenieros alemanes partiendo de cero y, por ello, era un tablero de ajedrez de calles rectas que se entrecruzaban, Gropius logró encontrar una habitación libre en un hotel con el nombre de Hanegev, no muy lejos del museo de la calle Ha'atzmaut, alojado en una antigua mezquita turca.

El portero era un judío ucraniano llamado Vladimir que le explicaba a todo cliente nuevo en su propio idioma, mezcla de yiddish, ruso e inglés, que en su ciudad natal de Sebastopol había sido director teatral. Ese empleado culto y académico, pues, le dijo a Gropius que Pierre Contenau se encontraba con su equipo al norte de la ciudad, a un par de kilómetros, en Tell Beersheva; en todo caso, allí lo encontraría a partir del día siguiente. Se miró el reloj y, alzando el dedo índice, anunció que el profesor detenía su trabajo al mediodía, a causa del calor.

A la mañana siguiente, Gregor Gropius se levantó temprano. No le costó mucho, puesto que el hotel era muy ruidoso, y la ciudad, por lo visto, se ponía en marcha con los primeros rayos de sol. El desayuno era frugal, según la costumbre del lugar, y consistía sobre todo en pescado, queso quark y queso fresco, pero el pan blanco y esponjoso estaba delicioso.

Con un incesante torrente de palabras y gesticulando con los brazos, el recepcionista de pasado teatral le indicó el camino hacia Tell Beersheva, al este por la carretera general 60, en dirección a Hebrón.

Cuando Gropius llegó a la gran extensión de colinas atravesadas por viejas murallas y canales y aparcó el coche junto a una calle polvorienta y sin asfaltar, el sol aún estaba bajo y las sombras se alargaban sobre las excavaciones. Había un cartel que indicaba hacia un pequeño museo y una cabaña de madera que se alzaba sin motivo aparente en el paisaje kárstico. Un hombre con vestimenta palestina se le acercó dando grandes voces. Cuando estuvo más cerca, Gropius reconoció el rostro oscuro y curtido de un hijo del desierto con plateados cañones de barba. En la mano izquierda sostenía un fusil con un anticuado gatillo, quizá pensado más como decoración que para ser disparado.

Fuera como fuese, el hombre hablaba inglés, y Gropius pudo hacerse entender y decirle que era alemán y que estaba buscando a Sheba Yadin. El hombre se negó en redondo a llevarlo hasta ella. Es más, le exigió que esperara en su coche, que ya vería lo que podía hacer por él, sin dejar de apuntarlo amenazadoramente con el fusil.

A pesar de que aún era temprano, el aire empezaba a centellear sobre los restos de muros que las excavaciones habían hecho salir a la luz. Un dispositivo de riego producía una lluvia artificial. Olía a tierra húmeda. Gropius miraba con impaciencia hacia el este, donde el palestino había desaparecido tras un terraplén.

Cuando el hombre, al cabo de una espera interminable, volvió a salir a pleno sol, le dijo a gritos desde lejos que la señorita Yadin hacía mucho que ya no trabajaba allí y que el señor Contenau no quería que lo molestaran. De reojo, Gropius reparó en que lo estaban observando con unos prismáticos desde la cabaña de madera.

El profesor fingió no darse cuenta de nada. Sin embargo, tampoco quiso darse por satisfecho con el anuncio del palestino, y le pidió al anciano que informara a Contenau de que el profesor Gropius de Munich quería hablar con él. El palestino volvió a alejarse, aunque esta vez en otra dirección.

Al cabo de pocos minutos, desde el lugar donde se ocultaba el vigilante, se le acercó un hombre cuyo aspecto, vestido de lino caqui y con un salacot en la cabeza, dejaba suponer fácilmente que se trataba de Contenau.

—¡Bien venido a Tell Beersheva! —dijo, en francés.

—Gracias, monsieur —contestó Gropius—. ¡Me ha costado una gran labor de persuasión convencer a su perro guardián de que me anunciara!

Contenau se echó a reír.

—Sí, a veces Yussuf exagera un poco. Disculpe la pregunta, pero ¿también es usted arqueólogo?

—No —respondió Gropius—. Soy médico, pero estoy aquí por uno de sus colegas.

—¿Schlesinger?

De pronto aquel nombre pendió como un mal augurio en el paisaje abrasador. Gropius tuvo la impresión de que Contenau lamentaba haber mencionado tan espontáneamente el nombre de Schlesinger.

—Sí, Schlesinger —corroboró—. ¿Lo conocía?

Contenau se enjugó el sudor de la frente con una manga y cerró los ojos un momento.

—Depende de lo que entienda por conocer —comentó al cabo de un instante—. Los dos teníamos la misma especialidad, arqueología bíblica. Éramos más competidores que amigos. Aunque eso no impedía que, cuando nos veíamos, fuéramos a tomar algo juntos, como comprenderá.

—¡Por supuesto! —aseguró Gropius, y guiñó un ojo. Yussuf, mientras tanto, se les había acercado y se había sentado a la sombra del Chrysler de Gropius. Miraba a lo lejos sin tomar parte en la conversación, sosteniendo el arma derecha entre las piernas dobladas. Con voz grave, Gropius prosiguió—: Dicen que el accidente de coche de Schlesinger en realidad no fue un accidente.

Contenau se acercó un paso y preguntó:

—¿Y qué fue?

—Un ataque, un atentado. ¡Una acción muy premeditada!

—¿Quién lo dice?

—Entre otros, usted mismo, monsieur. Al menos eso es lo que afirma el doctor Rauthmann, del Instituto Arqueológico de la Universidad Humboldt de Berlín.

—A los que son como Rauthmann se los llama *laveuse*... Creo que en su idioma se dice cotilla.

Gropius miró fijamente a Contenau con los ojos entrecerrados por la cegadora luz del sol, pero también porque quería transmitirle a su interlocutor que no creía mucho en sus palabras. Después espetó:

—Así pues, ¿no sabe usted nada de que Schlesinger sufriera un atentado?

Contenau negó a disgusto con la cabeza.

—¿Ha venido usted, monsieur Gropius, para descubrir algo sobre Schlesinger? Schlesinger está muerto. Déjelo en paz.

—¿Cómo se ha enterado de que Schlesinger está muerto? —Gropius miró al francés con expectación.

Éste se enjugó la frente una vez más. Esta vez, sin embargo, no por el calor, sino más bien por apuro.

—Por Sheba Yadin, supongo —respondió, bastante disgustado—. Los dos se conocían desde hace mucho.

—Su madre me ha dicho que encontraría aquí a Sheba. Cree que está trabajando para usted.

—¿Para mí? —Contenau se indignó—. Escuche, monsieur, su interrogatorio está empezando a ponerme nervioso. Me siento como si tuviera que rendirle cuentas a alguien. ¿Qué es todo esto? Yo no tenía nada que ver ni con Schlesinger ni con Sheba Yadin. ¡Ahora, si me disculpa...!

Le dirigió un par de palabras en árabe al palestino, con lo que éste se levantó y corrió en dirección a la caseta de las excavaciones.

—Debería dar este tema por zanjado —comentó Contenau, y aún se volvió brevemente una vez más—. Créame, no se está haciendo ningún favor a sí mismo...

Todo aquello le daba mala espina. Una vez de vuelta en el hotel, Gropius se había tendido en la cama para recuperar las horas de sueño perdidas. Despertó con la garganta reseca y con la convicción de que Contenau debía de tener algún interés en alejar a Sheba de él. La sed lo hizo bajar al restaurante a por una botella de Eden, una insípida agua mineral sin gas que bebió bastante a regañadientes.

Beersheva, una ciudad de cien mil habitantes procedentes de todos los rincones del mundo, no resulta especialmente seductora para el visitante. El casco antiguo, en el sur, se asemeja en algunos lugares a una ciudad de buscadores de oro como las que se recuerdan del Lejano Oeste. Por lo demás, Gropius estaba demasiado ocupado con sus propios problemas como para pensar en visitar la ciudad. Le interesaba muchísimo más la cuestión de dónde encontrar a Sheba. Ni siquiera se planteó la opción de abandonar.

Vladimir, el director teatral de Sebastopol, se había convertido en su aliado. Gropius había emocionado al anciano hasta el punto de hacerlo llorar al recitarle un par de líneas de un monólogo de *Fausto* en el idioma de Goethe:

Liberados del hielo quedan el río y los arroyos,
gracias a la mirada dulce y vigorosa de la primavera.
En el valle verdea la dicha de la esperanza.
El viejo invierno, ya debilitado,
se retira a las rudas montañas.

El único monólogo, por cierto, que recordaba aún de sus años de escuela.

Gropius le pidió ayuda a Vladimir para encontrar a Sheba Yadin, una joven arqueóloga de Tel Aviv, y Vladimir se mostró muy confiado en poder dar con ella, ya que conocía a mucha gente en Beersheva. Sin embargo, las esperanzas de Gropius se vinieron abajo ya al día siguiente, porque Vladimir, tras extensas investigaciones, había descubierto que aquella arqueóloga no había excavado nunca en Tell Beersheva.

Tan confuso como desanimado, Gropius fue a cenar algo a un restaurante del final de la calle donde estaba el hotel. Allí, un hombre se acercó a él. Lo reconoció en seguida, a pesar de que esta vez iba vestido de una forma muy diferente, con ropa actual. Era Yussuf, el vigilante de Tell Beersheva, y le preguntó con educación si podía sentarse a su mesa. Gropius le ofreció una silla.

Se quedaron sentados el uno frente al otro sin decir nada durante largo rato. De vez en cuando, Yussuf miraba a Gropius con afabilidad y, cuando sus miradas se cruzaban, el palestino asentía con la cabeza. Eso se repitió varias veces, hasta que Yussuf empezó a hablar:

—Hace fresco esta noche, ¿no le parece?

—Oh, sí, pero es muy agradable —repuso Gropius.

Volvió a producirse un largo silencio, durante el cual el anciano se sacó del bolsillo unos pistachos y comenzó a descascarillarlos con los dientes.

Gropius no sabía qué pensar, si el encuentro había sido casual o si el palestino tenía algo que contarle. Casi experimentó como salvación la repentina pregunta de Yussuf:

—¿Qué quiere de la señorita Yadin?

—¿La conoce? —preguntó el profesor, exaltado.

Al palestino se le demudó el rostro, pero no respondió.

—Tengo que hablar con ella —empezó a decir Gropius—. Sheba Yadin era amiga de Arno Schlesinger, un arqueólogo alemán que, desgraciadamente, ha muerto. Soy amigo de la familia y quiero saber algunas cosas que sólo la señorita Yadin puede contarme.

—Ah, sí, el señor Schlesinger —comentó Yussuf con un suspiro, y asintió con la cabeza.

Gropius, poco a poco, empezó a tener la impresión de que el encuentro no había sido fruto de la casualidad, sino que el anciano iba tras algo de dinero y quería que le pagaran por la información. Sacó dos billetes de cincuenta shequel, de color lila, del bolsillo interior de su americana y se los pasó bajo la mano por encima de la mesa.

El palestino, con ambas manos sobre un bastón, miró el dinero desde arriba casi con asco y, como si hubiese mordido un pistacho amargo, escupió al suelo con fuerza. Se volvió hacia un lado y le dio la espalda a Gropius.

—Está bien, ¿cuánto quiere? —Gropius apenas era capaz de ocultar su nerviosismo.

Con la mirada puesta en el lado contrario de la calle y la serenidad de un patriarca, el palestino respondió:

—Diez mil.

—¿Diez mil shequel? —Gropius hizo cálculos. Eso eran tres mil euros, una cantidad desorbitada para un hombre como Yussuf—. ¿Qué me dará a cambio de ese dinero? —preguntó.

Entonces, el palestino se inclinó sobre la mesa y espetó entre dientes:

—Todo lo que sé sobre el señor Schlesinger y la señorita Yadin. Esa información vale mucho más que diez mil shequel. Créame.

Gropius soltó una risa forzada.

—Escuche, Yussuf, ya sé que los dos tenían una relación y que Schlesinger estaba casado.

—No me refiero a eso —lo interrumpió el palestino—. Me refiero a las excavaciones de Schlesinger en Jerusalén. Por algo pagaba Schlesinger mucho dinero a toda su gente, para que tuvieran la boca cerrada. Sabía muy bien que sus descubrimientos eran muy valiosos para según qué gente. Además, no es usted el primero que viene preguntando por su trabajo. Unos españoles le ofrecieron a Contenau mucho más dinero del que yo le pido, pero Contenau sólo sabía lo que yo le había contado, y me guardé lo más importante para mí. ¡Ahora también yo quiero un poco del pastel! —Rabioso, golpeó en el suelo con su bastón.

Gropius asintió. De pronto vio con claridad por qué el caso Schlesinger era tan desconcertante: porque en él se entrecruzaban las pistas de dos crímenes diferentes. Aún estaba muy lejos de la resolución del caso, pero Gropius vio reforzada su intención de explorar nuevos caminos.

En cuestión de segundos, la desconfianza del rostro de Gropius desapareció, y dejó paso a una inesperada amabilidad.

—Está bien —dijo—. Le hago una propuesta: la mitad en seguida, la otra mitad si sus declaraciones contienen algo nuevo de verdad.

Yussuf lo pensó brevemente, después le tendió la mano abierta sobre la mesa. Gropius comprendió y se la estrechó.

—Tendré el dinero mañana, a primera hora.

El palestino asintió.

—Confío en usted, señor Gropius.

—¿Cómo ha sabido mi nombre? ¿Cómo me ha encontrado aquí?

Yussuf entrecerró los ojos, que hicieron aparecer cien arrugas en su rostro, y dijo:

—Beersheva no es una ciudad tan grande como para perderle la pista a un extranjero. Aquí sólo hay cuatro hoteles. Primero pensé que un europeo respetable como usted se alojaría en el Desert Inn, pero después vi su Chrysler aparcado frente al Hanegev, y Vladimir sabía dónde encontrarlo.

Por lo demás, el palestino se negó a revelarle ni un ápice más de información. Tampoco insinuó nada más sobre Sheba Yadin. Al contrario, insistió en que al día siguiente se encontraran en Jerusalén y en que llegaran hasta allí por caminos separados.

—A mediodía, alrededor de las doce, en el primer andén de la estación de autobuses. ¡Y no se olvide del dinero, señor Gropius! —Antes de marcharse en dirección al casco antiguo, aún masculló—: Quédese sentado y tranquilo. Como comprenderá, no estaría bien que nos vieran juntos.

Gropius no comprendía nada de nada. Miró con desconcierto su plato vacío, en el que durante la conversación le habían servido un delicioso *of sumsum*, pollo rebozado con sésamo y frito. Miró con disimulo a los comensales de las otras mesas. Se sentía observado, a pesar de que no tenía motivo para ello. Sin embargo, la segura aparición del palestino lo había inquietado en grado sumo. Aquel hombre no era inculto, ni mucho menos, y, como con todos los orientales, nunca se sabía qué opinión se escondía tras su máscara de amabilidad. ¿Y si Yussuf le había tendido una trampa? ¿Por qué se lo llevaba precisamente a Jerusalén, a una ciudad en la que, desde los tiempos bíblicos, era tan fácil desaparecer?

Ese mismo día, Gregor Gropius fue a Jerusalén, que no estaba más que a dos horas en coche hacia el norte. El King David Hotel se encontraba en la calle del mismo nombre y desprendía ese encanto ligeramente decadente de principios del siglo XX. Gropius ocupó una habitación del quinto piso con vistas al parque de la parte vieja de la ciudad.

Había dormido mal y no sabía qué le esperaba, pero seguía teniendo esperanzas de descubrir algo importante sobre Schlesinger. Por eso sacó la cantidad que haría hablar a Yussuf del banco del propio hotel. Puesto que no estaba familiarizado con el tráfico de aquella excitante ciudad, cogió un taxi una hora antes de la cita acordada y se dirigió a la estación de autobuses. Aunque el taxista, un judío polaco, no tomó la ruta más directa

—Gropius creyó ver dos veces un mismo edificio—, llegó a la estación media hora antes.

Mientras buscaba a Yussuf entre las ruidosas personas, los mercaderes, los constructores, los trabajadores de las zonas palestinas y las grandes familias que viajaban con todas sus pertenencias a cuestas, se dio cuenta de lo insensato de la aventura en la que se había embarcado. Apretó con los brazos el dinero, que llevaba escondido en dos sobres en el bolsillo interior de la americana. Ni siquiera sabía el nombre completo de Yussuf, y tal vez habría cambiado de opinión sobre el turbio asunto de no ser porque, un instante después, un coche desvencijado se detuvo junto a él. En el asiento trasero iba sentado Yussuf, que abrió la puerta e invitó a Gropius a subir.

Yussuf fue directo al grano y preguntó sin rodeos:

—¿Tiene el dinero, señor Gropius? —Tendió la mano abierta hacia el profesor.

Éste, vacilante, le dio uno de los sobres al palestino, al que apenas reconocía tan acicalado, y Yussuf le hizo una señal al conductor para que arrancara.

Avanzaron por la calle Yafo y se dirigieron hacia el sur por King George V; después, Gropius perdió todo sentido de la orientación.

—¿Adónde vamos? —preguntó con ciertas dudas mientras el conductor, también palestino, llevaba a cabo valientes maniobras evasivas.

—¡Espere a ver! —contestó Yussuf, y puso los ojos en blanco.

Ante ellos apareció la muralla de la ciudad y, allí donde la muralla cambiaba de dirección y torcía hacia el este en ángulo recto, Yussuf le hizo al conductor una señal para que se detuviera.

—Venga, señor Gropius —dijo y, con su bastón, señaló la colina de Sión, sobre la que se alzaban la torre y la cúpula de una iglesia, así como un monasterio. Un estrecho camino conducía colina arriba. Era mediodía, y el sol de la primavera abrasaba sin piedad desde el cielo.

Gropius se había acostumbrado a no preguntarle nada al obstinado palestino. Dejó que las cosas llegaran por sí solas. No tuvo que esperar mucho. Yussuf no tardó en salir de la senda y cruzar la maleza y el terreno pedregoso a grandes pasos. Gropius lo siguió.

El hombre se detuvo ante un muro de piedra, clavó su bastón en el suelo pedregoso como si quisiera colocar un poste de señalización y dijo:

—Aquí es donde el señor Schlesinger excavó por última vez. Yo era su capataz y conocía cada una de estas piedras, no había ningún saliente de roca ni ninguna formación de tierra que no supiera de memoria. Aquí sucedió.

—¿El accidente de Schlesinger?

Yussuf hizo caso omiso de la pregunta de Gropius y prosiguió:

—Schlesinger tenía permiso de la Autoridad de Antigüedades de Israel para realizar dos campañas de excavaciones. Oficialmente, buscaba los cimientos de la vivienda de la Virgen María, que en las creencias de ustedes desempeña un importante papel; aunque yo creo que, cuando empezó a trabajar, ya tenía algo muy diferente en la cabeza. ¡Schlesinger debió de encontrar algún indicio que lo llevó a excavar precisamente en este punto!

Yussuf describió un círculo con su bastón, y Gropius distinguió entonces un terraplén que describía a su vez un círculo de unos diez metros de diámetro.

—Mi gente excavó durante cuatro días —continuó relatando Yussuf—. Entonces llegamos a dos metros y medio de profundidad y dimos con una tina de creta, con poco más de un metro de largo y sellada con una tapa de piedra. El señor Schlesinger me encargó que levantara la tapa con una palanca. El contenido fue bastante decepcionante, al menos para mí: huesos humanos. Bueno, todos juntos debían de formar el esqueleto de una persona, pero no me pareció muy emocionante. Para el señor Schlesinger fue muy diferente: parecía muy exaltado, y me ordenó que volviera a sellar en seguida la tina de piedra. También me dijo que despidiera a mis hombres de un día para otro. Nos dio a todos una buena compensación. A mí me hizo prometer que guardaría silencio. Al día siguiente, las cosas se pusieron dramáticas.

Gropius miraba con nerviosismo el suelo pedregoso.

—¡Siga hablando! —pidió a media voz.

—No me había dado cuenta de que en la parte delantera del recipiente de piedra había unas letras cinceladas, aunque tampoco habría servido de nada, porque no sabía leerlas. El señor Schlesinger tampoco estaba muy seguro de lo que decían. Consultó con un experto en escritura que le corroboró que se trataba de una inscripción en armenio.

—¿Y? ¿Qué decía la inscripción?

Yussuf se acercó a Gropius y respondió en voz muy baja:

—Jeshua, hijo de Josef, hermano de Jacobus. —Le relucieron los ojos al decirlo.

Gropius miró largo rato al palestino. Le costaba asimilar el significado último de lo que acababa de oír. Muy lentamente, como si de entre la niebla de la historia surgiera un hecho que arrojaba por la borda todos los conocimientos que se tenían hasta entonces, empezó a comprender el significado de aquella inscripción.

—Si lo he entendido bien —intervino Gropius—, Schlesinger creía haber encontrado el esqueleto de Jesús de Nazaret.

—No lo creía —apuntó Yussuf—, estaba convencido de ello. El señor Schlesinger hizo lo indecible por demostrar su teoría. Al principio tenía a todo el mundo en contra: arqueólogos, teólogos y estudiosos de la Biblia. Los arqueólogos consideraron la tina de piedra una tosca falsificación; los teólogos afirmaron que el esqueleto de Jesús de Nazaret no podía encontrarse en esta tierra, puesto que Jesús ascendió a los cielos, y los estudiosos de la Biblia adujeron que el nombre de Jeshua o Jesús era tan común en el inicio de nuestra era que esos huesos podían ser de cualquier hombre muerto hace dos mil años.

Las palabras de Yussuf suscitaron la admiración de Gropius. Para un hombre de su posición, era inusualmente culto y sabía expresarse con elegancia. Sí, Gropius empezó a dudar de que fuese el simple hijo del desierto que fingía ser.

—¿Cómo reaccionó Schlesinger? —preguntó el profesor.

—En cuanto al nombre de Jesús, el señor Schlesinger argumentaba que no debía de haber muchos con un padre llamado Josef y que, de ellos, probablemente sólo uno tendría un hermano llamado Jacobus. Ambos nombres, sin embargo, se mencionan en el Nuevo Testamento con relación a Jesús. A las acusaciones de que era una falsificación, el señor Schlesinger se enfrentó con unas investigaciones científicas que encargó en Europa. Los mayores reparos, desde luego, provenían de la Iglesia católica, pero también de eclesiásticos islámicos, ya que en ambas iglesias se afirma que Jesús ascendió hacia Dios con su cuerpo mortal. ¡Qué embarazoso encontrar de pronto sus restos mortales! —Yussuf sonrió con insidia y guiñó un ojo—. Al día siguiente —añadió—, el señor Schlesinger hizo cubrir otra vez el hoyo con la tina de piedra.

Gropius no sabía si era el calor del mediodía o el relato del palestino lo que hacía que le cayeran gotas de sudor por la nuca. ¿Qué había de cierto en el descubrimiento de Schlesinger? ¿Era una quimera, una teoría novelesca o había que tomarse en serio la historia de Yussuf? Yussuf podía explicar muchas cosas. Tal vez era un cuentacuentos inspirado, sobre todo ante la perspectiva del dinero que le había prometido. Por otra parte, la historia de Yussuf encajaba a la perfección con el conjunto de todo lo que sabía de Schlesinger hasta el momento.

Después de reflexionar un rato, comentó:

—Seguro que Schlesinger se ganó unos cuantos enemigos con su teoría...

—¿Unos cuantos? —El palestino se cubrió la cara con una mano—. El señor Schlesinger sólo tenía enemigos. Incluso a los que no decían nada malo de él, el propio Schlesinger los contaba entre sus adversarios. Después de su descubrimiento se quedó bastante aislado. En el círculo de sus colegas se extendió el rumor de que se había vuelto loco. Los periódicos a los que informó de su descubrimiento no publicaron ni una línea. Eso lo atormentaba. Delante de mí comentó una vez: «¡Se lo haré pagar caro!» Yo no me imaginaba entonces lo que quería decir con eso el señor Schlesinger, pero cuando lo dijo me pareció que de pronto era otra persona. Un lunes por la mañana descubrí algo inesperado que transformó de súbito su carácter abierto y afable en todo lo contrario. Para usted, señor Gropius, puede que una piedra se parezca a todas las demás, pero para mí todas tienen rostro, y en seguida descubro los rostros extraños de este lugar. Informé al señor Schlesinger de mi sospecha y reuní a toda mi gente. No tardamos ni medio día en volver a desenterrar la tina de piedra. Al levantar la tapa, corroboré mi sospecha. Los huesos habían desaparecido.

—¿Sospechaba Schlesinger de alguien?

Yussuf se encogió de hombros y los bajó después lentamente.

—Como ya le he dicho, ese hecho le transformó el carácter —señaló—. El señor Schlesinger apenas hablaba y, cuando decía algo, sus palabras estaban llenas de odio y malicia.

—¡Pero aún no me lo ha dicho todo! —exclamó Gropius—. ¿Cómo se produjo la explosión?

El palestino cerró un momento los ojos, como si intentara recordar una escena en concreto.

—Sucedió de una forma tan inesperada y con tanta violencia que perdí el conocimiento por unos instantes, por eso me falla la memoria de lo que sucedió justo después. Poco a poco, en el transcurso de varias semanas, fui recuperando los recuerdos.

—¡Hable de una vez! —insistió Gropius. Tenía los nervios destrozados—. ¿Qué fue lo que sucedió? —preguntó con impaciencia.

Con ciertas dudas, casi con miedo, Yussuf describió lo sucedido al día siguiente:

—Yo estaba esperando al señor Schlesinger abajo, en la muralla de la ciudad, donde él siempre aparcaba su *jeep*. Esa mañana quería fotografiar la inscripción de la tina de piedra. A primera hora era cuando la luz era la más apropiada. El sol estaba aún bajo y las muescas de la inscripción arrojaban claras sombras, de manera que se podía leer muy bien. Sin embargo, hasta que el señor Schlesinger colocó la cámara en el terraplén pasó un tiempo muy valioso y el sol ya había alcanzado una altura poco favorable. Por eso el señor Schlesinger me encargó que fuera a buscar una hoja de estaño a su coche, para reflejar la luz. Pero yo no encontraba la hoja, aunque saqué la mitad de las cosas que había en el *jeep*. El señor Schlesinger empezó a impacientarse. Salió del hoyo y ya estaba arriba cuando una fuerte explosión sacudió la colina de Sión. A pesar de que yo me encontraba a casi cien metros, creí que el estallido me había reventado los pulmones. Ante mí vi levantarse una enorme nube de polvo. No sabía qué había ocurrido. Corrí como en un sueño hacia la colina, gritando «¡Señor Schlesinger!», pero el polvo no me dejaba ver nada. Cuando la nube de polvo se hubo asentado, lo encontré medio sepultado entre tierra y gravilla. No se veía ninguna herida. Los brazos y las piernas le temblaban mucho. No le vi la herida en el vientre hasta que le quité los escombros y la tierra de encima. Se lo llevaron al hospital Saint John. Allí lo operaron. La metralla le había desgarrado el hígado.

Gropius miró el terraplén en el que había tenido lugar el atentado. Nada, absolutamente nada indicaba que en aquel lugar hubiese estallado una bomba y, de no haber visto con sus propios ojos la herida de Schlesinger, Gropius no habría creído lo que le contaba Yussuf.

—Dígame, Yussuf —empezó a decir Gropius, pensativo—, ¿por qué no repararon ni Schlesinger ni usted en que había una bomba bajo la tina?

El palestino puso cara de estar molesto.

—¿No me cree, señor Gropius?

Yussuf se sacó en seguida del bolsillo el fajo de billetes que le había dado Gropius durante el trayecto, se lo tiró a los pies y se dispuso a marcharse de allí.

Gropius lo agarró de la manga y tuvo que hacer uso de una gran fuerza de persuasión y de muchas disculpas para calmar al palestino.

—¿Por qué iba a mentirle? —dijo el hombre, aún ofendido—. ¿Qué sacaría yo de contarle un cuento? O me cree u olvida que nos hemos conocido, señor Gropius.

Reprendido de esta forma, Gropius prefirió no hacer más preguntas, por el momento.

Después de un largo silencio, Yussuf respondió a la pregunta de Gropius:

—La bomba estaba enterrada en la tierra. Seguramente la habían escondido bajo la tina de piedra, porque aquel pesado armatoste se partió en mil pedazos.

—¿Cómo se produjo la explosión? ¿Qué cree usted? ¿Qué descubrió la policía?

Yussuf se guardó otra vez en el bolsillo del pecho los billetes que poco antes había tirado al suelo y respondió:

—Verá, señor Gropius, en esta ciudad hemos aprendido a convivir con las bombas. Son cosa de todos los días. Una bomba que no produce víctimas mortales, ni siquiera daños materiales, no despierta el interés de nadie. No recuerdo que un solo periódico informase del caso.

El anciano hurgaba con su bastón en la tierra pedregosa, como si buscara alguna reliquia.

—Nada —comentó al cabo de un rato—, no quedó nada del descubrimiento, excepto...

—¿Excepto? —Gropius miró a Yussuf, expectante.

El palestino sacó un par de fotografías de un bolsillo interior. No eran de muy buena calidad, eran más bien instantáneas, pero en ellas se distinguía claramente una tina de piedra con una inscripción grabada en el costado y, en otra imagen, un grupo de huesos, entre ellos un cráneo, un fémur y varias vértebras.

—Tuve una especie de presentimiento —dijo Yussuf, y limpió con la manga las huellas de dedos de las imágenes—. El señor Schlesinger no sabía que había hecho las fotos. Puede quedárselas si quiere, señor Gropius.

—¿Cómo? ¿Schlesinger no llegó a ver estas fotografías?

—Nunca. Cuando el señor Schlesinger salió del Saint John después de la operación, todo sucedió muy de prisa. Sólo quería marcharse, volver a Alemania. La señorita Yadin cuidó mucho de él. Voló con él a Alemania. Yo ni siquiera tuve tiempo de despedirme del señor Schlesinger.

Gropius se quedó paralizado. Miraba las fotografías y sus pensamientos giraban en desorden. Sin duda, el relato de Yussuf no era ninguna invención. Encajaba como en un mosaico con todo lo que ya conocía de Schlesinger.

Gropius no sabía cuánto tiempo llevaba reflexionando cuando el palestino lo hizo volver a la realidad.

—Ya sé que suena todo muy novelesco, pero es la verdad, tal como la viví. El conductor nos espera. Si quiere, lo llevaré a su hotel.

En el coche, Gropius le dio al anciano la otra mitad de la cantidad acordada, y Yussuf le tendió las fotografías, siete en total.

—¿Quién ha visto estas fotos hasta ahora? —preguntó Gropius mientras el conductor avanzaba hacia la calle King David.

—Nadie —le aseguró Yussuf—. No tenía ningún motivo para enseñárselas a nadie, y seguramente tampoco nadie me habría creído.

Parecía bastante obvio.

—¿Y usted? —preguntó el profesor con cuidado—. Quiero decir que si usted cree que el esqueleto de la tina de piedra era de verdad el de Jesús de Nazaret. A fin de cuentas, el lugar del descubrimiento se encuentra a bastante distancia del emplazamiento de la iglesia del Santo Sepulcro.

Una astuta sonrisa asomó al semblante de Yussuf.

—El señor Schlesinger habló largo y tendido de eso conmigo. Debo admitir que al principio me mostré bastante escéptico. Es muy fácil de decir: ésos son los huesos de Jesús de Nazaret. Sin embargo, si se comprenden las consecuencias que eso comporta, esa afirmación adquiere un significado escandaloso para cristianos, judíos y musulmanes por igual.

—¡No ha contestado a mi pregunta!

—El señor Schlesinger solía decir que la probabilidad de que Jesús hubiese sido enterrado en la iglesia del Santo Sepulcro es mucho menor que la de que hubiese sido enterrado en cualquier otro lugar, puesto que la primera iglesia del Santo Sepulcro fue erigida trescientos años después de su muerte. Otros trescientos años después, se construyó otra iglesia, y una tercera mil años más tarde. ¡Quién podría afirmar aún que conoce el lugar correcto! A finales del siglo XIX, surgieron las primeras dudas. El general inglés Gordon afirmó, no sin razón, que las tumbas nunca se habían situado dentro de las murallas de las ciudades. La iglesia del Santo Sepulcro, no obstante, se encuentra dentro de la antigua muralla. Un cementerio algo más apartado que descubrió el general es considerado aún hoy por los anglicanos como el auténtico sepulcro de Jesús. Sin embargo, puesto que no tenía ninguna prueba, el señor Schlesinger siguió buscando y al final encontró la tina con la inscripción. El señor Schlesinger creía que tanto la tina de piedra como los huesos eran auténticos y, para responder a su pregunta, señor Gropius, yo también.

Yussuf le dijo al conductor que se detuviera ante la entrada del King David Hotel.

—No estaría bien que nos vieran juntos —comentó guiñando un ojo.

—¡Pero si aquí no me conoce nadie! —exclamó Gropius, indignado.

—Oh, no diga eso, señor Gropius. Este país es bastante pequeño, por mucho que en la actualidad tenga en vilo al mundo entero. Aquí no es tan sencillo que un extranjero pase inadvertido.

Gropius no supo muy bien cómo interpretar las palabras de Yussuf. Sin embargo, antes de bajar del coche, le preguntó:

—¿Dónde puedo encontrar a Sheba Yadin?

El viejo palestino cambió de expresión. Al cabo, y para librarse de él, respondió:

—El señor Contenau me ha prohibido terminantemente decir nada sobre la señorita Yadin, sea quien sea el que pregunte por ella. Compréndalo, señor Gropius.

—¿Contenau? —Gropius alzó la voz—. ¡Ese tal Contenau actúa como si fuese el tutor legal de Sheba!

—¡Tutor legal, no!

—¿Entonces? —Miró a Yussuf a los ojos—. Ah, ahora lo entiendo. Contenau ha ocupado el lugar de Schlesinger. ¿Tengo razón?

El anciano asintió, casi avergonzado.

—¿Los dos viven juntos?

—Sí, señor Gropius.

—¿Qué sentido tiene jugar así al escondite?

Yussuf se encorvó.

—¡Ya le he dicho demasiadas cosas, señor Gropius!

—¡Pues hable claro de una vez! —exclamó Gregor con impaciencia.

—Bueno, después de que el señor Schlesinger se marchó de Israel, diferentes personas intentaron ponerse en contacto con la señorita Yadin. Por lo visto querían cierta información sobre las actividades de Schlesinger. En cuanto se supo de su muerte, empezaron a perseguir a la señorita Yadin y ella empezó a tener miedo. El señor Contenau me pidió entonces que protegiera a la señorita Yadin de esos indeseables. No es precisamente un cometido respetable para alguien que estuvo en unas excavaciones en las que se encontró el esqueleto de Jesús de Nazaret. ¿No le parece, señor Gropius?

—¿Dónde está Sheba? —repitió Gregor.

—Está aquí, en Jerusalén, con Contenau. El señor Contenau tiene un apartamento en Mea Shearim. Por lo que yo sé, mañana la señorita Yadin volará a Europa.

—¿Sabe adónde, Yussuf?

—Creo que a Italia. ¡A Turín!

Gropius abrió de golpe la puerta del coche.

—¡Gracias, Yussuf! —exclamó—. ¡Me ha ayudado mucho!

Y se dirigió con paso apresurado a la entrada del hotel.

Esa misma tarde, Gregor Gropius reservó plaza en un vuelo de Tel Aviv a Roma y luego a Turín. Dejó a Francesca muy exaltada cuando la llamó desde el hotel de Jerusalén y le pidió que fuese a buscarlo al día siguiente al aeropuerto de Caselle, a eso de las dos de la tarde, ya que tenía novedades sobre el caso.

Gropius no era de los que gustan de levantarse temprano, necesitaba algún tiempo para coger ritmo por las mañanas, aunque ese día eran las seis y ya se había levantado, había hecho las maletas y había pedido un pequeño desayuno al servicio de habitaciones. Después se dirigió al aeropuerto Ben Gurión con su Chrysler de alquiler. Llegó allí mucho antes de lo necesario, devolvió el coche y facturó. Luego se dispuso a esperar con impaciencia la llegada de Sheba.

Contaba con la ventaja de que Sheba no lo conocía, mientras que él, al menos, había visto la fotografía de ella en casa de su madre, en Tel Aviv. Turín, el destino de Sheba, suscitó en Gropius las más diversas especulaciones. Tenía que averiguar qué se proponía hacer la muchacha en Turín.

Cobijado en un rincón de la terminal de salidas, Gropius sorbía un café en una taza de plástico sin apartar la mirada del mostrador sobre el que colgaba el cartel del vuelo El Al, Tel Aviv-Roma, 10.30 horas. Era una mañana soleada y primaveral, lo cual prometía un vuelo agradable sobre el Mediterráneo. Eso lo tranquilizó.

¿Lo habría engañado Yussuf? Ese pensamiento cruzó por la cabeza de Gropius cuando, dos horas antes del despegue, Sheba aún no se había presentado. Caminaba nervioso de un lado a otro cuando, literalmente en el último minuto, vio aparecer a Pierre Contenau.

Gropius tuvo que mirar dos veces, ya que la joven que lo acompañaba no se parecía en nada a la Sheba que conocía de la fotografía. Llevaba el pelo corto y rubio, con un flequillo estilo paje. Iba vestida con un elegante traje de chaqueta y pantalón. Desde lejos, Gropius no veía bien si era Sheba o no. ¿A qué estaban jugando?

Una melódica voz femenina anunció por megafonía la primera llamada para el vuelo de El Al a Roma. Contenau se despidió de la joven con cariñosos abrazos, y Gropius tuvo tiempo de ver que el hombre le daba un sobre marrón que ella se escondía bajo la chaqueta. La mujer se dirigió al control de equipaje de mano, y Contenau desapareció en seguida en dirección a la salida.

Gropius se preguntó cómo debía actuar. ¿Había querido despistarlo Yussuf? Al instante decidió sacar del bolsillo la tarjeta de embarque que había guardado poco antes.

—Disculpe —le dijo a la azafata de tierra de ojos oscuros—, ¿podría asignarme un asiento junto a la señorita Yadin? Somos viejos amigos y nos hemos encontrado aquí por casualidad.

Con una amable sonrisa, la azafata cogió la tarjeta de embarque de Gropius e introdujo los datos en el ordenador. Después dijo:

—Lo siento, señor Gropius, el avión está completo, pero tal vez pueda pedir que le cambien la plaza una vez a bordo. La señorita Yadin está sólo a dos filas de usted.

Gregor le dio las gracias. Ya estaba seguro de que Sheba iba en ese avión. De todos modos, no sabía cómo habría reaccionado si hubiese encontrado un asiento libre junto a ella.

CAPÍTULO 13

Entretanto, la comisión especial de la policía criminal de Munich, bajo la dirección de Wolf Ingram, no había perdido el tiempo. A través de la Interpol, el fiscal Markus Renner había dado orden internacional de búsqueda y captura del doctor Fichte, que hasta hacía pocos días había permanecido en Montecarlo. Cuando la policía monegasca irrumpió en su apartamento, el pájaro ya había volado. Su avión, la Piper Seneca II de dos motores, estaba permanentemente vigilado en el aeropuerto de Niza.

En el BND, el Servicio Federal de Información, las investigaciones seguían concentrándose en descifrar la abreviatura «IND», que había adquirido especial relevancia para desenmascarar a quienes se escondían tras el escándalo del trasplante. En lo que todos estaban de acuerdo era en que Fichte sólo era una rueda de un engranaje mucho mayor que se aprovechaba del dolor de las buenas personas, y en que el caso posiblemente tenía una dimensión tal que podía hacer sudar tinta a los investigadores.

Tanto Ulf Peters, del BND, como Wolf Ingram, de la comisión especial, tenían claro que se encontraban ante una organización peligrosa que operaba oculta en algún lugar, tal vez incluso fuera de Europa.

La cinta de la corona con la misteriosa abreviatura «IND» de la tumba de Thomas Bertram, operado por Fichte, había mantenido ocupados tres días a los investigadores hasta que por fin habían encontrado en el otro extremo de la ciudad la floristería en que se había encargado ese último adiós. La propietaria, una mujer ingenua y bondadosa de la que se podía esperar que mantuviera conversaciones en secreto con sus flores, recordaba a un hombre robusto y de cabello oscuro, vestido de negro, que había pagado el encargo al contado y además le había dejado una buena propina. En suma, esa información no llevó a los agentes a ninguna parte.

Tampoco el AOC (el análisis operativo del caso) entregado por un *profiler* de la Oficina Bávara de Investigación Criminal apuntaba a posibles relaciones con delitos similares cometidos en el pasado. Lo mismo sucedió con la base de datos VICLAS y sus miles de criminales peligrosos y asesinos en serie registrados: ningún resultado. No, la única declaración que pudo hacer el *profiler* de la Oficina Bávara de Investigación Criminal decía lo siguiente: «Por el estado actual de las investigaciones, creemos que nos enfrentamos a una clase completamente nueva de delito, y a un círculo de criminales que hasta ahora no habían aparecido nunca.»

Para los investigadores, detener al doctor Fichte y al doctor Prasskov era sólo cuestión de tiempo. Sin embargo, Wolf Ingram no se hacía ilusiones; hacía mucho que tenía claro que tras cada uno de los asesinatos se escondía una red de escrupulosos criminales que a lo mejor perseguían un objetivo muy diferente del que parecía a primera vista. No tenía ninguna prueba, pero su lógica criminal y los largos años de experiencia en el Negociado 13 (Crimen Organizado) le decían que tal vez habría que buscar el motivo de esa gente en un campo completamente distinto. Pero ¿dónde?

Puesto que la formación de una comisión especial de ocho componentes y el intercambio de información con la Oficina Bávara de Investigación Criminal no los habían acercado a la resolución del caso, Wolf Ingram confiaba en el mayor aliado de todos los investigadores del mundo: la casualidad. No es ningún secreto, y tampoco desprestigia el trabajo de los criminalistas... pero los delitos más pérfidos, sofisticados y aparentemente irresolubles suelen aclararse —a veces años después— gracias a la casualidad.

El arresto esa misma tarde del doctor Fichte en el aeropuerto Charles de Gaulle, en París, no fue ninguna casualidad. Fichte había reservado billetes para él y para Veronique Gropius en un vuelo de esa noche a Miami, con la esperanza de desaparecer en Estados Unidos y eludir así la persecución policial. A la mañana siguiente, Fichte y su amante fueron conducidos ante un juez de instrucción de París.

Ese mismo día, en el periódico *Bild* apareció el siguiente titular: «Nueva muerte en una clínica tras un trasplante. Un berlinés de cuarenta y dos años murió pocas horas después de un trasplante de pulmón realizado con éxito.»

En el vuelo de Tel Aviv a Roma, Gropius no le quitó el ojo de encima a Sheba Yadin. Estaba seguro de que Sheba lo conduciría a una nueva pista. Pese a todas las dudas que había sembrado Yussuf, lo que le había contado el palestino le pesaba en el pecho como una roca. Sólo la posibilidad de que el descubrimiento de Schlesinger se correspondiera con la realidad ya lo tenía bastante intranquilo. Notó que le temblaban las manos al sacar a escondidas las fotografías de su chaqueta para contemplarlas una vez más. ¿Por qué no le había pedido los negativos a Yussuf? La calidad de las fotos no era muy buena. Se le ocurrió poco antes de aterrizar en Roma.

Apenas había una hora de tiempo para hacer el transbordo del vuelo a Turín, y Gropius siguió a Sheba a una distancia segura. Quería asegurarse de que no se sentía vigilada, ya que no sabía si la chica lo había visto en su visita a Beersheva.

En Turín, Francesca lo estaba esperando a la salida del edificio del aeropuerto con su furgoneta gris.

—¡No había imaginado que fuésemos a volver a vernos tan pronto! —exclamó, y se lanzó al cuello de Gregor.

—Tampoco yo, la verdad —repuso él, y aprovechó la oportunidad para observar a Sheba por encima del hombro de Francesca.

Ya le había contado por teléfono de qué se trataba, que Sheba había sido la amante de Schlesinger, que conocía el secreto que lo había convertido en un hombre rico y que seguramente intentaría saber qué había sucedido con el dinero.

Lo que Gropius había callado hasta entonces era sobre qué versaba el descubrimiento de Gropius, aunque sabía que sería necesario compartir el secreto con Francesca lo antes posible.

—Vuélvete disimuladamente —dijo Gropius mientras se zafaba del intenso abrazo de Francesca—. La chica de traje oscuro con el pelo corto y rubio es Sheba Yadin. No podemos perderla de vista.

Francesca miró a la joven con los ojos arrogantes que ponen las mujeres cuando contemplan a otra como a una posible competidora. Después se cogió del brazo de Gropius y se lo llevó en dirección a su vehículo. Vio por el retrovisor que Sheba Yadin subía a un taxi. Puso en marcha la furgoneta y se dispuso a seguir al coche.

Como era de esperar, el taxi tomó la autopista en dirección al sur. En la Via Francesco Cigna había atascos, y más de una vez estuvieron a punto de perder de vista el taxi, pero Francesca, con su forma impulsiva de conducir y una buena dosis de temeridad, supo volver a colocarse detrás del vehículo.

En la estación, el taxi torció por la Via Cernaia y se detuvo ante el hotel Diplomatic, una construcción rectangular de cinco pisos con un arco en la entrada. Francesca aparcó en el lado contrario de la calle. Juntos observaron a Sheba Yadin entrar en el hotel.

—Muy bien, espérame aquí —dijo Francesca.

Bajó de un salto, antes de que Gropius pudiera decir nada, y desapareció en el interior del hotel.

Veinte minutos después, cuando regresó, Gregor tenía cara de preocupación. Cuando se hubo sentado al volante sin decir nada, Francesca le dio una nota. Él la miró con aire interrogativo. La nota decía: «Yadin, hotel Diplomatic, habitación 303, reserva para tres días, 16.30 horas, reunión con la *signora* Selvini, Instituto Prof. De Luca.»

—¿Cómo te has enterado de esto? —preguntó Gregor, sin salir de su asombro.

Francesca se llevó el índice al párpado inferior izquierdo. El travieso gesto le resultó curioso a Gropius, pero a la vez también lo tranquilizó, y ambos rieron.

—¿Cómo has sabido todo esto? —volvió a preguntar.

Francesca se encogió de hombros.

—Olvidas que tengo una profesión en la que a veces es necesario moverse en los límites de la legalidad. Después de enterarme del número de habitación, he escuchado una conversación telefónica desde detrás de la puerta.

—No esperaba menos —dijo Gropius a media voz.

—¿Cómo dices? —Francesca lo miró, asombrada.

Gropius se echó a reír.

—Quiero decir que esperaba que Sheba Yadin se pusiera en contacto con el instituto de De Luca. ¡Tenemos que enterarnos de qué es lo que busca allí!

—Hum. —Francesca aferraba el volante y miraba a la calle—. A lo mejor es un poco arriesgado —dijo—, pero, si tenemos suerte, podría resultar.

Igual que en su primera visita a Turín, Gropius se hospedó en Le Meridien Lingotto. Le parecía demasiado osado escoger el mismo hotel que Sheba Yadin. Alrededor de las cuatro de la tarde, fue en taxi hasta el Corso Belgio, a un café llamado Amoretti, que estaba cerca del puente que cruza el Po, tal como le había descrito Francesca.

Poco después y no muy lejos de allí, Francesca Colella conducía su furgoneta en la orilla contraria del río por el Corso Chieri. Se detuvo ante la villa de dos pisos en cuya entrada seguía estando la placa del Instituto Prof. Luciano de Luca.

Francesca bajó y caminó de un lado a otro de la entrada. Se había puesto un traje pasado de moda que la hacía parecer mucho mayor, y había sustituido sus gafas de montura al aire por unas oscuras de concha que le conferían cierta severidad y gravedad. No tuvo que esperar mucho antes de que Sheba Yadin llegara en un taxi.

—¿Es usted la señorita Yadin? —preguntó Francesca, en inglés.

—Sí —dijo Sheba, algo dubitativa.

—Soy la *signora* Selvini. —Francesca le tendió la mano a Sheba—. Por teléfono olvidé decirle que sería mejor que no conversáramos en el instituto. Aquí cerca hay un café donde no nos molestará nadie. ¿Le parece bien?

Sheba Yadin vaciló, y Francesca se preguntó si habría hecho algo mal, si la verdadera señora Selvini tendría tal vez una voz muy diferente. ¿Por qué se hacía tanto de rogar Sheba?

Finalmente, al cabo de unos momentos que a Francesca le parecieron una eternidad, Sheba contestó:

—Está bien, si usted quiere, *signora* Selvini.

Mientras se dirigían hacia el Corso Chieri en la furgoneta de Francesca, ésta miró a Sheba de reojo y pensó: «¡Qué mujer más guapa, joder!» Sheba iba mirando al frente, a la calle, no tanto por vergüenza, lo cual habría sido del todo acorde con la situación, sino más bien porque se veía que no dejaba de darle vueltas a la cabeza.

Después de un par de minutos de silencio, llegaron al local del Corso Belgio, en el que a esas horas había sobre todo gente joven. Gropius se había sentado a una mesa de un rincón, mirando a la pared. Estaba leyendo el *Corriere della Sera*. Francesca llevó con destreza a Sheba Yadin a la mesa de al lado y pidió dos *caffè latte*.

—¿Le gusta el café con leche? —preguntó por educación.

Sheba asintió.

Como seguía sin surgir la conversación, Francesca preguntó con cautela:

—¿Conocía al señor Schlesinger?

Apenas pronunciada la pregunta, la italiana comenzó a pensar que tal vez se había delatado ya en la primera frase.

Sin embargo, Sheba respondió:

—Sí, puede decirse que sí. Queríamos casarnos.

Francesca fingió sorprenderse.

—Su muerte debe de haberla afectado muchísimo.

—Preferiría no hablar de eso.

—Lo entiendo —dijo Francesca, pensativa—. ¿Sabía que el *professore* De Luca tampoco ha fallecido de muerte natural?

—Sí, he oído hablar de ello. ¿No me lo dijo usted por teléfono?

«Mantén la calma», pensó Francesca y, sin respirar siquiera, comentó:

—Puede ser, no lo recuerdo. Verá, todos estamos algo trastornados desde que Luciano de Luca ya no está. —Tras reflexionar unos instantes, añadió—: A veces era un tirano, pero todos lo queríamos como a un padre. Era un gran científico. ¿Qué puedo hacer por usted, señorita Yadin?

Como si quisiera entrar en calor, Sheba rodeó la estrecha taza de café con leche con ambas manos, se inclinó un poco sobre la mesa y dijo, en voz baja:

—Es sobre la prueba del material cuyo análisis le había encargado Schlesinger al *professore* De Luca. Supongo que está usted al tanto. El resultado del ADN podría ser de gran importancia. Schlesinger ya pagó veinte mil por ello. Por unas circunstancias que no puedo discutir en detalle, no llegaron a entregarse. En pocas palabras, estoy autorizada y llevo conmigo los otros veinte mil para hacerme cargo del objeto de análisis.

Las palabras de Sheba intranquilizaron mucho a Francesca. Ésta, nerviosa, miró hacia Gropius, que estaba sentado en la mesa de al lado y les daba la espalda. Vio que el periódico temblaba en sus manos como una brizna de hierba en el viento de la primavera. Así supo que Gregor había escuchado cada una de sus palabras. Al mismo tiempo, supo también que había acudido a aquella cita con mucha ingenuidad. ¿Cómo debía reaccionar, por el amor de Dios? ¿Cómo iba a sacarle a Sheba sin delatarse el secreto sobre el material analizado?

De repente, la voz de la israelí sonó distinta. Con frialdad, casi con profesionalidad, dijo:

—Sé que no lleva los análisis consigo, pero tal vez podríamos concertar otra cita para la entrega.

No faltó mucho para que Francesca estallara en sonoras carcajadas, porque recordó el primer encuentro con Gropius en Berlín. En aquella ocasión, el profesor había intentado descubrir algo sobre el contenido del estuche de acero que ella llevaba en el maletín. Sin embargo, tanto aquella vez como ésta, Francesca no tenía ni idea de qué se trataba.

—Sí, claro —contestó—. ¿Qué tal mañana, en el mismo lugar y a la misma hora? ¡Si le parece bien!

—De acuerdo. Entonces le entregaré los veinte mil euros al contado.

Francesca sintió miedo ante la profesionalidad con la que se había desarrollado la conversación. Con cada frase sentía nuevos reparos, dudas sobre cómo saldría de ésa, si es que lo conseguía. Para colmo, de repente Sheba preguntó:

—¿Conocía usted a Arno Schlesinger?

Esa sencilla pregunta hizo que Francesca se ruborizara. ¿Sospechaba algo la israelí? ¿Era una pregunta capciosa? Si respondía con un no, y Sheba sabía que Schlesinger había conocido a la señora Selvini, se habría delatado. Si contestaba con un sí, tenía que prepararse para que Sheba le preguntara sobre él. En un acto de desesperación, Francesca se lo jugó todo a una carta.

—Por desgracia, no —repuso—. El *professore* De Luca y el señor Schlesinger siempre trataron personalmente. No recuerdo haberlo visto, aunque sí estuvo una o incluso dos veces en nuestro instituto.

—Era un hombre maravilloso —dijo Sheba, con pasión. Miraba al techo, como si quisiera ocultar sus lágrimas—. Fue mi maestro, y me enamoré de él la primera vez que lo vi.

—Disculpe que se lo pregunte, pero ¿no estaba casado el señor Schlesinger? Creo que De Luca lo mencionó una vez de pasada.

—Vivían separados. Su mujer no lo comprendía a él ni a su profesión. El último año de su vida pasó más tiempo conmigo que con ella. No, ¡sólo me quería a mí! ¡A mí!

—¿Es usted arqueóloga, señorita Yadin?

—Arqueóloga bíblica.

—Muy interesante. ¿Qué espera de los análisis del material, si me permite preguntárselo?

Sheba parecía sentirse entre la espada y la pared. Para ganar tiempo, bebió unos pequeños sorbos de su taza de café y, sin mirar a su interlocutora, contestó:

—Es una historia compleja que requiere aún de un exhaustivo trabajo de investigación. Contárselo todo sería ir muy lejos. Además, tampoco quiero aburrirla.

—No me aburre, al contrario. Siempre resulta interesante ver cómo se complementan las diferentes ramas de la ciencia.

Sheba, asintiendo con simpatía, se miró el reloj como si tuviera prisa y dijo:

—Bueno, hasta mañana, entonces. ¡A la misma hora! —Se levantó y salió del café.

Gropius dejó el periódico y se volvió.

—Bien hecho, Francesca —comentó guiñándole un ojo—. Tengo un plan. Ahora ya conoces la manera de expresarse de Sheba Yadin. Llama a la *signora* Selvini al instituto de De Luca, di que eres Sheba Yadin y que, por desgracia, te has retrasado, que si sería posible pasar mañana alrededor de las once, y que llevarás los veinte mil euros que faltan.

Francesca repitió lo que le había dicho Gropius; después sacó del bolso su teléfono móvil y salió a la calle.

—Todo arreglado —dijo cuando volvió—. Mañana a las once se realizará la entrega. ¡Suponiendo que tengas el dinero!

—Deja que me ocupe yo de eso —repuso Gropius y, casi con timidez, añadió—: *Signora* Colella, ¿tiene algún compromiso esta noche?

Tras una opípara cena en el restaurante del hotel de Gropius durante la que, deliberadamente, sólo hablaron de trivialidades, Gregor se puso serio de repente. Por supuesto, Francesca ya había notado que Gropius se guardaba algo dentro, pero había preferido no decir nada. Había llegado a conocer un poco a Gregor, y sabía que hablaría cuando a él le resultara cómodo. Que todavía no hubiese pronunciado una palabra sobre su viaje a Israel le daba que pensar. Sin embargo, entonces Gropius dijo:

—Ven, vamos a mi habitación. En la nevera tengo una botella de Brunello di Montalcino. Debo hablar contigo.

Lo primero en lo que pensó Francesca fue en la ropa interior que llevaba, y se preguntó si era la adecuada para la situación. Llevaba un encaje negro de La Perla que sobrepasaba con mucho su capacidad adquisitiva. Sin embargo, desde la muerte de su marido, sentía la necesidad de recuperar el tiempo perdido.

Una vez en la habitación, Francesca rodeó el cuello de Gregor con los brazos y preguntó:

—¿Ya te ha perdonado la *signora* Schlesinger la noche que pasamos juntos?

Gregor parecía molesto.

—¡Sabes muy bien que no había nada que perdonar!

—¡Por eso mismo lo digo! ¿Te ha perdonado o no?

Gregor negó con la cabeza.

—No hemos vuelto a hablar desde ese día.

—¡Vaya, cómo lo siento!

Gropius tuvo la sensación de que se estaba riendo de él, y no estaba de humor para bromas. Quería, debía contarle lo que le había dicho Yussuf. Con suavidad pero con firmeza, se zafó de su abrazo y le ofreció asiento.

Francesca se sintió desconcertada. Observó con los ojos muy abiertos cómo Gregor descorchaba la botella de vino y llenaba dos copas de pie alto.

Sin decir palabra y con el semblante muy serio, el profesor sacó un par de fotografías del bolsillo de su americana y se las alcanzó a Francesca.

—Éste es el descubrimiento de Schlesinger, el descubrimiento que lo hizo rico y tras el que aún hoy van ciertas personas como el diablo persiguiendo almas débiles. Seguramente la muerte de Schlesinger, de De Luca e incluso la de tu marido están relacionadas con esto.

Francesca miró las fotografías una a una. La narración de Gropius la había cogido tan desprevenida que no encontraba palabras. Vaya, ¡una tina de piedra con unos huesos y una inscripción ilegible grabada en un lado! ¿Qué conexión podía haber entre esas excavaciones y la muerte de su marido?

Gropius reparó en el desconcierto de Francesca y prosiguió:

—No se trata de un descubrimiento cualquiera, no es un esqueleto cualquiera. ¡Son los restos de Jesús de Nazaret!

—¿Ah, sí? —Francesca rió con timidez, primero vacilante, pero cada vez con más fuerza, hasta que al final se desternilló de risa como una niña traviesa.

Gregor, que sentía que no lo estaba tomando en serio, agarró a Francesca de los hombros y la zarandeó para hacerla entrar en razón.

—Disculpa, Gregor —exclamó, aún sin serenarse—. Pero, por lo que dicen, ese tal Jesús se levantó de entre los muertos y ascendió a los cielos. ¿O acaso me equivoco? ¿Cómo pudo encontrar Schlesinger sus huesos?

—Precisamente ése es el problema. Si Schlesinger hubiese tenido pruebas de su afirmación, los altos cargos del Vaticano tendrían que vender en los saldos la cubertería de plata y pedir ayudas sociales. El negocio de la Iglesia quebraría como las acciones de la compañía telefónica.

—¡Dios mío! —Poco a poco, muy despacio, Francesca empezó a asimilar la situación y a comprender la inquietud de Gregor. Mientras reflexionaba, se cubrió la cara con las manos—. ¡Pero Schlesinger tuvo que encontrar una prueba de su suposición! —exclamó de pronto—. Si no, no lo habrían asesinado.

—Tienes toda la razón —dijo Gropius—. Debía de saberlo más gente, De Luca, Sheba Yadin y Yussuf, el palestino que me vendió estas fotos.

—La pregunta es por qué Schlesinger y De Luca tuvieron que morir cuando los demás siguen aún con vida. Felicia Schlesinger, por ejemplo, o tú.

Gregor arrugó la frente.

—A lo mejor todos nosotros no sabemos más que la mitad de la historia. O llevamos con nosotros un conocimiento inconsciente que aún puede serles útil a los asesinos.

—Eso concierne sobre todo a Sheba Yadin.

—Sobre todo a Sheba Yadin. Es posible que el material de prueba del instituto de De Luca por el que Schlesinger estaba dispuesto a pagar cuarenta mil euros sea justamente la prueba con la que quería corroborar la identidad de Jesús de Nazaret. Aun así, me cuesta mucho hacerme a la idea.

Francesca miró al vacío y reflexionó, y Gropius pensó en la primera vez que se vieron, aquel día en Berlín. Ya entonces le había fascinado su frialdad, la fuerza expresiva de su semblante. Así la vio en esos momentos, mientras decía en voz baja:

—Gregor, ¿te habías preguntado alguna vez por qué había venido Arno Schlesinger precisamente a Turín?

Gropius miró largo rato a Francesca.

—Por Luciano de Luca, supongo, ¡y porque su instituto tiene buen nombre!

Francesca negó con la cabeza.

—En Europa hay numerosos institutos especializados en esa clase de análisis. Ése no puede haber sido el motivo. En cuanto a De Luca...

—No tengo ni idea de adónde quieres ir a parar —la interrumpió Gropius.

—Es lo que quiero decirte. En Turín se encuentra el único objeto que, según se cree, tuvo una relación directa con Jesús...

—¡El santo sudario! —exclamó Gropius, a la vez que se

daba en la frente con la palma de la mano—. ¡Pero si eso son patrañas!

—Hace siglos que muchísimos científicos discuten sobre el tema. Unos afirman que en esa sábana se envolvió el cadáver de un hombre muerto hace dos mil años, otros dicen que se trata de una refinada falsificación y que, además, sería imposible demostrar jamás su autenticidad. Incluso la Iglesia, que debería ser la mayor interesada en comprobar su autenticidad, ha dejado de insistir en que Jesús fue enterrado en ese sudario. Hay muchos problemas.

—Hablas como una experta en el tema. ¿De dónde has sacado esa información?

Francesca se echó a reír.

—En Turín, hasta los niños, antes aun de aprender a leer y a escribir, conocen dos cosas: la FIAT y la Sábana Santa de Turín. Entre nosotros, tampoco hace falta saber mucho más.

El Brunello estaba delicioso, y Gropius daba vueltas a la copa entre las manos.

—Hay una cosa que no entiendo —comentó, pensativo, mirando fijamente el brillo del tinto—. Si ni siquiera la Iglesia considera auténtico ese sudario, ¿por qué iba Schlesinger a pagar cuarenta mil euros por el análisis de esa falsificación? Después de todo lo que he llegado a saber de Schlesinger, no era precisamente un necio. Estaba considerado una eminencia en el campo de la arqueología bíblica. De ahí puede deducirse que sabía más que ningún otro sobre la relación entre esa sábana dudosa y Jesús de Nazaret. Su comportamiento me parece cada vez más enigmático.

—Tienes razón. Como experto en su campo, sabía muy bien lo que valía el análisis de De Luca, así que no puede tratarse de un trocito del sudario de Turín. El *professore* debió de ofrecerle a Schlesinger otra cosa, algo que para él tenía un significado extraordinario.

La serenidad y el frío raciocinio con los que Francesca acometía la cuestión tenían a Gropius muy impresionado. Él mismo estaba exaltado, casi turbado por la trascendencia y la dimensión que había adquirido el asunto en el que se veía envuelto de repente. La pregunta de por qué podría haberle ofrecido tanto dinero Schlesinger al profesor lo desesperaba. No estaba precisamente en situación de formular un pensamiento claro, y vació la copa de un solo trago.

Hacía rato que Francesca había notado su inseguridad, sus dudas respecto a si habían tomado el camino correcto, y la incertidumbre en cuanto a cómo proseguir. Aunque se había hecho muchas ilusiones, vio con claridad que de momento tenía que posponer todo intento de aproximación. No se había dado por vencida con Gregor. Al contrario, la pasión inalcanzada había reforzado aún más sus intenciones y, en cierta manera, incluso disfrutaba del especial atractivo que destilaba esa situación.

—¿Qué quieres hacer ahora? —preguntó, sólo por acabar con el largo silencio; fuera como fuese, no esperaba ninguna respuesta concreta.

Por eso se sorprendió cuando Gregor, con voz firme, dijo:

—Mañana a primera hora iré a buscar el dinero. Lo que viene después es cosa tuya. Te vas con el dinero al instituto de De Luca, dices que te llamas Sheba Yadin y consigues que te entreguen ese misterioso material.

—¿Lo dices en serio? —La repentina resolución de Gropius asombró a Francesca. Sin embargo, la sensación de que la necesitaba le impidió dudar ni por un instante—. Hasta mañana, entonces, sobre las diez.

Alrededor de las diez de la mañana siguiente, Francesca Colella apareció en el vestíbulo de Le Meridien Lingotto. Gropius ya la estaba esperando. Tuvo que mirarla dos veces para reconocerla, ya que se había preparado a la perfección para su escenificación: su pelo castaño estaba oculto bajo una larga peluca negra, el maquillaje claro le confería un aspecto mucho más juvenil y, además, llevaba un traje con una falda que le llegaba a un palmo por encima de las rodillas. En lugar de sus gafas de montura al aire, que le daban aquel acostumbrado atractivo inaccesible y seguro, se había puesto lentes de contacto.

—¡Mis más sinceros cumplidos! —exclamó, asombrado—. Estás fabulosa. Podrías pasar por una auténtica israelí.

Francesca se señaló los ojos.

—Pero no aguanto estas cosas más de dos horas.

Gropius asintió con comprensión.

—No tengas miedo. Todo habrá acabado dentro de dos horas.

Francesca, insegura, se peinó con la mano el pelo largo y liso de la peluca.

—¿Crees que la *signora* Selvini me desenmascarará? A fin de cuentas, ya estuve una vez en el instituto.

Gropius se sacó un sobre gris con cuarenta billetes de quinientos euros del bolsillo y repuso:

—Seguro que no. El dinero nubla la vista. Además, estás tan perfecta que hasta a mí me cuesta hablarte sin pensar que eres Sheba.

En un tranquilo rincón del vestíbulo, repasaron una vez más su plan. Gropius casi no había dormido en toda la noche y había estado tomando notas. Desde que estaba ocupado en la resolución del caso, el profesor había empezado a pensar de una forma temerosa, casi cuadriculada, teniendo siempre en cuenta todas las pequeñeces. Antes, nunca habría pensado así.

Según el plan, Francesca, para evitar cualquier casualidad y cualquier sospecha, no utilizaría su propio vehículo, sino que iría en taxi al instituto de De Luca. Para deshacerse de posibles perseguidores, a la vuelta no debía dirigirse al hotel en el que se hospedaba Gropius, sino a la estación. Allí era más fácil desaparecer y volver a salir del edificio por un acceso lateral. De esta forma, podría dirigirse sin ser vista al hotel de Gropius, donde el valioso objeto acabaría cuanto antes en la caja fuerte.

Francesca llegó al instituto de De Luca a las once en punto. Como siempre, la villa de dos pisos escondida tras cipreses y maleza daba la sensación de estar abandonada. Francesca se detuvo un momento para concentrarse. Repasó una vez más a cámara rápida toda la estrategia que Gropius le había expuesto. Después tocó el timbre.

La señora Selvini era una mujer delgada, con el pelo corto y pelirrojo, muy maquillada, de una edad difícil de determinar. Podía tener cuarenta años, pero también sesenta. En cualquier caso, sus altos hombros, entre los cuales desaparecía por completo su cuello, hacían pensar en una bruja. A eso se le añadía una voz ronca e insegura, de esas que no son desacostumbradas entre las italianas del norte. Al contrario que el de Francesca, el inglés con que le habló no era muy bueno, pero eso favorecía sobre todo a la visitante desconocida.

El saludo resultó frío y profesional, como ya esperaba, y Francesca tuvo la impresión de que la mujer, al mirarla con los ojos entornados, sólo pensaba en el dinero que le había pedido. Por eso, Francesca empezó diciendo:

—Traigo conmigo la cantidad. ¿Querría enseñarme el material?

La mujer enarcó las cejas negras, que resaltaban notablemente contra su tez clara, y respondió:

—¿No esperaría usted que guardara aquí la pieza, señorita Yadin? ¿Podría ver antes el dinero?

A Francesca le dio un vuelco el corazón. Se sintió insegura, pues había contado con que la entrega tendría lugar en el instituto. Con Gropius había discutido todas las posibilidades, pero no habían pensado en ésa. Al final, Francesca contestó:

—¿Desconfía de mí, *signora*? Bueno, en ese caso, también a mí me corresponde cierta desconfianza. ¿Dónde está el material?

La señora Selvini mascülló un par de insultos en italiano, que Francesca entendió a la perfección y de los cuales *puttana* era de los que mejor sonó; después, en un tono algo más afable, sugirió:

—Acompáñeme, señorita Yadin, mi tío Giuseppe es el dueño de una tienda de antigüedades que está cerca de la Academia de las Ciencias. Allí se encuentra lo que está buscando.

Ante la casa, bajo un pino piñonero, había aparcado un viejísimo Peugeot 504 cuyos días de gloria habían pasado hacía ya una generación. Sin embargo, aquel desvencijado vehículo verde oscuro encajaba con la señora Selvini. El trayecto a lo largo de la orilla contraria del Po no duró mucho y transcurrió casi en silencio, interrumpido tan sólo por un par de comentarios sobre el tiempo primaveral. Francesca no se sentía muy cómoda y no le quitaba ojo al camino que estaban siguiendo. La señora Selvini se detuvo ante una pequeña tienda con un escaparate de barrotes en el que se amontonaban toda clase de cachivaches, entre ellos un viejo caballo balancín de madera y una maltrecha Virgen de yeso de tamaño natural.

El tío Giuseppe, un hombrecillo de pelo blanco y ralo, tenía unos noventa años, pero iba vestido con elegancia y miraba a través de unas gafas de gruesos cristales. Ya no oía muy bien, y la señora Selvini tuvo que decirle a gritos que quería sacar algo de la caja fuerte. Ciertamente, entre todos los trastos y el mobiliario antiguo, Francesca distinguió una caja fuerte marrón del siglo XIX con decoración pintada. La señora Selvini extrajo una anticuada llave de doble paletón del bolsillo de la chaqueta de su traje, abrió la caja de caudales y sacó un sobre grande, de unos veinte por treinta centímetros, con la inscripción «Sig. Schlesinger, Monaco di Baviera».

Cuando Francesca reparó en la actitud dubitativa de la mujer, se volvió y sacó el dinero, que llevaba oculto en la ropa interior por motivos de seguridad.

—¿Podría ver el contenido? —le preguntó a la señora Selvini.

—Sí, por supuesto —repuso ésta en un tono que delataba cierta susceptibilidad.

El sobre contenía dos hojas impresas por ordenador con un

breve texto científico y un código de barras. También dos objetos provistos de unas tarjetas plastificadas tamaño postal y con un sello del Instituto Prof. Luciano de Luca: uno parecía una gota de cera, mientras que el otro era claramente un pequeño retal de tela desteñida de unos cuatro centímetros cuadrados.

A Francesca le resultó difícil asimilar el significado y el valor del contenido. No le cabía en la cabeza que aquellas ridículas reliquias fuesen motivo para matar a nadie, que el pobre Constantino hubiese tenido que morir tal vez porque alguien creía que aquel sobre estaba en su casa.

Cuando le dio el dinero a la mujer y ésta le hizo entrega del sobre, Francesca sintió un mareo que le nacía en el estómago, como en aquella otra ocasión, cuando supo que había transportado a Londres un Mauricio Azul sin sospechar nada. Invadida por un repentino aturdimiento, Francesca salió a toda prisa de la tienda y corrió por la Via Nizza como si le fuera la vida en ello hasta llegar a una parada de taxis. Se subió a uno de los coches que aguardaban allí.

—Al Meridien —dijo, sin aliento, desoyendo así la advertencia de Gregor de que diera un rodeo pasando por la estación.

Una vez en el hotel, se echó a los brazos de Gregor, que la esperaba en el vestíbulo sin llamar la atención. Toda la tensión que había acumulado en su interior estalló de súbito, y rompió a llorar desconsoladamente.

—¡Todo ha ido bien! —sollozó—. Tengo lo que buscabas.

Gropius le cogió el sobre de la mano y desapareció sin decir palabra hacia los servicios de caballeros de la planta baja. Cuando regresó, le hizo una señal a Francesca para transmitirle que había hecho un buen trabajo y se dirigió hacia la sala de cajas fuertes del hotel, que estaba justo detrás del mostrador de recepción.

—¿Qué quieres hacer ahora? —preguntó Francesca cuando Gregor se hubo deshecho del valioso sobre y se sentó junto a ella en el vestíbulo.

Francesca aún iba disfrazada, y a Gropius le costó contener la risa. Sin embargo, la pregunta resonó en su cabeza: «¿Qué quieres hacer ahora?» Él mismo se preguntó cómo podía estar tan sereno. En lugar del éxito, sentía un extraño abatimiento, como si lo atormentara la mala conciencia. Aun así, no era culpable de nada en absoluto, tan sólo se había adelantado a otros que se habían consagrado al mal.

—No lo sé —respondió, en honor a la verdad, para no herir a Francesca con su silencio—. Necesito un par de días.

Acuciado por los desordenados pensamientos que cruzaban por su mente como una lluvia de meteoritos, cada pregunta que se planteaba suscitaba nuevos interrogantes en lugar de resolver nada. Lo que más desconcertaba a Gropius era por qué Schlesinger, que había encargado en un principio los análisis de ADN, les había dado tanto valor. A fin de cuentas, ya tenía en su posesión material suficiente como para que alguien le hubiese pagado diez millones. ¿Por qué encargar, entonces, más análisis? ¿Habría estado fanfarroneando Schlesinger, o tal vez sólo intuía que obtendría la prueba de la identidad de Jesús de Nazaret? ¿Habrían hecho Schlesinger y De Luca causa común, y todo aquello no era más que un sofisticado complot? ¿Habría puesto Schlesinger un esqueleto cualquiera en la tina de piedra, y habría preparado De Luca un ADN falso?

Francesca, como si tuviera la habilidad de leer el pensamiento, comentó de pronto:

—Te preocupa imaginar que podrías haber caído en la trampa de dos estafadores insidiosos llamados Schlesinger y De Luca, ¿verdad?

—Verdad —repuso Gropius—. ¿Cómo lo has sabido?

—¡Porque eso ha sido lo primero que he pensado yo!

—¿Qué lo desmiente? —Gropius miró a Francesca, expectante.

—Tanto Schlesinger como De Luca eran científicos reconocidos, cada cual en su rama. ¿Por qué iban a involucrarse en un asunto turbio que, de ser descubiertos, habría representado el final de sus carreras? No, creo que cada uno de ellos tenía una prueba de la muerte de Jesús de Nazaret. Esas dos pruebas juntas representaban una síntesis concluyente. Por eso debían morir.

Gropius escuchó las palabras de Francesca con actitud crítica. Con los codos apoyados en las rodillas, reflexionó. Al cabo de un momento, dijo:

—En última instancia, eso querría decir que yo soy el siguiente.

Más o menos en ese mismo instante, Sheba Yadin salió del hotel Diplomatic y emprendió camino hacia el café del Corso Belgio para reunirse, como habían acordado, con la señora Selvini. Sin embargo, ésta no se presentó. Al cabo de una buena media hora y dos *caffè latte*, tuvo la desagradable sensación de que algo no iba bien. La señora Selvini, con la que se había visto el día anterior, le había dado una impresión contradictoria.

Le había llamado la atención que la mujer estuviera tan nerviosa, en todo caso, más que ella misma, aunque Sheba lo había achacado a la respetable cantidad de dinero que estaba en juego en su reunión.

Por eso, la israelí decidió dirigirse al instituto de De Luca. Aún era de día, pero en una sala del primer piso brillaba una luz intensa. La puerta del jardín de la entrada estaba abierta y, puesto que nadie contestó a la llamada del timbre, Sheba entró en la propiedad y se dirigió hacia la entrada. En la puerta, cerrada, se anunció dando golpes y voces. Sheba, impulsada por un mal presentimiento, se dispuso a rodear la casa. Todo estaba en silencio. Sólo se oían los trinos de los pájaros entre los pinos del jardín. Sheba esperaba poder echar un vistazo al interior del edificio por una de las ventanas de la planta baja; sin embargo, los cristales eran opacos y no dejaban ver nada.

En la parte de atrás encontró otra entrada que en otros tiempos había sido para el servicio. La puerta estaba abierta, y Sheba quiso dar media vuelta. Sintió miedo. Sin embargo, se acercó a la entrada, donde la recibió una corriente de aire frío.

—¿Hay alguien? —llamó en inglés.

No obtuvo respuesta.

El oscuro pasillo estaba alicatado con azulejos violetas y desprendía ese decadente encanto de principios del siglo XX. De las paredes colgaban grabados de Piranesi con vistas de antiguas ciudades. Olía a humedad. El pasillo terminaba en una puerta doble de madera con cristales esmerilados por los que se entreveía, desfigurado, un salón con muebles antiguos.

Sheba llamó a la puerta y abrió.

—¿Hay alguien? —volvió a preguntar, alzando la voz.

Un reloj de pie, de al menos tres metros de alto y provisto de un enorme péndulo de latón, emitía su despiadado tictac. A mano derecha había una escalera de madera con una barandilla de grandes columnas en espiral que conducía al piso de arriba. Los tablones crujieron a medida que Sheba fue pisándolos al subir. Ése fue el último sonido que oyó la israelí.

Cuando llegó al descansillo de arriba y se volvió hacia la izquierda, donde había una puerta de la que salía una luz de fluorescente, notó un golpe fuerte y certero en el cuello, y una intensa corriente eléctrica le paralizó las extremidades. Se desplomó en el suelo, inconsciente. Tuvo la sensación de que era ligera como una pluma, sintió que la llevaban hacia una luz resplandeciente y la tumbaban sobre una superficie fría. Aún llegó a sentir un pinchazo en el brazo derecho, un leve pellizco, una sensación casi agradable, y después todo se convirtió en un muro bilioso e impenetrable. Sheba notó que la vida abandonaba su cuerpo. Lo único que podía mover eran los dedos. Con sus últimas fuerzas y un solo dedo, dibujó un signo sobre la superficie fría que la sustentaba. Un frío remolino se la llevó de allí, y luego reinó un silencio gélido.

La señora Selvini regresó hacia las cinco de la tarde. Desde el fallecimiento de De Luca, que la había afectado mucho porque el profesor no sólo había sido su jefe, sino también su amante, era la única habitante de la vieja villa. Vivía retirada en el desván, bajo el tejado, en dos pequeñas habitaciones abuhardilladas con vistas al parque. Diez años atrás, De Luca la había sacado de un laboratorio genético de Bolonia y se la había llevado a Turín. Ella había aceptado su oferta de muy buena gana, puesto que De Luca tenía renombre como investigador y, además, estaba interesado en su vida privada... Al principio sólo era una suposición que, no obstante, había resultado acertada. Juntos habían dirigido el Instituto Prof. Luciano de Luca, una reconocida institución en el campo de la biotecnología y el análisis, al menos hasta hacía dos años, cuando el profesor empezó a sentir una especie de miedo existencial y a dedicarse a negocios que se movían en los límites de la legalidad, pero que les proporcionaban mucho dinero. Desde entonces, el instituto de la orilla derecha del Po era particularmente conocido en determinados círculos.

La señora Selvini se sobresaltó al ver a los dos *carabinieri* que montaban guardia a la entrada del instituto.

—¿Podrían explicarme qué sucede aquí? —preguntó con brusquedad.

Uno de los agentes le cortó el paso y, sin contestar a su pregunta, le espetó:

—¿Quién es usted?

—La *signora* Selvini. Vivo aquí, si no tiene usted nada en contra. ¿Qué ha ocurrido?

El *carabiniere* se negó a responder, y, en lugar de eso, dijo con rotundidad:

—¡Sígame, *signora*!

Sin salir de su asombro, la mujer vio que el agente la llevaba hacia la entrada trasera, que nunca utilizaba nadie, y al ver la puerta abierta creyó que se había cometido un robo de los que no eran poco habituales en el vecindario.

El *carabiniere* la llevó ante un comisario, con el rostro lleno de arrugas y el pelo rizado, que estaba en mitad del salón hablándole a un dictáfono.

—Primero quisiera saber cómo han entrado ustedes aquí —dijo la señora Selvini, con gran insistencia en la voz.

—La puerta estaba abierta —repuso el comisario, y se guardó el dictáfono en el bolsillo—. Soy el *commissario* Artoli. ¿Puede identificarse?

—Yo me llamo Selvini —contestó la mujer, y empezó a rebuscar en su bolso, disgustada.

Al hacerlo, enseñó sin darse cuenta un fajo de billetes. Tras una fugaz mirada al documento de identidad, que de pronto ya no parecía interesarle tanto, el comisario comentó con un deje de ironía:

—¿Siempre lleva tanto dinero encima, *signora*?

—¡Eso es asunto mío, *commissario*! —replicó ella, molesta.

—Sin ninguna duda, siempre que no se trate de un dinero ganado ilegalmente que no se declara al fisco. Pero seguro que puede usted explicarme la procedencia de esos billetes.

Acorralada, la señora Selvini pasó al ataque:

—¡O me dice ahora mismo qué es lo que está ocurriendo aquí o desaparecen, y me quejaré a su superior!

Artoli, la tranquilidad personificada, compuso una sonrisa insidiosa, tendió la mano y dijo:

—¿Tendría la bondad de dejarme el bolso con el dinero?

¿Cómo debía reaccionar? La sospecha más obvia era que esa Sheba Yadin, de la que había desconfiado desde un primer momento, le había tendido una trampa. La señora Selvini sabía que no se le daban nada bien los negocios turbios en los que había estado metido De Luca.

—¿Estoy obligada a ello? —repuso a la petición del comisario.

—En este caso, sí, *signora*.

—¿En qué caso, *commissario*?

El comisario seguía sonriendo.

—Seguro que no sabe cómo ha llegado a su laboratorio el cadáver de una mujer.

—¿Qué cadáver?

—Una tal Sheba Yadin.

—¿Sheba Yadin? ¡No puede ser!

—¿La conoce?

—Sí, bueno, no. El dinero que llevo en el bolso es de ella.

Apenas hubo pronunciado la frase, supo que había cometido un error, pero se le había escapado sin más. Desconcertada, puso el bolso en manos del comisario y subió corriendo la escalera.

En la puerta del laboratorio, soltó un grito: sobre la mesa, velada por vasos, recipientes, cánulas e instrumentos electrónicos de medición, había una joven con el pelo corto y rubio, vestida con un elegante traje beige. Tenía un pie enfundado en un zapato oscuro de tacón alto, el otro zapato estaba tirado en el suelo. El brazo izquierdo yacía junto al cuerpo, el derecho colgaba medio doblado por el borde de la mesa. No tenía los ojos del todo cerrados y aún se podía entrever el brillo de los globos oculares.

—¿De verdad está muerta? —preguntó la señora Selvini con inseguridad.

El comisario, que la había seguido, asintió con la cabeza.

—¿Cómo ha llegado hasta aquí? ¿Quién es?

—Eso quería preguntarle yo a usted —respondió el comisario, y se acercó mucho a ella—. Se llama Sheba Yadin. Debería usted conocerla. Acaba de decir que...

—¡Qué va! —lo interrumpió la mujer, y se frotó los ojos con una mano—. Ésa no es Sheba Yadin. ¡Hoy mismo he hablado con Sheba Yadin y me ha dado el dinero!

—¿Conocía desde hace mucho a la *signora* Yadin?

—No. Sólo conocía su nombre. Era la mujer, o la amiga, de un arqueólogo que nos había encargado unos análisis. Me ha pagado ese dinero por unas pruebas que se llevaron a cabo en nuestro instituto. Nadie podía saber nada de ese encargo, y nadie más me habría pagado tanto dinero por ese análisis. No tenía ningún valor para nadie más.

—De manera que, ¿insiste en que esta mujer no es Sheba Yadin?

—¡Se lo juro por san Lorenzo y por todos los santos!

El comisario le puso un pasaporte ante los ojos. La fotografía del documento mostraba a una joven con una melena larga y oscura; pero, aunque la mujer inerte de la mesa del laboratorio llevaba el pelo corto y rubio, no era difícil ver que se trataba de la misma persona. El nombre del pasaporte estaba escrito en alfabeto hebreo y latino: Sheba Yadin.

—¡Dios mío! —balbuceó la señora Selvini, y se quedó mirando al comisario con desconcierto. Estaba completamente aturdida—. ¡Dios mío! —repitió—. No entiendo nada.

—*Signora*, debe de tener alguna explicación de por qué hay una mujer muerta en la mesa de su laboratorio y por qué lleva en el bolso la misma cantidad de dinero que llevaba ella: veinte mil euros.

—¿Que llevaba...?

—¡... veinte mil euros en el bolso! Si me permite el comentario, *signora*, prescindiendo de la cantidad, se trata de algo de lo más insólito y, sin duda, no es ninguna casualidad. Empiezo a sospechar que ha cerrado usted un trato con Sheba Yadin y que las dos se han repartido la cantidad a partes iguales. A lo mejor entonces ha surgido una disputa y la *signora* Yadin ha acabado de mala manera. ¿Ha sido así?

La señora Selvini gritó:

—¡No, no, no! No he tenido nada que ver con el asesinato. ¡Ni siquiera conozco a esta mujer!

—¿No ha dicho que el dinero que llevaba en el bolso era de Sheba Yadin? Bueno, ¿qué es lo que debo creer, *signora* Selvini? ¡Diga la verdad de una vez!

—¡La verdad, la verdad! Ya le he dicho la verdad. Me he encontrado con Sheba Yadin en un café del Corso Belgio, le he entregado los dos análisis de ADN y ella me ha pagado veinte mil euros.

—¿Testigos?

—¡La *signora* Yadin!

—¡Pero si yace muerta ante nosotros! —El comisario alzó la voz amenazadoramente.

—Pues Sheba Yadin tenía una doble...

—... que le ha entregado a usted veinte mil euros como si tal cosa, sin recibo, sin nada de nada.

—Sí. Así ha sido. —La señora Selvini hablaba con auténtica desesperación.

Se le humedecieron los ojos, pero no de dolor, sino de rabia, de rabia por haberse metido en aquella situación sin salida.

Un agente de criminalística, vestido con un mono de papel blanco y guantes blancos de látex, los hizo a un lado. Con un pincel y un aerosol iba aplicando en determinados lugares del laboratorio nubes de polvo de grafito para extraer huellas dactilares con la ayuda de láminas adhesivas transparentes. De vez en cuando, el hombre producía sonidos de los que podía deducirse que su trabajo se desarrollaba de una forma prometedora.

—*Commissario!* —El hombre del mono blanco de pronto sostuvo en alto un pequeño objeto, un frasco de plástico que llevaba escrito «Clorfenvinfos».

—¿Qué es eso? —preguntó el policía sin tocar el frasco.

—¡Un insecticida letal! Por lo que sé, ya se han producido algunos asesinatos con este veneno.

—¿Es de su laboratorio, ese frasco? —preguntó el comisario a la señora Selvini.

—¡Somos un laboratorio de biotecnología, no un taller de alquimia! —espetó la mujer a disgusto, y prosiguió—: Cada vez me da más la impresión de que quiere acusarme de esta muerte.

—¡En absoluto! Pero a lo mejor debería advertirle de que, en vista de las primeras investigaciones, será difícil no relacionarla con el asesinato. Lo que me ha dicho hasta el momento, en todo caso, habla más en su contra que a su favor: un cadáver en su casa; una muerta cuyo nombre usted conocía y cuya identidad, no obstante, niega; una respetable cantidad de dinero en su bolso, igual que en el de la muerta, y ¿ahora quiere decirme que usted no ha tenido nada que ver, *signora*?

La mujer comenzó a chillarle que era un comunista, o un mafioso, y todo lo que se le ocurrió en su arrebato de exaltación, y que sobre todo, gritó con ojos fulgurantes, desde aquel momento no le diría una sola palabra más, e insistía en hablar con un abogado.

Contempló unos instantes cómo el agente de criminalística hacía su trabajo, después olvidó todas sus amenazas y le preguntó al comisario:

—¿Cómo ha averiguado que habían asesinado a esta mujer y que su cadáver estaba aquí?

—Una llamada anónima a jefatura. Una voz de hombre con acento extranjero ha dicho que en el instituto del *professore* De Luca había una mujer muerta. Esas llamadas son bastante frecuentes y al principio siempre creemos que son bromas pesadas. Por eso sólo hemos enviado un coche patrulla con dos *carabinieri*. Se han encontrado con todas las puertas abiertas y, después de registrar la planta baja, han descubierto el cadáver aquí arriba.

El forense, un hombre larguirucho y de aspecto juvenil, con el pelo oscuro peinado hacia adelante, lo cual le hacía parecer un césar romano, había estado trabajando hasta ese momento sin llamar la atención. Fue a buscar en aquel instante la bolsa que había dejado a la entrada del laboratorio y se dispuso a desaparecer de nuevo, también sin llamar la atención.

—¡Un momento, *dottore*! —lo detuvo el comisario—. ¿Hora de la muerte?

—Hace entre dos y tres horas.

—¿Causa de la muerte?

—Es difícil decirlo. Mañana antes de las cinco de la tarde tendrá mi informe. En todo caso, el pliegue del codo derecho presenta un pinchazo. Hasta mañana no podré confirmarle con seguridad si eso guarda una relación causal con la muerte de la mujer.

Ya había oscurecido, y el agente de criminalística le dio a entender al comisario que podía llevarse el cuerpo y entregárselo al forense. Dos hombres, uno bajo y fuerte, el otro alto y delgado, llegaron con un cajón de plástico en forma de bañera y realizaron su trabajo con expresión de indiferencia.

En la mesa del laboratorio donde había yacido la fallecida, el hombre del mono blanco empezó a buscar más pruebas. Encontró dos pelos que, con ayuda de unas pinzas, metió en una bolsita de plástico transparente. Cuando estuvo seguro de que no encontraría más restos orgánicos, se puso a buscar huellas dactilares y empolvó toda la superficie de la mesa. Entonces realizó un extraño descubrimiento.

Entre diferentes huellas dactilares e irrelevantes marcas de arrastre, gracias al polvo de grafito, apareció también una señal fácilmente reconocible: tres grandes letras latinas, torcidas y desplazadas como si hubiesen sido garabateadas a ciegas y con los dedos desnudos sobre la mesa del laboratorio.

—¡*Commissario*, venga a ver esto! ¿Qué significa?

El policía se acercó y leyó «IND». Se encogió de hombros y sacudió la cabeza.

CAPÍTULO 14

Con la completa certeza de estar sobre la pista del golpe maestro de Schlesinger, Gropius había pasado la noche muy intranquilo en Le Meridien. El teléfono lo despertó poco antes de las ocho. Gregor creyó que sólo podía ser Francesca. Sólo ella sabía dónde se encontraba, así que cogió el auricular medio dormido.

—¡Han asesinado a Sheba Yadin! —exclamó Francesca al otro lado de la línea. Su voz sonaba imperiosa y muy exaltada.

—¿Qué estás diciendo? —El profesor se enderezó y apretó más el auricular contra la oreja—. ¿Sheba?

—¡La han asesinado! Han encontrado su cadáver en el instituto del *professore* De Luca. Tengo una sensación espantosa, mierda, ayer mismo estuve andando por ahí haciéndome pasar por Sheba. ¿Oye? ¿Sigues ahí?

Gregor miraba al frente, a la habitación oscura. Las cortinas seguían corridas. Olía, como en todas las habitaciones de hotel del mundo, a aire acondicionado, a aspiradora y a humedad del cuarto de baño, y, como en todos los pasillos de hotel del mundo por las mañanas, fuera se percibía una actividad semejante a la de una estación: carritos portaequipajes, servicio de habitaciones, voces apremiantes, las conversaciones de las camareras. No, no era un sueño. ¡Era la realidad!

—Sí —repuso, vacilante—. Disculpa, aún tengo que asimilarlo. ¿Ya se sabe qué ha ocurrido?

—Han arrestado a la *signora* Selvini, pero ella lo niega todo. Hoy la llevarán ante el juez de instrucción.

—¿La crees capaz de asesinar a alguien? Quiero decir que tú, al menos, hablaste un rato con ella.

Francesca respiró hondo.

—Qué quieres que te diga, Gregor. La *signora* Selvini es una bruja. Las brujas son perversas, pero no matan a nadie, y menos aún de una forma tan profesional.

—¿Qué quieres decir con eso de profesional?

—Los periódicos dicen que Sheba murió a causa de una inyección de Clorfenvinfos.

—¿Clorfenvinfos? ¡Dios mío!

—Por lo visto, Sheba Yadin sabía demasiado y tenía que morir. Es asombroso que yo aún esté viva.

—Creo que esa vieja arpía de Selvini está con la organización. Conocía el valor de los análisis del material y seguramente nos vendió una falsificación. Seguramente el material que tenemos en la caja fuerte son retazos sin valor.

—¿De verdad crees eso?

Gregor suspiró con resignación.

—Parece que no todo ha sido en balde. Nos estamos enfrentando a una organización que sobrepasa mi capacidad de imaginación. Tú, yo, todos los que nos interponemos aunque sea un poco en sus intereses debemos de estar continuamente vigilados, y a esos caballeros les divierte que un ingenuo profesor que no piensa más que en la ética y en la moral emprenda la ridícula tarea de engañarlos. Empiezo a preguntarme para qué hago todo esto. ¿Para qué?

Francesca sintió que Gregor necesitaba consuelo con urgencia. Por eso, en contra de lo que pensaba, respondió:

—Ahora no puedes rendirte. Ya estás muy cerca de la resolución del caso, de tu caso. Esto te concierne a ti, concierne a tu vida. Si me dejas, yo estaré a tu lado para todo lo que pueda. ¡Te quiero!

Gropius, que no se encontraba en situación de racionalizar las cosas, no asimiló aquella inesperada declaración de amor hasta reorganizar sus sentimientos. Por otra parte, en su estado de resignación y debilidad, no era precisamente insensible al cariño de otra persona.

—Mejor hablamos de eso en otro momento —repuso, sin mostrar ningún tipo de rechazo—. Por favor, entiéndeme.

—Disculpa, no quería decir eso. ¡Se me ha escapado! —El repentino arrebato emocional había sorprendido incluso a la propia Francesca. Tras pensar unos instantes, dijo—: El periódico dice que, antes de morir, Sheba Yadin dejó una señal que podría ser una pista sobre sus asesinos. Dibujó tres letras con el dedo sobre la mesa en la que la colocaron: IND. ¿Qué querrá decir?

¿IND? La abreviatura le resultaba familiar a Gropius. ¿IND? ¿No era ése el nombre de la empresa de la tarjeta de crédito con la que se había pagado la cuenta del hotel de Rodríguez, en Munich? ¡Sí, por supuesto! Entonces lo recordó. ¡Rodríguez!

—Tienes razón, Francesca —repuso Gregor—. Nunca hay que rendirse. Tal vez estoy más cerca de lo que pensaba de la resolución de mi caso. En cuanto a lo otro... Me gustaría hablar de ello en otra ocasión.

Bajo la ducha, Gropius se mojaba la cara con agua alternativamente fría y caliente, como si quisiera poner en movimiento el flujo de pensamiento de su cerebro. No dejaba de pensar en la declaración de amor de Francesca. Por otro lado, no obstante, también Felicia Schlesinger ocupaba aún un lugar en su mente.

Con la piel mojada y una toalla alrededor de la cintura, Gregor descorrió las cortinas de su habitación. La lechosa bruma matutina prometía un día soleado. Fue hasta el teléfono y marcó el número de Felicia.

La mujer contestó con sequedad y, más por educación que por cualquier otra cosa, preguntó:

—¿Dónde estás?

—En Turín. ¡He vuelto de Israel y tengo novedades importantes!

—Vaya. —Su respuesta carecía de toda emoción—. Si se trata de nuevos descubrimientos sobre el pasado de Schlesinger, mi interés es limitado. ¡Ya te lo dije!

Gropius sintió un muro invisible entre ambos. La frialdad con que lo trataba Felicia desde hacía algún tiempo lo hacía dudar de que alguna vez hubieran estado mínimamente unidos. Cierto, se habían acostado juntos, y Gregor tenía muy buenos recuerdos en ese sentido; pero el sexo y el amor son dos cosas diferentes y, al contrario que el sexo, el amor a menudo suele quedarse sólo en proyecto. Tal vez habían planificado demasiado ese amor porque en su situación había sido muy oportuno, tal vez habría sido mejor dejarse llevar por el azar de los sentimientos que por una idea.

—Ha sucedido algo horrible —dijo Gregor, cambiando de tema—. Sheba Yadin ha sido asesinada, aquí, en Turín.

Durante un rato se impuso un silencio al otro lado de la línea, después oyó que Felicia decía:

—¿Supongo que no estarás esperando que rompa a llorar?

—Claro que no. Sólo quería que lo supieras.

—¿Asesinada? —Parecía que Felicia iba comprendiendo la trascendencia de la noticia—. ¿Ya han encontrado al asesino?

—No, pero lo que es aún más terrible es que Sheba Yadin ha muerto a causa del mismo veneno que tu marido, una inyección de Clorfenvinfos.

—¿Qué ha dicho la policía?

—De momento, nada. Por ahora, la policía no sabe absolutamente nada de ninguna relación entre la muerte de Sheba y la de los pacientes de los trasplantes.

—Deberías informarlos.

—Sí. A lo mejor tienes razón. A propósito, tengo una pregunta: ¿te acuerdas de si Arno Schlesinger mencionó alguna vez la abreviatura «IND»?

—¿IND? ¿Qué significa?

—Eso me gustaría saber a mí. Sheba Yadin garabateó esas tres letras en una mesa. Seguramente es una pista sobre sus asesinos.

—¡Sí, por supuesto! ¡IND! En la incineración de Schlesinger entregaron un arreglo floral con una cinta. Decía: «REQUIESCAT IN PACE. IND.» Descanse en paz. Entonces me pregunté dos cosas: quién sabía de la incineración y qué significaba esa misteriosa abreviatura.

—¡No lo habías mencionado nunca!

—¡Para qué! ¿Acaso podía sospechar que ese detalle inofensivo tendría algún significado? Lo único que quería era borrar de mi memoria las misteriosas circunstancias de la muerte de Schlesinger. Se trataba de olvidar a Arno. ¿Por qué me lo preguntas ahora, para empezar?

—¡Perdona, pero todo apunta a que Sheba Yadin y Arno Schlesinger han sido asesinados por la misma organización!

—Vaya sorpresa; por lo visto, Arno le reveló a esa guarra el secreto que le reportó los diez millones. Después de todo, pasaba la mayor parte del tiempo con ella.

Felicia se sentía muy herida en su orgullo. Se notaba en cada una de sus palabras. Odiaba a ese Schlesinger que le había mentido tan descaradamente en sus cuatro años de matrimonio. Gropius tuvo incluso la sensación de que en ese momento odiaba a todo el mundo. Un sentimiento en el que Felicia amenazaba con perderse.

—Comprendo tu acritud —dijo Gropius—, pero tienes que intentar sobreponerte. Schlesinger está muerto, tú vives. Al menos te ha dejado una cantidad de dinero que te permitirá llevar una vida sin preocupaciones.

Como si las palabras de Gropius le hubiesen pasado por alto, Felicia preguntó sin ambages:

—Y esa italiana, Francesca, ¿está contigo?

—No —le aseguró Gropius—. ¡Puedes creerme! —De pronto se vio inmerso en la absurda situación de tener que justificarse; por eso, a disgusto, añadió—: En cualquier caso, no tendría que pedirte permiso, ¿no?

—Sí, tienes razón —repuso Felicia.

La conversación terminó de forma abrupta.

El asesinato de Sheba Yadin llegó a los titulares internacionales. Sobre todo aquella misteriosa abreviatura, IND, que Sheba había garabateado en su agonía sobre la mesa del laboratorio, dio pie a disparatadas especulaciones. El Servicio Federal de Información, que con sus costosos métodos de desciframiento seguía sin resolver el problema, se vio desafiado de nuevo.

Wolf Ingram, el director de la comisión especial que llevaba meses dando palos de ciego sin llegar a ningún resultado concreto, aprovechó la oportunidad y pasó a la ofensiva. En una entrevista con el periódico italiano *Stampa Sera*, Ingram hizo pública la posible relación entre el asesinato de la arqueóloga israelí y el del paciente alemán del trasplante. Carnaza para la prensa sensacionalista de toda Europa.

Un día después de su arresto, la señora Selvini fue puesta en libertad. Su abogado pudo demostrar una firme coartada corroborada por dos testigos para la supuesta hora del asesinato y depositó una fianza de veinte mil euros.

Gropius, en cambio, recibió en el hotel una llamada del comisario Artoli. Artoli no hablaba alemán, pero sí muy buen inglés, e insistió en que Gropius no saliera del hotel hasta que se encontraran. Tenía que prestar declaración en el caso del asesinato de Sheba Yadin. Gropius no presentía nada bueno. ¿De dónde había sacado Artoli su nombre y cómo sabía que se hospedaba en Le Meridien Lingotto?

Contra todo lo esperado, Artoli no le cayó antipático a Gropius. Tenía muy buenos modales y empezó su interrogatorio, que tuvo lugar en un tranquilo rincón del vestíbulo del hotel, con las siguientes palabras:

—Señor mío, siento tener que interrumpir su estancia en Turín con un asunto tan desagradable.

Gropius hizo un ademán involuntario con la mano.

—Por favor, no se moleste, *commissario*, sé de qué se trata. ¿Qué quiere saber de mí?

—Está bien. —Artoli daba la impresión de tener todo el tiempo del mundo, como si estuviera por encima de todas las cosas; sin embargo, la serenidad que irradiaba resultaba casi provocadora—. *Professore* —empezó a decir con una sonrisa—, ha sacado usted veinte mil euros del banco American Express de Turín. ¿Podría explicarme qué ha hecho con el dinero?

Gropius no esperaba en absoluto esa pregunta, que lo dejó totalmente descolocado.

—¿Veinte mil? ¿Cómo sabe eso? —repuso, a disgusto.

Artoli se encogió de hombros. Puesto que Gropius tardaba en contestar, explicó:

—La *signora* del mostrador recordó la transacción al leer en el periódico que tanto la fallecida como la *signora* Selvini llevaban esa cantidad encima.

Gropius se sintió acorralado. ¿Cómo debía reaccionar? ¡No podía decir la verdad! La verdad era tan absurda que sólo conseguiría atraer más sospechas hacia sí. No, guardaría silencio. Nadie podía obligarlo a dar cuentas del paradero de su dinero.

—Veinte mil euros es mucho dinero, al menos para un humilde *commissario*. Pero tampoco un *professore* va por ahí de paseo o a comprar con esa cantidad en el bolsillo. Así pues, ¿dónde está el dinero, *professore*?

—¡No estoy obligado a darle explicaciones! —espetó Gropius, incómodo—. Ese dinero lo he ganado honradamente, pago mis impuestos en Alemania, y nadie puede impedirme que lo gaste en Italia.

—En eso tiene toda la razón, *professore*. Sin embargo, una explicación por su parte podría ayudarnos en este caso de asesinato.

—¿Qué quiere decir con eso de ayudarnos? ¿Se refiere a acusarme del asesinato de Sheba Yadin?

—¿Conocía a la fallecida?

—No.

—¿Está seguro?

—Sí.

—Qué curioso. Es una insólita casualidad. Los dos volaron de Tel Aviv a Roma en el mismo avión, y después hizo transbordo a otro avión para venir a Turín, y ¿quién iba también en él? Sheba Yadin. Dos días después, Sheba Yadin está muerta. La vida escribe historias verdaderamente increíbles. ¿No le parece?

—¿Cómo sabe todo eso? —Gropius parecía irritado.

El comisario puso su sonrisa de superioridad y contestó:

—A los policías italianos nos pagan muy mal, pero eso no quiere decir que seamos más necios que otros. —Se sacó del bolsillo un papel doblado y lo desplegó ante Gropius—. ¡Un fax de la Oficina Bávara de Investigación Criminal! Aquí dice que en estos momentos está usted cesado porque un paciente murió en su clínica tras un trasplante de hígado a causa de una inyección de Clorfenvinfos. Sheba Yadin acaba de morir también por una inyección de Clorfenvinfos. Una locura, ¿verdad?

Gropius sintió que la sangre le latía en las sienes. Ya creía que había dejado atrás todo aquello y, de pronto, aquel pérfido juego empezaba otra vez. Desesperado, se pasó la mano por los ojos.

—Sí, admito que parece una locura, incluso más que una locura. Sin embargo, no tengo nada que ver con esa muerte. Al contrario.

—¿Al contrario? *Professore*, ¿cómo debo interpretar eso?

—¡Yo iba detrás de Sheba Yadin para aclarar ese asesinato de mi clínica!

—¿Creía que Sheba Yadin era la asesina?

—¡No, pero creía que me conduciría hacia la pista correcta! Sheba Yadin tenía contactos con la mafia, o con una organización secreta.

La mirada de superioridad del comisario enfureció a Gregor Gropius. Artoli demostraba con toda claridad que no lo creía. En una fracción de segundo, a Gropius se le acabó todo resto de aplomo. Se levantó de un salto, pasó por encima de un sillón y corrió en dirección a la salida del hotel, donde dos *carabinieri* le cortaron el paso y lo retuvieron hasta que llegó Artoli. Éste sacudía la cabeza a medida que iba acercándose a Gropius.

—Pero, bueno, *professore*, ¿por qué habría de huir si no tiene ninguna culpa? —dijo con su característica serenidad—. No, no ha sido buena idea. De momento, voy a arrestarlo. Es sospechoso de asesinato. Es libre de buscarse un abogado y puede negarse a hacer declaraciones.

Gropius oyó las palabras de Artoli como desde lejos. Cuando el comisario le pidió que fuera a su habitación acompañado de los dos *carabinieri* y cogiera una maleta con lo imprescindible, obedeció la orden como en trance. Más tarde no recordaría muy bien cómo había subido a la habitación ni cómo había regresado al vestíbulo del hotel. Su único recuerdo fue Pierre Contenau, con quien se encontró de frente cuando salió del ascensor flanqueado por los dos policías. En un primer momento dudó de que aquel hombre fuera verdaderamente Contenau, pero luego vio su repugnante sonrisa y no le quedó ninguna duda al respecto.

El cardenal secretario de Estado Paolo Calvi entrelazó las manos a la espalda y miró hacia la plaza de San Pedro por la alta ventana. Estaba a suficiente distancia para que no se lo viera desde la plaza: un cardenal que era fumador empedernido, con un Gauloises en la comisura de los labios, no daba muy buena impresión. La adicción de Calvi había acabado provocándole una úlcera gástrica abierta que había dejado claras huellas en su rostro. Unas profundas arrugas alrededor de los ojos y la boca hacían que aquel purpurado de sesenta años aparentase ochenta. El sol lanzaba intensos rayos de luz al interior de la habitación llena de humo, una sala con las paredes revestidas de tela roja y mobiliario de museo, situada justo debajo de los aposentos del papa.

Paolo Calvi estaba considerado como el auténtico hombre fuerte tras los muros del Vaticano, en la medida en que se puede hablar aún de fuerza en relación con el Estado pontificio. Como cardenal secretario de Estado, se había labrado en la Iglesia una base de poder que incluso sus amigos temían. Él determinaba las pautas de la política vaticana, y sus subordinados, tapándose la boca con la mano, susurraban que padecía de despotismo, un fenómeno propio de muchos clérigos que habían ascendido en la jerarquía de la Iglesia desde entornos humildes, casi siempre campesinos.

Desde el fondo de la sala, monseñor Antonio Crucitti se acercó por la atmósfera ahumada y disipó con la mano el humo que tenía ante la cara mientras el cardenal secretario de Estado le daba la espalda.

—*Laudetur, eminenza!* —exclamó el monseñor para hacerse oír sobre aquella alfombra que se tragaba todo ruido. Para asegurarse, repitió—: *Laudetur, eminenza!* —Lo cual, traducido literalmente, querría decir algo así como: «¡Alabado sea Jesucristo, eminencia!», pero en el Vaticano nadie de los que utilizaban esa fórmula de saludo pensaba en ello.

Calvi, aún con el Gauloises entre los labios, se volvió, tosió artificiosamente, lo que amenazó con tirar al suelo el cigarrillo en cualquier momento, y empezó a hablar sin rodeos mientras se acercaba despacio a Crucitti:

—Lo he hecho llamar, monseñor...

Crucitti, con su alta estatura, se alzaba como un campanario ante el cardenal, que era más bien bajo, de modo que éste tuvo que echar la cabeza hacia atrás. Sin embargo, igual que en una casa del Señor en la que el campanario sólo desempeña un papel modesto, mientras que en la nave de la iglesia, aparentemente humilde, es donde tienen lugar los verdaderos acontecimientos, también allí el cardenal Calvi, bajo y robusto, era quien mandaba.

—Ya lo sé —lo interrumpió Crucitti, e hizo un ademán con la cabeza en dirección al escritorio, sobre el que estaban los periódicos más importantes del día—. Una historia muy tonta. Ese hombre aún podría habernos sido de gran utilidad.

—¿Cómo que podría habernos sido...? ¡Ese hombre aún nos será de gran utilidad! —exclamó Calvi con su voz aguda, y su cráneo casi rasurado adoptó un color oscuro.

—¡Pero si lo han arrestado! —Crucitti dio un paso atrás—. ¡El *Messaggero* ha publicado que el *professore* alemán es sospechoso de asesinato!

—¿Hay pruebas de algo? ¿No se puede hacer algo por ese...? ¿Cómo se llama?

—¡Gropius!

—¿Puede creer alguien que ese Gropius es capaz de cometer un asesinato?

El monseñor Crucitti, clérigo de vocación tardía, como solía decirse, al que se le atribuía un pasado oscuro aunque nadie sabía decir exactamente en qué consistía, era el responsable de seguridad, espionaje y lucha contra el terrorismo dentro del Vaticano. Crucitti respondió:

—No tengo ni idea. En cualquier caso, es una historia muy misteriosa.

—¡Otra vez una historia misteriosa! Monseñor, su cometido consiste en evitar que sucedan estas cosas. ¿Por qué no advirtió al *professore* De Luca? Ahora podría seguir con vida y sernos útil. ¡No podemos responsabilizar a la mafia de todo!

—*Eminenza*, sabe usted bien que De Luca se buscó su propia muerte. La codicia fue su perdición. Como si no le hubiésemos dado suficiente dinero para ganarnos su discreción... «Ninguno puede servir a dos señores; porque o aborrecerá al uno o amará al otro, o estimará al uno y menospreciará al otro. ¡No podéis servir a Dios y a las riquezas!», dice el Evangelio de San Mateo seis, veinticuatro.

—¡Conque eso dice el señor evangelista!

—Sin duda, *eminenza*. En todo caso, De Luca aún seguiría con vida si las riquezas no lo hubieran inducido a ofender a Dios y a la Iglesia.

El cardenal secretario de Estado Calvi dio una calada nerviosa a su Gauloises y dejó escapar el humo por la comisura de los labios mientras mascullaba:

—Habla como un párroco de pueblo de los Abruzos.

Crucitti se puso rojo de ira, una virtud muy poco cristiana, por lo que el monseñor se esforzó cuanto pudo por reprimir sus emociones.

—Haría mejor en ocuparse de que ese tal Gropius no se vaya de la lengua. Eso no puede suceder de ninguna de las maneras. ¿Me ha entendido bien, monseñor? —A Calvi se le crispó la voz.

—¡El *professore* está en prisión preventiva, *eminenza*! ¿Qué debo hacer?

—¿Que qué debe hacer? —exclamó el cardenal secretario de Estado, fuera de sí. El cigarrillo se le cayó de la boca y le dejó un rastro de ceniza en la sotana—. Debe sacar de la cárcel a Gropius. Bajo ningún concepto debe ser sometido a un interrogatorio. Contrate al mejor *avvocato* del país. Llame al *dottore* Pasquale Felici. No sólo es el mejor abogado, además es el que cuenta con mejores contactos en la justicia. Déjele claro que para nosotros es de vital importancia que ese *professore* Gropius quede en libertad, pero guárdese mucho de contarle toda la verdad. ¿Puedo confiar en usted, monseñor?

Crucitti entrelazó las manos como si rezara y agachó la cabeza como cuando se está frente a un altar, un gesto que conmovió al cardenal secretario de Estado, y, al tiempo que hacía una reverencia, repuso:

—*Eminenza*, haré cuanto esté en mi mano. ¡Y en manos del Todopoderoso! —Luego recogió la colilla de la alfombra con sus delicados dedos.

Al cardenal secretario de Estado se le demudó el rostro, de modo que se le marcaron más aún las arrugas, y encendió otro cigarrillo.

—Ya nos hemos entendido —comentó, entre toses, obedeciendo menos a una obligación que a decenios de costumbre—. Invéntese cualquier historia. Diga que el *professore* alemán se ha comprometido a cuidar de la salud de Su Santidad. Sin embargo, no haga la menor insinuación sobre por qué nos interesa que Gropius quede en libertad. Y... dígale al *avvocato* Felici que exigimos absoluta discreción.

—Absoluta discreción —repitió monseñor Crucitti—, por supuesto.

—Además —el cardenal Calvi apuntó con el índice hacia el techo—, sería bueno que allí arriba no se enterasen de este asunto. Ya conoce la verborrea de Su Santidad con los diplomáticos extranjeros.

—Comprendo, *eminenza*. Actuaremos con la mayor discreción posible. *Laudetur, eminenza, laudetur.*

Alrededor de las diez de la mañana siguiente —también podrían ser las once, ya que en la cárcel se pierde el sentido del tiempo—, un guardia llevó a Gropius a una sala de reuniones sin ventanas que recibía algo de luz del día a través de una hilera de ladrillos de cristal que se encontraba a un palmo por debajo del techo. El suelo era de baldosas grises, las paredes estaban pintadas de blanco y desnudas. En el centro de la sala había una mesa de tubos de acero en cuyos frentes había dos sillas del mismo material. En la puerta, que tenía una ventanilla redonda de cristal y estaba justo frente a las puertas por las que había entrado Gropius, apareció, apenas éste se hubo sentado en una de las sillas, un hombre vestido con un elegante traje cruzado de color antracita, con el pelo oscuro engominado y peinado hacia atrás. En la mano llevaba un maletín negro con herrajes de latón bruñido.

Gropius, asombrado, grabó en su memoria cada uno de los detalles del encuentro, porque al principio no tenía la menor idea de qué estaba ocurriendo allí.

—Soy el *dottore* Pasquale Felici, soy *avvocato,* y me han encargado que lo saque de aquí —empezó diciendo el elegante caballero en un fluido alemán, y le tendió la mano a Gropius.

Tenía un rostro rígido, casi como una máscara, y esa cualidad quedaba realzada por las gafas rectangulares de concha negra que enmarcaban sus ojos hundidos.

—¡Gropius! —repuso el profesor a esa presentación—. ¡Gregor Gropius! ¿Puedo preguntar por encargo de quién me representa, *dottore*?

—Por supuesto que puede —replicó el *avvocato* con mucha profesionalidad mientras abría el maletín y sacaba un bloc de notas—. Pero, por favor, no espere que le responda. ¿Quiere salir de aquí o no?

—Sí, por supuesto. Sólo me interesa... ¿Lo envía Francesca?

—Hum. —Felici puso mala cara—. A las cuatro de la tarde

tenemos una vista con el juez sobre el mantenimiento de la prisión preventiva. A las cuatro y media estará libre, siempre que deje que sea yo quien haga las preguntas. Puede confiar en mí.

«¿Por qué no? —pensó Gropius—. Un hombre que te saca de la cárcel no puede ser mala persona. ¿Por qué habría de desconfiar?»

—Bueno, empecemos por el principio —oyó que decía Felici—. ¿Asesinó usted a Sheba Yadin?

—¡Por el amor de Dios, no! —exclamó Gropius, muy exaltado.

El abogado mantuvo la calma.

—¿Dónde estaba a la hora de los hechos, es decir, anteayer entre las tres y las cinco de la tarde? ¿Tiene testigos?

—Estaba con la *signora* Francesca Colella en un café del Corso Belgio. Después fuimos a pie en dirección al centro de la ciudad.

—Bien, muy bien. ¿Quién es esa tal Francesca Colella? ¿Dónde vive?

—¡Yo pensaba que lo había contratado ella, *dottore* Felici!

—Su talento para relacionar cosas le honra. Sin embargo, sería mejor que respondiera a mis preguntas. Vamos justos de tiempo.

Así pues, no había sido Francesca. Gropius, inseguro, dio el nombre y la dirección de la mujer.

Felici anotó las señas. Después preguntó:

—¿Qué relación tenía usted con Sheba Yadin?

La pregunta no cogió desprevenido a Gropius. Aun así, tuvo que dominarse para no perder los estribos. Su cerebro trabajaba febrilmente y, en fracciones de segundo, trazó una estrategia, inmadura y con lagunas, pero no tenía más remedio, tenía que decir algo.

—La cosa es así —empezó a decir con ceremonia, para ganar un poco más de tiempo—. Yo soy cirujano, realizo trasplantes, y en mi última operación se produjo, digamos, un incidente. Un conocido arqueólogo, llamado Arno Schlesinger, murió después de una intervención rutinaria, y en la autopsia se demostró que el órgano del trasplante había sido contaminado con una inyección de pesticida. Una historia enigmática, tras la cual la policía sospecha que se esconde la mafia del tráfico de órganos. Sin embargo, en el transcurso de las investigaciones que yo mismo puse en marcha salió a la luz que Schlesinger estaba en posesión de un espectacular hallazgo arqueológico que para ciertos grupos de interés tenía una gran relevancia. Schlesinger tenía una amante, Sheba Yadin, y según parece ella sabía de qué se trataba ese secreto arqueológico. Para arrojar luz en la oscuridad del caso, seguí a Sheba Yadin hasta Turín, donde iba a recoger unos análisis de ADN en el instituto del *professore* De Luca. Ese ADN costaba veinte mil euros.

Pasquale Felici había escuchado el relato de Gropius con la mirada dirigida teatralmente hacia el techo. Después, en tono irónico, comentó:

—¿Cómo sabe todo eso con tanto detalle, *professore*?

—¡Hace cuatro meses que no hago nada más que investigar el caso!

—Comprendo, pero ¿no son veinte mil euros demasiado para un análisis genético?

—Claro que sí, pero, como ya le he dicho, se trataba de un hallazgo espectacular.

El abogado esbozó una sonrisa de superioridad.

—A lo mejor Schlesinger creía haber encontrado el esqueleto de Jesús de Nazaret —dijo.

Gropius, sorprendido, lo miró fijamente. Felici parecía del todo tranquilo, su insidiosa sonrisa parecía congelada. Era imposible sacar ninguna conclusión de su expresión. ¿Había dicho Felici lo impensable como una broma? ¿Sabía algo más? ¿Lo sabría todo, tal vez?

—¿Por qué no sigue hablando? —preguntó el abogado tras unos opresivos instantes en los que ambos permanecieron callados.

Gropius se sentía inseguro. ¿Cómo debía reaccionar? Respondió entonces con otra pregunta:

—¿Y si fuera así? Quiero decir, ¿y si Schlesinger hubiese descubierto el esqueleto de Jesús?

Felici asintió para sí y reflexionó. Al cabo, repuso:

—No sería el primero que sucumbe a ese equívoco. Verá, en un féretro de piedra se pueden grabar muchos nombres. Entre nosotros solemos decir que los primeros cristianos, desconcertados, no se tomaban la verdad muy al pie de la letra. Es del todo posible que un hombre del siglo primero o el siglo segundo falsificara un féretro de piedra con el nombre de Jesús y lo hiciera pasar por auténtico. ¿Quién iba a saberlo? ¿Quién va a saber si varios siglos después esos huesos fueron puestos allí por otra persona? En tal caso, todo tendría una explicación muy sencilla.

Las palabras de Felici sonaban extrañas, como aprendidas de memoria, como si ya se hubiese preparado esa conversación. Poco a poco, Gropius empezó a tener la impresión de que el abogado tenía menos el cometido de librarlo de la prisión preventiva y más de hacerlo desistir de sus investigaciones. Eso lo enfureció.

—Pero está olvidando una cosa, *dottore* —replicó—. Las ciencias están tan avanzadas en la actualidad que sería posible identificar sin duda alguna los huesos de Jesús de Nazaret, siempre que se dispusiera de otro objeto de referencia, es decir, algo de lo que pudiera afirmarse rotundamente que había pertenecido a Jesús. Bastaría menos de un gramo para obtener una certeza absoluta.

—Sé en qué está pensando, *professore* Gropius: en el sudario de Turín.

—En esa sábana, por lo visto, hay restos de sangre y, si el ADN de los huesos y de esos restos de sangre coincidiese, se habría obtenido la prueba de que Jesús de Nazaret sí murió, pero que no ascendió a los cielos, como afirma la Iglesia. Creo que Sheba Yadin lo sabía, y que por eso tuvo que morir... igual que Schlesinger.

Curiosamente, el abogado parecía poco impresionado por las palabras de Gropius. Gregor había esperado que Pasquale Felici se quedara tan asombrado como él cuando el palestino, en Jerusalén, le había desvelado ese descubrimiento. Sin embargo, el abogado se mostraba reservado.

—No hace mucho que se ocupa de la problemática de la Sábana Santa de Turín —empezó a decir Felici, con su tono arrogante.

—No. La religión sólo ha ocupado un lugar de cierta importancia desde que intento aclarar el asesinato de Schlesinger, pero aun ahora estoy de acuerdo con Sigmund Freud, que dijo una vez que las religiones le parecían de gran importancia como objeto del interés científico, pero que emocionalmente no las compartía. ¿Por qué me lo pregunta, *dottore* Felici?

—Bueno, no quisiera ofenderlo, *professore*, pero debería saber que el santo sudario de Turín es, en realidad, una falsificación de la Edad Media. Incluso el Vaticano lo admite. Una datación de carbono dirigida en 1988 por el laboratorio de investigadores del Museo Británico y realizada por tres institutos independientes de Arizona, Oxford y Zurich demostró sin lugar a dudas que el sudario fue tejido entre el año 1260 y el 1390. Incluso suponiendo que Schlesinger hubiese encontrado los huesos de Jesús de Nazaret, toda demostración sería imposible.

Las palabras del abogado le cayeron como una bofetada. Felici hablaba con claridad y sin interrupción, como si fuera la cosa más natural del mundo. En cualquier caso, Gropius no veía motivo para dudar de su mensaje. No obstante, le hizo una pregunta:

—*Dottore*, usted es abogado, no arqueólogo bíblico. ¿Cómo sabe todo eso?

—¡Por mi profesión!

—¿Cómo debo interpretar eso?

—Hace más o menos un año, un trozo del santo sudario al que le hicieron los análisis fue robado de la catedral de Turín. Los delincuentes no se llevaron nada de valor material. Al examinar más de cerca el sudario, no obstante, se descubrió un defecto en el borde inferior derecho. Medio círculo del tamaño de un plato de postre había sido cortado a tijera. Los delincuentes fueron detenidos a los pocos días. Su botín sigue desaparecido. Se trataba de dos *mafiosi*, Enrico Polacca y Guido Focarino, ambos asesinos a sueldo buscados desde hacía años. El caso despertó mucho interés, y yo me encargué de la defensa de ambos. Sin embargo, ni siquiera yo pude impedir que los condenaran a cadena perpetua. El fiscal pudo probar un total de dos muertes contra ambos. El recorte del falso sudario no tuvo mucho peso.

—¿Desvelaron los dos *mafiosi* por encargo de quién habían cometido el delito?

—Los *mafiosi* no cantan, *professore*. Ésa es una ley férrea. Estoy convencido de que fue un encargo muy lucrativo. Sus familias viven muy bien en Vincoli, un pequeño lugar no muy lejos de aquí, en dirección a Alessandria, pero eso no tiene que interesarle ahora. Nos veremos poco antes de las cuatro ante el juez de instrucción. ¡Sólo espero que la *signora* Colella pueda corroborar su versión, *professore*!

Tal como había anticipado el doctor Felici, Gropius salió de la prisión preventiva a las cuatro y media, acompañado por Francesca, cuya declaración había obrado su puesta en libertad. El abogado se había despedido de ellos con extraña rapidez, y las repetidas preguntas de Gropius sobre quién lo había contratado fueron rechazadas con un gesto de la mano.

Pese a que su encarcelamiento sólo había durado un día y una noche, Gregor Gropius disfrutó de su libertad recuperada. Soplaba un tibio viento primaveral desde el sur. Francesca y Gropius avanzaron por la calle cogidos de la mano mientras las numerosas Vespas se incorporaban de nuevo al tráfico tras la pausa invernal.

—¿En qué estás pensando? —Francesca miró a Gregor a

través de sus relucientes gafas de montura al aire—. ¡Tienes la cabeza muy lejos de aquí!

Gregor sintió su mirada inquisitiva, pero no quería mirar a Francesca. Mientras caminaban juntos y en silencio, no pudo evitar pensar en lo que le había dicho la italiana aquella vez. Aún le debía una respuesta. «Te quiero.» Era fácil decirlo sin sentimiento, con gran convicción pero sin ningún compromiso. Esas dos palabras le costaban mucho. La vida lo había vuelto desconfiado. ¿Qué sabía él de Francesca? ¿Que era hermosa? ¿Que su inaccesibilidad le resultaba de un atractivo irresistible? ¿Que quería acostarse con ella en cuanto pudiera? Todo eso lo sabía muy bien. Lo que no sabía era la respuesta a la pregunta de quién era aquella mujer.

—Por cierto —empezó a decir—, gracias por haber contratado a ese *avvocato* Felici.

—¿De dónde has sacado eso? —preguntó Francesca con asombro.

—Puedes admitirlo sin problemas; al fin y al cabo, no es ninguna vergüenza. Claro está que me haré cargo de los costes.

Francesca le cortó el paso a Gregor.

—Pasquale Felici es uno de los abogados más caros de Roma. Representa a ex presidentes del gobierno, cardenales y estrellas del porno. Sus honorarios seguramente sobrepasarían con mucho mis posibilidades. Pensaba que a Felici lo habías contratado tú.

—De ninguna manera. —Gropius hizo a un lado a Francesca, y ambos prosiguieron su camino—. Entonces, me sigo preguntando quién habrá querido pagar a Felici. Todo el mundo sabe que los abogados no trabajan para ganarse el cielo, y menos aún los abogados estrella.

—Pues parece que había alguien más que interesado en que quedaras en libertad —observó Francesca, y cogió a Gropius del brazo—. ¿Quién podrá ser? ¿Con qué motivo?

Gropius negó con la cabeza.

—Debe de ser algo relacionado con la muerte de Schlesinger. Aunque...

—¿Aunque?

—Bueno, hasta ahora parecía que había más intereses depositados en que dejara mis investigaciones. Tenerme en prisión preventiva lo habría conseguido. ¿Por qué iba a sacarme de la cárcel el *avvocato* Felici? Misterioso, ¿no te parece?

—¡Más que misterioso! ¿No le has preguntado a Felici quién lo ha contratado?

—Claro que se lo he preguntado. Quería saber si lo habías enviado tú, pero no me ha dado ninguna respuesta. En todo esto hay algo que no encaja.

Tomaron un capuchino en la terraza de un café, no muy lejos del Palazzo Reale. El sol arrojaba largas sombras sobre el asfalto. Francesca empezó a temblar.

En Le Meridien, Gregor Gropius ocupó la misma habitación que había dejado unos días atrás. Francesca se había mostrado comprensiva al ver que quería estar solo; se mostraba muy comprensiva con todo lo que hiciera. Gropius había reparado en ello desde el principio con gratitud. Al contrario que Felicia, Francesca nunca le había reprochado nada, aunque seguro que se había dado alguna que otra ocasión para ello. Francesca era una mujer extraordinaria.

Al quitarse la chaqueta, de pronto dejó de pensar en Francesca. En uno de los bolsillos, Gropius encontró una nota con tres palabras que había anotado después de su conversación con el abogado Felici: los nombres de los mafiosos del pueblo de Vincoli. Con el olfato de un sabueso que ha detectado un rastro seguro y no deja que nada lo desvíe de su trayectoria, Gropius esperaba encontrar una nueva pista: una idea audaz que pondría en relación directa el robo de la catedral con la muerte de Schlesinger.

«Polacca, Focarino, Vincoli.» Gropius dejó resbalar la nota entre sus dedos. Si, tal como había afirmado Pasquale Felici, ambos mafiosos trabajaban por encargo de un tercero —y eso podía darse por sentado—, entonces la incógnita apuntaba hacia el mandante. Aunque también hacia el motivo. Seguro que el mandante secreto no sabía que el supuesto sudario de Jesús de Nazaret había sido tejido mil doscientos años después de su muerte. De no ser así, el robo no tenía sentido.

Gropius daba vueltas a sus recuerdos, desconcertado, intentaba encontrar relación entre cosas aparentemente inconexas, y más de una vez se estrelló contra un muro, una advertencia enviada por su cerebro: pista falsa.

«A todo el mundo —pensó— le afloran en algún momento sus rasgos masoquistas. Algunas personas los compensan con la ayuda de la religión, otros se buscan a una dómina, tú te buscas tu propio camino. Síguelo.»

El teléfono sacó a Gropius del tormento que él mismo se estaba infligiendo.

—Francesca, ¿tú? —Gregor parecía bastante turbado.

—¿Esperabas a otra persona?

—No, no. Es sólo que estoy algo desconcertado.

—¿Porque vuelves a estar en libertad tan pronto?

—Por eso también, pero me inquieta más la pregunta de desde cuándo se sabe que el sudario de Turín es una falsificación medieval.

Tras una larga pausa en la que ambos oyeron la respiración del otro, Francesca respondió entre risas:

—¡Tú sí que sabes hacer preguntas!

—Disculpa, pero es que estaba muy metido en mis pensamientos. ¿Qué sucede?

—Nada —contestó Francesca con esa franqueza tan suya—. Bueno, sólo quería decirte que te quiero. Esta tarde no he tenido ocasión.

El sonido de sus palabras irradiaba algo tranquilizador, algo que contrastaba por completo con su apariencia distante.

—Tú también me gustas —contestó Gregor.

Él mismo se sorprendió de su repentina franqueza. Sin embargo, ¿debía negar que Francesca le había hecho sentir algo contra lo que hacía tiempo que luchaba con vehemencia, algo que iba mucho más allá de la atracción sexual? Gropius intentó en vano acotar sus pensamientos, pensamientos que giraban en torno a aceptar simplemente los inexplicables sucesos de los últimos meses, dejarlo todo como estaba y empezar una nueva vida con Francesca en algún lugar.

Durante un largo rato no dijo nada, así que ella preguntó con cautela:

—Gregor, ¿sigues ahí?

—Sí, sí —repuso él, aturdido—. Disculpa, estoy bastante confuso. No sé muy bien por qué, pero es el peor momento para una declaración de amor. Tengo que seguir pensando en el hallazgo de Schlesinger.

—No tienes que disculparte. Al contrario, ha sido una tontería por mi parte molestarte justo ahora con mis sentimientos. —Y, sin más preámbulos, añadió—: En cuanto al sudario de Turín, que yo sepa, los expertos tienen todo tipo de opiniones. Unos hablan de falsificación, otros dan fe de su autenticidad.

—Eso creía yo también hasta ahora, pero el *avvocato* Felici me ha contado que un estudio científico realizado por expertos en 1988 corroboró incuestionablemente que el sudario conservado en la catedral de Turín es de alrededor del año 1300. ¿Sabes lo que significa eso?

—Me lo puedo imaginar.

—La *signora* Selvini nos vendió un jirón de tela sin ningún valor por veinte mil euros.

Con ciertas dudas y tras una larga pausa, Francesca preguntó:

—¿Cómo sabía eso Felici con tanto detalle? ¡Es abogado, no científico!

—Felici estaba asombrosamente bien informado, demasiado para mi gusto. Me contó detalles que tenía memorizados desde que una vez defendió a dos *mafiosi* que entraron en 1987 en la catedral de Turín y se llevaron un trozo del sudario.

—Sí, me acuerdo. Hace mucho de eso. El caso saltó a las primeras páginas porque nadie comprendía por qué no se habían llevado todo el sudario, sino que sólo habían cortado un trocito.

—¿Llegó a resolverse el caso?

—No lo sé. Para serte sincera, en aquel entonces mi interés por los sudarios era limitado. Sólo hay algo que no entiendo: si todo el mundo sabía que ese sudario era una falsificación, ¿por qué se ha interesado en él tanta gente? ¿Por qué estaban dispuestos Schlesinger y otros a pagar tanto dinero por un par de centímetros cuadrados de esa tela?

—Buena pregunta. A lo mejor habría que saber más cosas sobre esos análisis.

—Cerca de la universidad hay un instituto, la Società di Sindonologia, donde se archivan todas las publicaciones y los estudios sobre el sudario. La sociedad edita incluso una revista: *Shroud Spectrum International.* Si no recuerdo mal, el instituto es de entrada libre.

—¿Me acompañarías allí mañana?

—¡Con mucho gusto! —respondió Francesca.

Gropius no había esperado otra cosa.

La Società di Sindonologia estaba medio escondida en una calle lateral, en una casa del siglo pasado, maciza, fría y amenazadora. Varias placas, unas sobre otras, remitían a más instituciones que tenían su sede en el mismo edificio. En el pasillo, el visitante era recibido por una húmeda corriente de aire que hacía tiritar a todo el que osaba entrar allí.

La Società estaba en el primer piso. Una placa de latón en la doble puerta pintada de blanco con las letras «SdS» dentro de un círculo indicaba los horarios. Gropius llamó al timbre. Francesca, expectante, enarcó las cejas.

La apertura eléctrica de la puerta rechinó y los dejó pasar a una antesala desnuda, una especie de sala de espera con viejísimas sillas de madera de diversa procedencia y una gran mesa redonda con revistas en el medio. A mano derecha, en la pared, había una enorme fotografía del sudario de Turín. Olía a papel amarilleado. Ninguna señal de vida interrumpía la monotonía, excepto una palmera de abanico situada entre las ventanas.

A la izquierda había una puerta abierta, y se podía ver un largo pasillo que relucía de cera. Puesto que nadie parecía interesado en ellos, Gropius y Francesca decidieron darse una vuelta por allí. El suelo de parquet crujía bajo sus pies, y de pronto apareció ante ellos una sala sombría, biblioteca a un lado, archivo al otro, con dos filas de mesas de lectura en el centro. Sobre cada una de ellas, una lámpara con pantalla de cristal verde.

—¿En qué puedo ayudarlos? —dijo una voz delicada procedente del fondo. Distinguieron, en la penumbra de la sala, a un anciano. Pequeño y consumido, el hombre los miraba desde detrás de un antiguo escritorio—. Tienen que anotar aquí sus nombres, direcciones y el motivo de su consulta —dijo, con énfasis.

Parecía tomarse muy en serio su trabajo, estaba claro que no recibía muchas visitas.

Francesca se ocupó del papeleo. En «Motivo de la consulta» escribió: «Investigación científica.» Después pidió inspeccionar las publicaciones periodísticas de los años 1987 y 1988.

El archivero no tardó mucho en sacarles dos cajas de cartón en forma de cajas de zapatos, las dejó sobre una mesa y les encendió la lámpara. Luego regresó a su escritorio, satisfecho, y se ocupó con los registros que había rellenado Francesca.

—Aquí hay al menos trescientos recortes de periódico en cada caja —comentó Gropius entre susurros, mirando el material con desgana—. Si hemos conseguido acabar con esto por la tarde, podremos considerarnos afortunados.

Francesca se encogió de hombros, como diciendo: «¿Qué le vamos a hacer?» Después, susurrando también, dijo:

—¡Los sindonólogos no se rinden, aunque pasen días!

Gropius reprimió una risa.

—¿Sindonólogos?

—¡Investigadores del sudario!

—No lo sabía, perdona.

—Tampoco es que sea una laguna cultural muy importante. Fuera de Turín y aparte de un par de expertos en la materia, casi nadie conoce la denominación de esa especialidad. En Inglaterra, donde hay otra sociedad similar a ésta, por cierto, los llaman *shroudies*.

Gropius estalló en carcajadas, y el archivero le dirigió una mirada reprobadora desde su rincón; ya habían pasado muchos años desde que se había oído la última risa en aquella sala.

—Es que suena muy gracioso —barboteó, inclinado sobre las cajas del archivo.

Apenas Gropius se hubo serenado, Francesca se detuvo.

—Esto es una noticia del proceso de setiembre de 1987 del *Messaggero* de Roma. El encabezado dice: «¿Quién cortó el sudario de Turín? En un tribunal turinés se ha iniciado el proceso contra Giorgio M. y Bruno V. Los acusados han declarado que irrumpieron en la catedral de Turín y cortaron un pedazo del sudario por encargo de un desconocido. El próximo viernes se dictará sentencia.» Aquí hay otra noticia del *Corriere della Sera*: «Giro sorprendente en el caso del sudario. ¿Tienen los acusados dos muertes sobre su conciencia?»

Francesca sacó un recorte tras otro. El *Figaro* francés informaba sobre el caso, así como el *Times* de Londres. El periódico alemán *Die Zeit* dedicaba media página al proceso.

Gropius comprobó con extrañeza que los nombres que le había dado el abogado Felici no coincidían con los que aparecían en los periódicos. Mientras que las demás publicaciones abreviaban los nombres de los acusados, el *Times* informaba de que se trataba de los criminales profesionales Giorgio Mattei y Bruno Valetta. Además, no eran, como había dicho Felici, de Vincoli, sino de Zocca, no muy lejos de Alessandria.

Cuando Gregor le comentó a Francesca esa incongruencia, ella arrugó la frente.

—¿Tú lo entiendes? —preguntó—. ¿Por qué te dio información errónea ese abogado?

Gropius hundió la cabeza entre las manos y se puso a pensar; después miró a Francesca.

—En realidad, sólo hay una explicación posible —dijo—. Por lo visto, Felici tenía la firme intención de llevarme hacia una pista falsa.

—¿Eso qué significa?

Gregor rió con acritud.

—Quien sea que ha contratado a Felici tiene un claro interés en que siga con mis investigaciones, por un lado, pero por otro me da informaciones equivocadas para impedir mi trabajo. ¡Esto es una locura! De verdad que ya no sé qué pensar. Además... El *Welt* escribe que el defensor de esos *mafiosi* fue un tal Vittorio Zuccari, o sea, que no fue Pasquale Felici.

—Eso coincide con lo que dice el *Messaggero*. También aquí el defensor es Zuccari, y no Felici.

Gropius sacudió la cabeza, totalmente desconcertado. Su suposición de que el abogado estrella lo había librado de la prisión preventiva para que pudiera seguir dedicándose a los misterios que rodeaban la muerte de Schlesinger de pronto ya no parecía tan concluyente. ¿Tenía Felici la misión de tenderle una trampa? ¿Acaso Gropius había sido elegido para conducir a Felici o a sus mandantes hasta alguna pista que ni siquiera ellos conocían?

Después de haber estudiado treinta o tal vez cuarenta recortes de periódico y de haber tomado apuntes, Gropius se tocó el cuello y dijo:

—Ya no puedo respirar. Vayámonos. Si es necesario, podemos venir otra vez mañana.

Francesca estuvo de acuerdo con la observación de Gregor. Le repugnaba el aire asfixiante de las bibliotecas y los archivos.

—¿Qué quieres hacer ahora, Gregor? —preguntó una vez en la calle.

—¿Aún me lo preguntas? ¿Dónde queda Zocca?

CAPÍTULO 15

Tras una hora de trayecto con la furgoneta de Francesca llegaron a Zocca, un pueblecito que quedaba apartado en un pequeño valle entre Asti y Alessandria. El camino estaba lleno de curvas, puesto que habían tenido que tomar la carretera nacional. A Zocca no llegaba ninguna autopista.

Como en muchos otros lugares de la región, en Zocca vivían sobre todo ancianos y mujeres cuyos maridos trabajaban en Milán, Turín o Alessandria, y sólo regresaban al pueblo los fines de semana. Un viejo campesino que estaba labrando su pedregosa tierra con un tractor y al que preguntaron por el camino les dijo que Zocca, antiguamente, había llegado a tener dos mil habitantes, tres *alberghi* y *trattorie*, dos tiendas de ultramarinos y un cine al aire libre. En la actualidad, ya sólo quedaba un *albergo* y una *trattoria*; para comprar, la gente iba en coche hasta los supermercados de Alessandria, y ya hacía más de dos años que en la pantalla de tela del cine al aire libre se había proyectado la última película, *Titanic*, en versión reducida. Cuando le preguntaron si conocía a las familias Mattei y Valetta, el hablador campesino de pronto pareció lacónico, se disculpó diciendo que no era de Zocca, y puso en marcha su viejo tractor.

Al final del valle, donde uno ya no esperaba que hubiera ningún asentamiento humano, Zocca aparecía de pronto tras una colina. No era precisamente pintoresco, y se encontraba apretado entre una fila de gigantescos postes de alta tensión. Un coche, y sobre todo un coche extraño, levantaba mucho revuelo. Mientras Francesca aparcaba la furgoneta en la plaza del pueblo, aquí y allá se abrían las persianas cerradas y una mano invisible las cerraba en seguida otra vez. En el adoquinado, ante una *trattoria* que tenía un cartel de madera encima de la puerta, había un par de sillas de plástico junto a dos mesas redondas, y Gropius y Francesca decidieron tomar allí una cerveza. No tuvieron que esperar mucho a que una simpática *mamma* vestida de negro y con el pelo oscuro recogido en un tirante moño saliera del local y les tomara nota.

Parecía que la mujer tenía todo el tiempo del mundo, y cuando les sirvió las cervezas, diez minutos después, preguntó con educación qué había llevado a Zocca a los dos visitantes.

Francesca repuso que buscaban a la familia Mattei, y le preguntó si los conocía.

Eso, sin embargo, pareció no gustarle nada a la mujer, puesto que su semblante, afable hasta el momento, se oscureció de pronto, y les preguntó qué querían de los Mattei.

En la mesa de al lado, entretanto, se había sentado un joven que parecía interesado en su conversación. La mujer no le hizo caso alguno.

Le dijeron que querían información sobre un tal Giorgio Mattei que hacía muchos años había sido condenado por asesinato en un tribunal de Turín; que no estaban interesados en el asesinato, pero sí en el robo de la catedral de Turín.

Entonces la mujer se presentó como la mujer de Giorgio Mattei y les dijo que no pensaba decirles ni una sola palabra.

—Tres euros —dijo, señalando las cervezas con el índice, y después desapareció en el interior de la casa a grandes pasos.

El joven de la mesa de al lado sonreía.

Cuando se hubieron terminado la cerveza, Gropius dejó tres euros sobre la mesa, y empezaron a avanzar hacia la furgoneta de Francesca.

—Era de prever —mascculló Gropius—. Hemos sido muy inocentes al creer que la mujer de Mattei nos diría quiénes encargaron el robo de la catedral a su marido.

—Al menos valía la pena intentarlo —replicó Francesca.

Se puso a hablar con una niña que se les cruzó en bicicleta y le preguntó por los Valetta.

La niña los envió a un edificio de tres pisos con una herrería o un taller en la planta baja, justo detrás de la plaza del pueblo. Al aproximarse a la casa, ante la cual se apilaban tractores oxidados y partes viejas de coches, se les acercó un hombre con un mono lleno de manchas de grasa.

Francesca preguntó por Bruno Valetta y dijo que era una vieja amiga y que hacía quince años que no lo veía. ¿Seguía viviendo allí?

¿Bruno? El mecánico puso cara de perplejidad y miró a los extraños con los ojos entornados. ¿Bruno? Sí, el hombre respondió que se había marchado hacía unos diez años, a Inglaterra o a Suecia, que él había cogido el taller traspasado de Bruno y que desde entonces no había vuelto a saber de él.

A pesar de que no había entendido todas y cada una de las palabras, Gropius comprendió en seguida que se encontraban ante un muro de silencio y que apenas tenían posibilidad de descubrir nada sobre el sudario.

—¡Vamos! —exclamó con resignación, y se llevó a Francesca de allí.

Puesto que Zocca no era precisamente un lugar en el que uno quisiera pasar sus vacaciones, decidieron regresar a Turín.

En el limpiaparabrisas de la furgoneta de Francesca encontraron una nota.

—¿Qué es eso? —preguntó Gropius con curiosidad.

Francesca leyó:

—«Si están interesados en saber algo sobre Mattei y Valetta, los espero en el puente que cruza el Tanaro.»

Gropius miró en derredor. En la plaza del pueblo no se veía a nadie.

—¿Qué tenemos que pensar de esto? —comentó.

—Tanaro —susurró Francesca mientras pensaba—. Sólo puede ser el río que hay más abajo, en el valle. ¡Sí, me acuerdo del puente! Por lo visto, en este pueblucho maldito aún queda alguien que tiene algo que decir. ¡Venga, sube!

Durante el trayecto valle abajo por la estrecha carretera repleta de baches, Gropius expresó sus reservas respecto a si debían acudir a la cita. Sus experiencias lo habían vuelto desconfiado, y ya no creía en el éxito de la misión. Sin embargo, como el puente les quedaba de camino, dio su brazo a torcer.

Cuando se acercaban al punto de encuentro, Francesca reconoció al joven que se había sentado a la mesa de al lado de la *trattoria*. Había dejado la Vespa apoyada en el antepecho del puente y esperaba con los codos apoyados hacia atrás en la barandilla.

Francesca bajó, mientras que Gropius se quedó en la furgoneta.

—¿Qué quieren de Giorgio Mattei? —preguntó el joven, sin ningún rodeo. Debía de tener unos veinte años, llevaba vaqueros y una cazadora de piel barata, aunque no tenía un aspecto descuidado—. He oído su conversación. A lo mejor puedo ayudarlos.

Francesca miró en derredor con timidez, después le hizo a Gregor una seña para que bajara.

—¿Quién es usted y qué sabe de Giorgio Mattei? —le preguntó al joven.

Gropius había llegado ya junto a ellos.

—Soy Giorgio Mattei —respondió el joven—. El hijo del hombre que les interesa. Me ha parecido mejor que nadie de Zocca sepa que he hablado con ustedes. Verá, es que los Mattei y los Valetta están algo marginados en el pueblo. Mi madre incluso ha recuperado su apellido de soltera para olvidar el pasado.

—¿Y usted?

—Bueno, no quiero decir que esté precisamente orgulloso de llevar el apellido Mattei, pero tampoco voy a negarlo. Nadie puede hacerme responsable de los actos de mi padre. ¿Por qué les interesa mi padre? Cumple cadena perpetua y, por lo que parece, no van a dejarlo nunca en libertad. Sé lo que me digo, estudio derecho.

Francesca y Gropius se miraron con asombro. La situación no carecía de cierta comicidad.

—Ya se imaginará de qué se trata —comentó Francesca—. De todas formas, no es por el asesinato por el que su padre cumple cadena perpetua.

Giorgio sacó el labio inferior hacia afuera y asintió.

—Quieren saber quién le encargó a mi padre cortar un trozo del santo sudario.

—Por eso estamos aquí. ¡Ese asunto es de gran importancia en relación con otro caso! ¿Sabe algo más?

—Hum. —El joven se hizo el reservado—. ¿Y si supiera algo más? —preguntó retóricamente—. Verá, la carrera universitaria es cara, y ya han visto que la *trattoria* de mi madre no da para mucho. Casi tengo que costearme los estudios yo solo.

—¡Quiere dinero! —le susurró Francesca a Gropius.

Gropius miró al joven y luego repuso:

—Pregúntale si conoce de verdad el nombre del mandante de su padre.

Francesca lo hizo, y el joven asintió.

—Le confesó el nombre a mi madre, y mi madre a mí. Me dijo que, en caso de que algo le sucediera alguna vez, a lo mejor podría sacar dinero de esa información.

—¡Una madre preocupada por los suyos! —comentó Francesca en un arrebato de ironía—. Bueno, ¿cuánto?

—¡Diez mil!

Gropius comprendió lo que pedía el joven Mattei y agarró a Francesca del brazo.

—Vamos, esa cantidad es completamente desorbitada.

Francesca se disculpó con el joven y echó a andar hacia la furgoneta, pero entonces Giorgio exclamó tras ella:

—¡*Signora*, si le parece mucho, puedo arreglármelas con cinco mil!

Gropius negó con la cabeza.

—¡Nos vamos! —repitió.

—Bueno, dejémoslo en tres o cuatro mil, ¡pero es mi última oferta! —gritó el joven lastimero mientras Francesca ponía en marcha la furgoneta y aceleraba.

Giorgio montó en la Vespa a toda prisa y se colocó junto a la furgoneta en aquella estrecha carretera. Le hizo una señal a Francesca para que bajara el cristal de la ventanilla.

Francesca hizo lo que le pedía, y Mattei gritó:

—¡*Signora*, estoy dispuesto a negociar! ¿Qué me ofrece?

—Mil —dijo Gropius, dirigiéndose a Francesca—. Ofrécele mil euros y ni un céntimo más. ¡Frena!

Francesca pisó el freno.

—Mil —dijo cuando los dos vehículos se hubieron detenido.

—¡De acuerdo! —repuso Giorgio, riendo como si él mismo no se hubiese tomado en serio lo que pedía en un principio—. ¡Pero no le digan a nadie de dónde han sacado la información!

—¡No! —contestó Francesca—. A nosotros tampoco nos interesa que se sepa.

Mientras Gropius sacaba cinco billetes de doscientos euros de la cartera, Giorgio le puso el caballete a la Vespa y se acercó al vehículo de Francesca.

—Mi padre nos mantenía a todos a flote con alguna que otra estafa —empezó a decir—. Por unos miles de liras hacía casi cualquier cosa. Su dirección empezó a ser conocida en ciertos círculos. En Zocca, por aquel entonces, aún no había teléfono. Un día apareció en casa un hombre y le ofreció a mi padre cinco millones de liras por un favor, tal como él dijo. Cinco millones parece que sea una gran fortuna, pero en realidad no eran más que unos dos mil quinientos euros; aun así, era mucho dinero para un hombre de Zocca. Ya saben a cambio de qué. Es comprensible que mi padre no se negara.

—¿Cómo se llamaba ese hombre? —preguntó Francesca con impaciencia.

—Schlesinger, era alemán, Antonio Schlesinger.

—¿Arno Schlesinger?

—Eso es. ¡Arno Schlesinger!

Francesca y Gropius cruzaron una mirada cómplice.

—Por cierto, ustedes no son los primeros que vienen a preguntarme por mi padre —prosiguió Giorgio—. Poco después del proceso, que por aquel entonces salió en todos los periódicos, porque mi padre, después del robo de la catedral, mató a una mujer por dinero, vinieron unas personas que querían saber si Giorgio Mattei había conservado un trozo del santo sudario. Me ofrecieron mucho dinero, pero, por desgracia... Pusimos toda la casa patas arriba.

—¡Que esto quede entre nosotros! —dijo Francesca, y le dio al joven la cantidad acordada—. ¡Mucha suerte con los estudios!

El viaje de vuelta a Turín transcurrió en silencio. Gropius estaba absorto en sus pensamientos. Si ordenaba todo lo que había llegado a saber sobre Schlesinger, llegaba a la conclusión de que éste no había sido sólo un genial estudioso de la antigüedad, sino también un personaje dudoso que, obsesionado por una idea, lo había apostado todo por alcanzar su objetivo. Según parecía, lo había conseguido. Eso decía su cuenta corriente. Pero no sólo eso. También el hecho de que hubiese tenido que morir de una forma horrible corroboraba que sabía demasiado.

Además, la pregunta de quién habría estado dispuesto a pagarle diez millones a Schlesinger para comprar su silencio y que la resurrección de Jesús de Nazaret no volviera a ser puesta en duda sólo tenía una respuesta: el Vaticano. La Iglesia de Roma disponía de suficiente dinero para hacer callar a un solitario como Schlesinger. No había nada en lo que la Iglesia tuviera más experiencia que en el silencio. En comparación con el material explosivo que contenía el hallazgo de Schlesinger, diez millones eran algo insignificante, calderilla.

En cuanto a Gregor Gropius, hacía ya tiempo que no sólo le importaba su rehabilitación y demostrar que había sido víctima de maquinaciones criminales que quedaban fuera de su responsabilidad; Gropius quería, debía encontrar a quienes manejaban los hilos de todo aquello desde el anonimato. Era una obsesión en toda regla, una compulsión a la que no podía resistirse, igual que la adicción de un asesino sexual a las mujeres con botas de tacón alto.

El sol vespertino de la primavera doraba el delicado paisaje de colinas, y ya habían recorrido la mitad del camino cuando Gropius sintió una necesidad fisiológica.

—¿Podrías parar un momento? —le pidió a Francesca—. La cerveza me causa un efecto devastador. ¡Lo siento!

Francesca se echó a reír.

—Los hombres lo tenéis muy fácil. Sólo por eso me gustaría ser hombre.

—¡No, por favor! —la interrumpió Gregor—. Me daría muchísima pena.

Francesca detuvo la furgoneta en el cruce con un camino rural sin asfaltar y apagó el motor. Gropius desapareció con timidez tras unos matorrales verdes. En las cercanías se oían los trinos de los pájaros y, a lo lejos, un extraño sonido agudo y recurrente, como la llamada de socorro de una ave.

Cuando Gregor regresó, parecía cambiado, y no porque se hubiese aliviado; al contrario, parecía concentrado y tenso. Aguzó el oído en aquel insólito paisaje.

—¿Habías estado alguna vez en esta zona? —preguntó de pronto.

—¡En la vida! ¿Por qué lo preguntas?

—Por preguntar —zanjó Gropius.

Francesca sacudió la cabeza. El cambio de comportamiento de Gregor la hizo sentirse insegura. Vio, desconcertada, cómo Gropius se alejaba de ella por el camino de tierra, se detenía, miraba en todas direcciones y volvía a echar a andar mirando hacia el cielo como un ser de otro planeta.

Cuando se hubo alejado unos cien metros y no contestaba a sus llamadas, Francesca cerró las puertas del coche y corrió hacia él por el abrupto camino.

—¡Gregor! —exclamó al acercarse—. Gregor, ¿quieres explicarme de una vez qué está pasando?

Gropius se volvió. En su rostro se veía que sus pensamientos estaban muy lejos de allí. Casi había miedo en su mirada.

—Por aquí cerca, en algún sitio, me tuvieron retenido —dijo sin ningún énfasis—. Aquella vez que me secuestraron frente al instituto de De Luca. Estaba muerto de miedo, por primera vez en mi vida. ¡Estoy completamente seguro de que era por aquí cerca!

Sin saber muy bien cómo reaccionar ante la situación, Francesca se le acercó y le apoyó las manos sobre los hombros.

—¿Cómo puedes saberlo, Gregor? Dijiste que esa gente te había dejado inconsciente de un golpe y que te habían puesto un saco en la cabeza.

—Y lo hicieron, pero en algún momento volví en mí un instante y oí ese ruido. También lo oí en la sala en la que me tuvieron atado a la silla. ¿Lo oyes?

La voz de Gregor sonaba exaltada, y para enfatizar su pregunta, agarró a Francesca de las muñecas y las apretó con todas sus fuerzas.

Francesca quería gritar de dolor, pero se contuvo porque reparó en lo afectado que estaba Gropius.

Él volvió a escuchar, con la cabeza ladeada, aquel sonido lastimero.

—¡Ven! —dijo de repente, tiró de Francesca y echó a correr.

Corrieron un rato por el camino de tierra, cruzaron un campo recién arado y treparon por una cuesta, siempre siguiendo aquel sonido quejumbroso del que cada vez estaban más cerca, hasta que, agotados y sin aliento, se detuvieron ante un terraplén.

—¡Allí! —exclamó Francesca, boquiabierta, y señaló un enorme agujero en la tierra de al menos cien metros de hondo y quinientos de diámetro: una cantera de considerables proporciones.

En el fondo del hoyo trabajaba una excavadora gigantesca. En su pala desaparecían cargamentos enteros de piedra que sacaba de las paredes de roca y, al dar marcha atrás para trasladar sus toneladas de carga y dejarlas en otro sitio, emitía un aullido de advertencia: ui, ui, ui, ui...

Gropius cogió a Francesca de la mano.

—Recordaré ese sonido toda mi vida —dijo con voz angustiada. Le costó hacerse oír por encima del ruido de la excavadora.

Desde el borde de la cantera, la vista se extendía durante kilómetros. El paisaje kárstico parecía desierto y deshabitado, salvo por una granja antiquísima que, rodeada por maleza de un verde pálido, se entreveía medio oculta en una elevación.

—Creo que ya sé lo que quieres hacer —dijo Francesca.

Gropius asintió sin desviar la dirección de su mirada.

—Es peligroso. ¡Deberías volver a la furgoneta! —dijo.

—¿De verdad crees que voy a dejarte solo? —exclamó ella, indignada—. Deberíamos darnos prisa. Oscurecerá dentro de una hora.

La valentía de Francesca no sorprendió a Gropius, que, sin duda, había esperado esa reacción; sí, la había previsto. Jamás lo habría admitido, pero Gropius tenía miedo. Sólo el recuerdo de su cautiverio en aquella granja solitaria lo hacía estremecerse. Francesca no debía notar que le temblaban las manos; por eso las escondió en los bolsillos.

—¿No tienes miedo? —preguntó Gregor para infundirse valor.

—¿Miedo? Qué va. El miedo es el desencadenante de grandes hazañas. Bueno, ¿a qué estamos esperando?

El descenso hacia el valle fue fatigoso, porque desde el lado en el que se encontraban no había ningún camino, ni siquiera un sendero que llevara hasta la vieja propiedad. Después de caminar veinte minutos, finalmente llegaron a su destino. No habían hablado una sola palabra sobre qué iban a hacer ni qué iban a decirles a los habitantes de la granja. Gropius sólo se sentía impulsado por esa compulsión inexplicable a la que hacía meses que se había abandonado.

La granja consistía en varios edificios y se ocultaba tras grandes matorrales silvestres. Aunque todavía no había florecido, Gropius sintió el penetrante olor de la retama que ya había olido en aquella otra ocasión.

Un muro de piedra desnuda, de no más de dos metros de alto, rodeaba la mansión encantada. Caminaron alrededor de la granja en busca de una entrada y tropezaron con un camino que, bordeado de postes de madera, conducía hasta la elevación. Terminaba ante un portón doble de madera con una pequeña mirilla. Una cadena con un asidero llegaba hasta el interior. Gregor tiró de ella con fuerza y, a cierta distancia, oyó el amortiguado tañido de una campana.

Por una rendija de la puerta, que estaba hecha de rudos tablones avejentados, Gregor pudo ver el patio, en el que había aparcada una limusina negra de modelo antiguo. A lo lejos ladraba un perro; aparte de eso, no había más señales de vida.

Gropius llamó una segunda vez, con más fuerza aún que la primera; pero tampoco obtuvo respuesta. Al final fue Francesca quien tomó la iniciativa, se subió al muro ayudándose sólo de sus músculos y, antes de que Gropius se diera cuenta, ya había desaparecido al otro lado. Allí descorrió el pestillo del portón y lo dejó pasar a él.

Nada se movía. El perro, un pitbull negro parduzco, enseñó los dientes y se abalanzó sobre ellos mientras una larga cadena serpenteaba tras él.

—¡No tengas miedo! —exclamó Francesca—. Se me dan bien los perros.

Alargando el brazo con valentía, se acercó al enfurecido animal y le habló para tranquilizarlo hasta que éste se retiró gimiendo a su caseta.

—¿Dónde has aprendido ese truco? —preguntó Gregor con admiración.

—Crecí rodeada de perros —respondió Francesca—. ¡No hay que tenerles miedo!

Tres edificios se erguían a sendos lados del patio; el del centro estaba relativamente bien conservado, las alas laterales estaban medio desmoronadas. La puerta del ala derecha estaba abierta.

Con un ademán de la cabeza, Gropius le indicó a Francesca que lo siguiera. En la entrada se percibía el aroma enmohecido de doscientos años. Sus pasos resonaban en los desnudos muros de piedra; apenas se veía nada. Por una puerta entreabierta se colaba un delgado rayo de luz. Gropius percibió un leve ruido y se volvió. Francesca tenía una pistola en las manos.

—¿Estás loca? —dijo.

La mujer se llevó el índice de la mano izquierda a los labios. Después susurró:

—¡Nunca se sabe!

En ese momento, Gropius notó una extraña sensación. La mujer armada que tenía a sus espaldas lo excitaba sobremanera.

—¿Hay alguien? —exclamó Francesca en el inquietante silencio.

Al no recibir respuesta, Gregor empujó la puerta.

Ante ellos apareció una sala cuadrada con dos ventanas ciegas. En el centro había una silla tosca. Una bombilla desnuda colgaba del techo. La pintura verde azulada de las paredes estaba desconchada. Aquella visión sacudió a Gropius como una corriente eléctrica.

—Francesca —balbuceó sin aliento—, ésta es la sala en la que me tuvieron atado.

—¿Estás seguro?

—Completamente. La reconozco con todo detalle.

—¡Dios mío! —Francesca sostenía la pistola vertical en el pecho con ambas manos—. ¡Mierda, comprenderás que nos hemos metido en una situación muy peligrosa!

Gropius sintió arcadas. Parecía que su estómago quería volverse del revés. Francesca vio la palidez que se apoderaba de su rostro y sacó a Gropius de allí; afuera, el pitbull volvió a ladrar.

—Si hubiese alguien, ya hace rato que nos habrían encontrado —apuntó Gropius, y miró en todas direcciones—. Quiero saber de qué va todo esto. ¡Y guarda ya esa pistola!

—Como quieras, Gregor —repuso Francesca.

Parecía algo ofendida, pero guardó la pistola bajo su chaqueta. A continuación se dirigieron a la residencia del centro.

Tres escalones de piedra subían hasta un portal que estaba flanqueado por dos columnas que sostenían una pequeña terraza. A izquierda y derecha de la entrada había tres ventanas con barrotes. Se veía que hacía años que nadie usaba los postigos de madera. Sobre la planta baja, de mediana altura, había un primer piso, y el tejado de tejas sin apenas inclinación no se distinguía de ninguna forma de la monotonía de otros tejados de la región.

La entrada estaba cerrada. Para llegar al interior de la casa sólo había una posibilidad: tendrían que subir al primer piso trepando por la terraza, y eso era muy arriesgado. Si los descubrían, habrían caído en una trampa, pues la parte trasera del edificio, sin ventanas, limitaba con el muro que rodeaba la propiedad.

Gropius jamás se habría creído capaz de hacer gala de tanta energía criminal como para arriesgarse a entrar por la fuerza en ningún sitio; pero había acumulado muchísima rabia. Quería saber más de esos tipos que lo habían golpeado con tanta brutalidad y habían amenazado con matarlo. Por eso no dudó ni un instante.

Delante del edificio de la izquierda, una especie de granero con una enorme puerta, había un viejo tonel de vino vacío. Gropius lo hizo rodar hasta una de las ventanas del ala habitada, lo enderezó y se subió encima. Con las manos, se encaramó a la ventana de barrotes y se asomó al interior. Después se volvió y le dijo a Francesca, que contemplaba con asombro el valor y la decisión de Gregor:

—¡Sube, tienes que ver esto!

Francesca obedeció. Sentía curiosidad por saber qué se escondía en el edificio. Habría esperado encontrar muchas cosas en aquella casa misteriosa, pero lo que vio la dejó perpleja. Ante ella tenía una cámara de tortura, un sobrio gabinete con diferentes instrumentos que parecían ideados para infligir dolor: látigos, flagelos con púas, cinturones con espinas para piernas y brazos, y un banco extensible de madera con rodillos en ambos extremos.

—Si mis ojos no me engañan —comentó, sin mirar a Gropius—, aquí torturan a personas. ¿Qué clase de gente es ésta, Gregor? Creía que los tiempos de la Inquisición ya habían pasado.

—Eso creía yo también, pero, como ves, la vida siempre le depara a uno sorpresas.

—¿Por qué precisamente aquí?

—Eso quisiera saber yo —repuso él, y dirigió una mirada de soslayo hacia arriba, hacia la terraza que había sobre el portal de la entrada.

Francesca siguió su mirada.

—¿No querrás...?

—Pues sí. Tengo que descubrir qué sucede aquí.

Y, dicho esto, Gregor saltó del tonel de vino y le tendió los brazos a Francesca.

La puerta del granero sólo estaba entornada. Cuando la abrieron, les golpeó un intenso olor a heno mohoso. Al fondo, cubierto de telarañas, lograron ver un carro derrumbado como los que los campesinos de la zona utilizaban antiguamente para transportar el heno. Encima del carro había una escalera de madera que no inspiraba mucha confianza, pero era la única posibilidad para subir a la terraza.

Entre los dos sacaron la escalera y, mientras Francesca se ocupaba de tranquilizar al perro, Gropius fue quitando las telarañas con las manos. La escalera llegaba justo hasta la terraza, pero Gregor, que fue el primero en atreverse a subir, logró encaramarse al antepecho impulsándose con los brazos. Francesca lo siguió de la misma forma.

Como era de esperar, la puerta de la terraza estaba cerrada por dentro. A través de los cristales entrevieron una antesala de la que salían dos pasillos, uno a cada lado. Gropius le dirigió a Francesca una mirada fugaz, después se colocó de espaldas a la puerta, dobló el brazo derecho y, con un golpe seco y fuerte, hizo añicos el cristal.

—¿Dónde has aprendido eso? —preguntó Francesca con admiración.

Él sonrió con generosidad.

—¡En la escuela de gángsters! —Él mismo se sorprendió ante su impertinencia. Pasó la mano con mucha cautela por el cristal roto y abrió la puerta desde dentro—. ¡Ten cuidado!

Francesca volvió a sacar la pistola y entonces entró en la casa. Sus ojos tardaron un poco en acostumbrarse a la penumbra. En el oscuro pasillo que se abría a mano izquierda había seis puertas, tres a cada lado, y ninguna de las cámaras a las que llevaban se diferenciaba de las demás: una mesa, una silla, una cama, todo de madera tosca, la cama sin colchón ni almohada, sólo con una manta de lana como base.

—Por lo que se ve, aquí no le dan mucha importancia a la comodidad —comentó Francesca entre susurros—. Qué extraño, ¿no te parece?

Gregor se encogió de hombros sin saber qué decir. Ni él mismo sabía qué pensar de aquellas míseras condiciones. El conjunto desprendía un aire ascético. «Los monjes de la Edad Media debieron de vivir así —pensó—, los monjes o los adeptos de alguna religión perversa que consideraba la mortificación y el dolor corporal indispensable para la existencia humana.»

Mientras se dirigían hacia el otro lado del edificio, murmuró:

—Tiene que haber gente a quien le guste esto.

—¿Qué? ¿De qué estás hablando, Gregor?

—¡De ascetismo y mortificación!

—¿Quieres decir que los instrumentos de tortura que hemos visto abajo no sirven para infligir dolor a los demás, sino a uno mismo? ¿Crees que nuestros amigos se flagelan a sí mismos?

—No lo sé. El método, en todo caso, no es nuevo, y sigue estando muy extendido. Ya en el Antiguo Testamento, los israelitas llevaban cilicio, un hábito de penitente hecho de áspero pelo de cabra que se llevaba sobre el cuerpo desnudo. En la Edad Media, la Iglesia católica llevó a la perfección esa forma de penitencia. Había órdenes de penitentes cuyos miembros llevaban ropa interior con espinas, o esa especie de ligas.

Francesca soltó una risita.

—¡No me tomes el pelo, Gregor!

—En absoluto. El dolor es uno de los fundamentos de la religión cristiana. Piensa sólo en el purgatorio, donde los culpables expían parte de sus pecados ardiendo. Dios, si es que de verdad hay uno, no puede haber ideado algo tan perverso.

Al otro lado de la escalera de la casa había un comedor, cuya miseria —una mesa y ocho sillas— se asemejaba a la de una sala de espera de una estación de ferrocarril de hace cien años, una cocina con un fogón de hierro y varias alacenas con conservas y provisiones suficientes para sobrevivir al siguiente diluvio. Una de esas alacenas hacía las veces de enfermería, o al menos eso parecía. Sin embargo, cuando Gropius prestó mayor atención al inventario, descubrió algo inquietante: los supuestos instrumentos médicos resultaron ser herramientas de torturadores y verdugos. Un electrocardiógrafo portátil, como los que se utilizan en las ambulancias, estaba provisto de un transformador de alta frecuencia. Gracias a los electrodos que tenía conectados se podía enviar a cualquiera al otro barrio en cuestión de segundos. El stock de jeringuillas y de instrumental quirúrgico en su envoltorio original podría cubrir la demanda mensual de una clínica media, y la provisión de narcóticos, opiáceos y venenos peligrosos bien podía hacer dormir a toda una pequeña ciudad y extinguir toda vida de ella.

¡Clorfenvinfos! El nombre del insecticida atrapó su mirada desde una docena de envases de cien milímetros cúbicos. De pronto le vino todo a la memoria: la muerte de Schlesinger, el papel criminal de Fichte en los trasplantes de órganos, las víctimas mortales de las clínicas alemanas, la muerte de De Luca y la de Sheba, y, no en último lugar, su propio secuestro, en el que lo habían amenazado con ese mismo pesticida. No había duda: era una conspiración. Sin embargo, ¿qué relación había entre los envenenamientos con Clorfenvinfos y la búsqueda de las pruebas de que Jesucristo no había ascendido a los cielos?

Todas las relaciones posibles parecían de lo más contradictorias, absurdas y rebuscadas. Aun así, tenía que existir una mano invisible que manejaba todos los hilos, un ser que actuaba oculto y que pasaba, literalmente, por encima de todos los cadáveres que hiciera falta. ¿Dónde estaba la clave de todo? En momentos como ése, Gropius deseaba no haber iniciado nunca su misión de resolver el caso Schlesinger y habérselo dejado a la policía. Sin embargo, en ese mismo instante, una voz interior le dijo que estaba más cerca que nunca de la solución.

¿Sería aquella granja abandonada, que por lo visto servía de guarida a un par de párrocos pervertidos, la central de mando? Gropius sacudió la cabeza. ¡Impensable! Aunque tal vez encontrara alguna pista, un indicio que lo ayudara a seguir adelante. No pudo evitar pensar en Rodríguez, que en su primer encuentro, en Berlín, le había dicho: «Las probabilidades de que esclarezca las causas son prácticamente nulas.»

—¿Con quién hablas, Gregor?

Gropius se sobresaltó.

—¿Yo? —Estaba tan absorto en sus pensamientos que se había puesto a hablar consigo mismo—. Disculpa, estoy intentando poner orden en todo este caos.

—¿Lo consigues?

Gropius no respondió. Estaba demasiado confuso.

Bajaron medio a oscuras la escalera que conducía a la planta baja y allí se encontraron con un despacho desnudo: una sencilla estantería en la pared; frente a ella, una vieja mesa de cocina que servía de escritorio; en la pared contraria, otra mesa que hacía las veces de archivo. Encima de ésta había una máquina de escribir entrada en años, un ordenador y un teléfono con contestador automático que, a juzgar por su diseño, hacía unos veinte años que estaban en servicio.

Lo que diferenciaba ese despacho de cualquier otro era el hecho de que no había archivos, ni informes, ni ninguna clase de documentos. En la estantería de la pared no había libros; sobre el escritorio se veía una única pila bien dispuesta de papel blanco que esperaba con impaciencia que hicieran uso de ella.

Parecía que los habitantes de la casa se habían esforzado por no dejar ninguna pista.

—¿Tú lo entiendes? —preguntó Gropius sin esperar respuesta.

Francesca, entretanto, se acercó al ordenador.

—Creo —dijo, después de haber escrito algo al teclado— que esta cosa aún funciona con vapor.

Siguió con desconfianza un cable que unía el ordenador con la toma del teléfono.

Gropius asintió.

—¡Al menos sus señorías tienen conexión a internet!

Francesca comenzó a teclear en el viejo cacharro como una loca. Al contrario que Gregor, estaba muy familiarizada con aquel aparato infernal. Después observó:

—Si han utilizado el ordenador, habrán dejado pistas tras de sí.

Fascinado, Gropius miró a Francesca utilizar la máquina. Él siempre había tenido la afortunada posibilidad de delegar ese trabajo. La capacidad de escribir un correo electrónico y enviarlo a cualquier dirección del planeta seguía pareciéndole comparable a la teoría de la relatividad de Einstein, algo muy sencillo en cuanto se dominaba.

—¿Quieres decir que existe una posibilidad de ver en la pantalla lo que ha escrito esta gente? —preguntó Gregor con prudencia—. A juzgar por el orden que hay en esta habitación, seguramente habrán tenido el mismo cuidado de no dejar pistas en internet.

Francesca no dejó que la entretuviera, siguió trabajando y respondió sin levantar la mirada:

—*Professore*, será mejor que se concentre en su trabajo de cirujano. Está claro que carece de toda comprensión de los medios electrónicos. Sólo hay un problema... Pero también tiene solución, si me das suficiente tiempo.

—¿Qué problema es ése?

Francesca estaba demasiado inmersa en su trabajo para contestar a la pregunta de Gregor. De pronto se detuvo.

—Sólo hay un problema —repitió—. Necesito una contraseña para poder entrar en la cuenta y abrir los e-mails, al menos tres letras, diez como máximo.

—¿Tres letras? —Gropius no lo pensó mucho—: IND.

—¿IND?

Francesca introdujo la serie de tres letras, más por hacerle un favor a Gropius que por convencimiento de que tuviera razón. Un instante después, soltó un leve grito. Miró a Gregor y volvió a fijar sus ojos en la pantalla.

—¿Qué pasa, Francesca?

Ella lo miraba con incredulidad.

—¿Cómo sabías la contraseña de esta gente?

No sabía por qué, pero lo primero que pensó fue: «Gropius lleva un doble juego y colabora con los gángsters.» E introdujo instintivamente la mano en la chaqueta, donde llevaba la pistola.

Gropius reparó en su recelo y, también con suspicacia, preguntó:

—¿Quieres decir que el código es correcto?

—Sí, eso mismo —repuso Francesca, alzando la voz—. Al menos el ordenador me ha dado acceso a todos los e-mails recibidos y enviados en los últimos diez días.

—Cuando has dicho que se necesitaba una contraseña de entre tres y diez letras, he recordado espontáneamente esa misteriosa abreviación con la que me he tropezado varias veces en el transcurso de mis investigaciones. En Munich, esa gente pagó incluso la cuenta de un hotel con una tarjeta de crédito de una empresa a nombre de IND.

La explicación de Gregor le pareció a Francesca harto rebuscada; en todo caso, no bastó para eliminar del todo su desconfianza. Sólo había dos posibilidades: o Gropius decía la verdad, o se había delatado por descuido y, entonces, era un magnífico actor, pero también un idiota. En realidad no creía que fuese ninguna de esas dos cosas.

Francesca no tuvo el valor suficiente para seguir preguntando, simplemente hizo clic en «Último correo recibido». En cuestión de segundos apareció un corto párrafo escrito en italiano. Gropius arrugó la frente.

—¿Qué quiere decir?

—¡El correo es de hace cuatro días!

Francesca iba señalando las líneas con el índice:

Bendiciones del Todopoderoso desde Barcino. Siguiente objetivo de nuestra acción: Milán. Según el procedimiento habitual. Esperamos comunicación de ejecución. Mejor es que se pierda uno de tus miembros, y no que todo tu cuerpo sea arrojado al infierno. IND.

Francesca y Gropius se miraron largo rato en silencio.

Al final, ella dijo:

—¿Qué significa eso? Suena todo muy sagrado.

—¿Sagrado? —Gropius sonrió con timidez—. ¡Más bien diabólico! Si no me equivoco, se trata de otro encargo de asesinato en un trasplante.

Mientras Gropius copiaba el texto en su agenda, el pitbull del patio comenzó a ladrar. Francesca se acercó a la ventana. El crepúsculo había caído sobre la granja, y el perro tiraba de su cadena con una fuerza increíble. Cuando su mirada recayó en el camino que se perdía en la penumbra, valle abajo, vio los faros de un coche que subía por la colina.

—Viene un coche. ¡Tenemos que salir de aquí! —gritó a media voz.

Apagó el ordenador, y ambos se apresuraron al piso de arriba, por donde salieron de la casa de la misma forma en que habían entrado.

La inminente oscuridad les fue de gran ayuda en su huida. Desde una distancia segura, vieron cómo cuatro hombres bajaban de una limusina y desaparecían por la puerta de la granja. Después, Gropius y Francesca regresaron por el mismo camino, a campo traviesa, hasta el lugar en el que habían dejado la furgoneta. Apenas hablaron y, si dijeron algo, fue intrascendente.

Exhaustos y sucios, porque habían tropezado numerosas veces, llegaron por fin al vehículo tras una hora de marcha en la oscuridad. Durante el viaje de regreso a Turín, Gropius sacó su bloc de notas. Con la lucecilla interior encendida, volvió a leer el texto del correo electrónico. Su mirada recayó entonces de nuevo sobre los conos de luz que los faros del coche proyectaban sobre la carretera y que bailaban con inseguridad, como luciérnagas en una tibia noche de junio. De la radio salía música de discoteca, interrumpida por algunos anuncios. Cada uno estaba absorto en sus pensamientos. A Francesca no le entraba en la cabeza que Gropius se hubiera sacado la contraseña como de la chistera de un mago. Gregor intentaba encontrar, una vez más, la relación entre los asesinatos y los restos genéticos de Jesús de Nazaret.

Ya se veían a lo lejos las luces de Turín cuando Francesca preguntó de repente:

—Si no me equivoco, esa asombrosa frase del cuerpo que acabará en el infierno está sacada del Evangelio de San Mateo.

Gropius apartó la mirada de la carretera y espió a Francesca de soslayo.

—¿Cómo sabes tú eso?

Ella se echó a reír.

—Los italianos somos muy versados en la Biblia. El truco es haberle concedido asilo al representante del Todopoderoso. Frases notables como ésa se le quedan a una grabadas en la memoria. Pero, si quieres, puedo llamar a don Roberto. Se sabe de memoria los cuatro evangelios.

—Me interesaría más saber de dónde venían las bendiciones del Todopoderoso, es decir, quién envió ese correo electrónico. Barcino parece una ciudad italiana.

Francesca negó con la cabeza.

—¡No lo había oído nunca!

Gropius iba a decir algo, pero Francesca lo hizo callar con la mano, y subió el volumen de la radio, donde estaban dando las noticias de la noche.

Gregor no entendió la información que transmitía el locutor, pero Francesca se quedó pálida. Apenas hubo terminado la noticia, apagó la radio.

—En el hospital clínico de Milán —empezó a decir con la voz entrecortada—, un paciente ha sido asesinado durante un trasplante. Supuestamente con una inyección venenosa. La policía sospecha que el criminal es alguien del personal de la clínica y ha ordenado la creación de una comisión especial.

Ya habían llegado a la entrada de la ciudad, y la carretera estaba muy iluminada. Las farolas que bordeaban el asfalto arrojaban a intervalos irregulares un cono de luz resplandeciente que se metía en el vehículo. Gropius aún sostenía su bloc de notas abierto entre las manos. Cuando agachó la cabeza, un rayo de luz cayó sobre lo que había escrito: «Siguiente objetivo de nuestra acción: Milán.» Le costaba respirar.

CAPÍTULO 16

A la mañana siguiente, Gropius apareció de muy mal humor en la sala de desayuno del hotel Le Meridien. Había dormido tan mal como todos los días anteriores. Por la noche se habían separado a toda prisa después de que Francesca lo dejó delante del hotel. Habían quedado en llamarse más o menos a mediodía.

Abstraído en sus pensamientos, se sentó a una mesa libre, pidió té con leche y cogió dos croissants y mermelada, como tenía por costumbre. Gropius masticaba un croissant sin ganas y miraba fugazmente a los demás clientes que estaban desayunando esa mañana cuando, de pronto, un hombre elegantemente vestido de negro se acercó a su mesa y le deseó los buenos días con amabilidad. El hombre hablaba alemán con acento italiano y medía casi dos metros.

—Crucitti —se presentó, esbozando una reverencia—. ¿Le importa que me siente con usted?

A pesar de que habría preferido que no lo molestaran, Gregor no quiso ser maleducado y, con un ademán de la mano, repuso:

—Tome asiento, por favor, *signore*. Mi nombre es Gropius.

—Lo sé —comentó Crucitti con una sonrisa de satisfacción—. Lo sé.

Perplejo, Gropius miró al hombre que estaba sentado frente a él y se preguntó si no lo habría entendido mal.

Sin embargo, el hombre prosiguió:

—Usted no me conoce, *professore*, pero nosotros lo conocemos muy bien a usted.

—¿Cómo debo interpretar sus palabras? ¿Quiénes son nosotros?

Crucitti torció la vista.

—La curia romana —respondió al fin.

En su voz sonó un reproche, como si fuese una torpe negligencia no haber reconocido su nombre.

—Tendrá que explicármelo mejor —apuntó Gropius con gran interés—. A lo mejor le sorprende que le informe de que le di la espalda a su institución, puesto que los impuestos que pagaba a la Iglesia me habrían permitido tener mi propio obispado.

—Eso no viene al caso —apuntó Crucitti con una amarga sonrisa—. ¡Espero que el trabajo del *avvocato* Felici lo satisficiera, *professore*!

Gropius sintió cómo le afluía la sangre a la cabeza. La situación no podía ser más grotesca: estaba siguiendo una pista que bien podía derrumbar a toda la curia y al Vaticano, y esa misma gente le mandaba a un abogado estrella que lo sacaba de la prisión preventiva. Sacudió la cabeza y, sin dar crédito a lo que acababa de oír, preguntó:

—¿Quiere decirme con eso que la curia romana se ha movilizado para dejarme en libertad?

De nuevo, Crucitti esbozó una sonrisa beatífica y, con devoción, respondió:

—La Iglesia siempre está de parte de los inocentes. Sabemos que no mató usted a Sheba Yadin.

—¿Están seguros, *signore*?

—*Monsignore!* Pero, respondiendo a su pregunta: sí, estamos del todo seguros.

—Entonces, permítame una pregunta, *monsignore*: ¿qué quieren de mí?

Crucitti pidió un café y luego contestó:

—¿Ha oído hablar del asesinato en el hospital clínico de Milán?

—Desde luego. Por mucha lástima que me dé el paciente, el caso no me ha sorprendido. En él sólo veo otra prueba de mi inocencia. Nos enfrentamos a una organización criminal que actúa por motivos que desconocemos. Por tanto, es del todo erróneo responsabilizar de esas muertes a los médicos. ¡Y ése es el motivo por el que hace meses que no me ocupo de nada más que de mi rehabilitación!

—Eso es por completo comprensible, *professore*, pero ¿no está yendo demasiado lejos en sus investigaciones? Corre el peligro de caer usted mismo en las garras de esa organización.

—Eso, *monsignore*, es cosa mía. Sin embargo, como puede ver, aún sigo con vida, y estoy seguro de que así seguirá siendo durante una temporada.

—Sea como sea, tengo el cometido de transmitirle el siguiente mensaje: el Vaticano está interesado en que no comunique usted todo lo que sabe a la policía, sino a la curia romana. También ése es el motivo por el que nos hemos tomado la molestia de abreviar todo lo posible su estancia en la cárcel.

—Muy amables —siguió diciendo Gropius en el mismo tono irónico del monseñor—. De verdad, muy amables. Pero tenga por seguro que también sin su estimable colaboración me habrían dejado libre al cabo de poco. Si lo he entendido bien, ahora espera algo de mí como contrapartida.

Crucitti se encogió de hombros con teatralidad. Igual que la mayoría de los de su gremio, el monseñor era muy mal actor.

—¿Contrapartida? —Estaba indignado—. Ya dijo el apóstol que quien le tiende un vaso de agua al sediento no recibirá recompensa por ello.

—¿Qué quiere decir?

—Quiere decir que no le exigimos nada en contrapartida, *professore,* porque estamos seguros de que usted mismo nos mostrará su gratitud.

La insolencia con la que actuaba el monseñor dejó a Gropius sin habla por un instante. Sin embargo, no se le escapó que Crucitti miraba en derredor con inseguridad, como si lo estuvieran siguiendo o le resultara desagradable ser visto en su compañía. Al final, vació su taza de café —sin leche ni azúcar— de un solo trago y dijo:

—Hace una hermosa mañana. ¿Qué le parece si damos un paseo? Andando se habla con más facilidad. Además, las paredes oyen.

Gropius iba a decir: «¡Oiga, no veo ningún motivo, y la verdad es que tampoco me apetece especialmente ir a dar una vuelta con usted!» Sin embargo, se dejó vencer por su curiosidad y llegó a la conclusión de que la oportunidad de charlar con un enviado de la curia romana no se daba todos los días. Además, no tenía nada previsto para esa mañana, así que contestó:

—¿Por qué no, *monsignore*? Vamos, *monsignore.*

La Via Nizza, donde el hotel Le Meridien ocupaba el número 262, no se contaba entre las calles más agradables de Turín, así que Gropius y Crucitti decidieron caminar en dirección al centro. Con las manos a la espalda, ambos avanzaron en silencio durante un rato. Gropius creyó inoportuno cualquier comentario acerca del tiempo u otras trivialidades por el estilo. De repente, como si hubiese puesto en orden las ideas, el sacerdote empezó la conversación:

—No nos engañemos, *professore*. Ambos sabemos de qué se trata. Sería infantil que nos anduviéramos con rodeos.

Gropius no sabía a qué se refería. ¿Cómo debía reaccionar? Por eso decidió no contestar.

—Eso suena sensato —comentó simplemente.

En la amplia calle de entrada a la ciudad rugía el tráfico de la mañana, y un camión les echó una nube de humo negro a la cara.

—No quiero ocultar que el Vaticano estaría dispuesto a pagar mucho dinero por conseguir el informe Gólgota de Schlesinger —siguió diciendo Crucitti—. Ya sabe usted que no somos los únicos interesados. Naturalmente, dependerá del precio. Eso no tengo que explicárselo.

A Gropius le cruzaron mil ideas por la cabeza. Hechos y teorías que había desarrollado en los últimos meses empezaron a tambalearse. Sin embargo, intentó mantener la calma.

—¿De modo que creen que estoy en posesión del informe de Schlesinger? —contestó retomando las palabras del sacerdote.

—No había esperado que me desvelara su paradero —replicó Crucitti de mala gana—. Seguro que hace ya tiempo que sabe que lo tenemos vigilado; una labor nada fácil, puesto que nuestra gente no hace más que encontrarse con la parte contraria, que tampoco le quita el ojo de encima. Tengo que dedicarle un cumplido, *professore*. Su manera de proceder es muy astuta. La CIA podría estar muy satisfecha de contarlo entre sus agentes. —El monseñor se echó a reír por su broma, presuntamente graciosa.

A Gropius se le planteó entonces una incógnita: ¿estaba fanfarroneando aquel hombre? Para provocarlo, repuso con sorna:

—*Monsignore*, no comprendo por qué arman tanto escándalo por ese sudario. Sin duda saben que se trata de una falsificación de la Edad Media. Un análisis de ese objeto no demuestra nada de nada. ¿Por qué tanto revuelo?

Entonces Crucitti se detuvo y miró a Gropius de soslayo.

—*Professore*, usted es un hombre inteligente. Se está degradando al hacerse el tonto. Como si no supiera que no hablamos del sudario que se conserva en la catedral de Turín.

—Ah —repuso Gropius con mordacidad, y siguió andando.

El monseñor no sabía si tomar en serio el desconocimiento del profesor o si sólo era fingido. Al cabo, dijo:

—Ya sé que no es usted arqueólogo como Schlesinger, pero de todos modos hace una temporada que se ocupa del asunto. Por lo que sabemos, no sólo dispone usted de las pruebas de

Schlesinger, sino también de los conocimientos que acumuló. Conque, ¿qué es todo este teatro?

—Me siento halagado, *monsignore*, pero tenga en cuenta que sólo he tenido un par de meses para informarme sobre una materia a la que Schlesinger le había dedicado media vida. Claro está que sé de qué se trata, pero los detalles...

Monseñor Crucitti respiró hondo y sacó poco a poco el aire por la nariz.

—En aquel entonces, en 1987, cuando entraron en la catedral de Turín y se llevaron un pedazo del sudario de Nuestro Señor, la curia se encontraba en una situación caótica. Hoy se puede hablar de ello con tranquilidad: el antecesor del cardenal secretario de Estado Paolo Calvi no estaba a la altura del cargo. No supo ver el peligro relacionado con el robo aparentemente inofensivo de ese jirón de tela. Cuando Schlesinger, unos meses después, se presentó en el Vaticano y afirmó que podía aportar pruebas científicas de que Nuestro Señor Jesucristo no había ascendido a los cielos, tampoco se lo tomó en serio, y se negó a hacer caso de sus exigencias. Cierto, Schlesinger era un chantajista; pero ¿qué representan diez millones en vista de las posibles repercusiones? Tal como era de esperar, pronto apareció un interesado que estaba dispuesto a poner sobre la mesa diez millones por el secreto de Schlesinger: un misterioso desconocido, al menos al principio, pero de todas formas, lo bastante astuto para sacarle a la curia todos los años esa cantidad inicial de diez millones a cambio de su silencio. Cuando Su Santidad se enteró, lo primero que hizo fue refugiarse en siete días de plegarias sin interrupción, y durante ese tiempo recibió la iluminación de sustituir al cardenal secretario de Estado por Paolo Calvi, que a su vez me designó a mí como adlátere. Con toda modestia: fui yo quien tuvo entonces la idea de sustituir el sudario, que sin duda se trataba del original en el que había sido enterrado Nuestro Señor, por una falsificación posterior de la Edad Media y encargar un estudio científico al año siguiente. Con el resultado, que llegó a conocerse en todo el mundo en el año 1988, yo esperaba poner fin a toda extorsión de una vez por todas. Sin embargo, me equivoqué.

Gropius guardó silencio; no estaba en situación de comentar nada. Le parecía tan absurdo que el enviado del cardenal secretario de Estado le estuviera revelando ese oscuro secreto que casi empezó a dudar de estar en su sano juicio. Cierto era que la historia de Crucitti encajaba de manera lógica con los descubrimientos que ya había realizado, pero todavía quedaban una buena cantidad de preguntas sin contestar. Sobre todo una: ¿por qué le contaba Crucitti todo aquello?

También el monseñor se quedó callado de repente. Mientras andaba, miraba al frente y movía la mandíbula inferior como si quisiera destrozar las palabras que tenía en la punta de la lengua. Gropius incluso creyó ver perlas de sudor en su nariz, pues el relato de lo sucedido había exaltado mucho al propio Crucitti. Un momento después, dijo:

—Pero ¿qué le estoy contando? ¡Usted ya sabía todo esto!

—De ninguna manera. No estoy tan bien informado como cree. Al menos ahora lo veo todo más claro. Sin embargo, todavía quedan muchas preguntas sin resolver. Por ejemplo, ¿quién es el responsable de las muertes de Schlesinger, De Luca y Sheba Yadin? —Gregor Gropius le dirigió una mirada inquisitiva a Crucitti.

Éste quedó abochornado, pero un instante después ya había recuperado la compostura y respondió con seguridad:

—Que el Señor le perdone sus malos pensamientos. Sospechar que la curia romana ha encargado una serie de asesinatos es absurdo, *professore*.

—¿Le parece? A fin de cuentas, los tres estaban relacionados con el esclarecimiento del misterio de Jesús de Nazaret. Dicho de otro modo, ahora hay tres personas menos que lo saben.

—*Professore!* —exclamó Crucitti, indignado—. De ser así, de haber estado el Vaticano interesado en deshacerse de todos cuantos lo supieran, usted... Disculpe que le hable con tanta franqueza... Usted sería el primero de la lista, no me habrían encomendado que negociara seriamente con usted.

—¡Mentira, *monsignore*! Mientras el informe Gólgota esté en mis manos, no me tocarán un pelo. De eso estoy convencido. Seguro que temen que mi asesinato ponga en marcha un mecanismo que acabe desembocando en un gran escándalo.

—¡*Professore*, no se atreva siquiera a pensar en ello! ¡Sería una catástrofe para un tercio de la humanidad!

—Por eso mismo. Aunque... la idea de meterse en el terreno de la teología es bastante tentadora.

Crucitti dio claras muestras de nerviosismo.

—¡No puede hacer eso! —exclamó, fuera de sí—. ¿Quiere arrebatarles la esperanza a dos mil millones de personas? Piense que todos vivimos únicamente de esperanza. La esperanza de conseguir felicidad, la esperanza de conseguir amor, la esperanza de conseguir riquezas, poder e influencia, la esperanza de alcanzar la vida eterna.

Gropius asintió sin decir nada; después prosiguió:
—Si la curia no es responsable de los asesinatos, ¿quién lo es?
Antes aun de terminar la pregunta, Gropius se había dado cuenta de que una limusina avanzaba tras ellos a una distancia prudencial. Gregor se inquietó. Aquella otra vez, en Berlín, donde había empezado todo, también lo había seguido un vehículo oscuro de camino a su hotel. Sintió un sudor frío en la nuca, el miedo se apoderó de él y le aferró el pecho con una presión férrea.
—Pregúnteselo a la otra parte —oyó decir a Crucitti, que ahora parecía seguro y relajado.
Gropius, confuso, preguntó:
—¿Quiénes son la otra parte?
El sacerdote guardó silencio. Un par de pasos después, dijo:
—Ya le he dicho demasiado. Considere nuestra oferta. Por mucho que le ofrezca la otra parte, nosotros le ofrecemos más. Tenga, mi tarjeta. Puede llamarme a cualquier hora. *Laudetur Jesus Christus!*
Gropius miró la tarjeta de visita que tenía en la mano.
Crucitti aprovechó ese breve instante para subirse a la limusina negra que esperaba junto a la acera. El coche, un Mercedes moderno, desapareció en dirección al centro de la ciudad.

Cuando regresó al hotel, Francesca lo estaba esperando. Le cogió la mano derecha entre las suyas.
—¡Gregor, gracias a Dios! He intentado localizarte por teléfono. Como no contestabas, me he preocupado. Me ha entrado el pánico y he venido todo lo de prisa que me ha dejado el tráfico.
Francesca ladeó la cabeza, pero Gregor se dio cuenta de que tenía los ojos llorosos. Hasta hacía poco, no la habría creído capaz de una reacción así. Francesca siempre se había mostrado dueña de sí misma y muy segura, en ocasiones incluso superior a él; la había juzgado fría, y —si pensaba en su primer encuentro— una mujer adulta y a la altura de cualquier situación. Sin embargo, desde hacía un tiempo se había dado cuenta de que Francesca era otra cuando estaba con él.
—Si me devuelves la mano... —comentó, sonriendo.
Francesca, que seguía aferrándose a él, lo soltó y dijo:
—Después de todo lo que nos pasó ayer, tienes que entenderlo. Tenía miedo de que te hubiese sucedido algo.
Justo en ese momento, después del preocupante encuentro

con el enviado del Vaticano, se sentía muy receptivo al cariño de Francesca, estaba totalmente exhausto. Sin embargo, Gropius no era de los que admitían eso ante una mujer. Por eso se mostró bastante relajado, como si unos momentos antes no hubiese sentido el sudor frío del pánico en la nuca.

—¿Qué dices? Sólo me he encontrado con un compañero de desayuno inesperado y hemos ido a dar un paseo.

Francesca miró a Gregor, expectante. Supuso que el visitante podía estar relacionado con el día anterior, y Gropius le leyó el pensamiento. Negó con la cabeza.

—No lo adivinarías jamás —dijo—. ¡Un enviado de la curia romana! —Gropius le dio la tarjeta de visita de Crucitti.

«*Monsignore* Antonio Crucitti», decía en letra antigua, y debajo había tres números de teléfono.

—¿Qué quería el *monsignore*?

—El informe Gólgota.

—¡Vas a tener que explicarme qué es eso de ese informe!

Gropius puso cara de tristeza.

—En realidad, ni yo mismo lo sé muy bien, pero parece que el contenido de ese informe demuestra que Jesús fue enterrado en Jerusalén y que no ascendió a los cielos como afirma la Iglesia. Hasta ahora pensaba, de todos modos, que Schlesinger ya había vendido esos documentos. ¿De dónde procedían, si no, los diez millones de su cuenta secreta? Sea como sea, una cosa es segura: la curia no le compró a Schlesinger su descubrimiento. Crucitti actuaba como si yo tuviera esos documentos. Me ha ofrecido más que la otra parte... Aunque no sé a quién se refería.

—¡Parece que el Vaticano tiene una poderosa competencia!

—No sólo lo parece. Hay una organización, según me ha contado el *monsignore* con toda franqueza, que le hace chantaje al Vaticano. No ha querido darme más detalles sobre quién es esa gente. A lo mejor la gente de Rodríguez. No lo sé, ya no sé qué tengo que pensar...

Francesca cogió a Gregor de la mano y lo llevó al fondo del vestíbulo. Apartados de los clientes que llegaban y salían, los guías turísticos y los mozos de equipajes que convertían el vestíbulo en una feria, Francesca dijo:

—¿Te acuerdas del texto del e-mail de esa extraña granja?

—¡Por supuesto! —Gropius sacó su bloc de notas del bolsillo de la americana—. Lo he leído más de una vez, y no tengo ninguna duda de que se trata de la orden para el asesinato del hospital clínico de Milán.

—¿No quieres acudir a la policía?

—Por el momento, no. El *commissario* Artoli no creería en qué circunstancias encontramos la granja. Si he de serte sincero, podría tomárselo a mal. Quizá más adelante.

Francesca asintió. Miró el texto del correo electrónico de la agenda de Gropius.

—Por cierto, he hablado con el padre Roberto. Es un hombre inteligente y en seguida ha sabido que la cita de la Biblia era Mateo cinco, veintinueve. En cuanto a las bendiciones del Todopoderoso desde Barcino, se trata de Barcelona. Barcino es el nombre en latín de la ciudad de Barcelona.

Gropius se quedó de piedra.

—¡Por supuesto! ¡Cómo no se me había ocurrido antes! —exclamó.

Intuía que estaba más cerca que nunca de su objetivo. Ya no cabía la posibilidad de abandonar. A fin de cuentas, tenía la dirección de Rodríguez.

—Te lo veo en la cara —dijo Francesca con picardía—. Quieres ir a Barcelona. ¿Me llevas contigo?

Gregor cogió a Francesca del brazo y la miró largo rato; después, dijo en voz baja:

—Ya sabes lo peligrosa que es esa gente, y no quiero hacerte correr un peligro innecesario. Hoy mismo volaré a Munich, cogeré ropa limpia y mañana me iré a Barcelona en el primer vuelo. Si no has sabido nada de mí dentro de dos días, informa a la policía.

—¿Y el sobre de la caja fuerte del hotel?

—Lo llevaré conmigo. Es posible que su contenido no tenga ningún valor, y que la *signora* Selvini nos haya endilgado una falsificación, pero nunca se sabe. A lo mejor resulta ser de gran importancia.

Con impetuosidad, como si tuviera miedo de perderlo, Francesca se abrazó a Gregor. Por unos instantes sintieron la calidez del otro. Aunque no lo dejara traslucir, Gropius sabía desde hacía tiempo que regresaría junto a aquella mujer lo antes posible.

—¿Puedo acompañarte al menos hasta el aeropuerto? —preguntó Francesca.

Gropius asintió.

CAPÍTULO 17

Barcelona. Había quien decía que era una de las ciudades más bonitas del mundo. Gropius habría deseado conocerla en unas circunstancias más agradables. Había viajado mucho, pero nunca había estado en Barcelona. «Qué lástima», pensó en la media hora de trayecto desde el aeropuerto de El Prat hasta la plaza de Catalunya, en el centro. Sin embargo, su pensamiento volvió a girar en seguida en torno a aquel cura repugnante, Ramón Rodríguez. Tenía que encontrarlo; más aún, tenía que sacarle para quién trabajaba y quién manejaba los hilos. Gropius ya estaba convencido de que Rodríguez no actuaba en solitario, de que trabajaba para una organización que pasaba por encima del cadáver de quien hiciese falta, literalmente.

Su única referencia era una nota con la dirección de la calle Torns, 57. No era mucho para seguir la pista de un complot que se extendía por toda Europa. En los últimos cuatro meses, no obstante, Gropius había desarrollado un olfato de criminalista que hasta entonces le había sido del todo ajeno. Hacía tiempo que tenía claro que él no desempeñaba un papel principal en esa tragedia infame, como había creído en un principio. No, sin quererlo, había acabado involucrado en una historia que sólo le concernía de soslayo, pero que para él era de gran trascendencia.

La dirección de la clínica le había comunicado por carta que lo readmitirían el 1 de marzo... siempre que el caso se hubiese resuelto. Sin embargo, Gropius rechazó la propuesta y había advertido que sólo regresaría a su puesto cuando no quedara la menor duda respecto de su responsabilidad y estuviera completamente rehabilitado.

Después de su arresto en París, el médico jefe Fichte había sido trasladado junto con Veronique de vuelta al interior de las fronteras alemanas, y había realizado una confesión muy completa. Sin embargo, negó en redondo haber tenido algo que ver con la muerte de Schlesinger y los demás asesinatos. Gropius, por tanto, no se planteó dejar sus investigaciones.

Los acontecimientos lo arrastraban como un torbellino. Aunque él mismo hubiese tenido intención de poner fin a sus pesquisas, le habría resultado imposible. Gropius se dedicaba a la aclaración del crimen, que ya había adoptado claros rasgos de conspiración, como movido por una compulsión interior.

Se hospedó en el hotel Ducs de Bergara, a escasos metros de la plaza de Catalunya, un pintoresco edificio con vestíbulo y escalera modernistas. La amable señora de la recepción —que tenía un aspecto tan español que sólo podía llamarse Carmen, aunque ella seguramente habría negado esa nacionalidad y se habría considerado catalana— le había recomendado una *habitació exterior*, una habitación con vistas, una muy buena elección. Gropius se sentó en una cómoda silla acolchada de color gris y empezó a pensar cómo resolver el misterio de Ramón Rodríguez.

Desde luego, tenía miedo. Sabía muy bien de qué eran capaces Rodríguez y su gente, y también sabía que aparecían donde uno menos esperaba. En esos momentos abrigaba esperanzas de que nadie sospechara que podía encontrarse allí, en la guarida del lobo. Para asegurarse, no había llegado a Barcelona en un vuelo directo, sino que primero había ido a Gante, donde había adquirido un segundo billete a Barcelona, como si no hubiese decidido viajar a España hasta encontrarse allí.

Un problema —aunque con solución— era que Gropius no hablaba una palabra de español ni de catalán, lo cual era aún más importante en aquella ciudad. Por recomendación de la agradable recepcionista del hotel, se dirigió a la Oficina de Información Turística de la plaza de Catalunya, donde una azafata que hablaba alemán le ofreció una guía que lo acompañaría por la ciudad.

Ni una hora después, mientras Gropius echaba una cabezada en su habitación, sonó el teléfono y una voz empezó a hablar en perfecto alemán:

—*Bon dia!* Me llamo Maria Elena Rivas, soy su guía de Barcelona y lo estoy esperando en el vestíbulo. ¡Me reconocerá porque llevo un traje rojo!

Cierto, era imposible no ver a Maria Elena. Para empezar, porque llevaba un llamativo uniforme rojo, pero también porque era extraordinariamente hermosa. Tenía una melena oscura, recogida en un moño en la nuca, y sólo medía un metro sesenta. Era difícil calcularle la edad, tal vez unos veinticuatro años. Cuando Gregor le preguntó cómo era que hablaba tan bien alemán, ella le contó que estudiaba filología germánica, pero que todavía no había estado nunca en Alemania.

Gropius había estado pensando cómo podía comunicarle sus intenciones a la guía turística sin exponerse por completo. Sin embargo, puesto que Maria Elena no le hizo ninguna pregunta, Gropius quedó contento.

—De todas formas, no es una dirección muy selecta —comentó Maria Elena cuando Gropius le dio las señas de Rodríguez, y a modo de disculpa, añadió—: Si me permite la observación.

Gropius esbozó una sonrisa de satisfacción.

—¡Tampoco lo estoy buscando porque sea amigo mío! Más bien al contrario, ¿comprende?

La muchacha frunció los labios y soltó un leve «¡Oh!».

La calle Caralt estaba en el suburbio occidental de la ciudad, y Maria Elena propuso coger el metro, que era mucho más rápido que cualquier taxi. Gropius estuvo de acuerdo, y ambos cogieron la línea 1 en la estación de plaza de Catalunya, bajaron en plaza de Sants y allí conectaron con la línea 5 en dirección a Cornellà. En algún lugar al oeste de la ciudad, donde los edificios parecían viejos y venidos a menos, bajaron.

Después de caminar diez minutos por calles que estaban repletas de contenedores de escombros y coches de desguace, llegaron a la calle que buscaban. Los edificios tenían al menos un siglo, o ésa era la impresión que daban. Algunos estaban apuntalados, otros parecían deshabitados y estar esperando la demolición.

Unos cuantos adolescentes de piel oscura y camisetas del F. C. Barcelona jugaban a fútbol en la calle, y el ruido que armaban resonaba en los muros de las casas, la mayoría de las cuales eran de cuatro pisos.

—*Podeu ajudar-me, si us plau?* —preguntó Maria Elena a los chicos—. ¿Me podéis ayudar, por favor?

Los muchachos rodearon a la guía y al extranjero y los contemplaron con recelo. Gropius se sintió algo incómodo. Sumó mentalmente el dinero suelto que llevaba en el bolsillo y se le ocurrió que no se había apuntado ningún número de teléfono para cancelar las tarjetas de crédito. Entonces sucedió algo insólito.

En cuanto la guía turística mencionó el número 57, los adolescentes le dieron la espalda, y sólo uno, el más joven, señaló un edificio estrecho con los huecos de las ventanas vacíos y la fachada carbonizada.

Gropius y Maria Elena se miraron con sorpresa. En la calle reinaba el silencio. Los futbolistas parecían haber desaparecido de la faz de la tierra. Al acercarse al edificio quemado, Gropius vio el número 57 sobre la entrada. No había duda: aquella casa llevaba años quemada y amenazaba con derrumbarse.

—¿Puede ser que su... enemigo... tuviera otros enemigos? —preguntó Maria Elena, que parecía la primera sorprendida.

—¿Quiere decir que ha sido un incendio provocado?

La chica volvió la cabeza.

—La reacción de esos chicos ha sido bastante extraña. ¿No le parece?

Aquella calle le resultaba a Gropius un tanto amenazadora... aunque no sabía decir por qué. Al mirar en derredor, tuvo la sensación de que rostros curiosos desaparecían tras los cristales oscuros y las persianas grises. Sólo una anciana vestida de negro, en la casa de enfrente, dio rienda suelta a su curiosidad y contempló cada uno de sus pasos desde una ventana abierta.

En la calle desierta, la anciana les preguntó a voz en grito a quién andaban buscando.

Maria Elena le preguntó, a su vez, si conocía a un tal Ramón Rodríguez, que había vivido en la calle Torns, 57.

La anciana afirmó que no había oído nunca ese nombre, y que hacía ya treinta años que vivía allí, y que la casa había ardido por un incendio provocado, según decían, y que los vecinos se habían mudado. Después cerró la ventana con un golpe tan fuerte que Gregor creyó que los cristales iban a romperse.

—Siento que no hayamos podido dar con él —dijo la chica cuando ya estaban otra vez en el metro—. Pero encontrar en Barcelona a un tal Ramón Rodríguez debe de ser tan difícil como dar con un Peter Müller en Munich. ¡No es un nombre precisamente extraño!

Había sido un ingenuo al pensar que Rodríguez había dado su verdadera dirección en el hotel de Munich. Gropius regresó a su hotel, cansado. Estaba enfadado consigo mismo por haber caído en la trampa de aquel hombre. Para airear su enfado, cogió el teléfono y marcó el número de Francesca. Necesitaba con apremio oír su voz.

En realidad quería decirle lo mucho que la echaba de menos, lo mucho que se había acostumbrado a su presencia; pero, en lugar de eso, empezó a contarle todos los detalles de la búsqueda de la dirección de Rodríguez y que éste les había tomado el pelo.

Francesca lo escuchó con mucha paciencia. Cuando hubo terminado, dijo:

—Deberías buscarlo en el puerto.

—No es mala idea —repuso Gropius, más bien en broma.

—¡No, en serio! Tengo que contarte algo.

—¡Te escucho!

—Aquella vez, en la granja solitaria de Asti, cuando vimos el misterioso e-mail de Barcelona y salimos de la casa a toda prisa, me llevé una cosa: la cinta del contestador automático. Había olvidado decírtelo.

—¿La has escuchado?

—Sí. Al principio no sabía qué hacer con ella. Sólo se oye una voz exaltada hablando en español. Pero, cuanto más escuchaba la cinta, más sospechaba que podía tratarse de la voz de Rodríguez. Don Roberto, al que le puse la cinta, me dijo que no era español, sino catalán. La traducción dice, literalmente: «¡Gerardo, me van a matar! Sácame de aquí, por favor, *in nom...*» Las últimas palabras son incomprensibles. Después se oye otra voz y la grabación termina de forma brusca. Parecía una llamada de socorro, y de fondo se oía la sirena de un barco y gritos de gaviotas.

Gregor se quedó callado. Guardó silencio un buen rato, ya que le costaba asimilar lo que acababa de oír. Para él, la información del contestador automático era una ecuación con tres incógnitas. La incógnita del remitente, la del destinatario y la de qué se escondía tras todo aquello seguían sin resolverse.

—¿Estás segura de haber reconocido la voz de Rodríguez? —preguntó Gregor, al cabo de unos momentos.

—¿Qué quieres decir con eso de «segura»? Como ya te he dicho, no lo he reconocido hasta haber escuchado la cinta varias veces.

—¿Cómo has llegado a la conclusión de que la llamada procedía de Barcelona?

—Admito que es sólo una suposición, pero no es tan descabellada: Rodríguez habla catalán, según don Roberto, y el catalán sólo lo hablan seis millones de personas, en Andorra, en la ciudad sarda de Alguer, en las Baleares y en las zonas costeras entre Perpiñán y Alicante, y en Cataluña, claro, cuya capital es Barcelona. Puesto que el e-mail con la orden de asesinato procedía de esa ciudad, la suposición de que la llamada podía proceder también de allí no es muy despreciable.

—¡Una chica lista, te felicito!

—¡Gracias, *signore*! Siempre a su servicio, si es que puedo serle de ayuda.

Justo entonces, demasiado tarde, Gropius comprendió que Francesca le habría sido de gran ayuda en Barcelona. Aunque no era sólo eso; hacía ya tres días que no la veía y empezaba a tener un serio síndrome de abstinencia. ¿Por qué se negaba a admitir para sí que de las riñas iniciales ya hacía tiempo que había surgido un profundo cariño?

—Cómo me gustaría haberte traído a Barcelona —dijo de repente al teléfono.

—¿Eso quiere decir que me echas de menos?

—¿Y si te contesto que no?

—Te estrangularé en cuanto tenga ocasión. Pero, si quieres, me monto en el primer avión de mañana y voy para allá.

—¿Harías eso? ¿Tienes tiempo?

—Qué importa. Hay que saber lo que es importante. ¡Te quiero! —Y colgó.

Más tarde, mientras Gropius cavilaba en su habitación y le daba vueltas a cómo seguir adelante, pensó en lo miserable que había sido con Francesca. «Cómo me gustaría haberte traído», le había dicho. Francesca había contestado con un «¡Te quiero!». ¿Y él? Maldita sea, ¿por qué no era capaz de sobreponerse a sí mismo? ¿Por qué le resultaba tan difícil expresar sus sentimientos?

A la mañana siguiente, Gropius acababa de bañarse y estaba en albornoz ante la ventana, disfrutando de la soleada vista de la ciudad. Entonces sonó el teléfono. Era Francesca.

—Buenos días, aquí el servicio de habitaciones. ¿Ha pedido que lo despertaran?

Gropius no pudo evitar reír. Aún estaba demasiado adormilado para reaccionar con sagacidad, y preguntó:

—¿Dónde estás?

—En el aeropuerto de El Prat, en Barcelona.

—¿Cómo?

—Me he levantado a las cinco de la mañana. Era el único vuelo directo. Ya he llegado.

—Pero si yo ni siquiera me he despertado del todo.

Francesca se echó a reír.

—Ya sabes lo que dijo Napoleón: un hombre duerme cuatro horas, una mujer cinco y un idiota seis.

—¿Me estás comparando con un idiota?

—No voy a entrar en eso, y menos en un día tan bonito como hoy.

—¡Voy a buscarte! —exclamó Gropius con vivacidad.

—No hace falta. Ya tengo la maleta en un taxi. ¿En qué hotel estás?

—En el Ducs de Bergara, en la calle Bergara, cerca de la plaza de Catalunya.

—¡Dentro de media hora estoy allí! Un beso.

Antes de que Gregor pudiera decir nada, Francesca ya había colgado.

La resolución y la naturalidad con que la italiana cambiaba de planes siempre sorprendían a Gropius. Pasaron exactamente treinta minutos hasta que el taxi dejó a Francesca delante del hotel.

Se abrazaron como si hiciera un año que no se veían.

—Si te parece bien —dijo Gropius mientras el mozo se ocupaba del equipaje—, nos he inscrito en una habitación a nombre de señor y señora Gropius.

Francesca lo miró con sorpresa.

—¡Eso suena a proposición de matrimonio!

—Lo siento, ¡aún estoy comprometido!

—Ya se sabe —dijo Francesca, echándose a reír—, los buenos o están casados o son gays.

—¡Espera! —advirtió Gregor—. Espera.

Ya en la habitación, Francesca se puso a deshacer la maleta con entusiasmo. En eso no se diferenciaba lo más mínimo de otras mujeres, que se llevaban consigo media vida para un viaje de dos días. Fue entonces cuando Gropius encontró tiempo para contemplar con más detenimiento a Francesca. Llevaba un dos piezas de chaqueta y pantalón beige que hacía resaltar su extraordinaria figura, y zapatos de tacón alto; pero no era eso lo que la hacía parecer diferente.

—¿Dónde están tus gafas? —preguntó Gregor, sorprendido.

Francesca señaló su bolso marrón.

—Llevo lentillas. Hay ocasiones en que las gafas son un estorbo.

—¿Por ejemplo?

Francesca cerró la maleta con un fuerte golpe. Con los puños sobre las caderas, se acercó a Gropius y dijo:

—Haciendo el amor, por ejemplo.

Gropius, desde el sillón, se la quedó mirando. Francesca sabía cómo volverlo loco con sólo dos palabras, con un gesto.

Aquél era uno de esos momentos.

Sin decir nada, Gropius le tendió la mano. Francesca la tomó, se la llevó con destreza entre las piernas y comenzó a ronronear. Presionaba tanto la mano de Gropius con el interior de sus muslos que a él casi le dolió, pero disfrutó del dolor y no dio muestra alguna de querer quitar la mano de allí. Lleno de deseo, observó cómo Francesca se desabrochaba los botones de la chaqueta hasta que sus pechos aparecieron como dos melocotones maduros.

Gregor tuvo la sensación de ser un tímido alumno, allí sentado, dejando que aquella excitante mujer desplegara ante sí sus artes de seducción: no se reconocía a sí mismo. Contemplaba petrificado cada uno de los movimientos de Francesca, desnuda a excepción de los zapatos, mientras le desabrochaba el cinturón. Cuando su mano se deslizó por el interior de sus pantalones y lo asió con fuerza, a Gregor se le escapó un grito contenido.

—¡Te deseo, te deseo, te deseo! —susurró Gregor, completamente extasiado.

Mientras Francesca le acariciaba el pene, Gregor cerró los ojos para dar libertad a las sensaciones. «¡Qué mujer!», era lo único que podía pensar. Cuando sintió que Francesca se sentaba sobre él, y se sintió entrar en ella, se esfumó todo pensamiento.

Ambos se detuvieron por un instante eterno. Era insoportablemente hermoso. Gropius no se atrevía a hacer el menor movimiento para llegar al momento de placer sumo. No supo cuánto pudo durar ese suspense, y entonces Francesca le dio un final repentino con dos, tres movimientos imperiosos. Una corriente le recorrió todo el cuerpo con tanta fuerza que por un instante se le nubló la vista. Al volver en sí, ambos estaban abrazados con cariño.

Después de desayunar juntos, Gropius y Francesca decidieron ir al puerto. A Gregor la idea le parecía bastante insensata, pero esa mañana habría acompañado a Francesca hasta el fin del mundo. La probabilidad de encontrar todavía allí a Ramón Rodríguez, en su opinión, era de una entre un millón.

Frente a la estatua de Colón, bajaron del taxi y siguieron a pie. Pasearon sin ningún plan concreto por el Moll de la Fusta y contemplaron los veleros y los yates fondeados en el agua destellante. Francesca sacó su grabadora del bolso y puso una vez más la cinta con la voz de Rodríguez.

Gropius hizo un gesto de desesperación.

—La conversación telefónica podría haber tenido lugar en cualquier parte, tanto allí, en el puerto comercial, como aquí, en el deportivo.

Como si esperara descubrir algún indicio oculto, Francesca se puso la grabadora al oído y volvió a escuchar la cinta una vez más.

En el muelle en el que fondeaban cruceros y grandes yates había una embarcación que llamaba especialmente la atención. Gropius no tenía la más mínima noción de navegación, pero las dimensiones de aquel barco eran gigantescas, y era mucho más antiguo que los demás que fondeaban en el puerto. Además, daba la impresión de que no tenía ni pasajeros ni tripulación a bordo. Sólo había dos vigilantes armados en la pasarela.

El barco, blanco como la nieve, tenía por lo menos cincuenta años y era de madera, aunque daba la impresión de estar muy bien cuidado. Al acercarse más, vieron un pequeño camión con la inscripción «Verduras Hernán Jiménez», del que estaban descargando frutas y hortalizas que subían a bordo.

Ya estaban a punto de dar media vuelta y desandar el camino cuando Gropius se detuvo de pronto. En la proa del barco llamaba la atención un extraño nombre: «*IN NOMINE DOMINI*.»

—¡Latín! —murmuró Gregor, y miró a Francesca con ojos ausentes—. Significa «en el nombre del Señor».

—Qué curioso —comentó ella—. Incluso en la Italia ultracatólica, los barcos suelen llamarse *Leonardo da Vinci*, *Michelangelo* o *Andrea Doria* y, en todo caso, *Santa Lucia* o *Santa Maria*. De verdad, muy curioso.

Gropius volvió a mirar el barco.

—¡Las iniciales de las tres palabras! —exclamó de pronto.

—IND —murmuró Francesca sin ninguna emoción.

—¡IND! —repitió Gregor con incredulidad.

Estaba a punto de rendirse y abandonar la maldita búsqueda de lo misterioso, lo desconocido, lo irresoluble, y de pronto surgía de improviso la primera pista sobre quiénes se escondían detrás de todo lo sucedido.

IND: en el nombre del Señor. Si repasaba mentalmente los sucesos de los últimos meses, sonaba a oscura amenaza. ¿Qué clase de gente era esa que se dejaba persuadir para idear semejantes atrocidades «en el nombre del Señor» y, más aún, cometerlas?

—¡Vamos!

Gregor agarró a Francesca de la mano y la condujo en línea

recta hacia la pasarela tendida. Sin embargo, antes aún de que llegaran, los dos guardas vestidos de negro y con los brazos cruzados les cerraron el paso. Cada uno llevaba un revólver en la pistolera, una porra y, bien visible, un paralizador para darle una descarga de diez mil voltios a cualquier posible atacante.

—¡Qué barco más bonito! —dijo Gropius, intentando entablar conversación con los guardas, pero uno de ellos los echó de allí con un gesto de la mano, al tiempo que gritaba en inglés:

—¡Largo!

—¡Está bien! —repuso Gropius, y se llevó a Francesca consigo—. Será mejor que no nos metamos con ellos.

Entretanto, el camión de las hortalizas ya había descargado. El conductor puso en marcha el motor y avanzó por el muelle.

—¡Un momento! —exclamó Gropius, sacó el bloc de notas del bolsillo y apuntó el nombre que llevaba pintado el camión: «Verduras Hernán Jiménez.»

Francesca miró a Gregor en actitud interrogante.

—Creo que ese señor Jiménez podrá decirnos algo más sobre ese misterioso barco —señaló Gropius.

—¿Qué quieres hacer?

—Encontrar a Jiménez.

—Pero ¡si ni siquiera sabes su dirección!

—¡Para qué están las guías de teléfono! Además, Maria Elena puede ayudarme.

—¿Maria Elena?

—Una guía turística que ayer me ayudó a buscar a Rodríguez.

Maria Elena Rivas localizó el comercio de verduras en el barrio de la Ribera, una parte de la ciudad con numerosos pequeños establecimientos, cerrado al tráfico y no muy alejado del puerto. Para no llamar demasiado la atención, Gropius creyó mejor que Francesca se quedara en el hotel mientras él iba a visitar a Jiménez con Maria Elena como intérprete.

Hernán era un hombre pequeño y amable, con el pelo oscuro y rizado, pero cuando oyó que el alemán preguntaba por el propietario del *In Nomine Domini*, se puso serio, los miró con reservas y preguntó:

—¿Son de la policía?

—No, ¿por qué lo pregunta? —repuso Gropius—. Sólo busco a un conocido que se llama Rodríguez. Supongo que está en el barco.

—¿Por qué no va allí y pregunta?

—No han sido muy comunicativos.

Entonces Jiménez se echó a reír.

—En eso tiene usted toda la razón, señor —asintió—. Son bastante raros, van vestidos de blanco y llevan una estricta alimentación vegetariana, aunque yo no tengo nada en contra de eso, como comprenderá. Lo que no me gusta tanto es el hecho de que son todos de la acera de enfrente... Ya me entiende. Muy pocas veces vemos a alguno, pero una vez me encontré bajo la cubierta con un personaje espantoso, un hombre grande como un armario, con la cara deformada. Cuando me vio, se volvió y desapareció por una de las muchas puertas de los camarotes.

—¿Cuántas personas hay a bordo del *In Nomine Domini*?

—Es difícil de decir. A juzgar por mis entregas, entre cien y ciento cincuenta.

—¿Por qué me ha preguntado si era de la policía, señor Jiménez?

—¿Que por qué? —El comerciante se encogió de hombros—. Hay algo raro en esa gente. No admiten a mujeres, ni preguntas, y no tienen nombre, sólo dinero, dinero sí tienen. Cada entrega me la pagan en efectivo. Al cabo de dos o tres días de estar atracado en el puerto, el barco desaparece durante dos o tres semanas.

—Pero ¿usted se ha preguntado a quién le vende la verdura?

—Qué va —repuso Jiménez, enojado—. Tampoco a mis clientes de aquí, de la tienda les pregunto a qué se dedican ni cuál es su confesión cuando me compran un kilo de tomates. Pero yo creo que pertenecen a una secta. Ahora discúlpeme, aún tengo que preparar una segunda entrega para el barco esta tarde. Zarpan mañana temprano. —Desapareció a toda prisa en el almacén de la parte de atrás.

El barco y sus pasajeros obraban una mágica atracción sobre Gropius. Una voz interior le dijo que tenía que examinar de cerca el *In Nomine Domini*. Pero ¿cómo?

Ya estaban avanzando por la calle Sombrerers para coger un taxi en la Via Laietana cuando Gropius tuvo una idea y le dijo a la intérprete que tenían que volver otra vez a la tienda de Jiménez.

El comerciante no se sorprendió lo más mínimo cuando Gropius y Maria Elena se presentaron de nuevo, y escuchó con calma las pretensiones del alemán.

—Bueno... —empezó a decir—. Quiere ayudarme en la entrega, no es mala idea. Sólo temo que los vigilantes desconfíen de usted si aparece con tanta elegancia.

—Desde luego, escogeré ropa especial para la ocasión —dijo Gropius—. ¿Cuándo salimos?

—Tendrá que estar aquí a las cinco de la tarde —respondió Jiménez, al que todo aquello casi parecía divertirlo—. Pero será mejor que venga solo.

No resultó sencillo convencer a Francesca de que se quedara en el hotel. Después de todo lo que le había sucedido con Rodríguez, estaba preocupada y no quería dejar que Gregor fuera solo. Al final comprendió que, si iban los dos, no tendrían oportunidad de subir a bordo, y que el riesgo de ser descubiertos sería mucho mayor.

Hernán Jiménez casi no reconoció a Gropius cuando se presentó en el almacén poco antes de las cinco. Gregor llevaba unos pantalones de trabajo de color azul y una chaqueta ancha y gastada que había conseguido en el mercadillo de Els Encants, en la plaza de Les Glòries. Lo único que no acababa de encajar con su pobre vestimenta eran sus buenos zapatos.

Una hora después, el camión de Verduras Hernán Jiménez llegó al muelle y, a velocidad de paseante, avanzó hasta el *In Nomine Domini*, que estaba atracado a un extremo. Al contrario que por la mañana, cuando Gropius no había visto una alma a bordo del barco, en cubierta reinaba una intensa actividad y, junto a Jiménez, otros tres proveedores descargaban su mercancía a bordo.

Gropius calculó que la embarcación debía de tener unos cincuenta metros de eslora. Además de la cubierta superior, había dos cubiertas inferiores con pequeños ojos de buey, de los que más o menos la mitad eran de cristal traslúcido o estaban pintados de blanco. Lo que más le llamó la atención a Gropius fueron los montones de antenas y parabólicas que había sobre el puente de mando. Contrastaban claramente con el aspecto venerable de la embarcación.

La pasarela estaba muy vigilada, y cuando Gropius quiso subir la primera caja de pepinos a bordo, tanto él como la mercancía fueron inspeccionados. Tampoco Jiménez, al que los vigilantes ya conocían, pudo pasar hasta que lo hubieron registrado.

La escotilla de carga del barco era estrecha, y detrás había una oscura plataforma desde la que salían dos angostos pasadizos, a izquierda y derecha, hacia la proa y la popa.

—*Mysterious*... —comentó en inglés Jiménez, que empujaba ante sí una carretilla con una pila de tres cajas de hortalizas.

Gropius lo seguía con una caja sobre el hombro izquierdo, como había visto que hacían los demás trabajadores. El aire viciado, el fuerte olor a gasóleo y el ruido de los generadores creaban una atmósfera inquietante.

Las neveras y los almacenes del barco estaban en la proa, y en ellos cabían provisiones para alimentar durante varios meses a un centenar de pasajeros y la tripulación. Gropius y Jiménez recorrieron ese mismo camino, desde la escotilla de carga hasta los almacenes, una docena de veces. Gregor iba memorizando todas las puertas que veía, abría alguna que otra, y así logró formarse una imagen del interior del barco.

También bajo la cubierta había vigilantes armados y vestidos de negro que, no obstante, se tomaban su labor con mucha menos seriedad que los guardas de la pasarela. Así pues, mientras cargaba verduras, Gropius ideó un plan que puso en marcha antes de que la última caja hubiese llegado a su destino.

Sin que Jiménez se diera cuenta, Gropius desapareció en la lavandería, que estaba en un extremo del pasillo, donde se amontonaban metros de toallas, manteles, sábanas y vestimentas blancas. Había un saco gris con ropa usada que sólo estaba lleno a medias, y Gregor aprovechó la ocasión para ocultarse allí dentro.

Más adelante no sabría decir cuánto tiempo pasó dentro del saco, pero creyó oír que Jiménez lo llamaba. Sólo se atrevió a salir de su prisión voluntaria cuando un fuerte ruido recorrió todo el barco y ahogó el rumor de los generadores.

Por uno de los tres ojos de buey, que estaban pintados por el exterior, logró discernir apenas que las luces del muelle se movían. «No puede ser», pensó. Jiménez le había asegurado que el barco no zarparía hasta la mañana siguiente. Gropius arañó en vano los cristales pintados. Los ojos de buey no podían abrirse. ¡Estaba atrapado!

Oyó voces en el pasillo. ¿Qué iba a hacer? Para que no lo reconocieran de inmediato como polizonte en caso de encontrarse a alguien en el camino, Gropius se quitó la ropa y se puso unos pantalones blancos y una chaquetilla blanca de las que había a docenas en la lavandería. Abrió la puerta unos centímetros y espió en dirección al pasillo.

No había planeado cómo reaccionaría si se encontraba con alguien. Sólo sabía una cosa: ¡tenía que salir de aquel maldito barco!

Sin aliento y mirando con cautela en todas direcciones, subió a cubierta por una estrecha escalerilla de madera. Por suerte, la cubierta de proa estaba en penumbra. Aún medio escondido en el interior del barco, Gropius intentó orientarse. El *In Nomine Domini* ya se había alejado unos quinientos metros del muelle y ponía rumbo al sur. En otras circunstancias, habría disfrutado de la vista de botes iluminados y las luces del paseo de la orilla, pero Gropius no estaba para embeberse del panorama vespertino de la ciudad. Consideró la opción de saltar al agua y nadar hasta tierra firme, pero, al inclinarse por la borda y ver el espumoso oleaje, desechó la idea.

Aturdido e incapaz de tomar una decisión, Gropius se tambaleó siguiendo la borda en dirección a popa. A la mitad del barco, justo detrás del puente de mando, una luz intensa salía de la ventana de un camarote. Gropius se dirigió hacia ella, agachado, y consiguió llegar a la cubierta de popa, donde se dejó caer sobre un rollo de cabos del diámetro de un brazo. Ocultó el rostro entre las manos, desesperado.

«Ya has sobrevivido a otras situaciones que no parecían tener salida», pensó, intentando tranquilizarse aunque sin conseguirlo. En realidad tenía un miedo espantoso, igual que en aquella otra ocasión, en la solitaria granja de Asti. Ya se imaginaba qué haría con él la gente del barco, y en ningún otro sitio era más fácil deshacerse de un cadáver que en alta mar.

Gropius no tenía la menor idea de hacia dónde se dirigía el *In Nomine Domini*, aunque en realidad le daba lo mismo. Entonces oyó un grito procedente del camarote. Al amparo del bote salvavidas, Gregor se deslizó hasta la ventana y espió el interior.

Lo que vio le resultó fantasmal: en una especie de trono de respaldo alto estaba sentado un hombre con horribles deformidades, vestido de blanco. Su rostro estaba desfigurado hasta lo irreconocible por cicatrices y marcas de quemaduras. Su vestimenta parecía una sotana abotonada desde el cuello hasta los pies. A poca distancia de él, sobre un taburete de madera, se arrodillaba una miserable figura medio desnuda cuyo tórax estaba marcado por verdugones y heridas sangrantes. El hombre estaba esposado. Otro, vestido de negro, azotaba al desdichado con un látigo corto con unas estrellas de hierro. Todo sucedía sin agresividad aparente, como si los participantes se prestaran voluntariamente a aquel horrible espectáculo.

El tormento terminó al cabo de pocos minutos con un extraño gesto: el hombre vestido de blanco se levantó y trazó con la mano derecha la señal de la Santa Cruz; después, el torturador de negro sacó a su víctima del camarote. En ese momento, el hombrecillo robusto volvió la cara hacia Gropius y, pese a que el pelo largo y oscuro le caía en mechones sobre la cara, éste lo reconoció al instante: era Ramón Rodríguez.

A Gropius le faltaba el aire. Se mareó. ¡Rodríguez! Hasta entonces lo había creído peligroso, pero en ese momento le dio lástima.

Las luces habían desaparecido del horizonte hacía ya un buen rato y el *In Nomine Domini* seguía su singladura a medio gas. Gropius reflexionó sobre cómo pasaría la noche. Los botes salvavidas de la cubierta de proa —en total, había diez a bordo— le parecieron el lugar más seguro, y comenzó a desatar los nudos de la lona del primer bote. La probabilidad de que lo descubrieran en el bote salvavidas era nimia, o al menos no tanta como si pasaba la noche bajo la cubierta. «Mañana —pensó—, mañana ya veré.»

Los duros maderos del bote salvavidas le impidieron coger el sueño. A ello se le añadía la incertidumbre de cómo reaccionaría aquella gente ante un polizonte en caso de que lo encontraran. Gropius pensó que, cuando se dieran cuenta de quién se les había colado en el barco, su vida no valdría absolutamente nada.

¡Su ropa! Mientras se adormecía, intranquilo, recordó de pronto que había dejado las ropas viejas en la lavandería. Cuando las encontraran, sin duda, iniciarían una partida de búsqueda. Tenía que ir a buscarlas.

El camarote en el que había presenciado aquel horrendo espectáculo estaba a oscuras. Gropius se deslizó por el mismo camino que antes y regresó a la cubierta inferior. En la lavandería encontró su ropa en el mismo lugar en que la había dejado. La arrebujó a toda prisa y ya se marchaba cuando oyó unos lamentos que procedían de la puerta de enfrente. En contra del sentido común, abrió unos centímetros la puerta y se asomó al interior. Se encontró con una luz cegadora.

Al contrario que el pasillo, escasamente iluminado, aquella celda que tenía ante sí resplandecía clara como el día. En el suelo, gimiendo, con la espalda apoyada en la pared embadurnada de sangre, vio a Ramón Rodríguez. Tenía el pie derecho encadenado. La pesada cadena de hierro apenas le dejaba dos metros de libertad de movimientos. Gropius entró y cerró la puerta.

Rodríguez le dirigió una mirada apática, después volvió a

mirar al frente. Un cubo de plástico que había en un rincón despedía un hedor espantoso. En el suelo había una fuente con pan duro.

—Es usted el último al que hubiera esperado encontrar aquí —gimió de pronto Rodríguez sin levantar la mirada. Su voz sonaba débil—. ¿Cómo ha subido a bordo?

Gropius eludió la pregunta y repuso:

—¿Qué es lo que sucede aquí? ¿Por qué le han hecho esto?

—Me matarán —balbuceó el hombre—. Mañana, pasado mañana, ¡si es que no me muero antes!

Por el busto de Rodríguez corría una mezcla pegajosa de sudor y sangre. El hombre se limpió la cara con el antebrazo y después prosiguió en voz baja:

—Tiene que saber que no lo he hecho por voluntad propia. Pero, cuando me di cuenta de lo que sucedía aquí, ya era demasiado tarde.

—¿Qué es lo que no ha hecho por voluntad propia? —preguntó Gropius con cautela.

—No lo seguí día y noche por voluntad propia. Era un encargo de las altas esferas, ¿entiende? En cuanto perteneces a esta orden, ya no hay vuelta atrás. Te asignan un cometido, y si no obedeces las reglas, ya has perdido la vida.

—¿De qué orden está hablando?

—De la orden In Nomine Domini, IND, ¿no lo sabía?

—No, no lo sabía.

—Entonces, ¿cómo ha llegado hasta aquí? ¿Usted no es el profesor Gropius? —Rodríguez alzó la cabeza, cansado.

—Sí, soy yo, pero responder a su pregunta requeriría mucho tiempo. Mejor cuénteme usted cómo ha acabado en esta terrible situación. A lo mejor puedo ayudarlo.

—¿Usted a mí? ¿Por qué iba a hacer eso? Después de todo lo que ha pasado... Aunque ya se lo advertí aquella vez en Berlín, ¿se acuerda? ¿Por qué no se rindió?

—¡Porque entonces hoy no estaría aquí!

—Estoy seguro de que sería mejor para usted. ¿Por qué anda aún suelto por aquí?

—Porque oficialmente no estoy a bordo, soy un polizonte, por así decirlo.

—¿Quiere decir que ha conseguido subir a bordo sin que lo vieran?

Gropius asintió.

—Usted no se rinde nunca —comentó Rodríguez con reconocimiento.

—No cuando lo que está en juego es mi honor. Sin embargo, para serle sincero, tampoco yo he acabado aquí por propia voluntad. Me he infiltrado en el *In Nomine Domini* para descubrir más cosas sobre quienes conforman esta orden, y no me he dado cuenta de que el barco zarpaba. Ahora, con sinceridad, estoy muerto de miedo. ¿Hacia dónde navegamos?

—¡Hacia dónde! ¡Hacia dónde! Eso da lo mismo. El barco no atraca en ningún sitio y vaga sin rumbo por el Mediterráneo occidental como el *Holandés Errante*. Una idea endemoniadamente buena para eludir toda investigación, las leyes y al fisco. ¿No le parece?

Rodríguez le hizo un gesto con un dedo a Gropius para que se le acercara y susurró:

—Dos puertas más allá hay una caja de caudales tan antigua como este barco. Dentro hay cincuenta millones de euros. La orden no dispone de ninguna cuenta bancaria. Oficialmente no existe, ¿entiende?

En cualquier otra situación, Gropius habría sospechado que Rodríguez estaba fanfarroneando; pero, al mirar a aquel hombre vejado, no podía evitar dejar de lado todo recelo.

—¿De dónde sale todo ese dinero? —preguntó.

—¿De dónde cree? En todo el mundo sólo hay una institución que pueda mover semejantes cantidades sin llamar la atención: el Vaticano.

—Pero ¡el Vaticano no financiará esta orden por amor cristiano al prójimo!

—¿Amor al prójimo? ¡Deje que me ría! No, ¡por instinto de conservación! El cardenal secretario de Estado Calvi creía hasta hace poco que la orden In Nomine Domini tenía el informe Gólgota y que podía presentar pruebas de que ese esqueleto que hasta no hace mucho se encontraba en una tina de piedra frente a las murallas de Jerusalén es el de Nuestro Señor Jesucristo.

—¿Dónde está en realidad el informe Gólgota?

—¿Precisamente usted lo pregunta? —Rodríguez lo miró con desconfianza—. Mazara afirma que, después de que Schlesinger murió, usted se hizo con el informe para cobrar una segunda vez.

—¿Por qué yo?

—Es usted el único que tiene relación con todos los que saben algo.

—Pero yo no lo tengo. A lo mejor Schlesinger se lo llevó consigo a la tumba.

—Dios sabrá, pero también Él puede tener dudas. Ese tal Schlesinger era un astuto zorro. Sólo le vendió a «Su Santidad» Giuseppe Mazara pruebas fragmentarias de su hallazgo, seguramente con la intención de mantenerse con vida. Es probable que sospechara que, de entregar todas las pruebas, lo habrían matado.

Gropius estaba perplejo.

—¿Quién narices es Giuseppe Mazara?

—El predecesor del cardenal secretario de Estado Paolo Calvi. Tanto Calvi como Mazara eran miembros de la curia; allí se hicieron enemigos acérrimos. Calvi envidiaba el puesto de Mazara; todo el mundo lo sabía. Se creía más idóneo para el cargo de cardenal secretario de Estado, y manifestó en varias ocasiones que Mazara era un débil y que sólo perjudicaba a la Iglesia. Un día, mientras regresaba de Castel Gandolfo a Roma, la limusina oficial de Mazara derrapó, chocó contra un árbol y empezó a arder. Mazara escapó por poco a la muerte, pero sufrió graves quemaduras. Tuvo que dejar su puesto. Al final desapareció del Vaticano y no volvió a aparecer hasta un año después... como chantajista de su sucesor, el cardenal secretario de Estado Paolo Calvi. Desde entonces, Mazara tiene a Calvi prácticamente en un puño. ¿Comprende ahora por qué Mazara ha tocado todas las teclas para hacerse con el informe de Schlesinger?

—Desde luego, pero ese Mazara...

—¡Eso mismo, está loco! —Rodríguez no dejó que Gropius terminara de hablar—. Antes debió de ser un hombre muy inteligente, pero desde el accidente presenta claros signos de locura. Como fundador de la orden, quiere que todos se dirijan a él como «Su Santidad». Según dicen, antes Mazara era un hombre liberal y comunicativo; ahora se ha convertido en todo lo contrario. Su Santidad se ha vuelto ultraconservador y reaccionario, es un sádico. Finge aceptar a sacerdotes pecaminosos para llevarlos por el buen camino. En realidad, abusa de ellos para satisfacer sus más bajos instintos y manda torturar y asesinar «en el nombre del Señor».

—¿Sacerdotes pecaminosos? Tendrá que explicarse mejor.

Rodríguez se encogió de hombros.

—Gente como yo. Yo era el párroco de un pueblo de las cercanías de Granollers, hasta que una profesora se cruzó en mi camino, una criatura divina y encantadora, con el pecho lleno de cariño y amor, no sé si me entiende. No me separaba de ella, y en consecuencia, se puso en marcha un mecanismo despiadado que terminó con mi inhabilitación. ¿De qué puede vivir un sacerdote destituido del cargo?

—Ya comprendo. Y más adelante provocó la ira de «Su Santidad».

—Así fue. Cuando vi a Francesca Colella por primera vez, me recordó a mi gran amor. Ella me había abandonado hacía mucho, y la señora Colella era su viva imagen. Intenté, con torpeza, hacerle la corte; pero me salió mal. Me emborraché y mis hermanos tuvieron que hacerme entrar en razón. Mazara no tolera ningún exceso. Cree que la vida es penitencia.

—¿Penitencia por qué?

—Por el pecado de la humanidad. El hombre, según Mazara, no ha venido a este mundo a disfrutar, sino a cumplir la voluntad de Dios. La voluntad de Dios no es que disfrutemos de la vida. Alargar artificialmente la vida del hombre es un crimen. Todos tenemos establecido cuándo ha de llegarnos la hora. Por eso rechaza las transfusiones de sangre, los trasplantes de órganos y todas las medidas para alargar la vida. Mazara dice que todo eso es un desprecio a la voluntad de Dios.

—Entonces, ¿también carga en su conciencia con la muerte del marido de Francesca, Constantino?

—Yo personalmente no, pero sí la orden In Nomine Domini.

—¿Y Sheba Yadin?

—Quería chantajear a la orden con la información que Schlesinger le había confiado. Con De Luca sucedía lo mismo.

Gropius guardó silencio; en su interior, bullía de ira. Al cabo de un rato, dijo:

—A Arno Schlesinger, ¿quién lo mató?

—¡Sí, ese Schlesinger! Se libró por muy poco del atentado de Jerusalén. A lo mejor no tendría que haber muerto. El Vaticano era el primer interesado en eliminar los restos mortales de nuestro señor Jesucristo.

—¿El Vaticano? ¿Quiere decir que no fue su organización, sino el Vaticano, quien preparó el atentado de Jerusalén?

—Así es. Tampoco hay que cargarle todas las maldades del mundo a la orden In Nomine Domini. Hay muchas otras personas malvadas. En cualquier caso, el cardenal secretario de Estado Paolo Calvi o, mejor dicho, su secretario, Crucitti, le encomendó a un comando palestino que quitara de en medio a aquel «problema» con explosivos. Un plan bastante estúpido, según se comprobó.

—¿Porque sobrevivió Schlesinger?

—No sólo por eso. ¿Cómo iba a saber Calvi si Schlesinger

había guardado las pruebas que había descubierto, de manera que en algún momento salieran a la luz? Está claro que Schlesinger había retirado hacía tiempo un par de huesos y que los había ocultado en un lugar desconocido.

—¿O sea que, finalmente, Calvi y Crucitti son los responsables de la muerte de Schlesinger?

Rodríguez sacudió la cabeza con ímpetu.

—¿Por qué iba a mentirle yo? La orden In Nomine Domini ya tiene adeptos en toda Europa, sacerdotes expulsados de la Iglesia de Roma que luchan por sobrevivir. Obedecen ciegamente a Mazara sin haberlo visto jamás, sin saber siquiera dónde se encuentra. Para dar fe de su penitencia, llegan a hacer cosas que nadie les ha ordenado.

Sin dejar de hablar, Rodríguez se derrumbó por falta de fuerzas.

—Ahora déjeme tranquilo. Ya se lo he dicho todo.

Rodríguez se quedó mirando al frente, inerte, con ojos opacos.

Unos pasos se acercaron por el pasillo y volvieron a alejarse. Gropius sintió la urgente necesidad de respirar aire fresco y abrió la puerta del camarote con mucha cautela. Unos pasos más allá, con el fardo de su ropa bajo el brazo, llegó a la escalerilla que conducía a la cubierta superior.

Ya había pasado la medianoche, y Gropius se llenó los pulmones de frío aire marino. Lo que le había contado Rodríguez le había provocado una gran conmoción, y la situación desesperada en que se encontraba pasó a un segundo plano. Medio agachado, Gropius llegó hasta el bote salvavidas y se deslizó bajo la lona.

Pese a que el mar estaba en calma, dormir le resultaba impensable. Tenía demasiadas cosas en la cabeza. Al final, un pensamiento se impuso sobre todos los demás: ¿cómo reaccionaría ese desequilibrado de Mazara si se presentaba ante él? Hasta ese momento, el hecho de que todos supusieran que tenía en su poder el informe Gólgota lo había protegido de todo mal. Sin embargo, ahora que Mazara y los de su orden habían quedado desenmascarados puesto que él mismo había osado meterse en la boca del lobo, podía temer que ese loco reaccionara imprevisiblemente. Se devanó los sesos en busca de una forma de salir de ese dilema sin acercarse a ninguna solución.

Escuchaba con temor la monotonía de los extraños ruidos cuando, de repente, se oyeron pasos apresurados en cubierta. Gregor apartó con cautela la recia lona. En la oscuridad, vio a tres hombres vestidos con monos que trabajaban en diferentes lugares del barco. Otro, alto y flaco, aguardaba apostado en la proa, empuñando una ametralladora.

Al principio, Gropius no encontró explicación para el comportamiento de los hombres, que realizaban su trabajo con una seguridad pasmosa, como si lo hubiesen ensayado cientos de veces. Un retumbar ronco, apenas audible, hizo que Gregor dirigiera la mirada hacia el mar oscuro, de donde procedía aquel sonido inidentificable. Por un instante, creyó distinguir los contornos de una elegante lancha de motor que avanzaba a una distancia de unos doscientos metros del *In Nomine Domini*. ¿Qué quería decir aquello?

Cuanto más se alargaba el trabajo, más intranquilo estaba el vigilante de la ametralladora. Al final, moviendo el arma con nerviosismo a derecha e izquierda, empezó a recorrer toda la estructura de los camarotes del barco. Se detuvo a pocos pasos del escondite de Gropius. Susurrando y con tensión en la voz, le transmitió a uno de sus hombres una orden incomprensible. Después se volvió con un brusco giro. Gropius vio que lo apuntaba directamente con el cañón de la ametralladora. En realidad, el hombre no podía haberlo visto, pero Gropius, presa del pánico, salió de su escondrijo con los brazos en alto. Oyó el frío clic del arma cuando el desconocido le quitó el seguro. Con los ojos cerrados, Gropius esperó el impacto de las balas en su pecho. Se quedó inmóvil, petrificado, incapaz de sentir nada. «Esto es el fin», pensó.

¿Por qué no disparaba? Gropius esperó y desesperó durante una pequeña eternidad, deseó que todo hubiese terminado. ¿Por qué no disparaba aquel hombre?

Gropius abrió los ojos, vacilante, y miró al desconocido a la cara.

—Prasskov, ¿tú?

Durante un rato, los antiguos amigos permanecieron el uno frente al otro sin decir nada. Prasskov no estaba menos sorprendido que Gropius. Fue el primero en hablar:

—¿De qué va todo esto? —preguntó apenas en un susurro. Esperaba que Prasskov no se diera cuenta de que le temblaba todo el cuerpo—. Pensaba que eras cirujano plástico, no un gángster —añadió.

Prasskov, entretanto, ya se había recuperado del encuentro inesperado. Sin ninguna emoción, repuso:

—Como ves, una cosa no quita la otra. ¿Qué tienes que ver tú con los hermanos?

—Nada de nada —respondió Gropius—. Sólo quería conocer la orden que ha acabado con la vida de tantas personas.

Prasskov esbozó una sonrisa perversa.

—¡Entonces podemos aliarnos! Estamos aquí para pararle los pies a esta gente de una vez por todas. Estos hermanos son perjudiciales para el negocio.

—¿Qué quieres decir?

Con la ametralladora empuñada, Prasskov giró cautelosamente sobre sí mismo y escudriñó todos los rincones del barco. Al cabo, dijo con serenidad:

—El número de trasplantes ha menguado muchísimo. La gente tiene miedo de los órganos contaminados. Muchos receptores potenciales dicen que prefieren fallecer por muerte natural que envenenados por un órgano extraño. La escasez de demanda provoca la caída de los precios en el libre mercado: es una ecuación muy sencilla. Por eso, este barco se hundirá en el mar hecho pedazos dentro de unos minutos.

—¿Explosivos? ¿Tus hombres han subido explosivos a bordo?

—Lo has adivinado, compañero. Tampoco habrá nadie que derrame una sola lágrima por estos tipos, y mis chicos son profesionales, formados por el KGB.

Gropius se quedó mirando a Prasskov. A pesar de la oscuridad, pudo distinguir algo diabólico en la expresión de su rostro, y entonces tuvo una idea.

—Prasskov, ¿puede ser que el paquete bomba enviado a Felicia Schlesinger, el que casi me mató, lo mandases tú?

Prasskov pareció inseguro por un momento, después respondió con sorna:

—¿Qué te has creído, Gropius? Yo jamás haría algo así. Aunque... te lo habrías ganado. Al fin y al cabo, me has arruinado el negocio.

Entonces Gropius alzó los puños y se abalanzó como un loco sobre Prasskov.

—¡Cerdo asqueroso! —exclamó, fuera de sí.

Prasskov se hizo a un lado, indiferente, y dejó que dos de sus hombres hicieran entrar en razón al colérico Gropius y le sujetaran los brazos a la espalda.

—¡Escucha, campeón de boxeo! —empezó a decir Prasskov, levantando el índice—. Antes de darle una paliza a un tipo inofensivo, deberías recordar que jugábamos juntos al golf.

Reunió a sus hombres con un leve silbido, y uno de ellos hizo una señal con una linterna. La lancha motora capeó, y Prasskov y sus hombres se dejaron caer hasta ella por un cabo que habían atado a la borda. Antes de que Gropius pudiera reaccionar, la rápida embarcación se alejó de allí.

Gropius estaba a punto de desmayarse. Cerró los ojos. «Se acabó», pensó. En cualquier momento podía producirse la gran explosión. Después, todo habría terminado. Ya no pensaba, ya no sentía, estaba en un estado de incertidumbre paralizadora.

Por eso no reparó en el ruido del motor que se acercaba de nuevo desde el oeste. Sólo cuando alguien gritó su nombre despertó de su conmoción y abrió los ojos.

—¡Gropius!

Miró hacia abajo por encima de la borda.

Prasskov estaba en la popa de la lancha y le hacía señas con los dos brazos.

—¡Salta, hombre! Es tu última oportunidad.

En la cubierta de popa del *In Nomine Domini* se encendieron unas luces. El ruido había despertado a la tripulación.

Gropius no lo pensó mucho, se subió a la borda y saltó a la proa de la lancha. Al caer, se hizo daño en la pierna derecha, pero el ruido de los motores atronadores le sonó a salvación.

La lancha puso proa contra el oleaje. Las olas golpeaban la embarcación que conducía Prasskov como si fueran rocas. Gropius se aferró a un banco de la última fila. El ruido de los motores impedía cualquier clase de conversación.

El hombre que estaba junto a Prasskov se volvió de pronto. Tenía en las manos una cajita con una pequeña antena y parecía estar muy tranquilo. Prasskov le gritó algo, y el hombre con el emisor de señales realizó un imperioso movimiento.

En ese mismo instante, una gigantesca explosión iluminó todo el mar hasta el horizonte. Trastornado, Gropius se quedó mirando la trepidante bola de fuego, a lo lejos. Las llamas subían hacia el cielo.

Prasskov soltó un grito, como un campeón que acaba de cosechar un golpe maestro, y puso la lancha a toda velocidad. Tras ellos, las llamas cambiaban de color, el intenso amarillo se transformó en un rojo profundo, como un amasijo de hierro candente. Al cabo de unos minutos —la lancha ya se había alejado tres millas de allí—, el ardiente resplandor fue tragado por la oscuridad.

Mientras el bote avanzaba a toda velocidad hacia un destino desconocido, en el este rayaba el alba. A Gropius le zumbaba la cabeza a causa de los fuertes golpes de las olas, mientras Prasskov timoneaba aquel proyectil agachado. Junto a él, en la pantalla del radar centelleaba una imagen verde.

Una hora después apareció ante ellos la costa, una borrosa línea al principio, después una franja con claros contornos: Barcelona.

Cuando ya se habían acercado a media milla del muelle del puerto deportivo, Prasskov aminoró la marcha y le dejó el timón a uno de sus hombres. A continuación se tambaleó por los asientos hasta llegar al banco donde se hallaba Gropius. Éste no dijo una palabra. No sabía qué tenía pensado Prasskov, y dejaba que las cosas sucedieran sin oponerse a ellas; aún llevaba puesta la ropa blanca de la orden. El cirujano plástico lo agarró del cuello y le gritó:

—¡Esto por lo de cerdo asqueroso!

Gropius sintió un puñetazo en la barbilla, se tambaleó y perdió el conocimiento por un momento, aunque, al caer hacia atrás y hundirse en el agua, en seguida volvió en sí.

Los motores rugieron, y la lancha siguió su rumbo en dirección a la costa.

Gropius no era mal nadador, pero el oleaje y el agua helada lo dejaron agotado. Lo primero que pensó fue en quitarse la ropa, pero entonces reflexionó que no daría muy buena impresión cuando saliera del agua desnudo. Así pues, nadó vestido en dirección a Barcelona.

Más o menos a medio camino, una barca de pescadores se le acercó desde el este y lo recogió. El capitán, un viejo catalán que sólo chapurreaba un poco de inglés, le dejó su teléfono móvil, y Gropius marcó el número de Francesca.

—¿Dónde estás? —preguntó ella, deshecha—. No he pegado ojo en toda la noche y estaba a punto de acudir a la policía.

—No hará falta —repuso Gregor—. Basta con que vengas a buscarme al puerto deportivo con ropa seca. Un pescador acaba de sacarme del mar.

Una fracción de segundo después, Francesca dijo:

—Voy en seguida. Gregor, ¿va todo bien?

Gropius se echó a reír. Sí, rió con tantas ganas que el pescador le dirigió una mirada de preocupación.

—Sí, todo va bien —respondió.

CAPÍTULO 18

Habían regresado por la noche en el último vuelo de Barcelona a Munich y, exhaustos, se habían desplomado en la cama. En esos momentos, ya casi al mediodía, estaban sentados a la mesa del desayuno, y Gropius repasaba la correspondencia que se había acumulado durante su ausencia.

—A mí no me pasaría esto ni después de tres semanas de vacaciones —comentó Francesca mientras lo contemplaba—. Solamente la gente importante recibe tantas cartas. Creo que...

—¿Qué crees?

—Bueno, que debe de ser bonito recibir tanta correspondencia, comunicaciones de gente importante, invitaciones a diferentes actos...

—¡Facturas y publicidad! —la interrumpió Gregor—. La mayoría van directas a la papelera. —Se echaron a reír.

Los últimos días los habían unido mucho.

Gropius pensó que su corazón era un maldito músculo perezoso, pero hacía ya tiempo que sabía que, a fin de cuentas, Francesca era la mujer adecuada para él.

Después de las espeluznantes vivencias de Barcelona, sólo querían pasar un par de días tranquilos en las montañas para relajarse, en un hotelito, antes de que Gropius tomara una decisión definitiva respecto a qué hacer a continuación. Francesca le había anunciado que no pensaba perderlo de vista en una buena temporada, y Gregor se lo había tomado como cualquier cosa menos como una amenaza.

Mientras clasificaba el correo, Gregor se detuvo de súbito.

Francesca vio la tirantez de su expresión y preguntó con prudencia:

—¿Es algo grave?

Gregor dudó un momento, después le tendió a Francesca una carta que acababa de sacar del sobre.

Francesca leyó a media voz:

—El doctor Anatol Rauthmann y Felicia Schlesinger, con motivo de su compromiso matrimonial, lo invitan a una recepción el diez de mayo en el hotel Vier Jahreszeiten.

—Es algo inesperado —mascculló Gregor.

Francesca le devolvió la carta y se lo quedó mirando.

—La querías, ¿verdad? Y ella a ti.

—¿Quererla? —Gropius meció la cabeza hacia uno y otro lado—. A veces, los destinos de dos personas se cruzan de manera inesperada y, en determinadas circunstancias, uno cree haber encontrado a la persona adecuada. Después se comprueba con sorpresa que uno sólo se había enamorado de la situación, no de la persona.

—¿Felicia era una de esas situaciones?

—Sí, eso creo.

—¿Y nosotros? —Francesca lo miró a los ojos.

Gropius le cogió las manos y se las besó.

—Te quiero —dijo en voz baja.

Felicia había invitado a unas cincuenta personas a la recepción del Vier Jahreszeiten, sobre todo amigos y conocidos del mundo del arte, además de algunos famosos coleccionistas a los que Gropius no había visto nunca. Francesca se había comprado para la ocasión un vestido chino de cóctel plisado de color crema en Lanvin, en la Maximilianstrasse, y su aparición casi relegó a un segundo plano a la protagonista.

El encuentro de ambas mujeres se desarrolló con reservas, como era de esperar. Las felicitaciones de Gropius, por el contrario, fueron sinceras. Gregor y Felicia permanecieron un instante mirándose sin decir nada, después él comentó:

—El destino sigue caminos insondables. —Y le dio un furtivo beso en la mejilla a Felicia.

Anatol Rauthmann asintió con la cabeza.

—Si la primera vez que nos vimos, en el lago Tegern, me hubiera profetizado que nuestro próximo encuentro sería con motivo de mi enlace, ¡seguramente lo habría tomado por loco, profesor! —Y le dirigió una amorosa mirada a Felicia.

Gropius sonrió. De hecho, recordaba a Rauthmann como un personaje estrafalario que afirmaba que estaba casado con la ciencia, y de pronto se encontraba ante un hombre atractivo que se había deshecho de su barba de anciano y se había echado encima un elegante esmoquin.

—Me alegro mucho por usted —dijo—. Felicia es una mujer maravillosa.

—Eso creo yo también —repuso Rauthmann—. Ahora, naturalmente, querrá saber cómo nos hemos unido tanto. Pasé muchos días en casa de Felicia para examinar el legado científico de su marido. Los primeros tres días estuve muy concentrado en mi trabajo, pero de pronto no me vi capaz de seguir con mi tarea. Cuando le declaré mis sentimientos a Felicia, ella me dijo que le había ocurrido lo mismo. Una locura de historia.

Mientras Francesca se veía rodeada por media docena de hombres, Gregor se llevó a Felicia aparte y le contó lo que había sucedido en las últimas semanas. Sin embargo, según parecía, su relato lo exaltó más a él mismo que a la mujer. Gropius tuvo incluso la impresión de que no lo creía.

—Escucha —repuso Felicia cuando Gregor hubo terminado—, para mí, el caso Schlesinger hace tiempo que está cerrado. Ese hombre me mintió de mala manera, y su asesinato fue la consecuencia lógica de todos sus secretos.

—¿Es que no sabes perdonar?

—No. No a un hombre que me mintió durante cuatro años. ¿Y el dinero, los diez millones? —preguntó sin pausa.

—Son tuyos. La gente que podría reclamarlos descansa en el fondo del mar, en algún lugar entre Barcelona y Mallorca, o será pasto de los tiburones.

Felicia alzó la copa de champán y brindó:

—¡Por el pasto de los tiburones!

—Por vosotros —añadió Gropius. Después preguntó—: ¿No ha encontrado Rauthmann ninguna pista sobre los negocios turbios de Schlesinger mientras examinaba su legado?

—No, que yo sepa, pero la policía ha descubierto estos últimos días el viejo Citroën DS 21 de Schlesinger. Era la niña de sus ojos. Arno lo había dejado en un parking cerca del hospital clínico. Dios sabrá por qué lo hizo. El parking me ha reclamado mil trescientos euros. No me ha quedado más remedio que pagar.

Gregor vació su copa de un trago.

—¿Dónde está ahora el coche?

Felicia rió con sorna.

—En el desguace, convertido en un cubo de un metro por un metro. No podía soportar ver ese viejo cacharro.

Gropius tuvo una idea repentina.

—¿Cuándo fue eso? —preguntó, a media voz pero con mucha insistencia—. Me refiero a cuándo recogieron el Citroën.

—No lo sé, anteayer, o hace tres días. Se lo llevaron directamente del parking al desguace. En total me costó otros quinientos euros. ¡Pero te juro, Gregor, que ha sido el último euro que gasto por Schlesinger!

—¿A qué desguace se llevaron el coche? —Gropius tenía la voz exaltada.

—¿A qué desguace? —Felicia reaccionó a disgusto—. A uno que queda al este de la ciudad. Adebar, o algo por el estilo. ¿Por qué lo preguntas? Ese coche no vale nada, estaba cascado, como Schlesinger.

—¿La chatarrería Adebar?

—Sí, eso mismo. No te enfades conmigo, en un día como éste hay cosas más interesantes de que hablar que el desguace de un coche.

Gregor se disculpó y buscó a Francesca entre los invitados.

A la mañana siguiente, Gropius ya había saltado de la cama al amanecer. Por miedo a ponerse en ridículo, no le había dicho a Francesca nada de su plan. Naturalmente, ella había reparado en la inquietud que se había apoderado de él la noche anterior, pero no quería atosigarlo.

Gropius conducía por la avenida Wasserburger en dirección al este. Esperaba que los empleados del desguace aún no hubiesen hecho su trabajo. A lo mejor iba hasta allí para nada. Era sólo una idea, absurda, como la mayoría de las que había tenido en los últimos meses.

Poco después del inicio del turno, a las siete de la mañana, y con una lluvia fina, Gropius cruzó con su todoterreno la puerta de hierro sobre la que colgaba el cartel de la chatarrería Adebar. A ambos lados del camino sin asfaltar se amontonaban coches destrozados. La lluvia intensificaba la desolación del paisaje. Al final del camino se veía una gigantesca prensa y, un poco antes, una grúa rugía sobre cuatro patas que tenían algo de arácnido. Su brazo manipulador, como un pulpo, era tan grande que podía coger todo un coche, alzarlo en el aire, balancearlo de un lado a otro y dejarlo caer con repugnancia en la prensa.

Gropius detuvo el coche y bajó. El lugar estaba fantasmalmente vacío. No se veía una alma por ninguna parte, sólo en la cabina de la enorme grúa, cuando el limpiaparabrisas despejaba la vista, se distinguía el rostro del operario.

Con la mano sobre los ojos, Gropius buscó el Citroën DS 21 de Schlesinger, que, según creía, destacaría entre los cientos de viejos automóviles. Mientras iba mirando las filas de coches destrozados que esperaban con impaciencia un final nada glorioso, dirigió la mirada al cielo, donde en ese momento había un coche que se balanceaba sobre la presa.

¡El Citroën!

Gropius dio un grito con la esperanza de que el operario lo oyera. Sin embargo, éste siguió trabajando como si nada. Entonces Gropius le hizo señas con los brazos, saltó gesticulando hacia arriba y, con la mano derecha, señaló el coche que colgaba del brazo de la grúa. No sirvió de nada. Presa del pánico, agarró una pieza metálica del suelo y la lanzó en dirección a la cabina de la enorme grúa. Él mismo se espantó ante el estrépito que originó el proyectil. El cristal de la cabina se hizo pedazos y cayó al suelo en una lluvia de gotas de hielo.

Asustado, el operario se asomó desde la cabina. No comprendía qué había sucedido. El Citroën seguía balanceándose en el brazo manipulador. Gropius llamó al hombre a gritos.

El operario bajó a toda prisa por una estrecha escalerilla de hierro. A Gropius le costó bastante explicarle que creía que en el coche que colgaba de la grúa había unos documentos muy importantes. El operario no accedió a bajar el Citroën al suelo hasta que Gropius le aseguró que pagaría los daños causados.

Las pinzas del brazo manipulador habían entrado por las ventanillas del coche y habían destrozado la tapicería. ¿Dónde podía buscar? La guantera estaba vacía, tampoco había nada debajo de los asientos del conductor y del acompañante. Ni bajo los asientos traseros. La puerta del maletero estaba atrancada. Gropius consiguió abrirla ayudándose de una palanca. La rueda de repuesto no estaba. En lugar del revestimiento del maletero, por todas partes había páginas mugrientas de periódicos viejos. Decepcionado, Gropius estaba a punto de rendirse cuando apartó un periódico.

—¡No puede ser! —tartamudeó con incredulidad—. ¡No puede ser!

Ante él tenía un informe con tapas grises, sucio y poco llamativo. Un rápido vistazo le bastó para estar seguro: había encontrado lo que hacía tanto que buscaba.

Comenzó a llover con más intensidad, y Gropius le dio al operario su tarjeta de visita. Después se dirigió al todoterreno.

Las gotas de lluvia repiqueteaban como proyectiles sobre el techo del coche. Su ritmo le impedía pensar con claridad. Gropius vio que le temblaban las manos al abrir la tapa del informe y empezar a hojearlo. En seguida le llamaron la atención dos análisis de ADN con un código de barras idéntico y varios datos más, firmados por el profesor Luciano de Luca. Debajo, protegido por un plástico, había un pedazo de tela amarillenta, semicircular y del tamaño de un plato de postre. En otro plástico había un trocito de hueso, apenas más largo que una cerilla, con una pegatina: «Fémur: Jesus Nazarenus * 0,33.»

¿Fémur? Gropius recordó entonces una escena que databa de casi cinco meses atrás: había abierto con Felicia una caja de seguridad secreta que Schlesinger tenía en un banco de Viena. El contenido, lo que habían creído una herradura de marfil, los había decepcionado porque no habían sabido qué hacer con ello. Por supuesto, Gregor pensó entonces que la supuesta herradura se trataba de un pedazo del fémur de Jesús de Nazaret. Schlesinger debía de habérselo llevado antes de que el sepulcro de Jerusalén saltara por los aires. Esos huesos y esos restos de sangre del sudario original de Turín bastaban para demostrar sin asomo de duda con una prueba de ADN que Jesús de Nazaret había sido una persona corriente.

Gropius cerró el informe. El corazón se le salía del pecho. Puso en marcha el motor y accionó el limpiaparabrisas. Los coches destrozados que tenía delante empezaron a tambalearse, sus contornos se deshacían en líneas curvas. ¿Era un efecto de la lluvia sobre el parabrisas o le estaban jugando una mala pasada sus sentidos? Gropius no lo sabía. Puso primera y aceleró.

Avanzando al paso, Gropius se acercó a la verja de la entrada esquivando con cuidado los charcos y la chatarra que había tirada por allí. Lo que sucedió después lo vivió como si estuviera dentro de una película. En la entrada se encontró con una limusina con las lunas tintadas. El camino era estrecho, tanto que Gregor se apartó a la derecha y detuvo el coche para dejar pasar al Mercedes negro. Cuando ambos vehículos se encontraron a la misma altura, la limusina se detuvo también. El cristal de la ventanilla trasera bajó. Las oscuras nubes del cielo lluvioso impidieron a Gropius reconocer a quien iba sentado en el interior. Después de todo lo que había vivido, Gregor esperaba ver aparecer por la ventanilla el cañón de una ametralladora. Estaba petrificado.

Sin embargo, en lugar de una arma letal, en la ventanilla del coche apareció un maletín. Una sola mano abrió el cierre y levantó la tapa. Gropius, confuso, vio dos filas de fajos de billetes de quinientos euros de color lila.

No supo cuánto tiempo permaneció allí sin moverse. El personaje invisible cerró el maletín del dinero y se lo tendió por la ventanilla. Gropius bajó el cristal y cogió el maletín. Como hipnotizado, entregó a cambio el informe.

Gropius no fue consciente de la trascendencia del intercambio hasta encontrarse en la avenida Wasserburger, en dirección al centro de la ciudad. No se arrepintió. Se había guiado por una voz interior.

De vuelta en casa, guardó el maletín con el dinero en el armario. Tardó un buen rato en explicarle a Francesca lo que había sucedido en el desguace.

—¿Cuánto te han pagado por el informe? —preguntó tras un largo rato de silencio y reflexión.

—No lo sé —respondió Gregor, en honor a la verdad. Con una risotada artificial, agregó—: ¡Ponte a contarlo si quieres!

Francesca sacó el maletín y lo dejó en el escritorio de Gropius.

—En mi vida había visto tanto dinero —comentó, asombrada, y empezó a contar uno de los fajos.

—Ni yo —repuso Gropius.

Francesca se quedó inmóvil.

—Dios mío, son diez millones.

Gregor asintió.

—Suficiente para empezar una nueva vida.

Ese mismo día, Gropius llamó a Felicia.

—¿Te acuerdas de nuestro viaje a Viena? —preguntó sin rodeos.

—Claro que sí —contestó ella—. Un recuerdo muy agradable, pero ¿por qué llamas?

—¡Por el contenido de la caja de seguridad del banco!

—¿Qué pasa con eso?

—¡Que no era una herradura de marfil!

—Entonces, ¿qué era?

—Un fragmento de hueso de Jesús de Nazaret.

—Venga ya —repuso ella.

Se sucedió un silencio interminable. Por la trascendencia de lo que acababa de decir, Gropius no había esperado otra cosa.

Al final preguntó con cautela:

—¿No habrás liquidado la caja de seguridad?

—La verdad es que había pensado hacerlo —respondió Felicia—, pero no he tenido tiempo. ¿Qué te parece si te haces cargo de la caja y de su contenido? Seguro que sabrás qué hacer con ello.

—Felicia, ¿sabes lo que estás diciendo?

—Desde luego.

—De hecho, tengo que decirte otra cosa. Ha aparecido el informe Gólgota de Schlesinger. Estaba en el maletero de su Citroën.

Primero, Felicia se echó a reír, pero un instante después se puso seria.

—Gregor, no quiero tener nada más que ver con este asunto, ¿me oyes? Llévate el informe y el hueso y quémalo todo, o, mejor, gánate un dinero. A mí déjame en paz. Y otra cosa: Anatol Rauthmann no puede saber nada. ¿Está claro?

—Sí —contestó Gropius lacónico.

Gregor y Francesca reflexionaron mucho qué hacer con los diez millones de euros. El dinero no podía quedarse en la casa. Era demasiado arriesgado. Al final decidieron meter los fajos de billetes en una caja de cartón y contratar en el Hypovereinsbank una caja de seguridad a la que ambos tendrían acceso. Cuando hubieron acabado con todos los trámites, se fueron a cenar a un elegante restaurante del centro. Sin embargo, Gropius parecía deprimido.

—No te entiendo —dijo Francesca—. ¡Puedes estar satisfecho con el resultado!

—¿Tú crees?

—Ahora sabes quiénes han sido los maquinadores del delito. Eso era lo que querías, ¿no? Además, con la mafia del tráfico de órganos no puedes acabar tú solo. Si Prasskov desapareciera del mapa, otro ocuparía su lugar.

—Tienes razón —repuso Gregor—. Lo único que sigo sin saber es quién mató a Schlesinger. ¡Sólo sé quiénes estaban detrás de todo ello!

Francesca miró a Gropius de soslayo.

—Gregor, estás loco. ¡Vas a acabar con tu vida! ¡Déjalo correr de una vez!

Era la primera vez que Francesca se rebelaba contra él, y Gropius empezó a pensar si merecía la pena poner en peligro el amor de aquella mujer. Ya casi había tomado la decisión de darse por satisfecho con lo que había conseguido y dejar a la policía la resolución del delito cuando, después de una noche en vela, una llamada telefónica lo despertó a primera hora de la mañana.

Wolf Ingram, el director de la comisión especial Schlesinger, le comunicó que su caso, según se expresó, había dado un giro sensacional. Lo esperaba a las nueve y media en la entrada principal del hospital clínico.

Cuando Gropius llegó al lugar acordado, delante de la clínica ya lo estaban esperando Ingram y dos compañeros suyos que iban vestidos de civil, pero que, si se los miraba con detenimiento, iban armados. De forma abreviada, casi con palabras clave, Ingram puso en conocimiento de Gropius que un yate con doscientos ocupantes se había hundido en el Mediterráneo occidental. Los propietarios de la embarcación, una oscura secta, posiblemente la habían hecho saltar por los aires. El nombre del barco era:

—... *In Nomine Domini*, abreviado: *IND*.

Gropius se esforzó por permanecer calmado.

—¿Me ha hecho venir hasta aquí para comunicarme eso?

—Claro que no —repuso Ingram, disgustado—. Usted conoce mejor que nadie las instalaciones y al personal de la clínica. Tiene que ayudarnos a encontrar al responsable de la muerte de Schlesinger.

—¡No creerán que el asesino sigue aún en la clínica!

—Sí, eso creemos. Nuestro *profiler* ha hecho un gran trabajo. Ha llegado a la conclusión de que el asesino debe de tratarse de un adepto de la secta, alguien que no mata por odio ni codicia, sino por retorcido convencimiento. Asesinaba *in Nomine Domini*, en el nombre del Señor, igual que se llamaba el barco que se ha hundido en el Mediterráneo, la sede central de la orden.

—¡El padre Markus! —mascullό Gropius en voz baja—. El cura del hospital.

Ingram asintió.

—¡Lo conoce! ¿Qué clase de hombre es?

—Depende de lo que considere usted conocer. Hace su trabajo como cualquier otro. Un monje capuchino con un pasado algo turbio. Nunca me ha interesado. De todos modos, el hecho de que tenga acceso a todas las unidades a causa de su puesto lo hace ideal para un crimen de estas características.

Gropius aún recordaba cómo había echado al eclesiástico de la unidad de cuidados intensivos después de la muerte de Schlesinger.

—¿Dónde podemos encontrar al padre Markus?

—Tiene un despacho en el sótano.

—Bueno, ¿a qué estamos esperando? —Ingram les hizo a Gropius y a sus compañeros una seña para que lo siguieran.

La puerta que había al final del largo y sombrío pasillo tenía una placa en la que se leía «P. Markus». Estaba cerrada con llave.

Gropius gritó su nombre, pero no obtuvo respuesta, ni siquiera después de llamar con fuertes golpes. Ingram se abalanzó contra la puerta con el ímpetu de sus cien kilos. La madera se astilló y la puerta cedió. En el interior reinaba la oscuridad.

Con el arma empuñada y poniendo un pie delante del otro con gran cautela, Ingram entró y encendió la luz, un fluorescente frío y resplandeciente que había en el techo.

En el centro de la sala, que medía cuatro por cuatro metros y estaba amueblada con un sofá, un viejo armario y un escritorio, había un gastado sillón orejero. En él estaba sentado el padre Markus, que parecía dormido. Llevaba la manga del brazo izquierdo subida. Su brazo y su rostro presentaban grandes manchas oscuras. Con la mano derecha aferraba una jeringuilla.

Ingram le dirigió una mirada a Gropius, como diciéndole: «¡Esto es trabajo suyo!»

Vacilante, Gropius se acercó al hombre de negro y le buscó el pulso. Le puso el índice y el anular en la carótida e hizo un gesto negativo con la cabeza.

—Muerto —dijo en voz baja—. Podría haber sucedido ayer.

Sobre el escritorio había un frasco de plástico en el que se leía «Clorfenvinfos».

—El insecticida con el que fue contaminado el hígado de Schlesinger.

Ingram asintió y abrió la puerta del viejo armario.

—Increíble —mascullό.

Había esperado encontrar ropa vieja, tal vez un par de libros edificantes, pero en el interior de aquel mueble desgastado habían instalado un sistema informático de última generación.

—En la policía tenemos que contentarnos con trastos viejos —dijo Ingram, y presionó el botón de encendido.

Unos segundos después, el ordenador lanzó un programa. En una ventana había un anuncio de correo electrónico almacenado en memoria.

Ingram hizo clic en «Abrir».

El ordenador le pidió una contraseña.

—IND —dijo Gropius—. *In Nomine Domini*.

Ingram lo miró de mal humor, pero tecleó el supuesto código. Un instante después aparecieron en la pantalla las siguientes líneas:

> Yo contaminé el órgano de Arno Schlesinger con una inyección de Clorfenvinfos. Me confieso culpable de haber acabado de la misma manera con la vida de Thomas Bertram, a quien acompañé a Praga para prestarle ayuda espiritual. No lo hice por el placer de asesinar, sino por mi firme creencia de que el hombre no puede desoír la voluntad de Dios y no debe alargar la vida artificialmente. Lo hice *in nomine Domini*.

—¿Cómo sabía cuál era la contraseña, profesor? —preguntó Ingram sin apartar la vista de la pantalla.

Gropius adoptó una expresión de gravedad.

—¿Me creería si le dijera que ha sido por inspiración divina?

SEÑALES DE VIDA

Pocos días después, la comisión especial Schlesinger fue disuelta. El fiscal suspendió las investigaciones contra Gregor Gropius. El doctor Fichte fue acusado por pertenencia a una organización criminal. Veronique Gropius, sorprendentemente, accedió al divorcio sin presentar ninguna clase de petición. Felicia Schlesinger y el doctor Rauthmann, hasta la fecha, no han decidido casarse. Rauthmann sigue viviendo y trabajando en Berlín, Felicia ha abierto un despacho en Nueva York, donde ejerce con gran éxito su profesión de marchante de arte.

En total fueron arrestados diecisiete sacerdotes, repartidos por toda Europa, que admitieron pertenecer a la orden In Nomine Domini. Aún es objeto de investigación cuántos de ellos habían asesinado a causa de sus creencias. Pese a sus grandes esfuerzos, la Interpol no ha logrado detener aún al doctor Prasskov. Hay indicios que apuntan a que Prasskov desapareció en Rusia y que fue asesinado allí.

¿Y Gregor Gropius y Francesca Colella?

A pesar de que quedó libre de toda sospecha, Gropius nunca retomó su profesión. A día de hoy sigue sin haber asimilado por completo los peores meses de su vida, y ésa es también la razón por la que me contó su historia en Tívoli, porque tenía que contársela a alguien. No me atrevo a decir si las catorce horas que pasamos juntos en el hotel San Pietro le fueron de ayuda. Así lo espero. Gropius, en todo caso, parecía haberse quitado un gran peso de encima cuando hubo acabado. Tal como me confesó, había ido a Munich a recoger sus notas para dejar constancia de todas sus vivencias sobre el papel, pero luego había decidido entregármelo todo a mí.

Gropius pasa muy poco tiempo en Munich. La mayor parte del año está con Francesca en la finca de cien olivos que posee cerca de Velletri. Hace mucho que no sé nada de él. Las últimas señales de vida que recibí fueron un pequeño paquete postal. Su contenido: un hueso medio desmenuzado con forma de herradura. El sobre que la codiciosa señora Selvini le había vendido por veinte mil euros contenía una falsificación, lo cual no sorprendió mucho a Gropius. El contenido del estuche que Francesca Colella había llevado a Berlín por encargo del profesor De Luca sigue siendo un misterio que el profesor se llevó consigo a la tumba.

En cuanto al paradero del informe Gólgota, Gropius no dijo palabra. Él sabrá por qué. Es probable que se encuentre junto al verdadero sudario de Turín, en un archivo secreto del Vaticano, igual que muchas otras cosas que supuestamente no han existido nunca.